KB156632

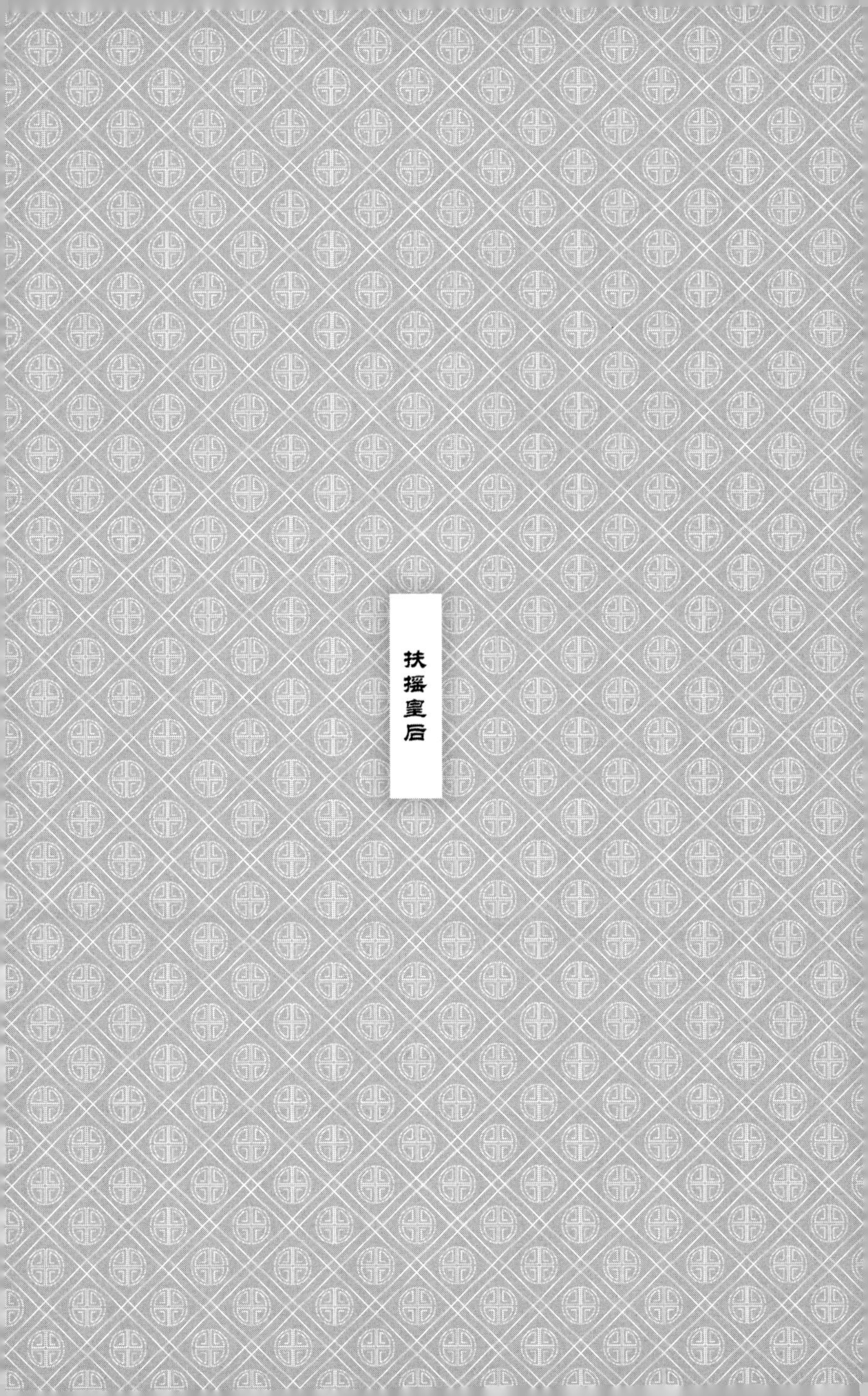

扶摇皇后

부요황후 12

초판1쇄 인쇄 2020년 10월 30일
초판1쇄 발행 2020년 11월 17일

지은이 천하귀원 天下歸元
옮긴이 김지혜

펴낸이 박대일
편집 이문영 · 박지해 · 임유리 · 신지연 · 곽현주
마케팅 임유미 · 손태석
일러스트 리마
디자인 박현주

펴낸곳 파란미디어
출판등록 2004년 9월 14일 제313-2004-00214호

주소 03992 서울시 마포구 동교로23길 14 국제빌딩 6층
전화 02.3141.5589 영업부 070.4616.2012 편집부
팩스 02.3141.5590
전자우편 paranbook@gmail.com
카페 http://cafe.naver.com/paranmedia
페이스북 http://www.facebook.com/paranbook

ISBN 978-89-6371-828-6(04820)
978-89-6371-770-8(전13권)

扶搖皇后
12
부요황후
천하귀원天下歸元 지음 | 김지혜 옮김
파란

차례

7부 궁창 장청

FU YAO HUANG HOU(扶搖皇后)

미인은 얻기 어려운 법

매듭을 붙들고 있는 맹부요의 손이 멈칫했다.

목소리가 귀에 꽂히자마자 그녀는 반사적으로 앞섶부터 여몄다. 조금 전 제비천 앞에서 앞섶을 풀 때는 차라리 침착했던 그녀였지만, 지금은 머리 꼭대기부터 발끝까지 제발 뭐라도 덮어쓰고 싶을 정도로 당혹스러웠다.

하지만 바다 한복판에는 덮어쓸 게 없었다. 하여 맹부요는 기지를 발휘해 '훅' 하고 숨을 한가득 들이마신 다음 물 밑바닥을 향해 냅다 잠수해 내려갔다…….

위쪽의 사람은 피식 웃었을 뿐 맹부요를 붙잡지 않았다. 그의 형형하게 빛나는 눈은 천천히 몸을 돌려 자신을 쳐다보는 제비천에게 고정되어 있었다. 얼핏 보기에는 웃는 표정이었으나, 그의 웃음에 온기라고는 한 점도 없었다.

한창 좋다가 찬물을 뒤집어쓴 제비천의 눈에 노기가 스쳤다. 그러나 흥 좀 깨졌다고 이성을 잃고 무작정 적에게 달려들기에는 제비천 역시 한 시대를 대표하는 걸출한 인물이었다. 어떤 의미에서 제비천은 십대 강자 서열 1위와 어깨를 견줄 만한 고수였다. 한 명은 무학, 다른 한 명은 술법으로 각자의 전문 영역이 다를 뿐.

다른 건 다 차치하고 아무런 기척 없이 그의 바로 뒤쪽까지 접근했다는 건, 그가 흥분으로 인해 다른 감각이 둔해진 상태였던 점을 고려하더라도 상대가 대단한 실력자임을 의미했다.

고상한 풍모를 유지하며 고개를 돌린 제비천이 여유로운 말투로 물었다.

"어떤 놈이 분위기 파악 못 하고? 혼쭐이 나고 싶은 게냐?"

몇 장 떨어진 거리에 작은 배가 한 척 떠 있고, 그 위에 연보라색 장포 차림의 남자가 앉아 있었다. 바람에 나풀나풀 흩날리는 옷자락과 긴 머리카락이 제비천보다도 더 한가로운 분위기를 자아내고 있었다. 찬란하게 빛나는 눈동자는 배 아래 바다처럼 깊고도 변화막측했다.

말없이 웃고 있는 남자의 앞쪽에는 운흔이 누워 있었고, 남자의 왼손은 물에 쫄딱 젖은 날짐승의 화려한 깃털을 쓰다듬고 있었다.

금강!

금강이 눈에 들어오자 마침내 제비천의 안색이 미미하게 변했다. 배가 침몰하던 순간 그가 제일 먼저 챙긴 것이 바로 금강이었다. 자신의 소중한 영혼 일부를 품고 있는 짐승.

지금껏 합혼 의식을 치르지 않은 것은 영혼 정화에 시간이 필요해서이기도 했고, 다른 한편으로는 배 위에서 합혼대법을 펼치기에는 맹부요의 존재가 마음에 걸려서이기도 했다.

제비천은 타인이 접근할 기회를 원천 차단하기 위해 줄곧 금강을 곁에서 떼어 놓지 않았다. 하지만 맹부요와 수중에서 거사를 치르면서까지 금강을 데리고 있을 수는 없었다. 그래서 조금 전 종이로 만든 배 위에 잠시 던져 놨었건만.

그 종이배는 지금 밧줄에 묶인 채 남자가 탄 배 옆에 둥실둥실 떠 있었다. 저 고얀 놈이 소리 소문 없이 접근해서 배에다 밧줄을 매 끌고 간 게 틀림없었다.

그간 일부러 금강을 무심하게 대했기에 승선원들은 금강이 얼마나 중요한 존재인지 꿈에도 몰랐지만, 사실 금강에게 있는 것은 그의 영혼 중에서도 근원에 해당하는 조각이었다. 그게 없이는 남들보다 월등히 긴 수명을 보장받을 수도, 술법력을 더 발전시킬 수도 없을뿐더러, 강력한 적수라도 만났다가는 진원이 고갈되어 낭패를 볼 수도 있었다.

그래서 배 위에서 합혼 의식을 치르는 것조차 꺼릴 만큼 조심했던 것인데, 저놈이 대체 금강의 정체를 어찌 알고?

그나저나 지껄이는 것만 들어서는 맹부요의 서방이라도 되는 듯한데? 으음?

세상에 자기 부인이 다른 사내한테 당하게 생긴 판국에, 일단 차분히 구할 사람부터 구하고 상대를 위협할 수단까지 확보

한 다음에야 느긋하게 그만두라고 말하는 서방 놈도 있나? 냉철한 것도 저 정도면 무서운 수준 아닌가?

제비천은 장손무극을 노려보면서 금강을 빼앗아 올 수 있을 확률을 계산해 봤다. 그는 곧 언뜻 한가로이 늘어져 있는 것처럼 보여도 사실상 장손무극의 몸에는 빈틈이 전혀 없다는 사실을 깨달았다. 들숨과 날숨마다 도저히 깊이를 가늠할 수 없는 공력이 깃들어 있었다.

절정의 무공에 초인적인 냉철함까지. 오주대륙에 언제 저런 기재가 출현했단 말인가?

제비천의 눈빛에 전에 없던 경계심이 서렸다.

제비천은 까맣게 몰랐지만, 사실 장손무극이 운흔을 먼저 구한 것은 맹부요를 너무 잘 알기 때문이었다. 만약 운흔을 거기 그냥 뒀다면 맹부요는 분명 협박을 이겨 내지 못했을 테고, 그러면 장손무극이 달려온 의미가 없었다.

그러느라 부요의 속살이 살짝 공개된 것은…… 상관없었다. 장손무극은 누가 자기 것을 먹으면 반드시 토해 내게 만들고, 자기 것을 훔쳐보면 언젠가 꼭 대가를 치르게 만드는 사람이었으므로.

오주대륙에 명성이 자자한 정객 장손무극은 항상 사안의 경중을 명확히 구분할 줄 알았고, 최소한의 노력으로 최대의 효과를 얻는 길을 추구했으며, 복수는 급할 것이 없고 충동은 패망의 지름길이라는 신조를 가지고 있었다.

그가 볼 때 복수의 방식은 꼭 무력만 있는 것이 아니었으며,

복수의 시기는 전혀 문제가 되지 않았다. 어차피 때가 되면 다 갚아 줄 것이므로.

금강의 깃털을 쓰다듬는 장손무극의 손길은 무신 대인보다 훨씬 부드러웠다. 하지만 세상에 무서울 게 없어 보이던 금강은 저답지 않게 공포에 질린 모양새로 그의 손길을 거부하고 있었다.

"만지지 마라! 만지지 마!"

빙긋이 웃으며 제비천을 향해 금강을 들어 보인 장손무극이 이내 탄식을 섞어 말했다.

"참으로 재미난 애완동물을 키우고 계십니다. 역시 영혼을 품은 그릇은 남다르군요."

제비천은 장손무극의 의도를 바로 파악하고 콧방귀를 뀌었다. 물 밑으로 손을 넣어 맹부요를 건져 올린 그가 또 다른 부적으로 배를 만들더니, 그 위에 올라앉아 느긋하게 대꾸했다.

"그게 뭐? 그래 봤자 이 어르신이 한 수 위다. 네 손에 있는 것은 고작 애완동물이지만, 내 손에는 네 여자가 있으니."

장손무극은 조용히 '으음.' 하는 소리를 흘렸을 뿐, 화를 내지도, 받아치지도 않았다. 그는 제비천을 제쳐 두고 고개를 틀어 맹부요를 살폈다. 제비천을 상대할 때의 무심함이 얼굴에서 싹 사라지고, 무어라 설명하기 힘든 표정이 그 자리를 대신 차지했다.

그런 그를 차마 마주 보지 못하는 맹부요는 어째서인지 코끝이 시큰해지면서 눈물이 나려고 했다. 그녀는 코를 '팽' 풀면서 생각했다.

대체 왜 이러는 거람. 물속에 너무 오래 있었더니 뇌가 퉁퉁 불었나? 아니면 내내 쌈박질하고 다니느라 지쳐서 그런가? 그것도 아니면 제비천의 탄압에 시달리다가 변태 기질이라도 생긴 건가? 그까짓 눈빛이 뭐라고 심장에 칼처럼 콱 꽂히니. 창피하다, 진짜!

하지만 아무리 창피하다고 주절거려 봐도, 해풍처럼 온유하게 자신을 감싸는 눈빛에 가슴이 찡해지는 건 어쩔 수 없었다.

정신없이 발강 왕궁을 도망쳐 나와 시력과 기억을 잃고 유랑하던 시간들이 떠올랐다. 비연의 음모, 연속된 위기, 사선을 넘나들던 순간들이 기억났다. 둘 사이를 갈라놓은 것은 고작 창문 너머로 어렴풋이 전해진 말 몇 마디였다.

작년 가을부터 올해 여름까지 반년이 넘는 세월이 유수처럼 흘러 마침내 다시 만난 곳은 궁창 바다. 각자 조각배 위에서 서로를 바라보고 있는 지금 귓가에는 파도 소리가 선명했다. 그런데 하필, 세상에서 제일 고약한 작자가 중간에 끼어 있을 것은 무엇인가.

아아, 비통하도다! 어렵사리 맞이한 재회의 순간에 색마를 끼얹는 게 웬 말이냐.

흔들거리는 맞은편 배 위에서는 장손무극이 그녀를 지긋이 응시하고 있었다. 온몸을 뒤덮은 상처와 흐트러진 옷매무새에 이어 불그스름한 눈동자를 확인하는 순간, 장손무극은 눈을 내리깔아 차오르는 감정을 감췄다.

하지만 잠시뿐이었다. 그는 금방 다시 눈을 들어 맹부요를 향해 미소를 보냈다.

지금 웃음이 나와? 신수가 훤하고 기운도 넘쳐 보이는 게, 그간 팔자 좋았나 보네?

아, 맞다. 신분 상승했다고 그랬나. 이제 황제인데, 구중궁궐 옥좌 차지하고 앉은 사람이 탈주범 맹부요랑 같을 수는 없겠지. 나는 정처 없이 바다를 떠돌아다니는 신세에, 승급에 성공하고도 하필 더럽게 센 작자를 만나서 종일 구박이나 당하고 살았는데…….

서글픔이 가신 맹부요는 슬슬 괘씸한 기분이 들었다. 안 그래도 아직 불그스름한 눈에 시뻘겋게 핏발을 세운 그녀는 장손무극을 노려보며 이를 부득부득 갈기 시작했다.

이때 장손무극이 드디어 입을 열었다. 예전처럼 온화한 말투로, 조용하게.

"부요, 그대를 부황께 보여 드리지 못한 것이 못내 아쉽소."

잡초 같은 생명력의 소유자답지 않게 마음 약한 맹부요는 그 말 한마디에 맥없이 무너졌다.

부황…….

그녀가 알기로 장손무극은 아버지의 마지막을 배웅하지 못했다. 혈육의 정에 목마른 그에게 아버지의 임종을 지키지 못했다는 사실은 얼마나 큰 한이고 슬픔이었을까.

진심으로 자신을 사랑해 준 유일한 사람이 세상을 떠나도록, 장손무극은 그녀 때문에 타향을 떠도느라 임종을 앞둔 아버지의 탕약 수발 한 번을 못 들었다. 말은 안 해도 분명 자책감이 클 것이다.

맹부요는 코를 훌쩍거리면서 자신을 탓하기 시작했다.

야, 그래, 맹부요. 넌 대체 왜 사냐? 맨날 주변에 민폐만 끼치고!

장손무극은 맹부요의 표정을 보고 그녀가 흔들리고 있다는 걸 알아챘다.

조금만 더 파자. 일단 착한 구석을 최대한 후벼 파 보는 거다.

"부황께서는 줄곧 그대를 만나고 싶어 하셨소. 그대의 존재를 알고 계셨고."

맹부요가 한숨을 흘렸다. 안타깝고도 비감하게…….

흐음, 좋은 반응이군. 더 팔 필요는 없겠어. 무리하다 뿌리라도 다치면 역효과일 테니.

장손무극은 즉시 화제를 바꿨다.

"눈은…… 괜찮은 것이오?"

그의 애정 어린 눈빛에 맹부요는 괜히 가슴이 먹먹해졌다. 어떻게든 초롱초롱해 보이기 위해 토끼처럼 빨간 눈을 열심히 깜빡거리면서, 그녀가 싱긋 웃었다.

"멀쩡해요! 금강 깃털에 구멍이 몇 개 있는지도 다 보이는데요, 뭐!"

금강이 대뜸 욕지거리를 싸질렀다.

"이런 썅! 완벽한 어르신 깃털에 구멍이 어디 있다는 거냐!"

"이야기는 그쯤 해 두지?"

마침내 인내심이 바닥난 제비천이 두 사람을 노려보며 한쪽 눈썹을 꿈틀했다.

"나는 없는 사람 취급하는 게냐?"

제비천에게로 눈을 돌린 맹부요가 돌직구를 날렸다.

"댁은 나한테 방귀나 먼지 정도밖에 안 되는 존재니까, 어떻게 보면 없는 사람 맞지."

턱을 괴고 그윽한 눈으로 그녀를 응시하던 제비천이 잠시 후 나지막이 말했다.

"이 어르신이 네 몸속에 자리하는 순간이 오면 어르신의 위대함을 알게 될 것이니라."

맹부요의 얼굴이 화르르 불타올랐다. 한동안 변화무쌍한 얼굴색을 자랑하고 난 그녀는 늙다리 난봉꾼과의 입씨름을 깨끗이 포기했다. 경험 없는 숫처녀가 닳고 닳은 오입쟁이를 무슨 수로 당해 내겠는가.

이때 제비천이 그녀의 옷을 벗기려는 듯 손을 뻗었다. 맹부요가 재깍 칼을 세워 들면서 일갈했다.

"꺼져!"

"우리는 우리 할 일을 하자꾸나. 구경하고 싶다는 놈은 구경하게 두고."

제비천이 아무렇지 않게 말했다.

"이 어르신이 점찍은 여인은 세상 그 누구도 못 가로챈다."

맹부요의 칼이 당장 허공을 갈랐다.

장손무극 앞에서 그딴 소리를 지껄이다니, 더는 못 참아!

칼의 궤적을 따라 거센 돌풍이 일고, '좌앗' 하는 소리와 함께 해수면에 수 장 길이의 고랑이 파였다. 겨우 잠잠해졌던 파도가 다시금 광분해 제비천을 정면으로 덮쳐 갔다. 맹부요의 진짜 실력을 지금껏 본 적이 없는 제비천은 놀란 기색을 감추지 못했다.

맹부요는 그가 당연히 파도를 피하리라고 보고, 그 틈을 노려 장손무극의 배로 옮겨 갈 생각을 하고 있었다. 그러나 제비천은 놀란 눈빛을 금방 거두더니 손가락으로 허공을 쓱 그었다. 그러자 그의 앞에 투명한 장벽이 생겨났다. 아니, 유연하고 탄력 있는 질감을 보면 벽이 아니라 거대한 비누 거품 같기도 했다.

칼이 일으킨 돌풍이 혼탁한 파도를 겹겹이 몰고 투명한 막을 들이덮치자, 막에 싸인 공간이 압력에 짓눌려 마구잡이로 일그러졌다. 하지만 결국 막을 뚫을 수는 없었다.

맹부요는 당황하지 않았다. 피식 냉소한 그녀가 조금 전 앞쪽으로 내질렀던 칼을 뒤로 당겨 아래를 내리찍었다. 찰나의 머뭇거림조차 없이 90도 각을 그리며 방향을 바꾼 칼날이 발밑 선체에 내리꽂혔다. 앞선 공격은 허초였지만, 배에 꽂힌 이번 한 수는 진짜였다.

배가 소리 없이 쪼개지면서 맹부요와 제비천을 절묘하게 양쪽으로 갈라놨다. 맹부요는 속으로 쾌재를 부르면서 장손무극을 향해 도약했다.

그런데 웬걸, 제비천이 싱긋 웃더니 투명한 막 밖으로 손을 쑥 내미는 게 아닌가. 관절이 꺾이는 소리와 함께 평소보다 두 배로 길어진 손이 방금 막 배를 박차고 뛰어오른 맹부요의 허리띠를 번개처럼 낚아챘다. 맹부요는 그 손에 붙잡혀 순식간에 다시 배 안으로 끌려갔다.

제비천이 맹부요를 내려놓은 위치는 자기 바로 옆이었다. 반쪽밖에 안 남은 배는 눈물 나게 좁았고, 맹부요는 젖은 몸으로 제비천에게 찰싹 들러붙은 신세가 됐다.

분개한 맹부요가 맹렬한 기세로 칼을 내질렀다. 그러나 제비천은 몸뚱이가 옥석이나 금속으로 만들어졌는지, 칼날이 살갗에 닿는 족족 허망하게 미끄러졌다. 불꽃만 튀지 않는다 뿐이지 꼭 동상 아니면 고목에다 대고 칼을 휘두르는 느낌이었다.

"그쯤 했으면 되었다. 어르신은 수십 년 전에 이미 상처를 입지 않는 몸이 되었느니라."

제비천의 목소리가 침울해졌다.

"네 칼질 때문에 몸이 근질근질해서 문득 생각났는데, 목욕한 지가 꽤 오래된 것 같구나."

뜨악한 맹부요가 얼른 칼을 회수해 의심스러운 물질이 묻지는 않았는지 살피기 시작했다.

"어르신은 더러운 너희와 달라서 하루 안 씻는다고 당장 땟국물이 흐르고 그러지 않는다."

제비천의 표정에는 하찮은 중생들에 대한 동정과 경멸이 그대로 드러나 있었다.

"어르신은 30년을 안 씻어도 살갗에서 향기가 나느니라. 못 믿겠으면 맡아 보거라!”

제비천이 정말 냄새를 맡게 해 줄 기세로 소매를 들어 올리자 맹부요가 냉큼 그의 겨드랑이를 향해 칼을 내질렀다.

“빈틈!”

‘쩡’ 하고 칼이 미끄러졌다.

그러자 맹부요가 이번에는 미간을 노렸다.

“빈틈!”

미간에서 불꽃이 튀었다…….

다음으로 칼끝이 향한 곳은 하복부였다.

“빈틈!”

그러나 칼은 강철 같은 하복부를 따라 쭉 미끄러졌고, 더 아래쪽에 있던 무언가와 부딪혔다. ‘깡’ 하는 소리가 나는 게, 꼭 무슨 금강석 덩어리에 부딪힌 것 같았다.

맹부요의 입가가 씰룩거렸다.

끈으로 원보를 매달면 상어도 낚을 수 있다는 게 그냥 하는 소리가 아니었어, 완전 딴딴하잖아…….

“어르신이 철포삼[1]이라도 익힌 줄 아느냐?”

한 손으로 칼을 걷어 낸 제비천이 맹부요를 위아래로 훑어보며 말했다.

“그건 그렇고, 솔직히 놀랍구나. 여인이 이 정도까지 강해질 수 있다니. 십대 강자 서열 5위 안에도 너끈히 들겠어. 조금 더

1 몸을 무쇠처럼 단단하게 만드는 무공.

세월이 지나 경험이 쌓이면 천하 제패도 꿈이 아닐 테고!"

맹부요는 그를 거들떠보지도 않고 곧장 장손무극에게로 눈길을 돌렸다. 그녀가 볼 때 현재 제비천 주변 석 장 이내까지 접근할 수 있는 사람은 장손무극이 유일했다.

하지만 장손무극은 운흔을 지켜야 하기에, 협공에 가세할 수 없는 처지였다. 그렇다고 그녀 혼자서 제비천을 상대한다면, 설령 컨디션이 최고조라 해도 기껏해야 목숨이나 부지하면 다행이었다. 이긴다는 건 애초에 얼토당토않은 망상이요, 도망치는 건 더더욱 불가능했다.

맹부요가 의기소침해진 참인데, 마침 그녀와 눈이 마주친 장손무극이 안심하라는 듯 옅게 웃어 보였다. 눈을 가늘게 뜨고 그 미소를 바라본 맹부요는 문득 '내가 기운 빠질 게 뭐 있나.' 하는 생각이 들었다.

인생에서 가장 절망적이고 비참한 순간도 무사히 넘기지 않았던가. 비록 옆에는 웬 색마가 하나 붙어 있고, 옷매무새는 엉망에, 전체적으로 꼴이 말이 아니지만, 그래도 지금은 얼마 떨어지지 않은 맞은편에서 장손무극이 차분히 미소 짓고 있었다.

주위에서는 파도의 잔잔한 노랫소리가 들려오고, 검은등갈매기가 오선지에 음표를 그리듯 오르락내리락하며 사뿐하게 날고 있었다.

아아, 세상은 얼마나 아름다운가…….

넘어지고 깨져도 꿋꿋한 맹부요는 불현듯 깨달음을 얻었다. 그녀는 공격을 멈추고 칼을 거두어들인 뒤, 그걸로 손톱이나 다듬기 시작했다.

그래, 나도 이제 지친다. 황제 폐하께서 납시셨으니 어떻게든 해결되겠지. 여제께서는 이제 쉴 때도 됐다!

분노한 호랑이였던 맹부요가 눈 깜짝할 사이에 순한 양이 되자, 천하의 철면피 제비천마저 잠시나마 움찔했다. 표정이 환해진 제비천이 물었다.

"생각을 고쳐먹은 게냐?"

그러자 맹부요가 칼날을 돌려 자기 목을 겨누고는 차분하게 되물었다.

"시체랑 하는 데도 흥미 있으신가? 내가 댁은 못 때려눕혀도 내 목숨 끊는 건 문제없거든. 확인시켜 줘?"

눈썹을 치켜세운 제비천이 뭐 저렇게 까탈스러운 게 있나, 하는 표정을 지었을 때였다. 장손무극이 불쑥 끼어들었다.

"대인, 협의를 하는 것이 어떻습니까?"

"음?"

"대인께는 부요가 있고, 제게는 금강이 있습니다. 서로 양보하지 않고 버틴다면 여기서 언제까지고 바닷바람을 맞고 있어야 할 터인데, 그러고 싶은 것은 아니겠지요?"

장손무극이 웃었다.

"제 배를 타고 함께 궁창까지 가자 한다면, 응하시겠습니까?"

제비천이 장손무극을 쏘아봤다.

"우리 둘에게 차녀수양대법을 수련할 장소를 제공하겠다는 것이냐?"

"만약 대인께 부요를 함락할 재간이 있다면야 제가 무슨 권리로 끼어들겠습니까."

장손무극이 무심히 말했다.

"내기를 하면 어떻습니까? 저는 대인이 무력을 동원하거나 다른 사람의 목숨을 가지고 협박하지 않는 이상 절대 부요를 갖지 못하리라는 데에 걸지요."

제비천이 피식 웃었다. 장손무극을 조롱하는 것이 분명한 표정이었다.

"네 여인에 대한 믿음이 퍽 깊은 모양이로구나. 모르는 것 같은데, 부풍에는 여인을 유혹하는 술법이 수도 없이 많다. 저기 누워 있는 녀석의 목숨으로 협박하지 않더라도 얌전히 내 품으로 뛰어들게 만들 수 있다는 말이니라. 고양이에게 생선을 맡겨 두겠다는데 이쪽에서야 왜 마다하겠느냐, 아깝게시리."

이어서 제비천이 물었다.

"조건은?"

"저와 일행도 여정을 함께하게 해 주십시오. 제가 대인을 공격하지 않는 이상 대인도 저를 공격해서는 안 되고, 부요를 비롯해 제 주변인들을 해쳐서도 안 됩니다. 만약 부요가 스스로 원해서 대인께 몸을 허락한다면 그 즉시 금강을 돌려 드리겠습니다. 반대로 대인이 패할 경우, 부요에게서 깨끗이 손을 떼고 이 친구를 구해 주십시오."

장손무극이 곁의 운흔을 가리켰다.

"강제로 하는 것은 본디 이 어르신 취향이 아니다."

제비천이 장손무극을 힐끗 흘겨보면서 말했다.

"어차피 딱히 할 일도 없으니 제안을 받아들이마!"

"다만."

장손무극이 담담하게 말을 이었다.

"이 친구는 생명이 위태로운 상황입니다. 내기의 승패가 가려질 때쯤에는 백골이 되어 있을지도 모르지요. 만약 그때 가서 대인이 패하기라도 한다면 약속은 어찌 지키시겠습니까? 약속을 못 지켜 대인의 명성에 금이 갈까 저어됩니다. 그러니 일단 지금 손을 써서 그때까지 목숨은 부지할 수 있게 해 주시지요."

"네놈이 질 게 뻔하거늘, 내가 왜?"

제비천이 코웃음을 쳤다.

"뭐, 정 그러시겠다면야."

장손무극이 고개를 반대편으로 돌렸다. 바다 위에 그의 차분한 음성이 퍼져 나갔다.

"서기관, 자네 거기 있는가?"

"예, 폐하!"

멀찍이 정박해 있는 커다란 배 위에서 누군가 우렁차게 대답했다.

"불러 주는 대로 실록에 기록하라."

하늘을 바라보며 장손무극이 한 자 한 자 느릿하게 말했다.

"천건天乾 원년 6월 17일, 황제가 절역 북쪽에서 부풍 무신 제비천을 만나 여인의 마음을 두고 내기를 청했다. 그러나 조건을 정하던 도중 무신 제비천이 지레 겁을 먹고……."

"알겠느니라!"

체면에 죽고 사는 제비천 어르신이 장손무극의 말허리를 잘랐다.

"일부러 성질 돋울 거 없다! 어르신은 그 녀석을 살릴 수도 있지만 죽일 수도 있느니라. 너희가 지면 그때 가서 개미 죽이듯 눌러 죽이면 그만이야."

장손무극이 말없이 미소 지으며 손을 내젓자 바삐 글을 써 내려가던 서기관이 재깍 붓놀림을 멈췄다. 장손무극이 무척 아쉬운 투로 말했다.

"아아, 장래에 온 천하에 공개될 실록에 무신과의 조우를 실을 수 있었다면 참으로 좋았으련만, 아까운지고……."

빙긋이 웃으면서 일어선 그가 본선에 신호를 보내 운흔을 챙기도록 한 뒤, 제비천을 배 쪽으로 안내하는 손동작을 했다.

"무신께서 찾아 주시니 더할 나위 없는 영광입니다."

맹부요를 집어 들고 몸을 날린 제비천이 목을 빳빳이 세우고 허공을 가로지르다가, 장손무극 곁을 지나치는 순간 짐짓 건조하게 말했다.

"보통은 넘는 놈이로구나. 제 여자를 이리도 아무렇지 않게 남한테 양보하다니. 그것도 당사자를 앞에 두고서."

그 소리에 맹부요가 눈을 치떴다. 본격적인 내기 판이 시작된 것이었다.

제비천이 둔 첫수는 이간계였다.

"부요의 몸과 마음은 부요의 것입니다."

장손무극이 미소 지었다.

"제가 양보할 수도, 대인이 제게서 빼앗을 수도 없다는 말이지요."

맹부요가 이번에는 장손무극을 향해 눈을 치떴다.

저기, 아까는 황후라면서요. 목숨 걸고 되찾아야 하는 거 아니야? 저기요, 이거 지금 사람을 불구덩이에 처넣겠다는 거잖아요? 저기, 누구는 육식 공룡 옆에 던져 두고 지금 웃음이 나와? 하, 얼마 만의 상봉인데, 이게 지금 일편단심 어쩌고 하던 작자가 할 짓이야? 대체 어쩔 생각이길래?

그녀도 이미 장손무극이 타고 온 배를 발견한 뒤였다. 아까 파도에 휩쓸리기 직전에 봤던 불빛의 출처가 바로 그 배였다.

그나저나 장손무극의 능력이면 어떻게든 제비천의 발을 묶어 놓고 그녀와 힘을 합쳐 이곳을 탈출할 수도 있을 것이다. 그런데 굳이 제비천을 궁창까지 달고 가겠다니, 어째서? 일부러 시한폭탄을 끌어안고 가슴 졸여야 할 이유가 대체 뭔데?

뭐, 그래도 일단은 정조도 지켰고 운흔에게 유예 기간을 얻어 주기도 했다. 장손무극이 제비천을 궁지로 몰아서 내기에 응하도록 만들지 않았더라면 제비천은 절대 운흔을 구해 주려 들지 않았을 것이다. 비록 그녀 앞에는 한시도 마음을 놓을 수 없을 나날들이 펼쳐져 있었지만, 얻은 것을 생각하면 그쯤은 감수할 만했다.

맹부요는 안도의 한숨을 내쉬었다. 마음이 한결 가벼워진 느낌이었다.

곁의 독심술 능력자가 그녀의 생각을 읽었는지 부드럽게 웃으며 눈빛을 보내 왔다.

"부요, 나는 그대를 믿소."

조금 전까지만 해도 확신이 없던 맹부요는 그 즉시 기운이 펄펄 솟구쳤다. 장손무극의 말을 귓등으로 흘려들은 게 분명한 제비천을 슬쩍 곁눈질한 그녀가 '흥' 하고 콧방귀를 뀌었다.

난공불락의 요새란 무엇을 말하는지 이 마님이 확실히 알려 주마!

맹부요의 눈동자가 자신을 태연하게 팔아넘겨 놓고도 찔리거나 걱정되는 기색 따위는 전혀 없는 장손무극에게로 향했다.

왜일까. 무신이 어느 분의 계략에 단단히 걸려들었다는 느낌이 드는 건.

왜일까. 분명 날 팔아먹은 작자인데 화가 안 나는 건.

이로써 세 사람의 기묘한 동행이 시작됐다.

제비천은 제까짓 기생오라비 같은 놈이 뭘 믿고 자신을 무시하는 건지 어이가 없을 따름이었다.

제 여자를 어르신께 넘기고도 절대 못 먹으리라 장담하는 자신감은 대체 어디서 나오는 것인가?

제비천이 생각할 때 본인의 멋들어진 풍채와 고아한 분위기면 맹부요를 흔들어 놓는 것쯤은 일도 아니었다. 술법처럼 격

떨어지는 수단을 동원할 필요도 없이, 그는 일신의 매력만으로도 얼마든지 맹부요를 본인 물건 아래에 무릎 꿇릴 자신이 있었다.

그리하여 어느 날 밤, 자다 깬 맹부요는 선실 입구에서 한 손으로 벽을 짚고 다리를 비스듬히 꼰 채로 근사한 자태를 뽐내고 있는 사내를 발견하게 되었던 것이었다.

그녀를 지긋이 내려다보고 있는 사내의 눈동자 안에는 우수와 낭만, 그리고 고독이 짙게 서려 있었다. 사내의 눈은 어둠 속에서 별처럼 빛나고, 그의 손에는 이 계절에 절대 필 리가 없는, 술법으로 만들어 낸 것이 분명한 화려한 색상의 모란꽃 한 송이가 들려 있었다.

제비천은 침묵을 지켰다. 이 순간에는 말보다 침묵이 더 큰 힘을 발휘하리라.

말 한마디 없이도 한껏 빛을 발하는 멋짐!

세상에 꽃 싫다는 여자도 있다던가? 미남 싫다는 여자도 있다던가? 이 순간 달빛 아래에서 꽃을 든 채, 멋들어지게 벽에 기대어 있는 그에게 매혹당하지 않을 여자가 과연 세상에 있을 것인가?

어둠 속의 여인은 말이 없었다. 탐조등처럼 형형하게 빛나는 여인의 눈동자가 꽃에서 사내에게로, 사내에게서 다시 꽃을 향해 움직였다. 여인이 탄식을 흘린 건 무신이 계속 한 자세로 서 있느라 다리에 쥐가 나기 직전까지 갔을 때였다.

"진짜 크네……."

본인의 위풍당당한 풍채가 마침내 가시 돋친 장미를 꺾었구나, 하고 신이 난 무신이 냉큼 물었다.

"어디가 말이냐?"

그러자 여인이 느른하게 말했다.

"콧구멍이."

"……."

무신을 가뿐하게 몰아낸 맹부요는 뒤통수에 팔베개를 하고 침상에 누워 있었다. 그런데 갑자기 선실 바닥이 쩍 갈라졌다.

자세히 보니 선실 바닥은 원래부터 눕혀 놓은 미닫이문 같은 구조로 되어 있었다. 아래쪽에서 기관을 작동시키자 바닥 전체가 소리 없이 밀리면서 열린 것이었다.

맹부요는 다리를 꼰 채 세상만사 다 뜬구름이니라, 하는 얼굴로 그냥 누워 있었다. 선실 바닥 아래쪽에서 누군가가 구름처럼 날아오르더니, 싱긋 웃으며 그녀의 침상에 내려앉았다.

맹부요가 발길질을 하며 전음으로 쏘아붙였다.

— 저리 꺼져요!

— 그 말투가 얼마나 그리웠는지 모르오…….

당연히 꺼질 리가 없는 상대가 은근슬쩍 그녀 곁에 누워 미소를 보냈다.

— 먹던 욕을 안 먹고 지내니 그야말로 하루가 3년 같더군.

맹부요는 꼼짝 않고 누워서 콧방귀만 '흥' 하고 뀌었다. 곁에 누운 이 역시 움직임이 없었다.

익숙한 향기가 그윽하게 번져 와 좁은 선실을 가득 채웠다. 맹부요는 살그머니 숨을 들이쉬면서 세상에 이렇게 좋은 향기가 또 있을까, 하고 생각했다. 어둠 속에서 입꼬리가 주체할 수 없이 올라갔다.

이렇게 평온한 기분에 젖어 보기는 정말 오랜만이었다. 끔찍한 고통과 유랑 생활을 겪은 이후여서인지 이 순간의 따스함과 평화로움이 눈물 나도록 소중하게 느껴졌다.

맹부요는 훌쩍거리면서도 애써 힘줘 눈을 부릅떴다. 지나온 길이 풍파의 연속이었고 함께했던 날보다 떨어져 있던 날이 더 많았듯이, 남은 길 역시 풍파의 연속이요, 다시 만날 날은 기약조차 없었다.

찰나의 사치에 불과한 이 온기에 미련은 가져서 무엇할까. 지금이 따스할수록 훗날은 더 황량하리란 걸 몰라서?

조용히 한숨을 내쉰 그녀가 반대편으로 돌아누우며 말했다.

— 잘래요. 괜히 여기 얼쩡거리지 말아요. 제비천이 내기에 시큰둥하긴 해도 여기 있다가 들키면 시비를 안 건다는 보장은 없으니까.

— 무신께서는 다방면으로 박학다식하다 할 수 있으나 딱 한 가지, 태생적으로 총기를 발휘하지 못하는 방면이 있지.

웃음기 섞인 장손무극의 숨결이 맹부요의 귓가를 간질였다.

— 기관진법. 그것만은 깊이 파 본 적이 없을 것이오. 신기

에 가까운 술법력의 소유자인 만큼 그 어떠한 기관 장치도 자신의 발을 묶지는 못하리라 여길 테니. 그런 맥락에서, 본인은 그대의 옆방을 쓰고 나는 그 옆방을 쓰는데 설마하니 내가 아래층 선창을 통해 그대의 침소에 드나들 거라고는 상상도 못 하겠지.

— 그래서, 언제 떼어 낼 건데요?

맹부요가 불쑥 물었다.

장손무극의 대답은 잠시 간격을 두고서야 나왔다.

— 떼어 내지 못하오. 우리 신변에 술법을 걸어 놔서 무신 근처에서 벗어나면 곧바로 들키게 되어 있소. 사실 굳이 떼어 낼 필요가 없기도 하고. 그대에게는 운흔을 치료해 줄 사람이 필요하지 않소? 무신이 없으면 누가 그걸 하겠나?

— 날 그렇게 철석같이 믿어요?

맹부요가 고개를 돌려 형형한 눈빛으로 장손무극을 응시했다.

그러자 장손무극이 빙긋이 웃으며 두 손가락으로 그녀의 코를 잡았다.

— 내가 맹부요를 못 믿으면 세상 누구를 믿겠소.

맹부요는 그의 손가락을 피하려고 했으나 장손무극이 놓아주질 않았다.

두 사람이 줄곧 전음으로 대화를 나누고 있었기에 조금 전까지 어둠 속은 고요하기만 했으나, 방 안에 나지막이 헐떡이는 소리가 번지기 시작했다. 티격태격하며 뒤척이다 보니 맹부요는 어느새 장손무극 밑에 반쯤 깔려 있었다.

맹부요가 장손무극을 밀어내려는 참인데, 그녀 위에 비스듬히 엎드린 장손무극이 손을 뻗어 그녀의 눈꺼풀을 천천히 어루만지며, 탄식하듯 읊조렸다.

— 부요……. 부요…….

맹부요는 애간장이 녹도록 애틋한 그의 부름에 몸도 마음도 말랑하게 풀어지고 말았다.

따스한 손가락이 부드럽게 눈꺼풀을 스치는 감각은, 봄바람 속에 단비가 내리고 꽃잎이 어지러이 흩날리는 꿈결인 듯했다. 가느다란 이슬비가 어둠을 촉촉이 적셔 그 안에서 투명하게 반짝이는 꽃송이를 피워 냈다.

장손무극의 그윽한 체향이 한층 짙어지는가 싶더니, 눈꺼풀에 조금 전보다 더 부드러운 감촉이 와 닿았다. 장손무극이 살며시 다가와 눈꺼풀에 입맞춤을 남긴 것이었다.

— 많이…… 아팠소?

맹부요는 말없이 고개를 가로저었다. 고개가 흔들리자 눈시울에 맺혀 있던 영롱한 물기가 아래로 굴러 내렸다.

맹부요가 미처 감출 새도 없이 입술로 그 물기를 훔쳐 낸 장손무극이 한숨지었다.

— 번번이 내 잘못이 크군…….

맹부요는 장손무극의 다정다감함이 두려웠다.

아주 야박하게 굴거나 모진 말을 하고 소리를 지르는 건 차라리 겁나지 않았다. 그보다는 마치 누에고치가 자아낸 가느다란 명주실처럼 그녀를 부드럽게 휘감고 끊임없이 곁을 맴돌면서, 앞으로 향하는 발걸음을 소리 없이 얽어매고, 핏물에 담갔다가 용광로에서 제련한 그녀의 심장을 동여매는 쪽이 훨씬 무서웠다. 숯불 한가운데서 갓 꺼낸, 새빨갛게 달궈진 심장이 물속처럼 편안한 이 온도에 에워싸이면 삽시간에 '치익' 하는 소리와 함께 조각나 버리고 말 것 같아서…….

귓가에 나지막한 목소리가 흘러들었다.

— 그러나 그대에게도 잘못은 있소. 나와 한 약속을 또 저버린 잘못…….

맹부요가 못 알아들은 척 대꾸했다.

— 응? 뭐요? 아, 알려 준다는 걸 깜빡했는데, 나 기억 상실이거든요.

— 그래서 나도 잊었소?

장손무극이 그녀를 끌어안고 말했다.

— 차라리 내가 그대를 잊을 수 있다면 좋겠소. 매번 그대에게 버림받고 아득히 멀리 있는 그대를 그리워하며 고통스러워하느니, 아무것도 기억하지 못하는 채 일생을 보내는 편이 나을 듯하여.

맹부요는 아무런 말도 하지 못했다.

세인들은 무언가를 알아서 기뻐하고 무언가를 얻어서 기뻐하기는 해도, 얻음과 잃음이 계속 반복되다 보면 결국에는 모든 것이 고통으로 귀결된다는 사실은 몰랐다.

연회가 제아무리 성대해도 끝나고 나면 쓸쓸함만이 남을 수밖에 없는 것을.

곁에 누운 이의 손끝은 서늘했지만, 체온은 따스했다. 극지에서 만난 첫눈처럼, 처음에는 차갑게 느껴지다가도 손에 쥐고 비비다 보면 화끈한 작열감이 가슴속까지 파고드는.

그는 그녀 인생의 첫눈이었다. 세상 가득한 반짝임에 이끌려 저도 모르게 걸음을 옮기다 보면 어느덧 끝이 보이지 않는 아득함을 마주하게 되는, 첫눈.

여자를 상대로 구애라는 것을 해 본 전력이 없는 무신께서 경험하신 첫 퇴짜는 본래 심드렁하던 그의 심리에 오히려 불을 댕겼다. 이후 이어진 며칠의 항해 동안 그는 의욕적인 도전을 반복했고, 그때마다 실패했다.

2차 도전에서는 태세 전환을 시도, 아찔한 콧구멍을 맹부요에게 들이대는 대신 낭만적으로 함께 별을 보러 나가자고 청했다. 맹부요는 뭐 그럽시다, 하고 따라나섰다.

함께 별 구경을 하는 동안 무신은 그녀에게 별에 관한 시를 줄줄이 읊어 주었다. 맹부요는 무신이 대단히 박학다식하다는 걸 인정할 수밖에 없었다. 누군지도 모르겠는 무명 시인의 작품까지 박박 긁어다가 내놓는 것이, 아주 그냥 시 낭송으로 밤을 꼴딱 새울 작정인 것 같았다.

막판에 가서는 더 이상 생각나는 게 없자, 무신은 급기야 본인이 직접 시를 짓기 시작했다. 그런데 그 자작시라는 것이 의외로 꽤 그럴싸했다. 시에 문외한인 맹부요가 무신을 다시 봤을 정도로.

맹부요의 눈빛을 느끼고 들뜬 무신이 잽싸게 물었다.

"감상이 어떠하냐?"

맹부요가 의미심장하게 운을 뗐다.

"만약 행복은 구름이고 고통은 별이라면……."

무신이 기대에 찬 눈빛을 보냈다.

"당신과 함께 있는 지금……."

무신이 가까이 옮겨 와 앉았다.

"내 일상은 구름 한 점 없이 뭇별 총총한 하늘이어라……."

"……."

잠시 후, 사나운 포효가 뱃머리를 뒤흔들었다.

"구미! 네 어미가 너 가졌을 때 아비가 집 비운 틈을 타 할아버지가 어미 방에 드나든 거 아니냐?"

가련하게도, 그냥 지나가다가 엉겁결에 조상님까지 싸잡혀 욕을 먹은 구미는 눈물을 흩뿌리며 줄행랑을 쳤다…….

3차 도전에 이르러, 심각한 표정으로 맹부요를 방에서 끄집어낸 무신이 코끝이 서로 맞닿도록 얼굴을 바짝 들이대고 물었다.

"대체 어르신의 어디가 마음에 안 드는 게냐? 뭐든 고칠 용의가 있으니 말해보아라!"

맹부요가 정감 어린 눈빛을 보내며 그를 불렀다.

"할배요……."

"……."

4차 도전을 감행한 날, 또다시 선실 입구에 나타난 무신은 아무런 말도 하지 않고, 길을 비켜 주지도 않고, 절대적인 위압감을 뿜으며 맹부요를 내려다보기만 했다.

한숨을 푹 내쉰 맹부요가 진심으로 궁금하다는 투로 물었다.

"댁은 도대체 내 어디가 마음에 들어서 이러는 건데?"

그러자 무신의 눈이 반짝 빛났다. 일단 말을 텄으니 어떻게든 수가 생기겠구나, 생각한 그가 냉큼 대답했다.

"얼굴도 어여쁘고, 몸매도 좋고, 가슴도 크고……."

"아, 내가 다 고치면 될 거 아니냐고!"

"……."

치열한 공방전이 한창인 가운데 어느덧 배가 항구에 당도했다. 마침내 정식으로 궁창 땅에 입성한 것이다.

요 며칠 맹부요는 낮에는 무신을 상대로 방어전을 펼치고 밤에는 장손무극과 '놀아나느라' 바빴다. 그러던 장손무극도 상륙 시점이 다가올수록 얼굴에 우려의 기색이 뚜렷해졌다. 이유를 캐묻지는 않았지만, 그의 표정을 보면서 맹부요도 덩달아 불안을 느끼고 있었다.

신비의 궁창.

그곳은 대체 어떤 나라이길래 천하에 두려울 것이 없어 보이던 장손무극이 저토록 깊은 수심에 잠긴 걸까?

앞서 그녀가 궁창의 행정 편제에 관해 물어봤을 때 장손무극은 간략하게만 설명을 해 줬었다.

궁창은 황족이 없는 신권 국가로, 최고 통치자는 장청 신전의 전주였다. 장청 신전 아래에는 각지의 주州를 다스리는 분전分殿이 있고, 분전 아래에는 성마다 배치된 신단神壇이, 신단 아래에는 분단分壇이 있었다. 하부 행정 기관은 다른 나라들과 비슷하게 운영되고 있었다. 단지 정권과 신권이 분리되어 있지 않다는 점만 다를 뿐이었다.

신전에서 파견된 사자는 통칭 '신전 사자'로 불리며, 궁창 전역에서 높은 지위를 누렸다. 장청 신전에 예속된 각급 기구의 구성원들은 만백성의 지극한 존경을 받았는데, 궁창 백성 모두가 신전 신도이기는 해도, 신전의 정식 일원은 출중한 재능의 소유자가 아니면 될 수 없기 때문이었다. 게다가 엄격한 자격 시험까지 통과해야 하기에, 그들은 관할 지역에서 절대적인 권위를 가지고 있었다.

장손무극 일행의 배가 느릿느릿 항구 안쪽으로 진입했다. 해구를 지나 궁창으로 접어들면서부터 바닷길이 점점 좁아지더니 해구에서 가장 가까운 항구에 도착한 지금, 해로의 폭은 좁은 강 정도밖에 안 됐다.

마침 이때 상당히 웅장한 규모의 또 다른 배도 항구로 들어오고 있었다. 대형 선박 두 척이 동시에 진입하자 물길이 대번에 꽉 찼다.

그 시각 맹부요는 한창 좌선에 들어 있었고, 장손무극은 선실에서 변장 중이었으며, 뱃머리에는 하필 무신 어르신이 나와 계셨다. 원래는 한발 늦은 이쪽 배가 양보해야 할 상황이었지만, 제비천 어르신 사전에 양보라는 단어는 존재하지 않았다.

제비천이 선원들을 향해 팔을 휘두르면서 소리쳤다.

"뭘 보고 있어? 얼른 들어가지 않고!"

상대편이 아직 완전히 항구 안으로 진입하지 못한 상태에서 이쪽 배가 밀고 들어가자 상대편 배가 기우뚱했다.

그러나 상대편 조타수도 보통이 아니었다. 조타수가 황급히 키에 매달리자 상대편 배가 '우르릉' 소리와 함께 방향을 급선회해 장손무극의 배를 들이받았다.

좁은 수로 안에서 힘겨루기를 벌이듯 선체를 맞댄 배 두 척은 양쪽 모두 움직일 수 없게 되어 버리고 말았다.

주변 인파가 깜짝 놀라 내지르는 소리 속에서, 제비천이 턱을 치켜들고 코웃음을 쳤다.

상대편 배 안에서 흰색 장포를 입은 무리가 근엄하게 등장해 옷자락을 휘날리며 뱃머리로 걸어 나왔다. 얼음 조각상처럼 차가운 그들의 표정과 자세 탓에 주변 온도가 순식간에 뚝 떨어지는 것 같았다.

제일 앞장서서 걸어 나온 사람이 팔을 쳐들자 그자의 머리 위에 은사로 짜인 깃발이 좌라락 펼쳐졌다. 깃발에는 눈으로 뒤덮인 산맥이 그려져 있었고, 구름에 휩싸인 산꼭대기에는 화려한 전각과 누대가 줄지어 늘어선 채, 흡사 하늘 위의 천궁이라도 되는 양 세상을 오연하게 굽어보고 있었다.

구경거리가 났다고 부둣가에 모인 사람들이 그 깃발을 보더니 화들짝 놀라며 일제히 무릎을 꿇었다. 깃발을 든 자가 맞은편 배를 차갑게 노려보며 한 자 한 자 똑똑히 말했다.

"그 배에는 어떤 자가 타고 있기에 하늘을 대신하여 천하를 둘러보는 신전 사자의 앞길을 방해하는 것인가? 당장 앞으로 나와 무릎을 꿇고 신전 사자를 영접하라!"

목소리 자체는 크지 않았으나 그 안에 실린 엄청난 내공이 얼음 결정처럼 공기를 가르고 멀리까지 뻗어 나갔다.

"거역한다면 내 너를 하늘의 이름으로 멸하리라!"

미남에 약한 신전 사자

배 위에서 고함치는 이는 기세가 하늘을 찔렀고, 배 안에서 그 고함을 듣고 있는 이는 눈빛이 형형했다.

맹부요가 투덜거렸다.

"아, 뭐야. 어떤 머저리가 또 일 저질렀어? 싸우러 온 게 아니라 부탁하러 온 처지에 궁창 땅에 발도 디디기 전에 미운털부터 박히기는 싫은데……."

그러고는 침착하게 되뇌었다.

"얌전히 굴자, 얌전히, 얌전히, 얌전히……."

그녀는 얌전히 소매를 걷어붙이고, 얌전히 무기를 챙기고, 얌전히 선실 밖으로 몸을 날렸다. 그렇게 밖으로 나와 뭐라고 한마디 해 보기도 전에, 제비천 어르신이 고개를 삐딱하게 기울인 채, 맞은편에 오만하게 서 있는 흰옷의 사람들을 쏘아보면서 내뱉는 소리가 들렸다.

"시끄럽긴."

그가 팔을 살짝 드는가 싶더니, 맞은편 배가 갑자기 '기우뚱' 한쪽으로 넘어갔다…….

그랬다, 제비천이 배를 넘어뜨린 것이었다!

눈에 보이지 않는 거대한 손이 길이 삼십 장가량에 달하는 선체를 밑에서부터 받쳐 들고 뒤집어엎는 듯한 광경이었다.

그냥 단숨에 넘어뜨렸다면 그 육중한 선체는 '쿵' 하고 바로 끝장이 났을 텐데, 제비천은 배를 아주 천천히 기울어뜨리고 있었다. 마치 밤일에 대단히 능숙한 풍류남아가 등불에 반짝이는 휘장 장식 아래에서 마음에 둔 처녀를 부드럽게 밀어 넘어뜨리듯이. 그의 표정은 매혹적이었고, 그의 자태는 고상했으며, 그의 동작은 야릇했고, 맞은편 배에 타고 있는 자들은 재수 옴 붙은 상황이었다.

깃발을 나부끼며 얼음 조각상 같은 자세를 자랑하던 자들은 배가 손쓸 틈도 없이 기울어지자 그대로 주르륵 뒤로 밀렸다. 서로서로 옆 사람 궁둥이에다 대고 엉덩방아를 찧으면서 존귀한 기개 따위를 논하기란 더 이상 무리였다.

그래도 무공은 꽤 하는 자들인지라, 바로 다음 순간 일행 전원이 동시에 공중으로 도약했다. 새하얀 형체들이 푸르른 수면 위쪽에서 훨훨 춤을 추며 하늘 높이 솟구쳤다. 하나같이 구름처럼 몸이 가벼운 그들에게서는 선인의 풍모마저 느껴졌다. 부둣가에 모여 있는 구경꾼들은 경외심을 담아 머리를 깊숙이 조아렸다.

아까 소리를 질렀던 자가 하늘 한복판까지 날아올라 다시 한 번 호통을 치려고 숨을 한껏 들이마셨을 때였다. 그때껏 재미있다는 식으로 지켜보고만 있던 제비천이 돌연 손을 뻗었다.

제비천의 손에는 어느새 자그마한 청색 깃발이 들려 있었다. 깃발에 그려진 그림은 바람에 펄럭이고 있는 탓에 확실히 알아보기 힘들었지만, 얼추 짐승 종류인 것 같았다.

제비천이 펄럭이는 깃발로 허공을 가리키자 그 즉시 격렬한 천둥소리가 울리더니 비가 내리기 시작했다!

더도 덜도 아닌 삼십 장 범위, 딱 맞은편 배 위에만 전격적인 폭우가 쏟아졌다. 덕분에 배 위쪽 공중에 떠 있는 사람들은 물벼락을 맞아 온몸이 쫄딱 젖었다.

그런 와중에도 맞은편 배와 딱 붙어 있는 이쪽 배에는 물 한 방울이 튀지 않았다. 맹부요가 위쪽을 올려다보며 중얼거렸다.

"큰무당이셔……. 내 옆에 참으로 큰무당이 계셨어……."

"눈속임에 불과하오."

곁에서 누군가가 나지막하게 웃음을 흘렸다. 장손무극이었다.

"신귀반운술, 실은 바닷물을 빌려 온 것이지."

'아아.' 하고 받아넘긴 맹부요는 미간을 찌푸린 채 생각했다.

저런 귀신같은 인간을 달고 다니다가 어느 날 갑자기 욕구불만으로 부신 호르몬이라도 폭발하면 어떻게 당해 낸담?

배 위에 장대비가 퍼붓자, 신전 사자들이 초탈한 신선 느낌을 한껏 강조하기 위해 계절에도 안 맞게 입고 있는 흰색 홑옷은 물에 젖어 안이 훤히 비쳐 보였다.

"오옷!"

맹부요가 눈을 반짝이며 외쳤다.

"속옷 보라색!"

제비천은 옷이 젖으면서 몸태가 적나라하게 드러난 신전 사자들을 거만하게 쳐다보고 있었다. 개중에서도 특히 나올 곳은 나오고 들어갈 곳은 들어간 몇 명을 유심히 보던 그가 이내 고개를 절레절레 저으며 한숨을 뱉었다.

"몸매도 그저 그렇구먼! 보여 줄 것도 없으면서 밖에는 왜 싸돌아다니느냐? 보아라, 내 옆에 있는 이 몸매야말로……."

맹부요가 후다닥 그의 입을 틀어막으면서 애원조로 말했다.

"어이쿠, 할배요, 나 쓸데없이 유명해지기 싫거든!"

신전 사자들은 분에 받쳐 얼굴이 하얗게 질렸다. 치욕을 참지 못하고 무기를 꺼내 든 그들이 제비천을 향해 돌진하려는 참인데, 누군가의 싸늘한 목소리가 끼어들었다.

"멈추어라!"

그리 큰 목청은 아니었다. 목소리 자체는 아주 젊은 느낌이었고, 말투에서는 다소 병약한 분위기가 묻어났다. 그러나 그 음성이 울려 퍼지는 즉시 흰옷을 입은 자들은 바닥으로 내려와 허리를 숙였고, 주변에서 배 위를 올려다보고 있던 백성들은 다시금 땅에 납작 엎드렸다.

맹부요의 눈길이 부둣가 가장자리, 신전 사자들의 배 바로 옆쪽에 서 있는 나무에 꽂혔다. 조금 전의 그 한마디가 울려 퍼지는 동시에 나무껍질이 조각조각 갈라져 파스스 떨어져 내리는 걸 본 탓이었다. 상대는 막강한 내공의 소유자였다.

주위에 몰아치던 바닷바람이 한결 잦아드는 것 같더니, 비스듬히 기운 선실 주렴이 젖혀지고 황금색 형체가 서서히 모습을 드러냈다. 지극히 차분하고 느릿한 발걸음으로.

오른편으로 천천히 넘어가던 선체가, 그자가 좌현을 향해 한 발짝씩 걸음을 옮길 때마다 조금씩 좌측으로 기울어졌다. 그렇게 열 걸음을 걷는 동안, 금방이라도 전복될 것 같던 배가 차츰차츰 수평을 회복해 갔다. 흰옷을 입은 자들이 일제히 무릎을 꿇고 절을 올렸다.

"신전 사자의 권능이 임하셨도다!"

백성들도 소리 높여 외쳤다.

"신전 사자의 권능이 임하셨도다!"

손으로 턱을 받치고서 황금색 옷의 사람을 흥미진진하게 지켜보던 맹부요가 이내 장손무극을 향해 말했다.

"끝내주네! 일개 신전 사자의 공력이 저 정도라니, 거의 연살이랑 맞먹는 것 같은데요?"

"궁창의 신전 사자들은 모두 엄선된 고수들이오."

장손무극이 대답했다.

"조정 대표로 외부로 파견된 순찰사나 마찬가지이거늘, 힘없는 자들을 내보낼 리가 있겠소?"

장손무극의 눈이 황금색 옷을 입은 사람의 허리띠에 꽂혔다. 허리띠에 붙어 있는, 말 머리에 사람 몸뚱이를 한 문양을 훑어

본 그가 담담히 말했다.

"긴나라 소속이군."

"긴나라?"

맹부요가 움찔했다.

"천룡 팔부?"

"그대가 신전의 여덟 부를 어찌 알고 있는 것이오?"

장손무극이 다소 놀란 표정으로 쳐다보자 맹부요의 입가에 경련이 일었다.

우연이겠지, 그냥 우연일 거야…….

"신전 팔부는 천중天衆, 용중龍衆, 야차夜叉, 건달바乾達婆, 아수라阿修羅, 가루라迦樓羅, 긴나라緊那羅, 마호라가摩呼羅迦로 이루어져 있소. 궁창 최고위 통치자인 장청 신전 전주가 주인으로 있는 천중, 성주聖主가 주인으로 있는 용중, 군무를 맡아보는 야차, 여기까지를 상삼전上三殿이라 부르오. 그 아래로 건달바는 정무, 아수라는 경제, 가루라는 신전 경비, 긴나라는 신도 관리, 마호라가는 신전 외곽의 사대 신역을 담당하고 있소. 그 밖에 신전 팔부는 각자의 특장점이라고 할 수 있는 천문, 진법, 점술, 환술, 가무, 음악, 서화, 의약을 관장하기도 하지."

궁창 사정을 손바닥 들여다보듯 환히 꿰뚫고 있는 장손무극의 설명에 맹부요가 피식 웃어 버렸다.

"세상천지에 당신이 모르는 것도 있어요?"

"있고말고."

장손무극이 마주 웃었다.

"그대가 언제쯤 혼인을 승낙해 줄지 모르겠구려."

맹부요가 눈을 흘기면서 한마디 맞받아치려는 참인데, 수면을 때리는 요란한 굉음과 함께 맞은편 배가 제자리를 찾았다. 환호성이 주변 일대를 뒤흔드는 동시에 아까보다 이쪽으로 더 가까이 다가붙은 맞은편 배가 뱃전을 갈아 버릴 기세로 부딪쳐 왔다.

그때껏 장손무극의 설명을 듣느라 저쪽에는 신경을 끄고 있던 제비천이 고개를 홱 돌려 맞은편 배를 쳐다보면서 눈썹을 치켜세웠다. 그가 들어 올린 손에서 신전 사자의 황금색 의복보다도 훨씬 화려하고 강렬한 금빛 광채가 쏘아져 나갔다.

맹부요는 속으로 '아뿔싸!'를 외쳤다. 궁창 국경선을 넘은 지 얼마나 됐다고 벌써부터 살인이라니, 이래서야 앞길이 암담하지 않은가.

그녀가 제비천을 막고자 몸을 날리려는데, 누군가 옷자락을 확 잡아챘다. 뒤를 돌아보니 장손무극이었다.

한 손으로 맹부요를 붙잡은 장손무극이 다른 쪽 옷소매를 떨치자, 보이지 않는 힘의 흐름이 발출되어 제비천의 금빛 광채를 바닷물 속으로 끌고 들어갔다.

뒤이어 '쾅' 하는 굉음이 울리면서 수면 위로 거대한 물의 장벽이 솟구쳤다. 배 위며 부둣가에 나와 있는 사람들은 사방으로 금빛 광채를 뿜어내는 물보라의 위용에 소스라치게 놀라 비명을 지르며 뿔뿔이 흩어졌다.

제비천이 장손무극 쪽을 돌아보면서 한쪽 눈썹을 치켰다. 눈빛에 살기가 돌고 있었다.

"흐음?"

"저런 피라미들까지 무신께서 직접 상대하실 필요가 있다고 보시는지요?"

장손무극이 느긋하게 말했다.

"일개 신전 사자가 대인의 적수가 되겠습니까?"

잠시 생각에 잠기는가 싶던 제비천이 곧 고개를 끄덕였다.

"그도 그렇구나. 이 어르신이 품위 떨어지게 한참 어린 것하고 승강이를 벌일 수야 없지."

그러더니 소매를 휘휘 내저었다.

"네가 처리하라."

제비천이 이쪽 일에 손을 떼기로 하고 돌아섰을 때였다. 방금 본인이 저승 문턱까지 갔다가 돌아온 줄 전혀 모르는 황금색 의복의 신전 사자가 뱃머리에 서서 싸늘하게 말했다.

"어딜 도망치려고?"

그러자 물에 빠진 생쥐 꼴인 흰옷 무리가 한목소리로 외쳤다.

"당장 무릎 꿇고 신전 사자께 용서를 구하지 못할까!"

흰옷 무리 중의 몇몇은 여인이었다. 그들은 젖은 옷이 살갗에 착 달라붙어 몸의 곡선이 적나라하게 드러난 채로도 전혀 부끄러워하거나 가리려 들지 않고 당당하게 서서 소리를 질러대고 있었다. 부둣가의 백성들 역시 누구 하나 감히 그들을 올려다보지 못했고, 웃음거리로 삼는 건 더욱이 엄두도 못 냈다.

맹부요는 한숨을 내쉬었다. 신권 통치며 신앙 숭배란 역시 위험하구나 싶었다. 세월이 쌓이다 보면 결국은 비뚤어진 방향으로 변질되기 마련인 것이다.

지금 저게 어딜 봐서 정상인의 반응인가? 워낙 오랫동안 숭배의 대상으로 살아서 그런지 궁창 신전 사자들은 자기들이 진짜 신이라도 되는 줄 아는 것 같았다.

제비천이 또 폭발할 조짐을 보이자 맹부요가 얼른 어르신네 비위를 맞췄다.

"내가 나서야겠네, 내가! 이까짓 일을 어떻게 어르신한테 시키나. 철성한테 차 준비시킬 테니까 선실에나 들어가 계셔. 철성, 벽운작설차로 내어 드려!"

그러자 얼굴이 구겨진 철성이 찻잎을 왕창 집어서 잔에 욱여넣었다.

"죽도록 쓸 거다!"

다시 앞을 보고 돌아선 맹부요가 상대방을 죽이지 않는 선에서 버릇을 고쳐 놓을 방법을 궁리하던 때였다. 선실로 들어가는 제비천을 보고 그가 겁을 먹고 도망치는 줄로 안 신전 사자가 득의양양하게 웃더니, 손가락을 뻗어 맹부요를 가리켰다.

"저자들을 잡아들여 분단으로 압송하라! 만백성이 보는 앞에서 죄를 묻겠다!"

흰옷을 입은 무리가 허리를 굽히며 '예.' 하자, 맹부요도 하는 수 없이 소매를 걷어붙였다. 이때 장손무극이 앞으로 나서더니 차분하게 말했다.

"그쪽은 긴나라 소속이십니까?"

일순 움찔한 황금색 의복의 사람이 눈을 들어 장손무극을 살폈다. 미리 역용을 끝낸 장손무극은 그런대로 봐 줄 만하게 생긴 젊은 사내의 모습이었다. 원래 얼굴이 아님에도 상대방의 눈빛이 흔들렸다.

손을 내저어 수하들을 멈추게 한 상대방이 장손무극을 향해 물었다.

"귀하 역시 팔부 소속이신지요?"

"운 좋게 여기서 신전에 소속된 분을 뵙는군요."

장손무극이 미소 지었다.

"저는 아수라 소속입니다. 대왕의 명을 받들어 서부 변경 지대의 치수 현황을 살피고 오는 길이지요."

"아……."

눈빛이 한결 더 누그러진 상대방이 살짝 의심스러운 기색을 내비쳤다.

"그런데 어찌 의장이 갖추어져 있지 않습니까? 신전 사자가 맞는지요?"

"만조를 맞은 신하辛河의 제방이 불안한지라, 정사 어른께서는 먼저 그쪽으로 움직이셨고……."

장손무극이 허리를 가볍게 숙였다. 작은 동작에서도 태생적인 기품이 묻어났다.

"저는 부사입니다. 원래 마호라가부에 있다가 이쪽으로 온 지는 얼마 안 됐고, 정사 어른과 갈라져서 미복 차림으로 시찰을 다니는 중이었습니다."

상대방이 또 한 번 '아.' 하고 소리를 흘렸다. 이번에는 퍽 의미심장한 투로.

바깥에서는 마냥 결속력이 탄탄하리라고 생각하지만, 실상 신전 내부는 치열한 상호 견제의 장이었다. 마호라가부에서 갓 넘어온 자가 부사에 임명됐다면 정사가 텃세를 부릴 만도 했다.

장손무극의 말이 자신이 아는 것과 척척 맞아떨어지자 황금색 의복의 사람도 완전히 안심한 눈빛이 됐다. 그자가 장손무극을 위아래로 다시 훑어보더니 웃음기를 섞어 말했다.

"그렇다면 오해였던 것 같군요. 실례가 많았습니다."

그러더니 제비천이 들어간 선실 쪽을 힐끗 곁눈질하면서 다소 망설여지는 투로 덧붙였다.

"그런데 아까 그……."

"저도 잘 아는 분은 아닙니다만……."

장손무극이 목소리를 최대한 낮추고 짐짓 은밀하게 일렀다.

"오는 길에 우연히 만났는데 전주님의 오랜 벗이라고 하더군요. 사자께서도 보셨다시피 대단한 신통력을 가진 분인지라, 감히 비위를 거스를 수가 없었습니다. 사자께서야 겁은 안 나시겠지만, 저런 인물을 굳이 적으로 돌릴 필요는 없지 않겠습니까. 괜히 마찰을 일으켰다가는 신전에 돌아가서 난처해질 수도 있으니까요."

'아.' 하고 반응한 상대방이 장손무극의 배려에 감격했는지, 아까와는 비교도 안 되게 부드러워진 목소리로 말했다.

"그렇군요. 일깨워 주셔서 고마워요."

상대의 말투가 부드러워지는 즉시 맹부요의 눈이 예리하게 빛났다.

여인! 예상 밖에 상대방은 여인이었다!

머리부터 발끝까지 긴 옷을 둘둘 휘감고 있기도 했고, 얼굴 반은 가면으로 가려져 있는 데다가, 말도 차가운 투로 나지막하게만 하니 눈치채기가 쉽지 않았던 것이다. 게다가 맹부요는 어떻게 사태를 수습할지 고심하느라 상대의 성별에까지 신경 쓸 겨를이 없었다.

"부사께서는 언제 신전으로 돌아가실 계획인가요?"

장손무극에게 퍽 호감을 느끼는 듯, 여인이 말을 붙였다.

"저는 소환령을 받고 돌아가는 중입니다. 가는 길에 처리할 일이 더 있기는 한데, 혹여 동행할 수 있을는지요?"

"저 역시 신전으로 향하는 길입니다."

눈을 반짝 빛낸 장손무극이 답했다.

"동행할 수 있다면 저야 영광이지요."

양측이 대화를 나누면서 배에서 내리자 미리 와서 대기하고 있던 현지 분단 단주가 얼른 다가왔다. 다들 말에 오른 뒤에도 신전 사자는 맹부요에게는 눈길 한 번을 안 주고 오로지 장손무극 곁에만 붙어 나란히 말을 몰았다.

여인이 생긋 웃으며 말했다.

"너무 겸손하신 것 같네요. 아수라 소속이면 우리 긴나라보다 급이 높으니 말을 편하게 해도 될 텐데."

그러더니 가면 뒤에서 장손무극을 위아래로 은근히 훑어보고서 다시 빙그레 미소 지었다.

"젊은 분이 대단하군요. 그 나이에 벌써 아수라부 부사라니, 혹시 존함을 여쭈어도 될는지요?"

뒤쪽에서 묵묵히 말을 몰고 있는 맹부요가 속으로 생각했다.

저 정도면 소위 말하는 '작업' 아닌가?

"허소원이라고 합니다."

장손무극은 싱긋 웃으며 본인 이름만 밝혔을 뿐, 상대방의 이름은 묻지 않았다.

"좋은 이름이네요……."

여인이 말을 하다가 말았다. 촉촉한 눈빛을 쏘는 것이, 아마 장손무극이 자기 이름을 물어봐 주길 기다리는 듯했다. 그러나 장손무극은 눈치라고는 전혀 없는 척 얇게 웃고만 있었다.

여인의 눈동자에 고뇌가 스치더니, 결국은 입술 사이로 가느다란 목소리가 흘러나왔다.

"저는…… 탁발명주拓跋明珠예요."

"좋은 이름입니다."

장손무극이 영혼 없는 칭찬을 던져 주자 신이 난 여인이 고개를 꼬면서 말을 이었다.

"어머니께서 저를 가졌을 때 구슬이 쏟아져서 온 방 안이 반짝이는 꿈을 꾸셨다고……."

그녀는 급기야 장손무극 앞에서 본인의 신령스러운 탄생 일화를 주절주절 읊어 대고 있었다. 맹부요는 그 소리를 들으면서 속으로 악담을 했다.

구슬이 바닥에 쏟아져? 그럼 먼지를 뒤집어썼다는 거 아니야? 쯧쯧…….

"이곳은 저희 분단에서 신전 사자분들의 숙소로 제공하는 신선동부입니다. 독립된 원락이 두 개 있으니 따로따로 쓰시면 될 것 같습니다……."

분단 단주가 푸른 벽에 검은 기와지붕을 얹은 건물 앞으로 일행을 조심스럽게 안내했다. 동그랗게 뚫린 문 안쪽에 하인들이 두 줄로 공손하게 서 있는 게 보였다.

"누추한 숙소에 접대도 부족한 점이 많습니다. 모쪼록 양해 부탁드리오며……."

타국에서는 현령급인 분단 단주는 신전 사자 두 명을 한꺼번에 접대해 보는 것이 처음이라서인지 몹시 긴장한 모습이었다. 더운 날씨가 아닌데도 그의 이마에서 땀방울이 뚝뚝 떨어졌다.

"좋군."

여인이 고개를 빼고 문 안쪽을 들여다봤다. 화초담 하나만 사이에 두고 나란히 붙어 있는 두 원락을 확인한 그녀가 흡족한 기색으로 손을 휘휘 내저었다.

"이만 물러가 보시게."

장손무극이 화초담 앞에서 작별을 고하자 탁발명주가 의미심장한 미소를 흘렸다.

"당분간 계속 같이 다녀야 할 텐데 무슨 예의를 그렇게 차려요."

금빛 찬란한 탁발명주의 뒷모습이 화초담 저편으로 사라진 후, 그 모습을 지켜보던 맹부요가 이내 고개를 들어 신선동부의 층층 누각과 네 귀가 가파르게 들린 처마를 둘러보며 피식했다.

"시골구석 숙소가 이렇게까지 화려할 일인가, 얼마를 처바른 거야."

장손무극이 그녀의 손을 잡으며 빙긋이 웃었다.

"궁창 백성들은 아무리 살림이 곤궁해도 신전에 바치는 공물만은 어떻게든 마련한다오. 순시를 나온 신전 사자들의 씀씀이가 사치스러운 것은 항상 그래 왔던 일이고."

"이게 바로 종교와 신권 통치가 가진 마력인가 봐요……."

맹부요가 길게 한숨을 뱉었다.

"일단 신앙이 확고하게 자리 잡고 나면 어떤 면에서는 일반 국가보다 훨씬 견고한 체제가 완성되는 것 같아요."

이때 문득 등 뒤에서 묘한 기운이 느껴졌다. 뒤를 돌아본 맹부요는 장손무극과 마주 잡은 그녀의 손을 흉악한 눈으로 노려보고 있는 제비천을 발견했다. 보아하니 장손무극을 떼어 내고 자기가 그 자리를 대신 차지하지 못해 안달이 난 기색이었다.

맹부요가 씨익 웃으며 내기 규칙을 상기시켜 줬다.

"강제적 수단 동원 금지!"

그러고는 요신에게 지시했다.

"가서 어르신 욕구 불만을 풀어 드릴 여자들 좀 구해 와. 예쁜 애들로!"

이때 금강이 장손무극의 어깨 위에서 날개를 퍼덕이며 꽥꽥 소리를 질렀다.

"어르신한테도 암컷을 구해다 줘라, 예쁜 애로!"

그러자 원보 대인이 제비천의 어깨 위에서 눈을 부라렸다.

제비천은 놔주지를 않지, 그런데도 주인이라는 양심 없는 작자 둘은 전혀 조바심을 안 내지. 원보 대인은 자기 의지와 무관하게 이 손 저 손을 거쳐 다니면서 역시 얼굴이 잘나면 팔자가 사납다는 결론을 얻은 참이었다.

사실 무신은 본인 마음에 드는 대상은 꽤 살뜰히 챙기는 편이었다. 술법을 이용해 아득히 멀리 떨어진 신산의 귀한 열매를 가져다가 원보 대인에게 먹일 정도였고, 그래서 대인은 근래 살이 더 통통하게 올라 있었다…….

한편, 이 상황을 가장 기뻐하는 건 구미였다. 맹부요의 어깨를 독차지할 수 있게 되었으니까!

요신이 알겠다며 밖으로 사라진 후, 얼굴색이 몇 번이나 바뀌는가 싶던 제비천이 손을 휙 내저으며 결연하게 한마디를 내뱉었다.

"필요 없다!"

맹부요가 황당하다는 투로 물었다.

"이보세요, 어르신. 여자 맛을 본 지가 너무, 너무, 너무 오래돼서 거기에 녹슬게 생겼다고, 이러다가는 분출 못 한 양기가 터져서 죽을 판이라더니?"

"필요 없다고 했다!"

제비천이 고개를 빳빳이 쳐들고 자기 방으로 향하면서 말했다.

"급하다고 아무거로나 타협 볼 수야 없지. 최상품을 옆에 놔두고 굳이 질 떨어지는 물건을 쓰는 사람도 있다더냐?"

맹부요는 아무 말 없이 속으로 생각했다.

설마 진짜 내 마음을 얻어 보겠다고 종마 짓 관두고 금욕하는 거? 그러지 말지…….

할배, 당신이 1만 년을 그 짓 안 하고 옥 같은 정절을 지킨대도 이 누님이 할배를 좋아하게 될 일은 없거든…….

"왜 그 신전 사자랑 같이 다니려는 거예요?"

방에 들어서자마자, 맹부요가 득달같이 물었다.

"눈가림용 수단이 있으면 좋지 않겠소?"

장손무극이 웃으면서 그녀의 머리카락을 쓰다듬었다.

"아까 그 상황에서는 일을 크게 벌이는 것보다 일단 친분을 쌓는 편이 나았소. 이제 그대가 신전까지 가는 동안 신전 사자가 보호막이 되어 주겠지. 외부로 파견하는 사자들은 각 부에서 개별적으로 관리하니 그리 쉽게 들키지는 않을 것이오."

"만약에라도 들키면 그건 그거대로 문제 아니에요?"

맹부요가 심란하게 중얼거렸다.

"끝까지 속이지는 못할 것 같은데."

"일찍이냐 나중이냐의 차이일 뿐 어차피 싸움은 날 거, 이용할 수 있는 데까지 이용하고 나서 싸우는 편이 남는 장사일 듯

하오만?"

여우 장손무극이 웃으며 말했다.

"아가씨 마음이 당신 것이 되면 아예 싸울 일 자체가 없을 테니 그쪽이 더 남는 장사죠."

맹부요도 마주 웃었다.

"음? 그럴 수도 있으려나?"

어느 분께서 시치미를 뗐다.

맹부요는 그쯤에서 입을 다물었다. 더 떠들었다가는 질투한다고 오해받을 것 같아서. 그러나 애석하게도 어느 분께서는 침묵과 관계없이 그녀의 현재 심리를 질투로 해석하시어, 눈동자를 부쩍 찬란하게 빛내며 미소 지었다.

"흐음……. 어디서 시큼한 질투의 냄새 비슷한 것이 나는 듯도 한데……."

맹부요가 '하!' 웃고 나서 말했다.

"그거 구미 방귀 냄새예요."

구미는 원통한 눈으로 하늘을 올려다봤다.

아아……. 난초와 사향보다도 향기로운 내 방귀를 그리며 밤낮으로 잠 못 이루던 짐승들이 얼마인가. 그런데 그걸 고작 시큼한 냄새 취급이라니…….

"솔직히 말해서 이해가 안 가는 게, 궁창 신전에 사는 냉엄한 신의 사자면 되게 고귀하고 점잖아야 정상 아니에요? 아니 무슨 생전 남자 구경 처음 해 보는 것처럼 헬렐레해서는."

맹부요가 장손무극의 귓가에다 대고 참고 참았던 말을 속닥거렸다. 그러자 장손무극이 빙긋이 웃으며 그녀를 힐끗 쳐다보더니 물었다.

"다른 뜻 없이 그저 이해가 안 되어 하는 소리요?"

"맞아요."

맹부요가 뻔뻔하게 큰소리를 쳤다. 피식한 장손무극이 그녀의 코를 살짝 잡아 비틀었다.

"알다시피 장청 신전에서 혼인은 금기 사항이 아니오. 단, 그대도 보았겠지만 신전에 속한 자들은 눈이 머리 꼭대기에 달려 있소. 그런 자들이 일반 백성을 반려로 맞으려 들 리가 없지. 결국은 신전 안에서 짝을 찾아야 하는데, 그러자면 선택의 여지가 별로 없을 수밖에."

"그거였네!"

맹부요가 이제야 알겠다는 듯 말했다.

"목소리 들어 보니까 나이도 얼마 안 먹은 것 같던데 벌써 신전 사자라는 이름 달고 전국을 시찰 다닐 정도면 신전에서도 지위가 꽤 높다는 거죠. 그런 여자가 신전 안에서 자기랑 나이도 맞고, 지위도 비슷하고, 이런저런 조건이 다 괜찮은 남자를 찾는다는 건 확실히 쉬운 일이 아니겠어요."

그녀의 눈이 장손무극을 훑었다. 역용을 거쳐 평범한 얼굴로 변신했어도 타고난 분위기는 감춰지질 않았다. 장손무극은 아무거나 대충 걸쳐도 때깔이 나는 사람이었다. 그 도도한 탁발명주가 한눈에 맛이 가서 태몽까지 줄줄 읊을 만도 했다.

"잠시 거리에 나가서 돌아보고 옵시다."

장손무극이 맹부요를 밖으로 이끌었다.

"궁창을 조금이라도 더 알아 두는 편이 도움이 될 것이오."

맹부요는 알겠다고 답하면서 새삼 감회에 젖었다. 태연에서 시작해서 궁창까지 일곱 나라를 지나오면서 장손무극과 긴 시간을 함께했지만, 항상 정신없이 앞만 보고 내달리느라 둘이 여유롭게 저잣거리 구경 같은 걸 다닐 기회는 거의 없었다. 이후로는……, 이후로도 아마 다시는 없을 테고.

생각에 잠긴 채 눈빛에 그늘이 드리운 것도 잠시, 맹부요는 애써 기운을 냈다. 선기국에 있을 때 출생의 비밀이 밝혀지는 과정에서 장손무극과의 오랜 은원을 알게 된 그녀는 어느 정도 스스로와 타협을 마친 뒤였다.

자신만큼이나 장손무극 역시 생각이 굳건하다고. 자신이 떨구어 내려 한다고 쉽게 떨어져 나갈 그가 아니라면, 차라리 그에게 충실한 현재를 선물해 줘야겠다고. 어차피 자신은 떠날 사람이고 결국은 그를 저버리게 될 거라면, 가능한 한 좋은 추억을 많이 만들어 줘야겠다고. 자신이 떠난 후에 천천히 과거를 되돌아볼 그가 너무 짙은 슬픔과 상실감에 휩싸이지 않도록.

고개를 숙이고 생각에 잠겨 있는 맹부요를 조용히 바라보던 장손무극이 돌연 그녀를 끌어당겨 품에 안고는 나직이 말했다.

"부요, 나는……."

맹부요는 '음.' 하고 답하고서 이어질 말을 기다렸지만, 장손무극은 오래도록 말이 없었다.

한참이 지나 그녀가 장손무극의 가슴팍을 밀면서 의아한 표정으로 고개를 들었을 때, 그녀의 시야에 들어온 것은 별빛이 모두 꺼지고 난 바다처럼 새카맣게 가라앉은 그의 눈이었다.

"아니오."

흐트러진 머리카락을 매만져 주며 환하게 웃은 장손무극은 이내 맹부요의 손을 잡고 밖으로 향했다.

부요, 내 어찌 그대에게 말할 수 있겠소. 나는 겁이 난다고.

말이 좋아 단둘이 나온 거리 구경이지, 두 사람의 뒤에서는 제비천 어르신과 동물 세 마리가 줄줄이 따라다니고 있었다.

어르신은 구질구질하게 집착 따위를 할 분이 아니셨으나, 그렇다고 둘이서만 오붓한 시간을 보내게 놔둘 용의는 없었다. 또 한편으로는 장손무극이 어떻게 맹부요의 기분을 맞춰 주는지 슬쩍 배워 두고 싶기도 했다.

맹부요도 제비천의 존재에 크게 개의치 않았다. 짐승 한 마리 더 붙어 다닌다 생각하면 그만이었으니까.

궁창의 장터 풍경은 다른 나라들과 비슷했다. 다만, 길거리에 일정 간격으로 신을 모셔 둔 감실이 만들어져 있고, 팔에 바구니를 끼거나 수레를 몰고 나온 행인들은 감실을 마주칠 때마다 예외 없이 멈춰서서 절을 올렸다. 그러느라 거리를 가득 메운 인파의 흐름이 움직였다가 멈췄다가를 반복하고 있었다.

맹부요가 헛웃음을 흘렸다.

"피곤하지도 않나?"

"이 정도가 뭐 대수겠소."

장손무극이 말했다.

"궁창에는 집집마다 감실이 있어서 밥을 먹거나 잠자리에 들기 전에는 반드시 절을 올려야 하오. 하루 중 상당 시간을 거기에 낭비하고 있지."

"그럼 기녀들은 몸 파는 중간에도 감실 앞으로 뛰어가서 향 태우고 절하고 그래요?"

그녀를 쓱 한 번 쳐다본 장손무극이 느릿느릿 답했다.

"기녀들이라……. 듣기로 경신일敬神日에는 손님을 못 받고, 크고 작은 제사가 있는 날에도 손님을 못 받고, 몸과 마음을 정갈히 해야 하는 대재와 소재 때에도 손님을 못 받고, 팔부 각각의 전주가 탄신일을 맞으면 그날도 손님을 못 받는다고……."

맹부요가 얼빠진 표정으로 물었다.

"저기 그럼, 장사는 한 달에 며칠이나 하는 건데요?"

"보통 닷새 정도라더군."

맹부요가 여전히 얼빠진 표정으로 물었다.

"뭐 먹고 살라고?"

"그래서 궁창의 기녀들은 모두 겸직을 하오."

"……."

이때 감실 앞에서 절을 하고 일어서던 사람이 실수로 맞은편 사람과 머리를 박아 '쿵' 소리가 났다. 시비가 붙어도 이상하지 않은 상황이었건만, 두 사람은 이구동성으로 상대에게 천신의 가호를 빌어 준 뒤, 퍽 훈훈한 분위기를 연출하며 자리를 떴다.

그 모습을 본 맹부요가 감탄했다.

"와, 아까는 변태 같다고 생각했는데 지금 보니까 일단 사람들은 참 순박해요. 좋네!"

"감실 앞에서 언쟁을 벌이는 것은 금기 사항이기에 저러는 것뿐이오."

장손무극이 대수롭지 않게 말했다.

"금기를 범하는 자는 사흘간 목에 칼을 씌워 저잣거리를 끌고 다니고, 그 일가는 평생 입교가 불허되오. 못 믿겠거든 따라가서 확인해 보시오. 모퉁이만 하나 돌면 싸우고 있는 두 사람을 볼 수 있을 터이니."

맹부요가 잠자코 있는 사이에 아까부터 줄곧 뒤를 따라다니던 제비천이 어디서 약을 파느냐는 식으로 장손무극을 보고는 조금 전 그 두 사람을 찾아 나섰다. 그러더니 잠시 후 묘한 표정으로 돌아왔다.

빙그레 웃고 있는 맹부요 앞에서, 제비천 어르신이 하늘을 보며 장탄식을 뱉었다.

"때려 죽였어……."

"……."

사람이 맞아 죽는 사건이 터지자 현지 관아에서 조사를 나왔다.

"누가 먼저 쳤소이까?"

"천인의 계시를 두고 맹세하는데!"

뚱보 하나가 사뭇 경건하게 말했다.

"왕씨네 둘째 주먹이 먼저 나갔습니다."

"천인의 계시를 두고 맹세하는데!"

이번에는 아이를 안은 중년 여인이 두 손을 모으고 말했다.

"이씨네 셋째가 먼저 욕지거리했어요!"

맹부요가 장손무극을 쳐다보자 그가 살며시 곁으로 다가붙었다. 맹부요는 '천인의 계시를 두고 맹세하는데!'의 뜻을 설명해 주겠거니 했으나, 정작 그녀의 귓가에 내려앉은 속삭임은 딴소리였다.

"천인의 계시를 두고 맹세하는데, 나 장손무극은 맹부요 여왕님께 절대적인 충성을 바칠 것이오."

입가를 움찔거리면서 듣고 있던 맹부요가 이내 신발 뒤축으로 장손무극의 발을 콱 밟아 줬다…….

"이보쇼! 거기!"

장청 신전 신도 모양새를 한 관아 소속 방지기가 맹부요를 향해 물었다.

"뭐 본 거 없소?"

"천인의 계시를 두고 맹세하는데!"

맹부요가 정색을 하고 답했다.

"다 부질없소이다."

'천인의 계시를 두고 맹세하는데!' 소리밖에 모르는 인간들한테 둘러싸여 있는 것도 이제 지긋지긋해진 맹부요가 장손무극을 끌고 다시 걸음을 옮기기 시작했다.

그렇게 얼마나 걸었을까, 저만치에 유독 사람들이 잔뜩 몰려 있는 지점이 눈에 들어왔다. 구경거리라면 언제든 대환영인 맹부요는 망설일 것도 없이 사람들 사이를 비집고 인파 한복판으로 끼어들었다.

어렵사리 인파를 헤치고 들어가 보니 관아 입구로 보이는 대문 앞에 사람들이 잔뜩 꿇어앉아 연신 머리를 조아리고 있었다. 머리 조아리는 것 자체야 신기할 일이 아니었지만, 문제는 그걸 하는 방식이었다.

뾰족한 자갈을 깔고 그 위에 무릎을 꿇은 사람도 있고, 머리에 향불을 이고 있는 사람도 있고, 알몸으로 바닥에 엎드려 있는 사람도 있고, 향에 불을 붙여 자기 몸을 지지는 사람도 있었다. 피비린내와 살 타는 냄새가 주변에 진동했다.

맹부요의 눈이 휘둥그레졌다.

"이건 또 뭐래?"

그사이에 행인에게 다가가 이것저것 물어보고 돌아온 장손무극이 말했다.

"매년 신전에서 민간인을 발탁해 데려가는데, 지금이 그 시기라 하오. 저들은 자기 충심을 증명하는 중이고."

"저럴 필요까지 있어요?"

맹부요가 황당하다는 투로 물었다.

"신전에서 저런 방식으로 후진을 뽑는다고요?"

"물론 아니오."

장손무극이 담담하게 말했다.

"저런 방식으로라도 담당 관원의 눈에 들고 싶은 것이지."

"그럼 관아에서는 왜 안 말리는 거예요?"

제 손으로 온몸을 시커멓게 태운 젊은 남자를 쳐다보며, 맹부요가 눈살을 찌푸렸다. 고통 때문에 부들부들 떨면서도 남자는 이를 악문 채 감히 신음 한 번을 못 내고 있었다.

"왜 말리겠소?"

장손무극이 고개를 돌려 맹부요를 쳐다봤다.

"지배 계층으로서는 백성들이 맹목적인 충성을 보일수록 다루기가 쉬우니 오히려 좋은 일 아니겠소?"

정신 나간 광신도 집단…….

맹부요는 부르르 진저리를 쳤다. 이교도를 장대에 꿰어 들고 다니던 중세 유럽의 보수파 종교인들, 십자군 원정, 화형대, 종교가 곧 정치인 탈레반, 극단적인 종교에 심취해 자살 폭탄 테러를 비롯하여 각종 자해성 테러를 감행하는 테러리스트들……. 지난 생을 사는 동안 세계 각지에서 끊이지 않던 종교 분쟁이 떠올랐다.

그러자 새삼 궁창이 몹시 무서운 나라로 느껴졌다. 만약 이런 나라를 적으로 돌리게 된다면…….

간담이 서늘해지는 참인데, 바로 옆에서 째지는 울음소리가 날아들었다. 목소리를 들어 보니 어린아이였다.

고개를 돌리자 중년 부인 하나가 자기 자식을 질질 끌고 와 울퉁불퉁한 자갈 바닥에 꿇어앉히는 모습이 보였다. 열 살이나 됐을까 싶은 아이가 아파서 싫다며 울고불고 바둥거리는데도, 부인은 어떻게든 아이를 눌러 앉히려고 기를 쓰고 있었다.

아이의 무릎이 자갈에 닿자 곧 옷에 빨간 얼룩이 번졌고, 울음소리는 더한층 요란해졌다. 그 와중에도 주변인들은 하나같이 본체만체였고, 심지어 어떤 사람은 진지하게 부인을 칭찬하기까지 했다.

"포부가 대단하십니다!"

보다 못한 맹부요가 손을 뻗어 아이를 끌어당기며 말했다.

"아주머니, 너무하잖아요. 애도 아직 어린데……."

말이 끝나기도 전에 주변인들이 일제히 펄쩍 뛰었다. 몇몇 사람이 맹부요를 향해 달려드는 동시에 어디선가 벽돌까지 날아들었다. 맹부요의 손에 잡혀 있는 꼬마마저 고개를 돌려 그녀의 옷자락에 침을 뱉었다.

"저리 꺼져! 뭔데 끼어들어!"

맹부요는 할 말을 잃었다.

이 사람들 뭐야…….

다음 순간, 몸이 느닷없이 누군가에게 붙들려 인파 바깥쪽으로 훅 끌려갔다. 그녀를 끌어당긴 사람은 다름 아닌 장손무극이었다. 맹부요는 얼른 팔을 뻗어 그새 눈썹을 치켜세운 제비천을 챙겼고, 세 사람은 쏜살같이 줄행랑을 놨다.

어쩌겠나. 무공의 '무' 자도 모르는 백성들과 치고받고 싸울 수야 없지 않은가.

행인들 사이를 헤치며 길모퉁이를 하나 돌고 나니 쫓아오던 사람들은 말할 것도 없고 어느덧 제비천과 원보 대인, 구미의 모습도 보이지 않았다.

맹부요는 안도의 한숨을 내쉬며 가슴을 쓸어내렸다.

“큰일 날 뻔했네!”

피비린내 나는 전장과 온갖 모진 시련을 뚫고 여기까지 온 대완 여제께서, 그까짓 나무 몽둥이며 벽돌 조각을 들고 쫓아오는 백성들한테 쩔쩔매게 될 줄이야…….

맹부요는 긴 숨을 뱉어 내고 나서야 자신이 퍽 으슥한 골목 귀퉁이에 서 있음을 깨달았다. 주변에는 지나다니는 사람이 아무도 없었고, 그녀는 벽을 짚은 장손무극의 양팔 사이에 갇힌 채 막다른 구석에 몰려 있었다.

두 사람의 신장 차이 면에서 절대적인 전략적 우위는 장손무극의 것이었다. 살짝 아래로 숙어진 그의 얼굴이 너무 가까웠다. 맹부요는 간격이 얼마 안 되는 두 팔 사이의 비좁은 삼각지대, 다시 말해 장손무극의 영역 한복판에 꼼짝없이 갇힌 신세였다.

바짝 맞붙은 자세 때문일까, 그윽한 체향이 가슴속까지 스며드는 듯했다. 장손무극의 눈에는 광휘가 일렁였고 미소는 부드럽기 그지없었다.

그가 바라보는 앞에서, 북방의 서늘한 여름 바람이 여인의 머리카락을 스쳤다. 호수와도 같은 여인의 눈동자가 또렷하고도 생기롭게 반짝이며 그를 마주하고 있었다.

물씬 다가온 향기가 순간을 감미롭게 물들였다. 바로 그때, 분위기와 완벽한 부조화를 이루는 괴성이 감미로운 고요를 깨뜨렸다.

"음탕한 것들! 음탕한 것들!"

장손무극의 어깨 위에 앉아서 둘을 묘하게 훑어보며 고개를 갸웃하고 있던 금강 어르신이 마침내 두 사람이 제 원래 주인의 평소 취미와 같은 짓을 하려 한다는 결론을 얻은 것이었다.

"음탕한 것들!"

어깨 위에 붙은 금강이 노란색 연기 같은 우관을 곧추세우고서 노랑과 녹색이 섞인 눈알을 바삐 굴렸다.

"아아아! 요 귀염둥이! 하아앙, 오라버니!"

장손무극이 기습적으로 손을 뻗어 앵무새 녀석을 움켜잡더니, 옷 안에서 손수건을 꺼내 들었다. 그는 손수건을 녀석의 부리에 둘둘 감은 다음 매듭을 만들어서 옆에 있는 키 작은 나무에 달랑 걸어 놨다. 하필 정곡을 찔러서 분위기를 깨고 좋은 일을 망친 죄, 그 죄의 대가는 고목에 매달려 울며 발버둥 치는 것이었다.

장손무극을 빤히 올려다보던 맹부요가 얼마 안 가 '풉' 하고 웃음을 터뜨렸다. 그러자 장손무극이 눈썹을 꿈틀했다.

금강 못지않게 분위기에 찬물 끼얹는 재주가 있는 여자로다.

그 와중에도 맹부요의 웃음소리는 점점 커지고 있었다. 고아한 장손무극과 그 뒤편에 알록달록하게 매달린 금강의 대비가 너무나 강렬한지라…….

"오랜만에 단둘이 보내는 귀중한 시간을 웃다가 끝낼 생각이오?"

눈썹을 치켜세운 무극국 새 황제 폐하 앞에서, 여인은 여전히 웃음을 주체하지 못하고 있었다. 바람 속에서 어깨를 들썩이는 여인의 자태는 곱고 청아하게 피어난 연꽃과도 같았고, 그 자태를 응시하던 장손무극은 이내 피식 웃어 버렸다. 그러더니 고개를 숙여 자기 입술로 여인의 연꽃잎 같은 입술을 덮었다.

"읍……."

신나게 웃던 맹부요는 평소 같지 않게 저돌적인 그의 공세에 깜짝 놀랐다. 입술에 부드러운 감촉이 와 닿더니, 향기와 열기가 잇따라 찾아들었다.

평소의 장손무극은 감정을 쉽게 드러내지 않는 우아한 사람이었지만, 이 순간 그의 입맞춤은 뜨겁고 노골적이었다. 이를 두드리고, 혀를 휘감고, 맹부요의 안을 거침없이 점령한 그는 맹부요가 실로 오랜만에 느끼는 달콤함과 따스함 속에서 언제까지고 유유히 노닐었다.

그토록 길었던 그리움과 가슴 타던 걱정을 달래는 입맞춤. 끝이 보이지 않던 근심과 잠 못 이루고 뒤척이던 밤들을 달래는 입맞춤. 그녀의 미간에 서린 불안과, 웃음으로도 몰아내지 못한 이별의 서글픔을 지우는 입맞춤. 장손무극 자신의 마음속에 드리웠던 어두운 그림자를 지우고, 심중을 오래도록 맴돌던, 피할 수 없다는 걸 알면서도 피하고 싶었던 운명을 지우는 입맞춤.

우리 앞에 정해진 결말이 종국에는 이별이라 할지라도 이 순간만큼은 나를 그대라는 바다에 잠들게 해 주오. 광활한 만리장천이 씻은 듯 새파랗게 펼쳐진 지금 이 순간, 나에게는 그대라는 세상만이 전부이니.

여인의 숨이 가빠지고, 하얗던 피부를 연지색으로 물들인 홍조가 매미 날개처럼 얇은 가면 아래로 어렴풋이 비쳐 보였다. 보는 사람이 압도당할 만큼 강렬하던 눈빛도 차츰차츰 부드러워져 봄날의 강물처럼 온화하게 빛났다. 하지만 곧 빛이 잦아들고 고통이 그녀의 눈동자를 잠식해 갔다.

장손무극은 서둘러 맹부요를 놓아주면서 나지막하게 한숨을 내쉬었다. 그러고는 마지막으로 그녀의 입술에 깃털처럼 가벼운 입맞춤을 남기는 것으로 아쉬움을 달랬다.

맹부요는 가슴을 지그시 누르고서 통증이 가라앉길 기다렸다. 쇄정이 발작을 일으키는 것도 오랜만이었다. 그간 장손무극과 떨어져 온갖 고초에 시달리느라 정념이 동할 만한 시간도, 기회도 없었던 것이다. 설마하니 궁창 땅에서 이 익숙한 통증을 다시금 느끼게 될 줄이야.

걱정과 자책이 섞인 장손무극의 눈빛을 감지한 그녀가 괜찮다는 뜻으로 씩 웃어 보였다.

차라리 잘된 일인지도 모른다. 그저 나그네로서 오주를 잠시 스쳐 지날 운명인 그녀가 쇄정이라는 기묘한 독에 중독된 것은, 어쩌면 계시일 수도 있었다.

탐닉은 훗날 심장을 저미는 아픔이 되어 되돌아올 뿐임을 잊지 말라는.

신선동부로 돌아왔을 때는 저녁 식사 시간이었다. 원형 출입문 앞에 미리 나와서 기다리고 있던 분단 단주가 장손무극을 보더니 알랑거리며 다가와 식사 준비가 다 되었음을 알렸다.

체력 소모가 극심했던 맹부요가 배를 문지르면서 안으로 뛰어들어갔다.

“배고파 돌아가시겠네, 돌아가시겠어…….”

쩌렁쩌렁하던 목소리가 대청 앞에 이르러 갑자기 뚝 끊겼다. 맹부요는 걸음을 내딛다 말고 우뚝 멈춰 섰고, 장손무극은 그녀 뒤편에서 실내를 넘어다보고 눈썹을 찌푸렸으며, 제비천은 안을 힐끔 들여다보더니 피식했다.

앞으로 내디뎠던 발을 다시 뒤로 물린 맹부요가 돌아서서 장손무극을 쳐다보며 의뭉스럽게 웃었다. 다만 그 웃음에는 희미한 씁쓸함이 섞여 있었다.

이때 대청 안쪽에서 누군가의 목소리가 들려왔다.

“웬 놈이 감히 신전 사자의 거처에서 소란을 피우느냐!”

연한 금빛 의복의 여인이 한껏 신경 써서 치장한 자태로 천천히 뒤를 돌아봤다. 낮의 밋밋한 황금색 장포 대신 지금 그녀가 걸치고 있는 치렁치렁한 치마는 여체의 곡선미를 최대치로 강조해 주는 형태로 재단되어 있었다.

뛰어난 재단 기술 덕분에 본디 빈약한 몸매에 입체감이 더해져 가냘픔 가운데 은근한 요염함이 감도는 것이, 사람 마음을 퍽 설레게 했다.

여인은 낮에 쓰고 다니던 가면도 벗어 던지고 뽀얀 얼굴을 드러낸 채였는데, 몸매와 마찬가지로 얼굴 역시 완벽함과는 거리가 있었다. 윤곽 자체는 수려했으나 낯빛에 살짝 병색이 돌았다.

그러나 여인은 귀신같은 화장 실력의 소유자로, 자신의 단점을 감추고 반대로 장점은 부각시키는 법을 잘 알고 있는 듯했다. 그녀가 생기발랄한 미인으로 거듭나는 데 필요했던 것은 약간의 연지와 가루분이 전부였다.

산수화로 치자면 지나치게 경직되고 단조로운 화풍이었던 얼굴이 화장을 거쳐 산은 산답고 물은 물답게 생동감이 흐르는 얼굴로 변모해 있었다.

대청 사방에 높다랗게 걸린 야명주가 빛을 발하는 가운데, 완자무늬 양탄자 위에 선 여인의 농염하면서도 가녀린 자태는 어쩐지 보호 본능마저 불러일으켰다.

맹부요는 멀뚱히 천장을 올려다보면서, 낮에 양측 배가 부딪쳤을 때 선실에서 걸어 나오면서 배를 원위치시키던 여인의 위용을 떠올렸다.

그 여인과 지금 저 꽃 같은 미인이 동일인이라니, 인생이란 역시 알다가도 모르겠구나, 알다가도 모르겠어!

맹부요가 멍하니 넋을 놓고 있는 사이, 상대방은 실시간으로 기분을 잡치는 중이었다. 어디서 굴러먹다 왔는지 모를 머저리 놈이 하필 문간에 서서 부사에게 보여 주려고 공들여 치장한 미모를 다 가리고 있으니 화가 날 만도 했다.

"썩 꺼지지 못해!"

미인계

마치 집에서 키우는 똥개한테 하듯 고압적인 외침이었다.

본디 맹부요는 본인의 위장 신분을 똑똑히 자각하고 있었고, 알아서 자리를 뜰 생각이었다. 그러나 장손무극 말고는 뵈는 게 없는 탁발명주가 소리를 지르자 맹부요는 그 생각을 접었다. 눈썹을 가파르게 치켜세운 그녀가 탁발명주를 노려봤다.

탁발명주는 이미 장손무극에게로 눈길을 돌린 뒤였다. 그녀에게 있어 일개 종놈 따위는 애초에 거들떠볼 가치 자체가 없는 존재였다. 그녀의 주의력은 오로지 아수라부 소속 부사에게만 집중되어 있었다.

오늘 밤 청풍명월을 안주 삼아 젊고 유능한 부사와 술잔을 나누고 이야기를 나누리라. 적당히 취기가 올라 마음도 나눌 수 있으면 그 또한 좋고.

솔직히 말해, 여인다운 조신함을 지키면서 사내가 먼저 구애해 올 때까지 우아하게 기다리다가, 흔히 여인들이 사내를 낚을 때 쓰는 암시, 친절, 배려 등을 무기로 은근슬쩍 그를 사로잡을 수 있다면 그거야말로 최고였다.

신전 고위직은 오랫동안 세대교체가 이루어지지 않은 탓에 거의 다 노인네들이 차지하고 있었다. 게다가 그녀가 소속된 긴나라부는 여자가 대부분이었고, 개중에는 처녀로 늙어 가고 있는 이들이 수두룩했다.

모처럼 지위도 괜찮고 자질도 쓸 만한 젊은 남자를 만났는데, 신전으로 돌아가는 길에 소유권을 확정 짓지 못한다면, 신전에 가서는 수많은 여자들과 피 튀기는 경쟁을 벌여야 하지 않겠는가?

그녀는 눈썹을 치켜세우고 맹부요를 꾸짖는 한편, 장손무극에게는 아리따운 미소를 날렸다.

그런 그녀를 무심히 한 번 쳐다본 장손무극이 이내 맹부요에게로 눈길을 옮겼다. 맹부요는 대청 안으로 들어서지도, 그렇다고 물러서지도 않고 그 자리에 서서 과연 장손무극이 어떻게 대처하는지 빤히 지켜보고 있었다. 피식 웃은 장손무극이 앞으로 나서서 맹부요를 문간에서 끌어냈다.

탁발명주의 눈빛에서 만족스러움이 묻어났다. 그녀는 아수라 부사가 둘만의 오붓한 시간을 위해 빨리 얄미운 종놈을 쫓아 보내기만을 기다리는 눈치였다.

척 보기에도 탁발명주는 본인의 용모와 몸매에 대단한 자신감이 있었다. 그녀는 아수라 부사가 자기보다 나은 짝을 절대 못 찾으리라 확신하는 듯했다.

장손무극이 앞쪽으로 나서면서 싱긋 웃어 보이자, 탁발명주의 입꼬리도 연습을 통해 각인된 완벽한 각도로 올라갔다. 또 한 번 싱긋 웃은 장손무극이 맹부요를 데리고 돌아서더니 함께 대청 밖으로 걸음을 옮겼다. 탁발명주는 얼음이 됐다.

장손무극이 자리를 뜨면서 탁발명주에게 양해를 구했다.

"저잣거리 인파 사이를 비집고 다녔더니 몸에서 땀 냄새가 나는군요. 이대로는 실례인 듯하여, 이 녀석에게 목욕물을 준비시켜야겠습니다. 아, 소저께서도 따라오시겠습니까?"

탁발명주는 무의식중에 장손무극을 따라나서려다가 다음 순간 흠칫 걸음을 멈추고 얼굴을 새빨갛게 붉혔다. 방금 저지른 추태를 어떻게든 수습해야 한다는 조바심에 내몰린 그녀가 입술을 짓이기며 말했다.

"저는, 그게……, 방금 막 신전에서 서신으로 중요한 임무가 도착하여서, 그걸 상의하려고……."

급한 김에 입에서 나오는 대로 지껄인 탁발명주는 금방 얼굴색이 하얗게 질렸다.

세상에, 나 지금 신전에서 내려온 비밀 임무를 변명이랍시고 갖다 댄 거야?

임무 누설은 신전 계율에 반하는 중죄였다. 하지만 이미 뱉은 말을 무슨 수로 주워 담겠는가?

번민에 빠진 탁발명주의 표정을 보고 눈을 반짝 빛낸 장손무극이 웃으며 말했다.

"오? 그럼 잠시만 기다려 주십시오. 금방 돌아오겠습니다."

장손무극은 항상 온화한 표정이기는 해도 주변인들에게 주는 거리감이 뚜렷한 사람이었다. 하지만 방금은 평소 맹부요에게 하듯이 미소 지었고, 그러자 특유의 비범한 풍격이 즉시 빛을 발했다. 역용으로 미모를 죽여 놨음에도 혼이 쏙 빠질 만큼 근사한 모습이었다.

그 모습에 넋을 잃은 탁발명주는 홀린 듯 문틀을 붙잡고 있다가, 장손무극이 한참 멀어진 뒤에야 한마디를 흘렸다.

"좋아요……."

탁발명주는 뒤늦게 가슴이 주체할 수 없이 뛰고 있다는 걸 깨달았다. 화끈하게 열이 오른 손바닥에서는 땀까지 배어났다. 그러다가 잠시 후 가까스로 심장 박동이 진정되자 으슬으슬한 한기가 찾아들었다.

장손무극의 손에 붙들려 끌려가던 맹부요가 벽 모퉁이를 돌자마자 웃음을 터뜨렸다.

"어쩜 그렇게 웃어요? 미녀분 혼을 완전히 빼 놨던데요."

그러더니 킥킥거리며 덧붙였다.

"제비천 어르신이 씻으러 가고 없었던 게 아쉽네. 그 자리에 있었으면 꽤 재밌는 상황이 됐을 텐데."

"그대도 씻어야겠소."

장손무극이 그녀의 몸에다 대고 코를 킁킁거리더니 냄새난다는 시늉을 했다.

"사람들 틈을 그리 비집고 다니더니, 땀내가 나는군."

"땀내요?"

맹부요가 천연덕스레 자기 냄새를 맡아 보더니 미심쩍은 투로 말했다.

"아닌데?"

"맞소."

하인을 불러 목욕물을 준비시킨 장손무극이 피식 웃었다.

"폐하, 등 밀어 줄 사람이 필요하지 않으신지요? 저는 얼마든지 봉사할 준비가 되어 있습니다만."

그러면서 장손무극이 다가와 허리띠를 풀려고 들자 맹부요가 그를 걷어차고 방 안으로 뛰어 들어갔다. '쾅' 하고 열렸던 방문이 다시 한번 '쾅' 소리를 내며 닫혔다.

방문이 닫히자마자 뒤로 돌아선 장손무극의 얼굴에는 조금 전의 여유로운 웃음기가 전혀 남아 있지 않았다. 그 자리에 서서 잠시 생각에 잠기는가 싶던 그는 곧 자기 방으로 돌아가 옷을 갈아입고 탁발명주가 기다리고 있는 대청으로 향했다.

그가 막 모퉁이를 돌았을 때, 맹부요가 소리 소문 없이 방을 빠져나왔다. 곧장 몸을 날려 처마 끄트머리에 올라선 그녀는 장손무극이 사라진 방향을 보며 눈썹을 살짝 찌푸렸다. 그러고는 장손무극이 기척을 감지하지 못할 만큼 거리가 벌어질 때까지 기다렸다가 적당한 속도로 뒤를 쫓기 시작했다.

장손무극이 대청에 들어섰을 때까지도 탁발명주는 넋이 나가 있었다. 그런 그녀의 귓가에 문득 고상한 저음이 감겨들었다.

"명주 소저를 너무 오래 기다리게 했군요."

살갑게 말을 붙이는 목소리에 뒤를 돌아보자 연보라색 장포를 걸친 남자가 옷자락을 휘날리며 대청 안으로 들어서는 모습이 보였다. 부드러운 웃음기가 어린 그의 눈동자는 보는 이를 취하게 만들기에 충분했다.

탁발명주는 뺨을 붉히는 한편, 남자가 성은 빼고 이름만 불러 줬다는 사실에 표정이 환해졌다. 후다닥 문간으로 달려간 탁발명주가 남자를 맞아들였다.

"허 공자!"

한 상 가득 정성스레 차려진 요리들을 쓱 훑어본 장손무극이 자연스럽게 자리에 앉더니 직접 탁발명주의 술잔을 채워 줬다.

"이 술은 우리 궁창 설산에서만 나는 요대설양 아닙니까? 신경 안정과 미용 효과가 있고, 원기를 돋우며 기의 흐름을 고르게 해 준다지요. 시골 마을에서 이 귀한 술을 내놓을 줄이야. 여자 몸에 특히 좋다고 하니 몇 잔 더 마셔 두십시오."

"참으로 세심한 분이시네요."

탁발명주는 좋아서 어쩔 줄을 몰랐다. 안 그래도 구름 위에 떠 있는 마음에 애모의 분홍 노을빛이 드리웠으니, 앞에 앉은 이의 극진한 배려를 어찌 거절하겠는가?

몇 잔을 연달아 비우고 나자 병자처럼 창백하던 얼굴이 발그스름하게 달아오르고 가슴은 점점 더 세차게 뛰었다. 조신하게 굴겠노라는 다짐 따위는 부드러운 구름과 봄날의 강물에 실려 멀리멀리 사라져 갔다. 더는 버틸 수도, 붙잡을 수도 없이.

장손무극은 미소 띤 얼굴로 술잔을 기울이는 내내 신전 공무를 일절 입에 올리지 않았다. 대신에 풍경이며 시가, 지방 풍습, 문인들의 숨겨진 일화 등 여인이 좋아할 법한 화제로만 여유롭게 대화를 이끌어 갔다. 무심히 던지는 이야기 속에서 견식의 깊이가 드러나고, 고개를 끄덕이는 자태마저 멋스럽기 그지없었다.

탁발명주는 그 모습에 홀딱 빠져 있었다. 긴 세월 규율이 엄격한 신전 안에만 갇혀 지내면서 외부인과 접촉할 기회가 거의 없었던 데다가, 순시를 나와도 주변에 굽신대는 자들뿐인 신전 사자가 이처럼 지성과 교양을 두루 갖춘 인물을 어디 가서 만나 봤겠는가. 그녀는 상대에게 완전히 홀려서 자신이 대화 중에 무슨 소리를 지껄였는지조차 몰랐다.

탁발명주가 어느 정도 취한 걸 확인한 장손무극이 술을 권하던 손길을 멈추고 웃으며 말했다.

"아까 말씀하시길 신전에서 중요한 임무가 내려왔다고……."

"아!"

탁발명주는 이미 평생의 짝을 보는 눈으로 장손무극을 바라보고 있었다. 거리낌 없이 품 안에서 죽통을 꺼낸 그녀가 말했다.

"조금 전에 전서구가 도착했어요. 아직 열어 보지는 않았는데, 봉인용 밀랍에 찍힌 문양이 천부의 것이더군요. 근 몇 년 동안 천부에서 지령이 내려온 적은 한 번도 없었던 것 같은데 말이에요."

"그렇다면 제게는 보여 주지 않으시는 편이 좋겠습니다."

장손무극이 곧바로 죽통을 밀어냈다.

"천부의 지령이라면 예삿일이 아닐 것입니다. 아무리 우리 둘 다 신전 소속이라고 해도 천부에서 내려온 지령을 함부로 누설했다가는 처벌받을 수도 있습니다. 제가 어찌…… 소저를 다치게 할 수 있겠습니까?"

조금 전까지만 해도 살짝 망설이는 기색이던 탁발명주는 장손무극의 말을 듣자마자 모든 우려를 잊고 표정이 환해졌다. 특히 그가 마지막에 속삭이듯이 흘린 한 마디에서는 그녀에 대한 배려가 뚝뚝 묻어났다.

어디 배려뿐이랴. 탁발명주는 그 안에서 미련을 느꼈고, 애정을 느꼈고, 신혼 초야의 촛불을 보았고, 주렁주렁 태어난 아들딸들을 보았다…….

임께서 자기를 얼마나 생각해 주는지 절실히 느낀 탁발명주는 피가 뜨거워졌다. 받은 만큼 보답을 하고 싶어 안달이 난 그녀는 몹시 흥분한 상태에서, 자기도 열어 보지 않은 죽통을 장손무극의 손에 쥐여 주며 나긋하게 미소 지었다.

"뭐 어때서요. 어차피…… 부사께서 저를 고발하실 리도 없고."

그녀는 미소를 그대로 입가에 건 채로, 술기운을 빌려 과감하게 장손무극 곁으로 다가붙었다. 그런 다음 발끝으로 은근슬쩍 장손무극의 신발을 건드렸다.

지금 그녀의 발에 신겨져 있는 것은 정교하게 만들어진 분홍색 자수 꽃신이었다. 꽃신 위에서는 난새 두 마리가 노닐고 있었고, 난새의 눈 부분에 장식된 최상품 진주는 어두운 곳에서도 반짝반짝 빛을 발했다.

제 꽃신을 장손무극의 신발 위에 살포시 올려놓은 탁발명주가 감미롭게 웃으며 말했다.

"……그렇지 않나요?"

이때 어디선가 인기척이 났다. 처마 꼭대기에 돋은 풀잎이 바람에 스치는 정도의 미세한 소리에 지나지 않는지라 절정의 무공을 가진 고수가 아니면 아예 느낄 수조차 없을 기척이었다.

장손무극이 고개를 살짝 틀어 특정 방향을 쳐다봤다. 그 와중에도 곁의 여자는 그에게 푹 빠져 바깥 동정을 전혀 눈치채지 못하고 간드러진 목소리로 똑같은 질문만 반복하고 있었다.

"안 그래요? 아니에요……?"

"물론입니다."

고개를 원위치한 장손무극이 그녀를 향해 다정다감한 미소를 지어 보였다. 그 미소가 탁발명주의 가슴에 꽃을 피웠다.

두 손으로 턱을 괸 그녀가 장손무극을 응시하며 눈웃음을 쳤다. 술기운이 올라 뺨은 발그레하고 눈빛은 촉촉하게 젖은 그녀가 궁중 양식의 연분홍색 장식등 아래에서 조명을 받고 있는 모습은, 등불 아래 새초롬히 피어난 한 떨기 꽃송이와도 같은 인상을 자아냈다.

얼굴을 살짝 돌려 등불 아래에서 가장 아름다워 보일 각도를 잡은 탁발명주가 장손무극을 힐끗 한 번 곁눈질했다. 발이 닿았는데도 아무런 반응이 없자 안달이 난 그녀가 이번에는 술잔을 들어 그를 향해 내밀었다.

"건배를 청해도…… 될까요?"

박쥐 여덟 마리가 돋을새김된 은잔 안에서 푸른빛 술이 넘실거리며 장손무극을 향해 다가왔다. 그가 잔을 들자마자 여인이 자기 술잔을 가볍게 부딪쳐 왔다.

잔이 맞부딪치는 순간, 술잔 바닥 면을 지탱하고 있던 반짝거리는 손톱이 우연인 듯 아닌 듯 장손무극의 손바닥을 슬며시 긁고 지나갔다.

장손무극은 표정 변화 없이 잔에 담긴 술을 쓱 훑어본 후 곧장 눈길을 거두고 단번에 술잔을 비웠다. 그런 다음 자연스럽게 자리에서 일어나며 웃음을 섞어 말했다.

"취하신 듯한데 몸이라도 상하면 큰일입니다."

탁자 가장자리로 걸어간 그가 탁발명주를 위해 손수 차 한 잔을 따랐다. 그가 일어섬으로써 꽃신이 쓸모를 잃자 탁발명주는 잠시 번민하는 기색이었으나, 자기한테 살뜰하게 차를 따라주는 모습을 보더니 대번에 신이 나서 눈을 자못 그윽하게 뜨고 추파를 던졌다. 그녀의 눈빛에는 가슴 가득한 연정이 고스란히 녹아 있었다.

출중한 인재인 것만으로도 모자라 자상하기까지 한 남편감이라니. 저런 사내를 데리고 돌아가면 서로 못 잡아먹어서 안달인 신전 자매들이 부러워 죽으려고 하겠지?

신전에서의 삶은 단조로움과 무미건조함 그 자체였다. 평소 외부인을 접할 일은 거의 전무하다시피 했고, 사자 신분으로 바깥에 나와 임무를 수행할 기회는 극소수에게만 주어졌다. 심지어 평생 단 한 번도 신전 밖에 나가지 못한 이들도 있었다.

설사 밖에 나오더라도 제정일치의 신권 지상주의 국가에서 신전 사자들은 어딜 가나 비위 맞추기에 급급한 자들에게 둘러싸인 채 무소불위의 권력을 누렸다.

따라서 신전 사자 대부분은 세상 물정에 대해 아는 바가 극히 적었고, 탁발명주 역시 예외는 아니었다. 그러니 꿈에 그리던 낭군에게만 온 신경이 쏠린 이 순간, 그녀의 머릿속에 계율 따위가 남아 있을 리 있겠는가?

“하아, 취하긴 했나 봐요…….”

낭군의 자상함에서 헤어 나오고 싶지 않은 탁발명주는 이때다 하고 아예 술기운에 자신을 통째로 맡겨 버렸다. 팔꿈치로 탁자를 짚은 그녀가 가느다란 손가락을 세워 허공을 가볍게 휘저었다.

“수고스럽겠지만 서신은 공자께서 대신 읽어 주셔요…….”

이번에는 장손무극도 사양하지 않고 ‘소저를 위해서라면 어떠한 수고도 마다치 않겠습니다.’ 하는 표정을 지어 보였다. 뒤이어 봉인용 밀랍을 뜯어내고 죽통 안에 돌돌 말려 있던 서신을 꺼내 든 그가 내용을 대충 훑어보더니 웃으며 말했다.

“오, 서쪽 동창국東昌國에 근래 내란이 일었는데, 반란군 일부가 대황大荒 고원高原 쪽 국경선을 넘어 몰래 우리 궁창에 숨어들려고 한다는군요. 천부에서 내려온 지령인즉슨, 그들이 궁창 내에서 문제를 일으켜 나라의 기강이 흔들리는 일이 없도록 각지의 신전 사자들은 동창 반란군의 동향을 주시하라는 것입니다.”

“아아, 그 교화도 안 먹히는 이교도들, 번번이 신의 위엄에 도전하다니. 내 눈에 띄기만 해 봐라, 곱게 죽지는 못할 거다!”

탁발명주가 노골적인 혐오감을 드러냈다.

“지금 당장 각지 분단에 내용을 전달하고 수하들을 총동원해 놈들을 잡아들여야겠어요.”

“하지만 천부에서 비밀에 부치길 바라는 지령을 각지에 공개하는 것은 그리 좋은 생각이 아닌 것 같습니다.”

장손무극이 미소 지었다.

“소저, 수하들에게는 평소보다 주의를 기울이라고만 해 두십시오. 모든 정보를 공개할 필요는 없습니다. 천부에서 특별히 내려온 지령이고, 군사 기밀과 관계되니까요.”

“옳은 말씀이네요!”

탁발명주가 즉각 동의를 표하며 생긋 웃었다.

“제가 경솔했어요.”

“이 서신은 바로 파기하라고 되어 있습니다.”

장손무극이 두루마리를 탁발명주에게 건네면서 미소를 흘렸다.

“소저께서 직접 확인하신 뒤에 없애시지요.”

그의 반짝이는 미소에 혼이 반쯤 날아간 탁발명주는 두루마리를 건네받자마자 조금의 망설임도 없이 촛불에 갖다 댔다. 그러고는 장손무극의 기분을 맞춰 주려는 양 말했다.

“다른 사람이면 몰라도 설마 공자를 못 믿으려고요?”

양초 위에서 재 가루가 되어 가는 두루마리를 응시하는 사이, 장손무극의 입가에 엷은 웃음기가 번졌다. 등불이 드리운 음영에 얼굴이 반쯤 가리어진 그는 밤에 핀 우담화처럼 향기롭고도 신비스러웠다.

재 가루를 툭툭 날린 후, 장손무극의 몸에서 나는 특별한 향기를 감지한 탁발명주가 배시시 웃으며 다가붙어 속삭였다.

"이거 무슨 향기예요? 너무 좋네요, 와아……."

그러자 장손무극이 자리에서 벌떡 일어나더니 탁발명주를 내려다보며 빙긋이 웃음 지었다.

"소저, 취하셨습니다."

"저는……."

탁발명주 역시 휘청거리며 의자에서 일어섰다. 살짝 풀린 표정에 당황이 섞여 있었다.

감정이 그득 담긴 눈으로 장손무극을 올려다보는 그녀는 오늘 밤 그가 조금 더 적극적으로 나와 주길 바라는 기색이었다. 이 밤을 함께 보냄으로써 반려자의 자리를 굳게 약속받을 수 있도록.

그러나 낭군은 그저 미소 지으며 그녀를 쳐다보고 있을 뿐이었다. 낭군의 눈빛은 그녀의 마음을 뒤흔들어 놓기에 충분했지만, 그게 전부였다. 실질적인 움직임은 없었다.

아무리 술기운이 올랐어도 그녀가 먼저 사내를 방으로 이끌 수야 없는 노릇이었다. 무슨 말을 해야 좋을지 고민하고 있는데, 장손무극이 살며시 팔을 뻗어 그녀를 부축해 줬다. 그녀는 얼떨떨한 채로 부축을 받으며 대청 밖으로 향했다.

"많이 취하셨으니 신경 써서 보살펴 드리시오."

장손무극이 뜰에서 대기 중인 사자들에게 분부했다.

여인은 하급 사자들의 손에 이끌려 뜰을 가로질러 가면서도 몇 번이고 뒤를 돌아봤다. 섬돌 위에 서서 옅은 미소를 머금고 그 모습을 지켜보고 있던 장손무극이 이내 입을 열었다.

"구경은 할 만큼 했소?"

"결정적인 데서 끊겼잖아요."

처마에서 훌쩍 뛰어내린 맹부요가 풀 한 가닥을 입에 문 채 싱긋 웃었다.

"아쉬워라."

"만약 거기서 안 끊겼으면 그거야말로 아쉬울 일이지."

장손무극이 그녀를 안으로 데리고 들어가며 말했다.

"그대 뒤만 졸졸 따라다녔던 지난 수년이 한순간에 물거품으로 돌아갔을 테니."

대답 없이 웃기만 하던 맹부요가 입을 열었다.

"쪽지에 적힌 내용은 대체 뭐였어요?"

"아까 들은 그대로요."

장손무극이 건성으로 답했다. 맹부요가 믿지 않으리라는 건 잘 알고 있었지만, 억지로 머리를 쥐어짜면서까지 그녀를 속여 넘길 수 있을 정도의 거짓말을 꾸며 내고픈 마음은 없었다.

고개를 돌려 그의 눈을 지긋이 응시하던 맹부요가 잠시 후 못 당하겠다는 양 한숨을 내쉬었다.

"내가 지금 뭐 질투를 한다든가 그러면 쪽지 내용 알려 줄 수도 있는 거예요?"

"아니."

사람 맥 빠지게 하는 대답에 눈을 치뜨던 맹부요가 얼마 못 가 '풉' 하고 웃음을 터뜨렸다.

"어우, 예전에 소설 읽다 보면 막장스러운 오해며, 온갖 피폐한 상황이며 엇갈림이 한도 끝도 없이 나왔었는데, 볼 때는 괴롭다가도 다 보고 나면 뭐 이런 약도 없는 바보들이 있나 싶었거든요? 그런데 지금 같아서는 차라리 내가 그 바보였으면 좋겠네."

"오해는 서로 신뢰가 부족하기에 생기는 것이오. 함께 수많은 일을 겪어 낸 우리가 서로를 믿지 못한다고는 생각지 않소."

장손무극이 그녀의 눈을 들여다봤다.

"부요, 나는 그대의 당당함과 명랑함을 사랑하오. 내가 그대를 잘못 보았을 리는 절대로 없소."

짧은 침묵 끝에, 맹부요가 조용히 말했다.

"내가 당신을 저버려도요?"

"그대가 나를 저버린대도 기꺼이 받아들일 것이오."

장손무극이 맹부요의 비단결 같은 흑발을 위에서 아래로 쓸어내렸다. 흐르는 물처럼 매끄러운 머리카락 사이를 손가락이 쏟아지듯 빠르게 지났다. 찰나와도 같았던 지난 3년여의 세월이 그랬듯이.

그녀는 속세라는 피안에 있었고, 그는 그녀에게 닿고자 물을 건너왔다. 이토록 가슴 떨리게 절절한 해후를 위해서라면 무엇이 기다리고 있을지 알 수 없는 먹구름 속의 앞날도 얼마든지 감수할 수 있었기에.

"부요……."

그녀를 품에 안은 그가 나지막이 한숨지었다.

"설령 그대가 나를 저버린다 해도 아예 모르는 사이로 스쳐 지나가는 것보다는 낫소."

맹부요의 입술 사이에서도 탄식이 흘러나왔다. 고개를 들어 별도 달도 없는 하늘을 올려다본 그녀가 작게 중얼거렸다.

"20년 전 처음 눈을 떴을 때 본 하늘도 지금처럼 새까맸는데. 어느새 이렇게 세월이 흘렀는지……. 가끔은 우리 만남이 행운이었는지 비극이었는지 혼란스러워요. 당신도 그렇고, 다른 사람들도 그렇고, 나 때문에 괜히 덩달아서 원래 나 혼자 감당했어야 할 짙은 어둠 속으로 끌려드는 것 같아서……."

"아니, 하룻밤 중 가장 어두운 시간이 지나면 곧 여명이 밝아오는 법이……."

말을 하다 말고 무언가 생각난 게 있는 듯 일순 멈칫한 장손무극이 곧이어 물었다.

"부요, 방금 20년 전에 눈을 떴을 때도 이 시간이었다고 했소?"

맹부요는 움찔했다. 대답하기 곤란한 질문이었다.

조금 전 그녀가 했던 말은 사실상 무척 이상한 소리였다. 갓난쟁이가 무슨 수로 자기가 태어났을 때 하늘 색깔이 어땠는지를 기억하겠나?

그녀는 지금껏 장손무극 앞에서 자신이 다른 세상에서 온 영혼이라는 둥 하는 이야기를 꺼내 본 적이 없었다. 그런 종류의 이야기는 어디서나 괴력난신이라는 꼬리표가 붙어 금기로 여겨지니까.

마음속 소원 역시 장손무극에게는 털어놓을 계획이 없었다. 그의 얼굴을 보면서 당신을 떠나겠다는 소리를 할 용기가 안 나서였다.

게다가 장손무극은 비상한 머리의 소유자인 만큼 이미 한참 전에 대충이라도 감을 잡았을 확률이 높았다. 그런 사람한테 굳이 직접적인 통보를 해서 한 번 더 상처를 줄 필요는 없지 않은가.

한참이나 그녀의 대답을 기다리던 장손무극이 재차 물었다.

"정말 이 시간이었소?"

맹부요는 그제야 뭔가 이상하다는 느낌을 받았다. 장손무극은 그녀의 의심스러운 탄생 일화가 아니라 시간 때문에 긴장하고 있는 것 같은 모습이었다.

긴장이라니, 천하의 장손무극을 긴장시킬 수 있는 일이 세상에 있었나? 시간이 왜?

그녀는 장손무극을 향해 의혹에 찬 눈길을 보냈다. 얼굴에 드러난 표정으로 이미 그에게 답을 준 거나 마찬가지였다.

장손무극의 눈빛이 어둡게 가라앉았다. 잠시였지만 이 순간의 하늘을 닮은 색깔로. 얼마 안 가 원래 눈빛으로 돌아온 그가 맹부요의 어깨에 손을 올리면서 피식 웃었다.

"기억력이 너무 좋아서 놀랐소. 늦었으니 이만 들어가서 쉬도록 하오."

맹부요는 그의 눈을 잠시 마주 보다가 이내 시선을 피하며 말했다.

"그래요, 당신도 일찍 자요."

그러고는 돌아서서 자리를 떴다.

벽 모퉁이를 돌아 사라지는 그녀의 뒷모습을 지켜보던 장손무극이 홀연 손을 들자 허공에서 금빛이 반짝했다. 다음 순간 그의 등 뒤편에 사내 하나가 기척도 없이 등장해 공손하게 허리를 숙였다.

"주……."

"뒤쫓아 온 사람은 없었나?"

장손무극이 사내의 말을 잘랐다.

"없었습니다."

"모두에게 이제부터 개별 행동을 명하고, 돌아가서 각 방면의 동향에 촉각을 곤두세우고 있으라 하도록. 그리고, 몇 가지 더 해 줄 일이 있다."

상세한 지시 사항을 듣고 난 사내가 대답과 함께 허리를 굽혔다. 사내의 모습이 문득 일렁이는가 싶더니, 곧 연기처럼 사라져 버렸다.

그런데 신형이 사라진 후에도 그 자리에 그림자가 남아 있었다. 사내가 서 있던 처마 아래쪽 지면, 꽃나무 그림자 사이에 언제부터 거기 있었는지 모를 흐릿한 형체가 섞여 있었던 것이다.

어스레한 달이 떠올랐다. 바닥에 깔린 형체의 윤곽 또한 달빛만큼이나 모호하게 번져 있었다.

평소 같지 않게 얼굴에 놀란 기색을 드러낸 장손무극이 뒤로 돌아서며 말했다.

"거기 있었나?"

가만히 그를 바라보고 있던 상대는 짧게 한마디를 뱉었을 뿐이었다.

"돌아가, 아직 늦지 않았으니 지금이라도 발 빼."

장손무극은 아무런 말도 하지 않았다. 여름임에도 눈처럼 차가운 궁창의 밤바람을 타고 연보라색 장포 자락이 구름처럼 나부꼈다.

그리고 한참 후, 그가 마침내 입을 열었다.

"그녀가 있는 곳이 곧 내가 있을 곳이다."

숨어 있는 위협

궁창 신치神治 63년 7월, 극북의 땅.

태양이 떠오르면서 눈 덮인 산맥에 눈부신 광채를 뿌렸다. 두껍게 쌓인 눈에 햇빛이 반사되자 뭉게구름 같은 안개가 피어올랐다. 그 안개에 휩싸인 채 설산 정상에 우뚝 솟은 전각들은 멀리서 보면 마치 하늘 꼭대기에 닿아 있는 듯했다.

성채를 연상시키는 건물군이 하늘을 찌를 기세로 치솟아 있는 모습은 그 자체로 거대한 장관이었다. 전체적인 색조는 고풍스러운 묵직함이 느껴지는 청색이었으나, 정작 건물의 형태는 무척 정교하고 화려했다.

전각 사이를 실처럼 구불구불 휘도는 구름에는 눈발이 섞여 있었다. 고지대의 혹한 속에서 육각형 꽃송이 모양으로 얼어붙은 눈 결정이 꽃보라처럼, 옥가루처럼, 까마득하게 높은 층계

위에 어지러이 흩날렸다.

자욱한 연무와 눈발 속에 굳게 문을 닫아건 성 한 채 있으니, 멀리서 숭배할 수는 있어도 감히 가까이 갈 수는 없음이라.

홀로 세상 밖에 자리한 채 천하 만백성이 올리는 제를 받는 곳, 장청 신전.

사실상 이곳은 신전이라기보다는 하나의 성이었다. 성곽 수비병 없이도 난공불락인 성.

성안의 전각들은 가운데 휘황찬란한 대전을 두고 원형으로 배치되어 있었다. 주변을 뒤덮은 만년설 한복판에서 오로지 대전 옆에만 온갖 꽃이 흐드러지게 피어 황홀한 봄 풍경을 이루었고, 거기서 흩날려 온 연보라색 오동꽃이 하늘하늘 구름 속을 부유하고 있었다.

침묵에 빠져 있는 대전의 둘레 길이는 무려 백 장에 달했고, 그 정중앙에는 독특한 형태의 신상이 서 있었다. 머리에 관도 쓰지 않았고 보좌 위에 올라선 것도 아닌 신상은 소맷자락을 떨치면서 비스듬히 몸을 틀어 뒤를 돌아보는 자세였다. 품이 넉넉한 장포가 넓게 펼쳐져 나부끼는 모양새가 날듯이 가뿐해 보였다. 신상의 왼손에는 앞쪽을 겨누고 있는 검이 들려 있고, 뒷짐을 진 오른손 손바닥에는 연꽃 한 송이가 피어 있었다.

신상은 무척이나 정교하게 만들어져 있었다. 바람에 휘날리는 옷자락 하며, 나는 듯한 동세 하며, 어느 모로 보나 생동감이 넘쳤다. 특히 신상의 얼굴 윤곽 같은 경우는, 자세 탓에 정면이 아닌 옆모습을 보게 됨에도 독보적인 미모가 찬란한 빛을 발하고 있었으니, 옥처럼 아름다운 누군가와 똑 닮은 모습이었다.

신전 안을 돌아다니고 있는 가지각색 장포 차림의 사람들은 신상 앞을 지나게 되노라면 반드시 경건하게 허리를 숙였다. 그들이 예를 올리는 대상은 바로 교단의 창시자, 지고지상한 신성불가침의 천신이었다.

3백 년 전, 장청 신전의 창시자는 신선 세계로 올라가면서 마지막으로 한마디 말을 남겼다.

'나로 말미암아 시작되고, 나로 말미암아 살리라.'

짧은 말이었지만, 그 안에 담긴 뜻을 이해하는 사람은 거의 없었다.

그래도 사람들은 믿어 의심치 않았다. 우리는 몰라도 전지전능하신 전주께서라면 분명 선대의 신탁을 이해하고 장청 신전을 영원한 푸르름으로 이끌어 주실 것이라고.

꽤 많은 사람이 오가고 있음에도 전각 내부는 고요 그 자체였다. 특히 휘장이 쳐진 내실 앞에서는 행여나 안쪽에 계신 신들께 방해가 될까 다들 발소리와 숨소리를 최대한 죽였다.

그러나 정작 신들은 말다툼을 벌이는 중이었다. 내실 안에는 긴 탁자가 놓여 있고, 탁자 양편으로 갈라져 앉은 인물들은 하나같이 조는 것처럼 보일 정도로 무심한 표정을 짓고 있었다. 하지만 그들이 내뱉는 말에서는 파지직거리는 불꽃이 튀었다.

"전주께서 왜 이리도 고집을 부리시는지 알다가도 모르겠습니다."

상석 좌측의 푸른 옷에 상투를 높게 튼 중년 남자가 불편한

심기를 드러냈다.

"우리 천행자 일파는 오랫동안 속세에서 수행을 쌓아 왔습니다. 신전 사무에 정통할 뿐만 아니라 천하의 창생에 대해서도 잘 알고 있다는 말입니다. 그런데 왜 상삼전에 등용될 수 없다는 것입니까? 긴나라왕이 야차부를 맡지 못할 이유가 대체 무엇입니까?"

"긴나라부가 야차부를 관리하는 것이야 문제가 안 됩니다만."

상석 오른편, 높은 관을 쓰고 눈꺼풀을 게슴츠레하게 내리뜬 채 앉아 있는 노인이 무심히 말했다.

"야차부를 넘겼다가 부지불식간에 상삼전 전체가 천행자 일맥에 먹힐 것이 걱정이지요."

"삼장로께서는 무슨 말씀을 그렇게 하십니까!"

앞선 노인과 같은 차림으로 우측 네 번째 자리에 앉아 있는 다른 노인이 즉각 반박했다.

"가루라왕은 그저 야차부를 긴나라왕에게 맡기자고 하는 것뿐이거늘, 여기서 상삼전 전체가 왜 나옵니까? 천부는 전주께서 직접 관리하시고 용부는 성주 소관입니다. 하지만 야차부는 지금껏 일곱 장로가 임시로 관리하고 있었지요. 이제 장로들도 나이가 많아서 힘에 부치니 젊은이를 데려오자는 것인데, 안 될 이유가 있습니까?"

"안 될 이유야 없지요!"

또 다른 노인이 재깍 말을 받았다.

"본 좌는 긴나라왕이 야차부를 맡는 데는 딱히 할 말이 없습니다만, 가루라왕의 입에서 나온 추천 이유에는 완벽히 동의하기가 힘듭니다. 긴나라부에 천행자가 많기는 해도 사실 긴나라왕 본인은 속세에 나가 본 경험이 극히 적습니다. 가루라왕, 그런데도 속세에서의 경험을 이유랍시고 긴나라왕을 상삼전으로 올리려 하다니, 우습다는 생각 안 듭니까?"

"누가 누굴 보고 우습다는 건지!"

제일 처음 말을 꺼냈던 푸른 옷에 상투를 높게 튼 남자가 눈썹을 치켜세웠다.

"긴나라왕이 천행자가 아니라서 야차부를 맡을 수 없다면, 신전에 머무는 날이 거의 없는 성주께서는 왜 용부를 맡아도 되는 것입니까?"

반대파 인사들이 일제히 냉소하면서 '역시나 상삼전을 노리고 있을 줄 알았지.' 하는 표정을 지었다.

"지금 뭐가 웃깁니까?"

그러면서 푸른 옷의 남자 본인도 찬웃음을 흘렸다.

"지위로 따지면 제가 성주 전하를 입에 올릴 주제는 못 되지만, 연배로는 윗사람이니 오늘 이 자리를 빌려 한마디 하지요. 여러분이 그저 성주라면 껌뻑 죽는 줄은 압니다. 비범한 재주와 총기를 타고났다느니, 근 3백 년 동안 신전에 그만한 동량지재는 없었다느니, 하늘이 내린 신의……."

여기까지 말했을 때, 홀연 상석에서 나지막한 헛기침 소리가 났다. 그러자 입을 다물고 콧방귀를 뀐 푸른 옷의 남자가 곧 말을 이어 갔다.

"하지만 아무리 비범한 자질을 타고난 동량지재인들 본인이 중임을 맡을 마음이 없으면 그게 다 무슨 소용입니까? 여러분만 못 갖다 바쳐서 안달이면 뭐 하느냐는 말입니다. 정작 성주 본인은 아쉬울 게 없다는데. 그리고 이렇게 신전에 아무 관심이 없는 성주 전하도 용부를 맡고 있는데, 신전에 일편단심으로 충성해 온 긴나라왕이 야차부에 발탁되지 못할 이유는 또 무엇입니까?"

그 말에 정곡을 찔렸는지, 냉소를 흘리던 반대파 인사들이 일제히 입을 다물었다.

한편, 찬성파의 눈빛에는 조소가 스쳤고, 뚜렷한 입장 표명 없이 조용히 자리만 지키고 있는 몇몇은 생각에 빠진 표정이 됐다.

주변을 둘러보며 득의양양하게 웃던 푸른 옷의 사내가 곧 상석에 눈길을 던졌다. 상석에 앉아 있는 노인은 아까 나지막하게 헛기침을 뱉은 것 말고는 내내 침묵 중이었다.

상석의 노인은 도사들이 입을 법한 옷에 높은 관을 쓴 채, 눈을 감고 차분히 정좌해 있었다. 주름이라고는 찾아볼 수 없는 얼굴은 연한 황금빛을 띠고 있었고, 표정에 그 어떠한 감정 기복도 없는 걸 보면 마치 주변에서 벌어지는 언쟁이 귀에 들리지 않는 듯했다.

절대적인 권위를 누리는 신전의 지고지상한 주인은 모두의 절박한 눈빛을 한 몸에 받으면서도 눈썹 하나 까딱하지 않았다. 희미한 푸른빛 안개 한복판에 태산처럼 굳건히 앉아 있는 그의 모습은 인간이라기보다는 신에 가까워 보였다.

숨 막히는 정적이 탁자 주위를 짓눌렀다. 이 자리에 모인 팔부 천왕과 신전 장로들은 만인의 존경을 받는 신전 최고위층이었다.

하지만 절대적인 권위로 장청 신전을 포함한 궁창 전역을 무려 60년 가까이 공고하게 통치해 온, 이미 반은 선인의 몸이며 곧 영혼의 해탈을 앞둔 노인 앞에서는 감히 방자하게 굴 수 없었다. 좌중을 통틀어 가장 오만해 보이는 푸른 옷의 중년 사내조차도 득의양양하던 눈빛을 살짝 누그러뜨렸을 정도였다.

어수선하던 분위기를 단숨에 정리시킨 침묵의 효과를 확인한 후, 전주가 마침내 담담하게 입을 열었다. 그런데 그의 입에서 나온 것은 조금 전의 토론 주제와는 동떨어진 말이었다.

"남쪽에서 실력자가 흘러 들어왔거늘, 긴나라부는 어찌하여 보고를 올리지 않았는가?"

푸른 옷의 중년 사내를 비롯한 찬성파 전원의 얼굴에서 핏기가 싹 가셨다. 긴나라부는 나라 전역에서 올라오는 첩보를 수집해 전주에게 보고하는 일을 맡고 있었다. 전주가 '실력자'라고 표현했을 정도면 절정 고수라는 이야기인데, 그런 인물이 국경을 넘었음에도 긴나라부에서 아직 보고를 올리지 않았다면 이는 심각한 직무 태만이 아닐 수 없었다.

방금 전주의 그 한마디는 명확한 입장 표명이나 마찬가지였다. 긴나라왕을 어떻게든 야차부 수장의 자리에 앉히고자 무진 애를 쓰던 푸른 옷의 가루라왕조차도 일순 말문이 막히고 말았다. 긴나라부에서 중대한 실수가 나왔는데, 긴나라왕이 무슨 자격이 있어 감히 야차왕 자리를 탐내겠는가?

아까까지 긴나라왕을 위해 목소리를 내던 장로들은 꿀 먹은 벙어리가 됐고, 푸른 옷의 중년 사내는 얼굴이 붉으락푸르락하다가 잠시 후 말없이 이를 악물었다.

단 한 마디로 상황을 끝내 버린 전주는 좌중에게 더 이상 긴나라왕을 놓고 옥신각신할 기회를 주지 않고, 곧장 화제를 바꿨다.

“그제 폐관 수련에 들었을 때 하늘의 계시를 들었다. 우화등선할 날이 머지않았음이야.”

그러자 깜짝 놀란 좌중이 금방 기쁨에 겨운 얼굴로 자리에서 일어나 허리를 숙였다.

“경하드립니다!”

개중에서도 특히 기뻐 보이는 사람은 푸른 옷의 중년 사내였다. 그렇지만 순수하게 전주의 경사에 기뻐하는 것 같지 않았다. 그보다는 무언가를 바쁘게 계산 중인 듯, 눈빛이 쉴 새 없이 번뜩이고 있었다.

사내의 기쁨은 바로 이어진 전주의 다음 말에 산산이 박살 나고 말았다.

“성주를 불러들이라.”

“성주는 아직 본국에 있습니다. 이제 막…….”

자리에 있는 남자 하나가 겨우 두 마디를 뱉은 참인데, 전주는 이미 의자에서 일어선 뒤였다. 그 즉시 다들 입을 다물고 허리를 숙였다.

얼핏 듣기엔 무감한 말투 같았지만, 거역할 수 없는 권위가 서린 명령이 떨어졌다.

"불러들이라 하였다!"

"노망난 늙은이 같으니!"

내실에 모여 있던 장청 신전 최고위층 인사들이 하나둘 자리를 뜨기 시작했다.

푸른 옷의 중년 사내를 향해 의미심장한 눈빛을 보내던 장로 몇몇까지 마저 퇴장하고 나자 내실 안에는 푸른 옷의 사내 한 사람만이 남겨졌다. 얼마 안 있어 사내 역시 노기등등한 모습으로 내실을 빠져나왔다.

사내는 아무 말 없이 표정을 굳힌 채 자신의 전각인 가루라전으로 향했고, 주변에 있던 제자들은 너 나 할 것 없이 겁에 질려 찍소리조차 못 냈다.

잠시 후 가루라전 내실에 들어선 그는 참았던 것이 터진 듯 책상을 뒤집어엎었다.

와르르!

책상 위에 쌓여 있던 서책이 모조리 바닥으로 쏟아졌다. 그러고도 분이 풀리지 않는지, 사내가 버럭 소리쳤다.

"늙은이가 망령이 났지!"

전각 안의 다른 사람들은 전부 바닥에 머리를 처박고서 전전긍긍하고 있었다. 어느 누구도 바닥에 나뒹구는 서책을 주울 엄두를 내지 못했다.

"……항상 그 자식! 곧 죽어도 그 자식! 그 자식 아니면 안 되는 이유가 대체 뭐길래? 우리가 온갖 고초를 겪으면서 천하를 떠돌아다니는 동안 팔자 좋게 연화좌에나 올라앉아 있는 자식한테, 줘도 싫다는 자리를 억지로 떠안기지 못해 안달이라니!"

철창에 갇힌 야수처럼 씩씩거리면서 방 안을 정신없이 왔다 갔다 하던 사내가 잠시 후 자기 앞에 꿇어앉아 있는 자를 걷어차면서 일갈했다.

"저리 꺼져!"

내실에 있던 사람들이 모두 물러가고 나자 사내는 의자에 털썩 주저앉아 고개를 젖히고 아주 긴 숨을 내뱉었다. 가슴 한가득 들어찬 앙금을 전부 토해 내고 싶은 듯이.

이때 청석 바닥재 아래쪽에서 누군가 바닥 밑면을 두드리는 소리가 났다. 소리는 묵직했고, 상당히 멀리서 들려오는 것 같은 느낌이었다.

푸른 옷의 가루라왕은 일순 흠칫했다가, 무엇을 떠올렸는지 곧 눈썹을 찌푸렸다. 그대로 턱을 괴고 생각에 잠겨 있길 잠시, 그가 난데없이 다리를 들어 책상 아래를 걷어찼다.

덜커덕, 소리가 나면서 책상 아래 있던 비단 깔개가 쩍 갈라졌다. 갈라진 틈으로 지하로 통하는 계단이 모습을 드러냈다.

균열 안쪽은 등불 하나 없이 어두컴컴했다. 가루라왕은 계단을 따라 아래로 내려갔다. 한참을 가다가 오른편으로 돌자 지하실이 나왔고, 그는 거기서 걸음을 멈췄다.

바닥에 건초가 어지럽게 깔린 지하실은 무척이나 비좁았다. 덩치 큰 사람은 안에서 몸을 돌리기도 힘들 정도였다. 잠도 똑바로 누워서 잘 수 없고, 서 있을 때도 구부정하게 허리를 숙여야만 하는, 고문용으로 만들어진 것 같은 공간.

그 안에 태평하게 드러누워 코를 골아 대는 사람이 있었다.

"염병할!"

나지막하게 욕설을 씹어뱉은 가루라왕이 지하실 문 앞에 쪼그리고 앉아 안쪽의 사람을 불렀다.

"어이! 일어나!"

그러자 그자가 반대편으로 돌아누웠다. 엉덩이가 정확히 가루라왕을 향하도록.

"어디서 자는 척이야!"

가루라왕이 버럭 소리를 질렀다.

"아까 밑에서 두드려 댄 거 댁 아니었어?"

그러나 그자는 꿈쩍도 안 하고 꿀잠을 자고 있었다.

다시 한번 욕설을 뱉은 가루라왕이 그 자리에 털썩 주저앉더니, 졌다는 양 말했다.

"어이, 늙다리. 내가 여기 가둬 놓은 것도 아니고, 그간 알고 지낸 세월을 봐서라도 상대 좀 해 달라고!"

좋게 달래야만 말이 좀 먹히는 유형인 건지, 건초 더미 속에서 시커먼 손이 쑥 뻗어 나와 무성의하게 허공을 휘저었다. '상대'를 해 줬다는 뜻이었다.

"나가고 싶지 않나?"

지하실 앞에 앉은 채로 곰곰이 생각에 잠겨 있던 가루라왕이 한참 만에 물었다. 그러자 건초 더미에서 부스럭거리는 소리가 나더니, 그자가 가루라왕을 향해 돌아누웠다.

지하실의 어둠 탓에 그자의 얼굴을 알아볼 수는 없었다. 만약 불빛이 있었다 해도 얼굴에 하도 때가 덕지덕지 끼어서 이목구비를 알아보기 힘들었을 테지만.

"뭐 하자는 거냐?"

다소 잠긴 목소리로 말한 그자가 두어 번 쿨럭거리더니, '퉤' 하고 걸쭉한 가래를 뱉었다. 위생 관념이라고는 없이 아무 데나 갈긴 가래는 하필 가루라왕의 화려한 장포 아랫자락에 명중했다.

가루라왕이 눈썹을 꿈틀했다. 울화가 치밀었지만, 그는 잠시 시간을 들여 화를 누르고 씁쓸한 웃음을 지었다. 그러고는 고개를 들어 위쪽 어딘가를 응시하면서, 싸늘하게 말했다.

"여기서 나가고 싶다면, 한 가지 해 줄 일이 있어."

북쪽으로 올라갈수록 바람이 급격하게 차졌다. 처음에는 얼음물을 뒤집어쓰는 기분이더니, 나중에는 얼음 칼이 덤벼드는 느낌이었다. 그 얼음 칼이 동토를 할퀴고 지나노라면 지면에는 수많은 칼자국이 남았다.

말발굽이 언 땅을 따그닥따그닥 때릴 때마다 살얼음 탓에 지면에 안착하지 못한 편자가 자꾸만 미끄러졌다. 정면에서 들이닥친 눈가루가 속눈썹에라도 붙을라치면 녹지 않고 그대로 매달려 있다가, 한참 뒤에는 얼음 구슬로 자라나 눈을 깜빡일 때마다 '팅' 하는 소리를 냈다.

맹부요는 무심결에 고개를 들었다가 멀찍이 지평선에 어렴풋하게 등장한 설산을 발견했다.

"정말 빨리 왔네요."

그녀보다 한 장 정도 앞서서 말을 몰고 있는 탁발명주가 장손무극 옆에 딱 달라붙어 미소를 보내며 말했다.

"벌써 장청 신산이 코앞이에요."

"신전에 돌아가기 전까지는 우리 둘 다 막중한 책임을 진 몸이지요."

장손무극이 빙긋이 웃으며 대답했다.

"서둘러 돌아가서 임무를 내려놓아야 여유로워지지 않겠습니까."

탁발명주의 표정이 환해졌다. '여유롭게' 연애를 즐길 생각에 신이 난 그녀가 나긋한 웃음을 흘렸다.

"부사의 뜻이 그러시다면야."

정답게 속닥거리는 둘을 쓱 쳐다본 제비천이 맹부요 가까이 다가붙었다.

"어이, 저기 봐라. 저쪽은 이미 변심한 것 같은데, 이참에 너도 마음을 바꾸는 게 어떠하냐?"

"옳소!"

흔쾌히 답한 맹부요가 제비천의 어깨 위에 앉아 있는 원보 대인을 덥석 끌어안을 기세로 팔을 뻗었다.

"이제부터 우리 원보나 사랑해야겠네. 내 애인 당장 내놓으시지!"

제비천은 '흥' 하면서 고개를 팩 돌렸고, 원보 대인은 저 잘났다고 찍찍거렸다.

맹부요는 '감히 네까짓 게?' 하는 식으로 팔짱을 끼고 고개를 삐딱하게 꼬는 원보 대인을 싹 무시해 버리고, 앞서가는 두 사람의 뒷모습에 눈길을 던졌다.

원래는 국경에서부터 신전까지 힘으로 밀고 올라갈 각오였었다. 그런데 미남계로 탁발명주라는 위장막을 얻게 될 줄이야. 긴나라부 신전 사자의 보호에 힘입어 목적지 근방까지 아무런 방해도 받지 않고 올 수 있었던 것은 실로 대단한 행운이었다.

중간에 임무 수행 차 이동 중인 듯한 다른 신전 인력들을 마주친 적도 있었지만, 전부 탁발명주보다 신분이 낮은 자들뿐이었다. 위계질서가 엄격한 신전 인력들은 탁발명주를 발견하면 알아서 멀찍이 길을 비켰다. 다가와서 이것저것 캐묻는 자는 한 명도 없었다.

딱 한 가지 이상한 점은 첫날 항구에서 꽤 큰 소란을 피웠는데도 장청 신전이 아무런 반응을 보이지 않는다는 것이었다. 상식적이지 못한 일이었다.

혹시…… 그가 뭔가 조치를 한 걸까?

장손무극의 뒷모습을 바라보며 조용히 한숨을 내쉰 맹부요가 중얼거렸다.

"어쨌든 잘 풀리고 있어서 다행이네……."

"잘 풀린다고?"

곁에서 그녀가 중얼거리는 소리를 들은 제비천이 코웃음을 쳤다.

"이게 다 네 운발인 것 같으냐?"

맹부요가 의문의 눈길을 보냈다.

그러자 제비천이 본인의 존귀한 콧구멍을 보여 주면서 한껏 빼기는 투로 말했다.

"궁창 땅에 들어와서 지금까지 지나온 성들에는 모두 복마진법이 깔려 있었느니라. 매번 이 어르신께서 조용히 해결했으니 몰랐겠지만."

맹부요는 머릿속으로 요 며칠 지나쳐 온 성문들을 떠올렸다. 진법 같은 걸 발견했던 기억은 전혀 없었다. 하지만 제비천의 표정을 보아 하니 거짓말인 것 같지는 않았다. 제비천이 인성은 글러 먹었어도 허튼소리를 지어낼 작자는 아니었다.

이제야 느끼는 거지만, 장손무극이 이번 여정에 제비천을 끌어들인 건 참으로 현명한 작전이었다. 신권 국가인 궁창은 부풍 못지않게 비밀스러운 면들을 많이 가지고 있었다. 만약 그녀 혼자 무작정 쳐들어왔다면 국경을 넘자마자 덜미를 잡혔을 것이다.

일행은 이미 대륙 최북단 근처까지 와 있었고, 이곳은 혹한의 땅이었다. 옷깃을 세워 여민 맹부요는 걱정스러운 마음에 뒤쪽 마차로 가서 안에 있는 운흔의 상태를 살폈다.

운흔은 평온히 잠들어 있었다. 아직 깨어날 기미는 없었지만, 상태가 호전되고 있는 게 눈에 보였다. 게다가 얼굴에 신비스러운 빛이 어른거리는 것이, 몸 안에서 무언가가 벽을 깨고 한 단계 더 높은 경지를 달성하기 직전인 것 같았다.

맹부요로서는 경사스러운 일이었다. 그녀와 운흔은 같은 사문 출신이나 다름없었고, 두 사람이 익힌 무공의 정수를 깨닫고자 한다면 반드시 생과 사의 위기를 넘겨야만 했다. 염라대왕 얼굴을 한 번 보고 올 때마다 공력이 한 단계씩 상승하는 식이었다.

심각한 위기를 겪을수록 그로 인해 얻게 되는 성과는 더 컸다. 만약 운흔이 이번 고난을 무사히 넘기고 발전을 이룬다면 오히려 전화위복이 될 것이었다.

그녀가 마차 입구의 가리개를 내리고 돌아서는데, 대야를 든 하인 하나가 곁을 바짝 스쳐 지나갔다. 앞서 어느 분단을 거쳐 오는 길에 그곳 단주가 탁발명주에게 잘 보이고 싶었는지 곁에서 시중을 들도록 붙여 준 소년이었다.

소년은 강가에서 탁발명주에게 바칠 물을 떠 오는 참이었고, 얼어서 미끄러운 길을 서둘러 걷느라 비틀거리다가 맹부요를 미처 피하지 못했다.

서로 엇갈리는 순간, 대야 가장자리가 맹부요의 손을 살짝

긁었다. 맹부요는 손가락에 따끔한 통증을 느꼈다. 손가락 끝에 피 한 방울이 맺혔다가 대야로 떨어져서 가장자리를 타고 쭉 미끄러졌다.

'앗!' 하고 놀란 하인이 허겁지겁 용서를 빌었다.

"죄송합니다! 죄송합니다!"

맹부요는 손을 내저으면서 대야를 대충 한 번 훑어봤다. 제대로 다듬어지지 않은 가장자리에 날카롭게 튀어나온 부분이 보였다.

그녀가 피식 웃으며 말했다.

"가장자리가 울퉁불퉁하니까 손 조심해."

감사하다고 답한 하인이 물을 탁발명주에게로 가져가자 곁에 있는 장손무극이 고개를 돌려 눈길을 보냈다.

탁발명주가 반가운 투로 말했다.

"물을 떠 왔더냐? 마침 신발이 진흙으로 더러워졌는데, 닦아 내야겠구나."

다음 순간, 대야에 손을 넣어 물을 뜨려던 탁발명주는 가장자리에 묻은 핏자국을 발견했고, 그 즉시 발끈해 대야를 엎어 버리면서 눈썹을 치켜세웠다.

"무엄하다! 감히 신전 사자에게 이렇게 더러운 물을 바쳐?"

하인이 잘못했다고 싹싹 빌면서 머리를 조아리자 무슨 영문인지 모르는 장손무극이 물었다.

"어째서 그러십니까?"

"이 무례한 것이 어디서 더러운 물을 떠 왔잖아요!"

영 분이 풀리지 않는지 대야를 걷어차 날려 버린 탁발명주가 소년한테까지 발길질을 하려 들었다. 그러자 눈치가 빤한 소년이 허겁지겁 줄행랑을 놨다.

"아랫것이 조금 꼼꼼하지 못한 것쯤은 윗사람으로서 품어 줄 수도 있는 일 아니겠습니까?"

땅바닥에 쏟아진 물을 쓱 쳐다본 장손무극이 빙긋이 웃으며 탁발명주를 말렸다. 탁발명주는 쉽게 발끈하는 성격이었지만, 그만큼 화가 풀리는 것도 빨랐다. 특히 장손무극 앞에서는 더욱 그러했다.

금방 웃는 얼굴이 된 그녀가 말했다.

"부사의 뜻이 그러시다면야."

그러고는 말고삐를 고쳐 잡는 척하면서 손끝을 은근슬쩍 장손무극의 손 쪽으로 뻗었다. 하지만 장손무극이 갑자기 안장 옆에 매달아 놓은 물통을 끄르겠다고 자세를 낮추는 바람에 그녀의 손가락은 도중에 갈 곳을 잃고 말았다.

눈썹을 꿈틀한 탁발명주가 막 입을 열려는데, 홀연 다그닥거리는 말발굽 소리가 들려오더니 저 멀리서 한 무리의 인원이 모습을 드러냈다. 그들이 세워 들고 있는 검은색 깃발에는 흉악한 형상의 금빛 이무기가 커다랗게 수놓여 있었다.

앞서 마주쳤던 자들이 탁발명주의 의장을 보고 길을 비켜 줬던 것과는 달리, 그들은 곧장 일행을 향해 달려왔다. 제일 앞쪽에서 무리를 이끄는 사내가 멀찍이서 소리쳐 물었다.

"긴나라부 사자입니까?"

"아, 마호라가 사자분이시군요!"

깃발을 본 탁발명주가 웃는 낯으로 인사를 건넸다.

"신전으로 돌아가는 길이십니까?"

"아직입니다."

상대편이 말을 세웠다.

"천부에서 내려온 지령은 긴나라부 사자께서도 받으셨겠지요? 혹시 색출 대상을 발견하셨습니까?"

듣고 있던 맹부요는 뭔가 이상하다는 느낌을 받았고, 가슴이 덜컥해 장손무극 쪽을 쳐다봤다. 장손무극은 아무렇지 않은 얼굴이었지만, 표정과는 달리 말을 느릿느릿 뒤로 물려 탁발명주의 시야에서 벗어나는 중이었다.

"아아, 면목이 없군요. 아직 발견하지 못했습니다."

탁발명주가 말했다.

"수하들에게 각방으로 수소문해 보라 명했으나 흔적을 전혀 찾을 수가 없더군요."

"그러게나 말입니다."

중년의 마호라가 사자가 한숨을 내쉬었다.

"저희도 아무런 소득이 없습니다. 몇 군데에서 의심스러운 흔적이 발견됐다는 제보가 들어오기는 했으나, 막상 가 보면 전부 아니더군요. 이상한 일입니다."

"서쪽 국경선을 통해 침입했고 불경한 의도를 품고 있다고 하니 분명 산길을 탔을 것입니다."

탁발명주가 조언을 건넸다.

"오시는 방향을 보아 하니 해안 쪽에 가셨던 모양인데, 방향을 잘못 잡아서 소득이 없었던 것이 아닐는지요?"

"서쪽이요?"

마호라가 사자가 의아한 듯 눈썹을 치켜세우더니, 생판 낯선 이를 보는 눈으로 탁발명주를 노려봤다.

"서쪽이라니, 대체 무슨 소리를 하십니까? 그자는 항구를 통해……."

사문과 대립하다

"천부에서 색출하라 지시한 자는 절역을 거쳐서……."

마호라가 사자가 미처 말을 맺을 틈도 없이, 정체불명의 금빛 형체가 눈앞을 휙 스치는 동시에 짙은 향기가 물씬 밀려들었다. 난데없이 머릿속이 아찔해진 그는 방금까지 하려던 말을 까맣게 잊어버리고 말았다.

하지만 그 역시 마호라가부에서 고르고 골라 뽑은 정상급 고수였다. 정신이 아득해지는 찰나 곧바로 무언가 잘못됐다는 걸 눈치챈 그는 반사적으로 손을 뻗어 허공을 잡아챘다.

마침 구미의 금빛 찬란한 꼬리 아홉 개가 기세등등하게 펼쳐진 채 그의 얼굴을 쓸고 지나는 중이었다. 급하게 뻗은 손에 구미의 꼬리 끄트머리 기다란 털이 붙잡혔다.

구미의 털을 함부로 만지는 것은 곧 어르신에 대한 모욕이었으니……. 마호라가 사자가 미끈한 꼬리를 제대로 고쳐 잡기도 전에 어디선가 음산한 목소리가 들려왔다.

"감히 이 어르신의 애완동물한테 손을 대?"

다음 순간, 손에 격통이 느껴지는 동시에 피가 시뻘겋게 튀었다. 낄낄거리면서 손아귀를 벗어난 구미가 냉큼 제비천 어르신께로 달려갔다.

경악한 얼굴로 아래를 내려다본 마호라가 사자는 어느새 살점이 뭉텅이로 떨어져 나간 자기 손을 발견했다.

도검을 뽑는 것도 못 봤고, 암기나 내공을 쓰는 것도 못 봤건만. 상대방은 그저 말 한마디 했을 뿐인데, 꼬리를 붙들고 있던 손가락 두 개가 뼈만 남은 채로 벌겋게 피에 젖어 있었다.

'히익' 하고 숨을 들이켠 마호라가 사자는 일단 천으로 손가락을 둘둘 싸맸다. 그런 다음 고개를 들어 제비천을 노려보며 말했다.

"어찌 이런 행패를 부리는 것……."

방금 제비천이 보여 준 능력이 워낙 무시무시했던지라, 피를 봤음에도 최대한 정중한 말투를 쓴 것이었다. 그런데 웬걸, 말을 맺기도 전에 '철썩' 하고 찰진 소리가 울리더니 피 묻은 치아가 우수수 바닥으로 쏟아졌다.

마호라가 사자는 비명을 지르면서 뒤로 벌렁 나자빠졌다. 입에서 피가 철철 나고, 순식간에 퉁퉁하게 부어오른 뺨에는 새빨간 손바닥 자국이 나타났다.

휘하의 사자들이 화들짝 놀라 소리를 지르더니, 상전의 명령은 떨어지지도 않았는데 일제히 무기를 빼 들고 제비천을 향해 달려들었다.

장청 신전에는 주군이 모욕당하면 신하는 죽음을 각오하고 원수를 갚아야 한다는 규율이 존재했다. 무공 맞대결에서 실력이 상대보다 못해 부상을 당하는 것까지는 괜찮아도 조금 전의 따귀는 장청 신전의 지고지상한 위엄을 노골적으로 짓밟는 행위였다.

상황이 이렇게 되어 버린 이상 충돌은 불가피했다. 사자들은 상대가 아무리 강적이라도 신전의 존엄을 위해 칼을 뽑는 수밖에 없었다.

마호라가 사자가 뺨을 움켜잡은 채로 다른 손을 휘둘렀다.

"잡아들여라!"

그러자 수백 명에 달하는 흰옷의 사자들이 제비천을 중앙에 두고 진법 대형을 갖췄다. 그 와중에도 아무렇지 않게 손수건을 꺼내 손을 쓱쓱 닦은 제비천이 못마땅한 투로 말했다.

"수염 하나를 제대로 못 깎나, 따갑게 말이야!"

더럽다는 양 손수건을 내던진 후, 제비천은 진법 한복판에 팔짱을 끼고 서서 상대편의 선공을 느긋하게 기다렸다.

다른 한쪽에서는 제자리에 멍하니 굳어 있던 탁발명주가 갑자기 장손무극을 붙잡고 뒤로 빠지자는 신호를 줬다. 장손무극이 의아한 눈빛을 보내자 탁발명주가 작게 속삭였다.

"섣불리 끼어들지 말고 일단 조금 지켜보기로 해요."

그녀는 예리하게 빛나는 눈으로 마호라가 사자를 주시하기 시작했다.

삼장로 휘하의 마호라가부는 긴나라부나 가루라부와는 대척점에 서 있었다. 그런 마호라가부를 돕겠답시고 긴나라부 인원을 희생시킬 수는 없었다.

물론, 같은 자리에 있으면서 완전히 모른 척했다가는 향후 처벌을 피하기 힘들 것이다. 탁발명주는 상황을 지켜보다가 만약 적이 너무 강하다 싶으면 수하 몇 명을 내보내 성의 표시 정도만 하고, 주력 부대는 철수시키기로 마음을 먹었다. 팔부 대왕과 장로들에게는 적이 너무 막강하여 현장 인원으로는 도저히 못 당해 내게 생겼기에 신전에 보고부터 올리기로 했다고 둘러대면 그만이었다.

장손무극을 돌아보고 자기 생각을 알린 후, 상황을 찬찬히 지켜볼 요량으로 다시 고개를 앞으로 돌린 그녀는 즉시 눈이 휘둥그레지고 말았다.

조금 전에 진법을 펼쳤던 사자들이 눈 깜짝할 사이에 모조리 바닥에 쓰러져 있었다. 널브러진 사람들 한복판에는 눈썹을 치켜세운 제비천이 오만하게 서 있었고, 그의 손아귀에서는 광채가 일렁였다.

방금 그는 딱 한 가지 동작을 했을 뿐이었다. 바로 비연에게서 회수한 일곱 빛깔 광채를 풀어놓는 것.

무려 무신씩이나 되는 작자가 고작 하급 신전 사자들을 상대로 최상급 술법을 행하는 것은 명마와 비루먹은 말을 나란히 놓고 달리기 시합을 붙인다거나, 거인과 어린아이를 놓고 싸움을 붙이는 것만큼이나 치졸한 짓이었지만, 치졸한 만큼 효과 하나는 확실했다.

광명 계열 무공과 암흑 계열 술법은 본디 서로의 천적이었고, 승패는 전적으로 어느 쪽의 공력이 더 고강하느냐에 달려 있었다. 다시 말해, 장청 신전 하급 사자들에게 있어 오늘은 재수 옴 붙은 날이었다.

오랫동안 어둠에 갇혀 있다가 나온 무지갯빛 광채가 울부짖음을 토하며 주변을 맴도는 사이 사자들의 몸에는 깊은 상흔이 수도 없이 많이 새겨졌고, 옷은 넝마가 됐다.

상처가 생기는 과정이 워낙 순식간이었기에 처음에는 옷감 밖으로 피가 비치지 않았다. 그러다가 조금 지나자 얼기설기 그어진 붉은색 생채기가 하나둘 존재감을 드러내기 시작했다. 하얀 옷가지와 극명한 색채 대비를 이루는 핏자국은, 흡사 사자들의 몸에 피로 짜인 그물이 한 겹 덧씌워진 듯한 광경을 연출해 냈다.

제비천이 사자 하나를 밟고 서서 고개를 젖히고 웃음을 터뜨렸다.

"고작 이것밖에 안 되는 놈들이었더냐? 맥 빠지는군! 본래는 산꼭대기까지 찾아갈 작정이었으나, 생각이 바뀌었다. 너희 전주는 내 방문을 받을 자격이 없어. 내려와서 이 어르신을 찾아 뵈라고 전하여라!"

그가 밟고 있던 사자를 걷어찼다. 붕 떠올라 날아간 하급 사자는 마침 달려오던 제 상전을 그대로 들이받았다.

제비천이 눈썹을 치켜세우고 말했다.

"서두르지 못할까! 어르신께서 기다리고 계시느니라!"

"명령이다! 근처에 있는 병력과 가까운 신전 사자들에게 지원을 요청하라!"

쿵쿵거리며 몇 발자국 뒤로 물러난 마호라가 사자가 팔을 높이 들고 소리쳤다.

슈욱!

푸른색 신호탄이 하늘 높이 솟구쳐 오르더니, 구름 위에서 폭발해 거대한 붉은색 불꽃을 뿜었다. 불꽃의 색깔은 처음의 진홍에서 시작해 갖가지 빛깔로 변화를 반복했다. 마호라가 사자의 공포와 분노, 제비천의 멸시와 무관심, 탁발명주의 망설임과 불안, 그리고 남들의 눈이 닿지 않는 그림자 속에 숨어 보일 듯 말 듯 미소 짓고 있는 장손무극을 비추며.

꾸물꾸물 제비천 곁으로 다가간 맹부요가 그의 소맷자락을 붙들고 투덜거렸다.

"어르신, 사고 치셨네. 나까지 피 보게 만들지는 마셔. 장청 신전 전체를 적으로 돌리고 싶은 마음은 눈곱만큼도 없으니까."

"그럼 넌 빠져라."

제비천은 전혀 개의치 않는 눈치였다.

"먼저 가고 있으면 싸움 끝내고 알아서 찾아가마."

그가 홀연 팔을 뻗자 손에서 불꽃 한 줄기가 쏘아져 나와 운흔이 잠들어 있는 마차로 날아갔다.

"여기서부터는 덤비는 놈들을 족족 상대해 주면서 산을 오를 것이니라. 저들에게 부풍 술법의 위엄을 보여 주어야겠다. 당분간은 너를 따라다닐 여유가 없으니 저 녀석은 이 자리에서 깨끗이 치유해 주마. 단, 조건이 있다. 어떤 상황에서도 나 대신 금강을 지켜 다오!"

입이 헤벌쭉 벌어진 맹부요가 고개를 연신 주억거렸다.

"그럼요! 그럼요!"

그러고는 장손무극이 데리고 있던 금강을 얼른 안고 와서 엄숙하게 선언했다.

"이 순간부터 금강은 나의 목숨이요, 간장이요, 눈알이요, 영혼……."

죽는다고 발버둥을 치던 금강이 급기야 맹부요를 걷어찼다.

"이런 씨부럴! 누가 네 눈깔 같은 거 하고 싶대? 확 눈깔을 파 버릴라!"

제비천은 자기네 흉포한 애완동물에게 눈길도 주지 않고 손가락을 튕겨 금색과 백색의 무언가를 날려 보냈다. 구미와 원보 대인을 맹부요에게 돌려준 것이었다.

"이 거추장스러운 것들도 다 데려가거라. 어르신은 돌봐 줄 시간이 없으니."

그러자 맹부요가 녀석들을 양손에 하나씩 들고 뜨거운 눈물을 글썽이며 중얼거렸다.

"어르신은 어쩜 통도 크시지……."

그녀의 애완동물 둘은 소맷부리 안에 들어가고, 금강 어르신은 가장 고귀한 자리인 어깨 위에 올려졌다. 관대하고 선량하신 무신에 대한 감사의 의미였다.

사실 제비천은 강대한 신수들의 도움을 완전히 배제하고 무신으로서 자신의 위엄을 펼쳐 보이고 싶었을 뿐이었다. 게다가 원보 대인을 가지고 노는 데 이미 질리기도 했고…….

자기가 횡재한 줄 아는 맹부요가 한쪽에서 감격의 눈물을 흘리는 사이에 무신께서는 고개를 빳빳이 세우고 간사한 미소를 흘렸다.

만약 제비천 본인이 금강을 데리고 다닌다면 그리 세심하지 못한 그의 성격상 싸움 중에 녀석이 잘못될 공산이 컸다. 하지만 맹부요에게 맡겨 두면…….

그는 운혼을 살려 준 일로 감격에 젖어 있는 맹부요가 금강을 정말 제 눈알처럼 애지중지하리라 믿어 의심치 않았다. 그의 영혼은 원래 주인 곁에 있는 것보다도 오히려 더 안전하게 보호받을 것이다. 은근히 고지식한 구석이 있는 계집아이니까.

"마호라가 사자님!"

싸움의 추이를 지켜보다가 얼굴에서 핏기가 싹 가신 탁발명주가 팔을 흔들면서 다급하게 말했다.

"상대는 신전의 위엄을 우습게 아는 흉악한 자입니다. 당장 신산으로 가서 전주님께 신탁을 청한 뒤에 다시 도우러 오겠습니다!"

"편한 대로 하십시오!"

마호라가 사자가 탁발명주에게 눈길도 주지 않고 딱딱하게 답했다. 마호라가부와 긴나라부가 어떤 사이인지는 그도 잘 알고 있었기에 애초에 도움 따위는 바라지도 않았다. 옆에 있다가 싸움 도중에 등에 칼이나 안 꽂으면 다행이었다.

"출발한다!"

탁발명주는 마호라가 사자의 낯빛에 아랑곳하지 않고 수하들에게 수신호를 보낸 뒤 제일 먼저 말을 달렸다. 맹부요 역시 어렵사리 되찾은 애완동물들을 데리고 행렬의 뒤를 바짝 따랐다.

사방팔방에서 색색의 신호탄이 솟구쳐 오르고 있었다. 맹부요는 그걸 보면서, 무신의 출현이 과연 신전 소속 전투 인원을 얼마나 끌어모을 수 있을지, 그 덕에 자신의 앞길이 조금이라도 수월해질 가능성은 있는지 궁리해 봤다.

그렇게 한참 머리를 굴리다 보니 제비천에게 미안한 마음이 드는지라 저도 모르게 뒤를 돌아보게 됐다. 마침 제비천은 번뜩이는 눈동자 아래로 섬뜩한 미소를 지으면서, 천천히 들어 올린 발을 이미 바닥에 널브러져 있는 마호라가 사자의 얼굴로 가져가는 중이었다…….

맹부요는 그 즉시 생각을 바꿨다. 사실, 아마도, 대략, 저토록 강력하고, 흉악하고, 싸움 좋아하고, 모든 도덕 관념과 사회 윤리의 속박을 철저히 거부하는 무신이라면, 남한테 이용당하든 말든 싸울 상대가 있다는 것만으로도 행복할지 모른다고…….

궁창 신치 63년 8월 초, 무신 제비천이 궁창에 난입해 장청 신산 근방에서 신전으로 복귀 중이던 마호라가부 순찰사 일행을 전멸시키고 마호라가부 사자를 살해했다. 마호라가부를 지원하고자 출동한 신산 주둔군과 팔부 소속 인력 역시 제비천의 손에 전원 목숨을 잃었다.

제비천은 변화무쌍한 부풍 술법을 무기로 궁창을 3백 년간 통치해 온 장청 신전의 신술에 도전장을 냈다. 그는 장청 신전 전주 여옹厲雍이 한 걸음에 한 번씩 절을 올리면서 자신을 만나러 오기를 기다리겠다며, 그때까지 신전 팔부를 모조리 짓밟아 주리라 호언장담했다.

무신 대인은 사람 자체도 광포하지만, 손속은 더 광포한 인물이었다. 그가 지나는 길에는 피가 비처럼 쏟아졌고, 신전 병력은 도망치느라 바빴다.

신산 주둔군과 팔부 병력의 지원 요청이 신전 중심부를 향해 눈발처럼 날아들자 신전에서는 긴급회의가 소집되었다. 연속된 패배로 사태의 심각성을 깨달은 일곱 장로는 사대 신역을 수호하는 최정예 병력, 마호라가부 천영군을 파견해 제비천을 저지하기로 했다. 그 무뢰한이 장청 신산에 발을 들이는 것을 결코 좌시하지 않겠다는 의지의 표명이었다.

무신 제비천 한 사람으로 인해 궁창이 발칵 뒤집히고, 장청 신전의 주의력이 무차별적으로 북상 중인 강적에게 집중된 사이, 신전에 소식을 전하겠다며 싸움터를 빠져나온 긴나라 사자와 아수라 부사 일행은 밤낮으로 말을 달려 장청 신산 기슭에 당도했다.

"막강한 적이 출현했으니 사대 신역에 변동이 생겼을지도 모르겠군요."

산 아래 말을 세운 장손무극이 끝없이 펼쳐진 설산을 올려다봤다. 산자락에는 출처 모를 회오리바람이 휘몰아치고 있었다. 거센 바람에 일행의 옷자락과 긴 머리카락이 휘날렸다.

바람결에 흩어진 흑발이 얼굴색과 대비를 이루어 장손무극을 다소 창백해 보이게 만들었다. 그는 고개를 살짝 위쪽으로 들고, 궁창 깊은 곳에서 들려오는 소리에 귀를 기울이는 듯한 모습을 하고 있었다.

곁에서 탁발명주가 옷깃에 두른 모피를 여몄다. 바람을 막기 위해서가 아니라 풍성한 모피가 자신의 가냘픈 자태를 한층 두드러지게 해 주리라 생각해서였다. 촉촉한 눈으로 장손무극을 바라보며, 그녀가 교태롭게 말했다.

"세인들은 궁창 사대 신역인 구유, 암경, 운부, 천역이 고정된 장소라고만 알고 있죠. 사대 신역이 실은 네 개의 진법을 뜻하고, 어디로든 위치를 옮길 수 있다는 건 아무도 몰라요. 아까 그자 때문에 마호라가부가 상당한 타격을 입었으니 분명 신역도 조정을 거쳤을 거예요."

"사대 신역의 위치는 내내 마호라가부가 맡아서 조정해 왔지요. 신역이 위력적인 것은 언제 어디에 나타날지 모르기 때문이고, 적은 진법 한복판에 갇힐 때까지도 아무런 낌새를 채지 못합니다. 완벽한 덫을 놓고 무지한 사냥감을 기다리는 격이니 어찌 위력적이지 않을 수 있겠습니까."

장손무극이 싱긋 웃었다.

"그러니 우리가 여기서 아무리 머리를 쓴들 신역의 현재 위치를 짐작해 낼 길은 없지요."

"천인의 신통력을 지닌 전주께서라면 아시겠지만요."

탁발명주가 말했다.

"성주 전하께서도 훗날 그 자리에 올라 신통대법을 깨우치고 전주님의 신술을 이어받고 나면 아실 테고요."

장손무극이 고개를 끄덕였다.

"세상 사람들은 그저 우리 장청 신전의 신술이 천하제일이라고 말만 하지, 신전 내에서 진정한 신술을 보유한 인원은 극소수라는 사실은 모릅니다. 장청 신전을 영원토록 길이길이 빛나게 해 주는 것은 절정의 무력이지요."

"누구나 능숙하게 쓸 수 있다면 그것을 어찌 신술이라 칭하겠어요?"

탁발명주가 웃었다.

"전주께서 우화등선하실 날이 얼마 남지 않았다고 들었어요. 신전 전체의 홍복이지요. 그나저나 이제 그 자리에는 어느 대왕께서 앉으실지 모르겠네요."

장손무극이 그녀를 쓱 한 번 쳐다보고는 담담하게 말했다.

"조금 전에는 성주 전하께서 그 자리에 오를 것이라 하지 않으셨는지요."

"아수라 부사께서는 세상사가 항상 예정대로만 돌아간다고 생각하시나요?"

탁발명주가 의미심장한 웃음을 흘렸다.

"긴나라왕이 성주 전하와 경쟁 중인 걸 모르시진 않겠죠?"

장손무극이 웃기만 하고 아무 대답을 주지 않았는데도 탁발명주는 다른 화제로 넘어갈 생각이 없는 것 같았다.

"긴나라왕도 전주님의 직계 제자죠. 가루라왕과 여러 장로들이 온 힘을 다해 긴나라왕을 밀어 주고 있고, 얼마 전에 새로 임명된 건달바왕도 긴나라왕을 좋게 보고 있다고 들었어요. 전주께서는 곧 우화등선하실 테고 성주 전하는 여전히 부재중인데, 아수라부는 내내 중립이더니 아직도 입장을 못 정한 건가요?"

"외부 파견을 다니는 일개 부사에 지나지 않는 제가 대왕의 의중을 어찌 알겠습니까."

고개를 들어 아득히 멀리 있는 신전을 바라보며, 장손무극이 조용히 말했다.

"저는 어느 대왕이 다음 대 전주가 되든지 간에, 다 좋다고 생각합니다."

그가 무심히 하는 행동인 양 몸을 살짝 틀어 뒤쪽에 있는 맹부요에게 눈길을 줬다.

맹부요는 아까부터 귀를 쫑긋 세우고 대화에 집중하고 있었다. 자기에게도 중요한 내용이라는 걸 아는 까닭이었다.

맹부요는 대화가 길어질수록 얼굴이 점점 창백해지는 참이었다. 앞길이 겁이 나서가 아니라 장손무극의 말에서 그가 장청 신전에 대해 얼마나 깊게 아는지를 읽어 낸 탓이었다.

단순히 탁발명주에게서 정보를 캐내고 있다고 보기에는 신전 내부 사정을 너무 상세히 파악하고 있었다. 이쯤 되면 장손무극의 정체는 이미 결론이 난 것이나 다름없었다.

맹부요는 언뜻 차분하게 대화에 귀를 기울이고 있는 것 같았지만, 힘이 잔뜩 들어간 그녀의 손안에서는 말고삐가 점점 팽팽하게 당겨지는 중이었다.

역시나…… 장청 신전 제자였던 것이다.

절정의 무공, 강대한 사문. 지금껏 긴 여정을 함께하는 동안 수많은 실마리가 주어졌고, 그녀는 장손무극이 결코 평범한 사문 출신은 아니리란 걸 차츰 직감하고 있었다.

저 드높은 신산 꼭대기의 장청 신전이 아니고서야 또 어디서 장손무극 같은 걸작을 키워 낼 수 있겠는가?

맹부요는 장손무극이 장청 신전의 일원이라는 사실이 조금도 반갑지 않았다. 그녀는 머뭇머뭇 뒷걸음질을 쳤다.

여기까지 오는 길이 아무 탈 없이 순조로웠던 것도, 긴나라 사자라는 보호막을 얻은 것도, 수색자들이 그녀를 찾아내지 못한 것도, 전부 무극의 솜씨임이 틀림없었다. 그는 심지어 긴나라부 사자를 기만하는 것도 불사하면서 그녀를 신산 기슭 금역까지 데려오고, 장청 신전의 기밀을 하나하나 일러 줬다.

만약 신전에서 이 사실을 알게 된다면 그는 어떤 처벌을 받는 걸까?

무림인이 사문을 배반하는 것은 용서받을 수 없는 중죄고, 죽음으로 다스리는 것이 상식이었다. 밖에서는 일국의 군주인 장손무극이지만, 그도 장청 신전 내에서는 사문에 속한 제자일

뿐이었다. 대단한 신통력을 가졌다는 신전 전주가 만약 약점이라도 틀어쥐고 있다면 장손무극이 전주를 무슨 수로 당해 내겠는가?

맹부요는 무당들의 속성을 아주 잘 알았다. 특히 그게 제정일치 사회에서 제왕으로 군림하는 무당이라면 모종의 악질적인 수완을 가지고 있을 게 확실했다. 그렇지 않고서야 신전 하나가 나라 전체를 지배하는 체제를 이처럼 공고히 유지해 올 수 있었을 리가.

우매한 백성들이 소위 신이 내린 권능에 눈이 멀어 맹목적으로 전주를 떠받드는 거야 그렇다손 치더라도, 장청 신전 내에 즐비한 고수들이 그 긴 세월 한 사람에게 절대적인 복종을 바치는 건 결코 자연스러운 일이 아니었다.

생각이 여기까지 미친 맹부요가 부르르 진저리를 치자, 곁에 있는 운흔이 얼른 손을 뻗어 그녀의 바람막이를 여며 주려고 했다. 맹부요는 드디어 깨어난 그를 쳐다보며 애써 미소 지었다.

운흔의 눈동자 안에서는 광채가 일렁이고 있었다. 공력이 한 단계 더 상승했다는 증거였다. 그 사실이 잠시나마 맹부요에게 기쁨을 줬지만, 죽음의 위기를 겪었으면서도 단지 그녀 곁을 지키고 있다는 사실에 만족스럽게 웃음 짓는 운흔을 보고 있자니 문득 마음이 쓰라렸다.

맹부요의 눈빛에 그늘이 드리우고 표정이 침울해지자 운흔이 의문의 눈길을 보냈다. 맹부요는 고개를 가로저은 뒤, 앞쪽에서 한 번 돌아봐 주지도 않고 탁발명주와 담소를 나누는 중인 장손무극의 뒷모습을 바라봤다.

무극, 내가 당신한테 무슨 말을 할 수 있을까. 왜 미리 알려주지 않은 건데? 난 그냥 당신이 워낙 똑똑한 사람이니까, 장청신전 내부 사정도 상세히 조사했겠거니 했어.

왜 조금 더 일찍 어디 소속인지 밝히지 않은 거야? 그랬으면 절대 같이 오지 않았을 텐데. 만약 미리 알았더라면, 난…… 당신을 위해 물러났을 거야. 하지만 이제는 물러나고 싶어도 그럴 수 없게 되어 버렸어.

난…… 겁이 나.

"얼른 올라가야겠어요."

탁발명주가 앞쪽을 내다보며 말했다.

"벌써 구름다리가 열려 있네요. 시간대를 놓치면 통로가 닫힐 거예요."

신전 제자들을 위한 통로는 사대 신역과 겹치지 않도록 따로 마련되어 있었다. 사대 신역은 신전에 난입하려는 적이나 참배를 원하는 외부인들을 막기 위한 장치고, 신전 제자들이 출입할 때 쓰는 통로는 구름다리였다.

짧게 알겠노라 답한 장손무극이 맹부요에게 따라오라는 신호를 줬다. 그러자 탁발명주가 고개를 홱 틀어 그를 쳐다보면서 불쾌한 표정을 지었다.

“천한 자들을 신전에 들이다니요? 저들은 산기슭에서 지내게 되어 있잖아요.”

“아수라왕의 전각에서 일하는 사람들입니다. 대왕께서 몇 가지 필요한 물건이 있으시다며 마침 하산하는 제게 이들을 딸려 보내 사 오도록 한 것이고요.”

장손무극이 차분하게 말했다.

“같이 가서 대왕께 보고를 올려야 합니다.”

탁발명주가 눈썹을 찌푸렸다. 그녀는 갈등하는 기색이었으나 더 이상 반대 의견을 내지는 않았다.

그런데 이때 돌연 맹부요가 뒤로 물러섰다. 장손무극 뒤편으로 멀찍이 물러난 그녀가 허리를 숙이며 말했다.

“저희가 어찌 감히 사자님들과 함께 신전에 들겠습니까. 먼저 가셔서 대왕께 보고를 올리시면 저희는 대왕께서 부르시기를 기다렸다가 그때 가겠습니다.”

그러고는 퍽 그럴듯한 모양새로 상자 하나를 공손히 내밀었다. 방금 옷 속에서 찾아낸 빈 상자였다.

“사 온 물건은 사자께서 대신 가져가 주십시오.”

두 손으로 고이 받쳐 내민 상자는 건네받는 이 없이 오랫동안 허공에 머물렀다.

한참 후 고개를 든 그녀는 마침 자신을 응시하고 있는 장손무극과 눈이 마주쳤다. 광채가 감도는 그의 눈동자는 한없이 깊고도 복잡한 감정을 담고 있었다. 의문, 이해, 탄식, 무력감,

망설임…….

오랫동안 함께 지내온 두 사람은 굳이 입 밖으로 내어 말하지 않아도 마음이 통했고, 일순간의 눈빛 교환만으로도 서로의 의사를 완벽히 파악했다.

'안 따라가요!'

'어째서지?'

'여기서부터는 내가 알아서 해요. 맹부요가 신전에 가는 건 장손무극하고는 아무 상관도 없는 일인 거예요!'

'내가 문책당할까 봐 걱정인 것이라면 마음 놓아도 괜찮소.'

'싫어요!'

마주친 눈길 속에서 수많은 말이 오갔다. 그리고 다음 순간, 두 사람은 각자 눈길을 돌렸다.

깊게 심호흡을 한 맹부요는 다시금 공손한 자세로 빈 상자를 장손무극 앞에 들이밀었다.

무극, 지금까지는 항상 당신이 나를 지켜 줬잖아. 당신을 지키려면 이럴 수밖에 없어…….

상자가 허공에 머물러 있는 시간이 길어지자 탁발명주가 의아한 눈길을 보냈다. 맹부요는 내색은 안 했지만 애가 탔다. 종놈 흉내를 내야 하는 처지만 아니었어도 상자를 억지로 손에 쥐여 준 다음 장손무극을 뻥 걷어차서 날려 보냈을 것이다.

그녀는 허리를 최대한 낮추고 두 손을 머리 위로 높이 들고 있었다. 여기서 머리를 더 숙인다는 건 불가능했다.

이 비굴함의 극치를 달리는 자세가 장손무극의 측은지심을 자극해서 상자를 건네받게만 해 준다면 얼마나 좋을까.

딱하다고 생각해라, 딱하다고 생각해!

맹부요가 속으로 울부짖었다.

제발 나 좀 딱하게 생각해 줘…….

손안의 상자가 살짝 흔들리는가 싶더니 마침내 장손무극이 상자를 가져갔다.

한결 가벼워진 마음으로 고개를 든 맹부요는 상자를 든 채 가만히 자신을 바라보고 있는 장손무극을 발견했다. 이 순간 그의 눈빛은 아까 눈이 마주쳤을 때보다도 훨씬 복잡하고 미묘했다. 그의 눈 안에서는 수많은 감정이 부침을 반복하며 맴돌고 있었고, 그것은 영별의 인사 같기도, 혹은 위로인 것 같기도 했다. 맹부요는 죄어드는 가슴을 느꼈다.

고개를 돌린 그가 소맷부리에서 자그마한 비단 꾸러미 하나를 꺼내 그녀에게 건넸다.

"그러고 보니 아수라 정사께 드릴 물건이 있었는데, 이제야 생각이 나는구나. 정사께서도 거의 다 오셨을 터이니 산 아래서 기다리다가 이 비단 꾸러미를 전해 다오."

맹부요가 허리를 꾸벅 굽히면서 꾸러미를 넘겨받았다.

장손무극은 그런 그녀를 지긋이 한 번 더 쳐다본 후 뒤돌아섰다.

아득히 이어진 산맥으로부터 눈가루 섞인 바람이 불어와 장손무극의 발치를 은근하게 맴돌고 있었다. 바람 속에서 그가 돌아서자 향긋한 옷자락이 휠찍 나부끼면서 맹부요의 뺨을 쓸고 지나갔다. 매끄러운 비단과 눈가루, 그리고 그윽한 향기가 구름처럼 스쳐 가니, 그 부드럽고도 서늘한 감촉은 이 순간 그녀가 헤아리지 못할 그의 마음을 닮아 있었다.

이후로 그는 다시는 뒤를 돌아보지 않고 말을 달려 멀어져 갔다. 맹부요는 눈발 섞인 산기슭 안개 속에 멍하니 서서 떠나가는 그의 뒷모습을 응시하고 있었다.

하얗게 흘러나온 입김이 가닥가닥 가느다란 실처럼 풀어져 장손무극의 윤곽을 따라 그렸다. 그 윤곽은 광활한 산맥에, 남보라색 하늘에, 미련을 놓지 못하는 눈빛에 아로새겨졌다.

한 걸음 한 걸음 멀어져 가는 그를 조용히 지켜보는 동안 마음은 점점 무거워져 갔다. 그러다가 문득, 불길한 예감이 심장을 쿵, 쿵, 두드렸다. 맹부요는 가슴을 부여잡았다. 그 와중에도 눈은 장손무극에게 고정되어 있었다. 그녀는 차마 눈 한 번 깜빡이지 못했다.

그러고 보니 지난 몇 년을 통틀어 장손무극이 그녀에게 뒷모습을 보인 것은 오늘이 처음이었다. 지금껏 그는 한 번도 그녀가 보는 앞에서 등을 돌리지 않았었다. 그의 자리는 항상 그녀의 곁이었고, 고개를 돌리면 언제나 변함없는 그의 미소를 볼 수 있었다.

그러나 오늘, 여정의 말미에서, 신전 산기슭에서, 제 손으로 기어코 그를 돌아서게 만든 것이다.

다그닥거리는 말발굽 소리가 얼음을 깨뜨리고, 가슴에 새겨진 수많은 말들을 깨뜨렸다. 그 말들은 장청산맥의 칼날 같은 바람 속으로 흩어져, 이 순간 하늘 가장자리에 고요히 떠오른 은빛 달로 화했다.

맹부요는 미소 지었다. 눈물이 배어 나왔다.

무극, 어쩌면 오늘의 헤어짐이 우리의 마지막일지도 모르지만……. 설사 그렇더라도 부디 잘 지내 주기를.

겹겹 관문 너머 구름 위까지 구불구불 이어진 길. 장손무극과 탁발명주가 마지막으로 지나야 할 구간은 엄밀히 말하자면 길이 아니라 산맥 중간에 걸쳐진 현수교였다. 은백색 다리가 싸늘한 산안개 속에서 출렁이는 모습이 구름을 닮았다 하여 신전에서는 이 다리를 구름다리라고 불렀다.

구름다리는 장청 신전으로 통하는 길의 최종 구간으로, 다리가 거두어지고 나면 어느 누구도 신전에 들어갈 수 없었다. 구름다리에 진입하려면 먼저 장청산맥 백애대산白崖臺山을 관통하는 비밀 통로를 지나야만 했다. 비밀 통로 입구는 뭇 산 사이 은밀한 골짜기에 위치해 있었고, 광활한 산맥 한복판에서 그곳을 찾아내기란 결코 쉬운 일이 아니었다.

장손무극과 탁발명주는 골짜기에 다다라 말을 세웠다. 갓 떠오른 달이 하늘 가장자리에 희미하게 박혀 서늘한 빛을 뿌리고 있었다.

장손무극이 달을 올려다보며 말했다.

"중추절이 곧이군요……."

"그러게요. 음력 8월 15일, 둥근 달 아래 다들 한데 모이는 날이요."

습기 어린 절벽을 살며시 어루만지던 탁발명주가 고개를 돌려 그에게 미소를 보냈다.

"명절은 항상 혼자 보냈었는데, 올해는…… 드디어 같이 있어 줄 사람이 생겨서 정말 기뻐요."

장손무극은 웃기만 했을 뿐, 아무런 대답도 하지 않았다.

혼자만의 기쁨에서 헤어나지 못한 탁발명주가 그를 올려다보며 나긋하게 말했다.

"돌아가서 전주님께 임무를 완수했다고 보고드리면 분명 만다라 단약을 내려 주시겠죠. 어쩌면 신술도 하나 전수해 주실지 몰라요."

이어서 그녀가 질문했다.

"부사께서는 만다라 꽃잎이 몇 장인가요?"

잠시 주저하던 장손무극이 대답했다.

"열 장입니다."

"저는 열한 장이요."

탁발명주가 말했다.

"근래 진기를 수련하다가 진원眞元의 꽃잎이 날이 갈수록 반짝거리게 다듬어지고 있다는 걸 깨달았어요. 진력이 전신에 골고루 분배되기 시작했다는 것도 알았고요. 조만간 혼원混元의 경지에 다다르면 전신 어디에도 약점이 없는 몸이 되겠죠. 전주께서 가르쳐 주신 신공 덕에 수련이 훨씬 수월했던 것 같아요. 듣자 하니 대왕들께서는 만다라 꽃잎이 열여덟 장이라면서요?"

장손무극이 피식 웃더니 나지막이 읊조렸다.

"만다라 꽃잎은 '진원'을 키워 주는 물건이지만, 몸 안에 심어져 있던 꽃이 어느 날 갑자기 뽑혀 나가면 어떻게 될까?"

"뭐라고 하셨죠?"

무슨 말인지 제대로 듣지 못한 탁발명주가 고개를 갸웃했다.

"아무것도 아닙니다."

고개를 틀어 비밀 통로 입구 쪽을 쳐다본 장손무극이 돌연 의아한 표정을 지었다.

"이 시간에 신전에서 나오는 사람이 있다니?"

"네?"

움찔한 탁발명주도 같은 방향을 쳐다봤고, 다음 순간 등에 선뜩한 감각이 느껴졌다. 탁발명주는 그대로 석상처럼 굳어 버렸다. 온몸의 혈맥이 순식간에 얼어붙은 것 같았다.

잠시 후, 그녀가 픽 웃으며 말했다.

"아수라 부사님, 장난하지 마세요."

"장난은 여기까지 오는 내내 하고 있었지."

장손무극이 그녀의 등 뒤에서 진력이 난다는 투로 말했다.

"이제 막 장난을 끝낸 참이고."

"첩자였구나!"

뒤늦게 상황 파악이 된 탁발명주가 이를 악물었다.

"첩자였어!"

손에 쥔 여의로 삽시간에 탁발명주의 전신 대혈 전부를 찍은 장손무극이 싱긋 웃으며 말했다.

"마음대로 생각해도 좋다."

그의 숙련된 손동작은 바람보다도 가볍고 번개보다도 빨랐다. 단순히 능숙한 정도가 아니라 자기보다 훨씬 고매하기까지 한 그의 점혈법을 본 탁발명주는 눈이 휘둥그레졌다.

잠시 후, 경악과 공포에 압도당한 그녀가 말했다.

"아니! 아니야……. 당신은 신전 사람이야. 염화절혈대법이 이 정도 경지에 달하려면 최소한 대왕급 이상이어야 하고! 누구지? 당신 대체 누구야?"

장손무극은 상대해 줄 마음이 없는 듯, 엷게 웃음 지었을 뿐이었다.

그러나 탁발명주는 집요하게 그의 정체를 알아내려 했다.

"팔부 대왕과 장로분들은 다 신전 안에 계셔. 지금 외부에 나가 있는 사람은……, 나가 있는 사람은……, 성주 전하!"

이번에는 장손무극도 놀라지 않을 수 없었다.

그가 몸을 살짝 틀어 탁발명주를 쓱 쳐다봤을 때, 그녀는 제 머릿속에서 나온 추측에 질겁해 입이 쩍 벌어져 있었다. 장손무극의 눈빛을 통해 자신의 추측이 옳았음을 확인받은 그녀는 핏기를 점점 잃어 가다가 결국은 백지장처럼 하얗게 질려 버리고 말았다.

"다, 당신……. 전하, 전하……."

한 음절 한 음절을 몹시도 힘겹게 내뱉는 탁발명주는 온전한 문장을 구사하는 법을 잊어버린 사람 같았다.

그런 그녀를 가만히 응시한 장손무극이 건조하게 말했다.

"나도 죽이고 싶지는 않다만, 그녀를 신전에 들여보내려면 네 낯가죽을 한 번 빌려 쓸 수밖에 없다."

그가 손을 뻗자 손가락 사이에서 얇디얇은 은제 칼이 번뜩였다. 탁발명주의 얼굴에 바싹 붙은 칼날은 눈과 얼음으로 뒤덮인 극북의 추위보다도 더 차디찬 한기를 품고 있었다.

탁발명주의 눈빛이 흔들렸다. 사색이 된 그녀는 절망에 빠져 두 눈을 질끈 감았다. 그녀의 손가락이 얼어붙은 흙 속 깊숙이 박혔을 때였다.

촤앗!

그것은 얼굴 가죽이 벗겨지는 소리가 아니라 화살이 시위에 걸리고 검이 칼집을 빠져나오는 소리였다. 한순간 울려 퍼진, 짧지만 오싹한 소리.

장손무극과 마주 보고 있는 절벽이 일순 번쩍했다. 등 뒤편의 검광이 반사된 것이었다.

탁발명주가 감고 있던 눈을 떴다. 그녀는 더 이상 절망과 공포에 질린 눈빛이 아니었다. 그녀의 맑고 깨끗한 눈동자는 두려움은커녕 조롱에 가까운 색채를 띠고 있었다. 공들여 파 놓은 함정에 걸려든 장손무극을 향한 조롱.

탁발명주가 팔을 들어 올리면서 손목을 반 바퀴 꼬고 나니, 마술처럼 손아귀 안에 검 한 자루가 등장했다. 기묘하게 휘어진 검의 끄트머리가 장손무극의 가슴을 밀듯이 쿡 찔렀다.

얼굴에 붙어 있던 장손무극의 칼을 슬쩍 걷어 내며, 그녀가 웃음기 섞인 투로 말했다.

"성주 전하, 칼 같은 걸 들이대시면 겁난다니까요."

장손무극이 시선을 내려뜨렸다. 자신의 가슴을 겨누고 있는 검을 보고 마침내 표정이 변한 그가 눈을 가늘게 좁히면서 싸늘한 한마디를 뱉었다.

"탁발명주?"

"예."

장손무극의 목소리가 이어졌다.

"건달바왕?"

이번에는 탁발명주가 놀랄 차례였다. 장손무극을 흘끔 곁눈질한 그녀가 느른하게 말했다.

"임명된 지 얼마 되지 않아 성왕 전하는 아직 뵌 적도 없는데, 한 번에 맞히실 줄은 예상 못 했습니다."

곧이어 장손무극이 자세를 비스듬히 틀어 뒤쪽 절벽을 쳐다봤다. 절벽은 어느새 나타난 푸른색 갑주의 건달바부 병사들에게 점령당해 있었다.

적의 포위망 한복판에서, 장손무극이 무심하게 말했다.

"새로 임명된 건달바왕이 여인이라는 것은 들어서 알고 있었다. 출신도 미상, 파벌도 미상, 게다가 신전 안에 알고 지내던 사람도 하나 없다더군. 그래서 혹시나 하고 던져 본 것뿐이다."

"그냥 한번 던져 본 게 정답이라니, 역시 하늘이 내린 기재다우십니다."

탁발명주가 교태로운 웃음을 흘렸다.

"하지만 전하, 비록 전하께서는 저를 모르셔도 저는 오래전부터 전하를 알고 있었답니다. 진짜 얼굴은 감쪽같이 잘 숨기셨으나, 우리 장청 신전의 아수라 연꽃만이 가진 독특한 향기까지는 감추지 못하셨습니다. 제가 그 향에 워낙 익숙해서 말이지요."

장손무극이 눈썹을 꿈틀하는 순간, 싱긋 웃은 탁발명주가 바람을 향해 두 팔을 벌리더니 날카로운 목소리로 외쳤다.

"장손무극! 적통의 씨도 아닌 주제에 태자 자리를 차고앉은 협잡꾼 놈!"

너무도 익숙한 광기와 너무나도 익숙한 욕설. 장손무극의 눈이 다시 한번 가늘게 좁혀 들었다.

덕왕의 미친 왕비!

일생 부군의 애정을 얻지 못한 황실 여인, 덕왕이 황위 찬탈에 실패하고 자결한 후 어디론가 사라져 버렸던 그의 미친 왕비, 세상에서 모습을 감추어 버림으로써 사랑과 증오가 뒤얽힌 황실 애정사에 마침표를 찍은 가련한 여인.

그 여인이 바로 내력을 숨긴 채 갑작스럽게 등장해 단숨에 신전 팔부 서열 4위 건달바부의 왕좌를 차지한 건달바왕이었을 줄이야.

너무나도 충격적인 반전에 언제나 침착하던 장손무극마저도 당혹한 표정을 숨기지 못했다.

"전하, 전하!"

탁발명주가 미소 지었다.

"이미 짐작하셨겠지만, 저 역시 천행자입니다. 그중에서도 조금 특수하게 일생 단 하나의 임무만을 부여받은 천행자이지요."

"그 임무의 대상이, 바로 나였나?"

장손무극이 담담하게 물었다.

"그렇습니다."

탁발명주가 두 손을 모아 합장했다.

"오해는 말아 주세요. 다섯 살짜리 장손무극을 납치해서 장님으로 만들 뻔한 덕왕비는 제가 아니니까요. 그건 진짜 덕왕비의 짓이었습니다. 그 이후에는 저로 바뀌기는 했지만요."

"스승님께서 너를 무극국에 보낼 때 맡긴 임무는 보호와 감시, 양쪽 모두였겠지?"

장손무극이 짧은 침묵 끝에 물었다.

"확실히 덕왕의 정신 나간 왕비보다 나은 자리는 없었겠군. 낮에는 아내에게 양심의 가책을 느끼는 덕왕이 본의 아니게 나에 관한 정보를 흘려 주었을 테고, 밤에는 한낱 미치광이 따위가 처소에 있는지 없는지 아무도 신경 쓰지 않았을 테니."

"그렇다고 전주님의 뜻을 곡해하시면 곤란합니다."

탁발명주가 얼른 끼어들었다.

"전주님께서 전하의 성장 과정을 주의 깊게 돌보신 것은 전하께 거는 기대가 컸기 때문입니다."

"너는 덕왕비 자리를 꿰차고 앉아 미친 척을 하면서 덕왕과 내 어머니가 점점 더 간 큰 애정 행각을 벌이도록 부추겼겠지.

나날이 커지는 욕망을 누르지 못하고 종국에는 황위까지 탐내도록. 네가 암암리에 두 사람 사이를 부추겨 자식에 대한 도리마저 저버리게 한 데는 다 이유가 있었어. 그래야 내가 혈육의 정과 인생살이에 실망하고 환멸을 느낄 테니까. 그래야만 마음을 비우고 사문에만 충성하다가 고분고분 전주 자리를 이어받을 테니까."

탁발명주의 해명을 듣지 못한 듯, 장손무극이 냉랭하게 말했다.

"훌륭해, 훌륭하군! 참으로…… 대단한 배려야!"

대단한 배려.

배려.

한평생 혈육의 정을 갈구했으나 헛된 희망에 불과했고, 어머니의 사랑은 어떻게 해도 얻을 수 없었고, 생부와의 관계는 파멸로 치달아 서로에게 칼을 겨누는 지경까지 갔고, 그리하여 생부는 아들인 그가 보는 앞에서 피를 토하고 자결했다.

그런데 그에게 씻을 수 없는 상처를 남긴 참혹한 결말의 배후에 그의 스승이 있었다니. 그가 속세에 대한 미련을 끊어 낼 수 있도록, 오로지 사문에만 마음 붙일 수 있도록, 저 높이 구름 위에 앉아 계신 전주께서 벌이신 일이었다니.

만약 부요를 만나지 못했다면, 그토록 밝고 열정적인 여인이 자신의 광채로 고집스럽게 그를 비추어 주지 않았더라면 어떻게 됐을까.

애초부터 매사에 무감한 그는 끝내 얻지 못한 혈육의 정 때문에, 소년 시절부터 시작된 추위 때문에, 결국은 깊은 실의에 빠져 속세에 대한 미련을 버리고 일생을 드높은 설산 위의 사문에 헌신했을 것이다.

탁발명주를 쳐다보던 장손무극의 눈가에 희미한 웃음기가 번졌다. 그것은 분명 웃음기였으나 탁발명주는 눈 내린 후의 차디찬 공기와도 같은 한기를 느꼈다. 한기가 얼마나 압도적이었던지, 신전의 새로운 실력자로 급부상한 그녀가 저도 모르게 뒷걸음질을 쳤을 정도였다.

"오늘 이곳에 병력을 매복시켜 놓은 이유는?"

제자리에 서서 뒷짐을 진 장손무극이 탁발명주를 응시했다.

"그간 중립을 지키는 듯하더니, 건달바왕의 중립은 그저 위장에 불과했나? 뒤로는 천행자로서 긴나라왕을 위해 제일 먼저 나서서 선봉대를 맡을 생각을 하고 있었고?"

"역시 머리로는 세상에 전하를 따라올 자가 없겠습니다."

탁발명주가 웃었다.

"설명하는 데 기력을 낭비할 필요가 없어서 좋군요."

그녀가 수신호를 보내자 병사들의 손에 들린 활이 '끼릭끼릭' 소리를 내며 당겨졌다. 시위에 걸린 새카만 화살이 초근거리에서 마치 독사의 눈인 양 장손무극의 등을 매섭게 노려보고 있었다.

"설명이 필요 없는 이유는……."

자신을 향해 겨눠진 활이 보이지 않는 것처럼 원래 자세 그대로 서 있으며 장손무극이 담담하게 말했다.

"마침 나도 같은 작전을 짰기 때문이다."

쩡!

금속이 절벽과 마찰하는 소리가 났다. 방향은 머리 위쪽인 것 같았다.

화들짝 놀라 고개를 든 탁발명주는 그 즉시 얼굴색이 급변했다. 골짜기 양쪽 절벽 꼭대기에 검은색 갑옷을 입은 사내들이 몸을 바짝 낮추고 엎드려 있었다. 그들의 손에는 건달바군의 것보다 훨씬 길고 굵은 활과 쇠뇌가 들려 있었고, 파르스름한 화살촉이 싸늘하게 번뜩이고 있었다.

금속이 서로 부딪치는 소리가 눈안개 속을 쩡쩡 울렸다. 게다가 산 중턱 판판한 곳에는 미리 배치해 놓은 대형 상노도 보였는데, 수레에 탑재된 상노는 어지간한 활과 쇠뇌보다 백 배는 위력적인 무기였다.

검은색 갑옷을 입은 사내들의 출현으로 이번에는 건달바군이 포위당한 형국이 만들어졌다.

"덫을 놓으려다가 덫에 걸렸군."

장손무극이 제법 자상하기까지 한 투로 말했다.

"받은 만큼 돌려주지 않으면 예의가 아니지. 건달바왕, 본좌의 용부군도 너를 한참 전부터 기다리고 있었다."

탁발명주의 얼굴색은 아까와는 완전히 딴판이 되어 있었다.

오늘 장손무극과의 대결은 반전에 반전의 연속이었다. 그녀는 스스로 기지 넘치고, 영리하고, 지모가 뛰어나다고 자부했으나, 정신 못 차리게 휘몰아치는 오늘의 반전에는 당해 낼 재간이 없었다.

"언제……, 언제 눈치챈 거지?"

탁발명주의 목소리는 떨리고 있었다. 문장이 한 글자씩 깨어진 채로 잇새를 겨우 비집고 나왔다.

"물론, 줄곧 내 곁에 숨어 있던 너만큼 오래되지는 않았다."

장손무극은 초인적인 인내심의 소유자였다.

"그나저나 어설픈 구석이 너무 많더군. 하나만 예를 들어 볼까. 짝을 찾기 어려운 신전 내의 여인들이 사내를 만나면 쉬이 마음이 동하는 것은 사실이나, 그렇다고 제대로 된 검증 절차조차 거치지 않고 다른 부 소속 사자를 전적으로 신뢰할 수는 없는 일이지. 게다가……."

그가 피식하며 말했다.

"장청 신전에서 천기신서를 직접 본 사람은 몇 없어도 이야기는 다들 들어 보았을 터. 성주의 천기신서를 닮은 동물이 일개 부사를 따라다니는 모습을 보고도 신전 사자라는 인물이 아무런 의문을 품지 않는다니, 이상한 일 아닌가?"

사색이 된 탁발명주가 입술을 바르르 떨었다. 제 꾀에 제가 넘어간 격이었다.

완벽한 연기로 성주 전하를 감쪽같이 속여 넘겼다고 생각했건만, 알고 보니 자신은 거대한 연극 판에서 한낱 어릿광대 역할을 맡았던 것뿐이었다. 자기가 친 대사에 자기 혼자 우쭐해서는, 무대 아래에서 누군가 자기를 비웃고 있는 줄은 까맣게 모르고.

"날 신산으로 유인해 제거할 속셈인 것을 알고서."

장손무극이 냉랭하게 미소 지었다.

"마침 잘되었다 했지. 여기까지 데려와야 할 사람이 있는데, 네 신분을 위장막 삼는 것이야말로 가장 수월한 길이었으니까."

입술을 꽉 깨물고 있던 탁발명주가 불쑥 비통한 목소리로 물었다.

"전하, 그래서 저를 어쩌실 작정입니까?"

"죽일 것이다!"

짧지만 협상의 여지 따위는 없는 답이었다.

손가락 하나로 탁발명주의 검을 가볍게 밀어낸 장손무극이 허공을 향해 손가락을 뻗자 손끝에서 한 줄기 환한 광채가 뿜어져 나왔다. 그 옥석과도 같은 유백색의 빛줄기가 날아가 닿은 곳은 탁발명주의 미간이었다.

탁발명주는 빛줄기를 보자마자 눈앞이 캄캄해졌다. 그것은 신전에서도 최고위 등급에 속하는 화옥化玉내공이었다.

전주 외에는 아직 아무도 연마하지 못했다고 들은 내공을 성주가 이미 완성했을 줄이야!

그녀는 옴짝달싹도 할 수 없었다. 차고도 단호한 성주의 말투에 가슴속이 얼어붙는 것 같았다.

그녀가 이를 악물면서 말했다.

"나……, 나는 건달바왕이야. 아무리 당신이 성주 전하라고 해도 팔부 대왕을 함부로 죽일 수는 없……."

"물론이다!"

별안간 나이를 가늠할 수 없는 남자의 음성이 날아들었다. 그러더니 금빛 광채가 번쩍하면서 흡사 황금색 무지개가 골짜기를 가로지르는 듯한 광경이 펼쳐졌다. 주변 절벽과 지면 전체가 마치 도금이라도 된 양 화려하고도 싸늘하게 반짝였다.

절벽 위쪽이며 골짜기 안쪽에 매복해 있던 건달바군과 용부군은 금빛 광채에 매몰되는 순간 전원 맥없이 나자빠졌다. 황금빛 광채 속에서, 건달바왕이 느닷없이 뒤로 돌아 광채의 발원지를 향해 내달렸다.

"전주님! 성주가 신전을 배신했습니다! 신전의 적을 비호하고 그자를 금역까지 끌어들이려 했습니다. 제가 저지하고 나서자 죽여서 입을 막으려 합니다!"

이때 장손무극이 훌쩍 몸을 날렸다. 그의 손안에 들린 여의가 보랏빛으로 빛나면서 건달바왕의 등을 직격했다.

상대는 그의 부모를 그릇된 길로 이끈 여자였다. 다분히 악의적으로 그의 일생에서 혈육의 정을 앗아 간 여자를 곱게 놔줄 수는 없었다!

공중에서 누군가 호통을 쳤다.

"무극, 멈추어라!"

장손무극은 그 소리를 무시하고 금빛 광채의 공격을 민첩하게 피했다.

건달바왕은 기묘하리만치 빠른 속도로 달리고 있었다. 아마 금빛 광채가 자석처럼 그녀를 빛의 발원지로 끌어당기는 듯했다. 반대로 장손무극은 광채 때문에 방해를 받고 있었다.

건달바왕이 자색 옥여의의 공격 반경을 벗어나기 직전, 장손무극이 팔을 휘둘러 반 자 앞까지 덮쳐 온 금빛 광채를 베어 냈다. 이어서 그가 손을 쫙 펼치자 다섯 손가락 끝에서 다섯 개의 빛줄기가 백옥 금강저처럼 쏘아져 나가 하나씩 차례로 옥여의를 때렸다.

옥여의는 빛줄기가 뒤를 들이받을 때마다 성큼성큼 탁발명주와의 거리를 좁혔다. 탁발명주가 아무리 빠르다 한들, 빙빙 돌면서 날아가 차례로 옥여의를 때리는 진력보다 빠를 수는 없었다.

세 번째 빛줄기가 여의를 들이받았을 때 탁발명주와 여의 사이의 거리는 석 자였지만, 네 번째 빛줄기가 뒤를 때린 직후 여의와 탁발명주의 옷자락 사이에는 고작 손가락 하나 들어갈 간격밖에 남지 않았다.

소스라치게 놀란 탁발명주는 일신의 공력을 총동원해 앞쪽으로 몸을 날렸다. 그러나 전력을 다한 사람은 그녀뿐만이 아니었다. 장손무극 역시 그녀를 죽이기 위해 필사적이었다.

죽여야 한다. 복수를 위해서만이 아니라 건달바왕의 시체로 부요에게 길을 만들어 줘야 하기에!

다섯 번째 빛줄기가 날카로운 파공음을 내며 날아가 여의를 들이받았다.

퍽!

끝이 매끈하게 굴려진 무기가 사람 몸을 때리는 소리는 둔탁했다. 그 소리 안에는 어렴풋이 무언가가 터지는 소리도 섞여 있었다. 내장이 한꺼번에 으깨지는 소리였다.

여의에 들이받히는 순간 진행 방향이 기묘하게 틀어진 탁발명주의 몸뚱이가 옆쪽 절벽에 처박혔다. 허공에 선혈을 비처럼 흩뿌리면서. 그와 동시에 공중에서 노기에 찬 '흥' 소리가 들려왔다.

'흥' 소리가 났을 때, 아까 장손무극이 전력을 다해 던진 여의는 탁발명주의 목숨을 앗은 후 미처 주인의 손으로 돌아가기 전이었다. 빈손인 장손무극 앞에서 금빛 광채가 갑자기 파도처럼 거칠게 끓어올랐다. 골짜기 절반이 순식간에 격랑에 휘말린 와중에 위쪽에서 금빛 손이 뻗어 내려오더니 무언가를 잡아 뽑는 동작을 했다.

장손무극이 경직된 바로 그 순간.

쐐액!

황금빛 격랑을 뚫고 네 개의 섬광이 날아들었다. 말 그대로 빛의 속도, 세상 어느 누구도 피하지 못할 빠르기로, 장손무극의 양쪽 손목과 좌우 어깨를 향하여.

시신정弑神釘!

대상의 내외 진력을 파하고 신체를 구속하는 극강의 신공. 신전 고위층의 반역 행위를 응징할 때 사용되는 참혹한 형벌.

좌앗! 금색 대못이 장손무극의 손목과 어깨 네 곳을 관통했다. 몸 뒤편으로 들어왔다가 앞편으로 빠져나가는 대못을 따라 선혈이 끈처럼 길게 딸려 나갔다. 검푸른 절벽과 새하얀 눈밭에 피가 어지러이 끼얹어져 처연한 홍매화를 피워 냈다.

대못이 날아든 기세는 무시무시했고, 장손무극은 그 여파로 인해 앞으로 기우뚱 넘어가서 그대로 땅에 못 박혔다. 눈밭은 푹신하고 피는 붉었다. 선혈이 눈에 녹아들면서 기이한 향기가 퍼져 나갔다.

장손무극의 얼굴은 눈과 피에 파묻혀 있었다. 그는 눈앞으로 느릿하게 날아내리는 장포 자락을 보는 대신 안간힘을 다해 고개를 돌려 탁발명주가 처박혀 있는 절벽을 쳐다봤다.

스승님이 아무 이유 없이 하산했을 리는 없었다. 스승님이 골짜기에 나타났다는 건 사대 신역을 새로 깔아 놓은 위치가 바로 이 근처라는 뜻이었다.

스승님은 부요를 막기 위해 친히 나서서 사대 신역을 평소보다 더 험난하게 고쳐 놓고 오는 길일 것이다. 스승님이 사용하는 광명성술光明聖術의 천적은 시체의 독혈이었다. 탁발명주의 몸에 표식을 심는 등 손을 써 뒀으니 시체는 다른 곳으로 옮겨진다고 해도 남아 있는 피가 서서히 효과를 발휘할 것이다.

이제 와서 다른 장소에 다시 진법을 설치하기는 이미 늦어버렸고, 사대 신역에 대해 제일 잘 아는 마호라가부는 무신을 상대하느라 인력이 분산된 상황이니 그 점 역시 부요에게 도움이 될 터였다. 장손무극 자신이 미끼가 되어 마침내 신역의 위치를 알아내고 부요에게 활로를 열어 준 것이다.

부요, 부요……. 제발 무사히 신역을 통과할 수 있기를…….

장손무극은 나지막이 한숨을 내쉬었다. 사방이 적이요, 온 나라가 부요를 노리는 형국이었다. 스승은 반드시 부요를 죽이겠다고 하고, 부요는 반드시 신전에 오르겠다는 지금 상황에서 그가 할 수 있는 최선은 여기까지였다.

조금 전 날아내린 장포 자락이 얼굴 바로 앞에 드리워 있었다. 그는 몸을 일으킬 수 없었기에 지금 전주의 표정이 어떤지 알지 못했다. 항상 무감정하던 그 얼굴에 처음으로 진노한 표정이 드러났으려나?

장손무극은 엷게 웃음 지었다. 눈동자 안에 꽃 같은 웃음이 피어나는 순간, 모든 쇠약함은 사라지고 화려한 광휘가 그를 빛냈다.

장포 자락을 차분하게 응시하던 그가 조용히 입을 열었다.

"스승님……."

"무극, 실망이 너무나도 크구나."

금빛 장포 자락이 살짝 움직이고, 무감한 말투 사이로 희미한 노기가 드러났다.

"신전의 적을 비호하고, 동료를 해치려 계략을 꾸미고, 적을 금역에 끌어들이려 해? 게다가 건달바왕이 막으려 하자 본 좌가 보는 앞에서 건달바왕을 죽이기까지!"

장손무극은 말없이 눈을 감았다. 변명도, 애걸도 하지 않았다. 그의 낯빛은 눈밭보다도 창백했다.

잠시간의 침묵 끝에, 장청 전주가 싸늘하게 말했다.

"명주가 이미 피를 감식한 결과를 보내왔느니라. 대체 그 요녀를 언제까지 싸고돌 셈이었지?"

장손무극은 침묵을 지켰다. 자신이 흘린 피 위에 담담하게 누워서.

장청 천주가 그런 그를 차갑게 노려봤다. 노여움 같기도, 비통함 같기도, 안타까움 같기도 한 감정이 천주의 눈동자 안에서 몇 번이고 자리를 바꿨다.

그러다가 마침내 천주가 소맷자락을 떨쳤다.

"긴나라왕!"

깃털처럼 가벼운 걸음으로 다가온 사람이 공손히 답했다.

"천주님."

"신전 교도 관리는 긴나라왕의 소관이고, 성주 역시 교도 중의 한 명이니 처분은 긴나라왕에게 맡기겠다!"

"예!"

"목숨을 붙여 놓는 한도 내에서 어떤 처벌이든 허하노라!"

"예!"

살짝 흥분한 목소리로 대답한 긴나라왕이 즉각 수하들에게 명을 내렸다.

"여봐라! 이 반역자를 구천 마루에 못 박아라! 신풍을 실컷 맞다 보면 제정신이 돌아오겠지!"

장청 신전 내에서도 고도가 가장 높은 구천 마루는 세상에서 가장 가혹한 추위가 몰아치는 곳으로, 그곳에는 앞뒤가 뚫린 동굴이 있었다.

얼음장 같은 칼바람이 살을 뚫고 뼈를 가르는 구천 마루는 '신이 울부짖는 곳'이라고도 불렸다. 천신이 내려와도 혹한의 고통을 못 이기고 피눈물을 흘리며 비명을 지르리라는 뜻이었다.

긴나라왕의 수하들은 일제히 몸을 떨었다. 시신정만도 모자라 구천 마루라니, 그 정도면 제아무리 무공이 신의 경지에 달한 고수라 해도 살아남기 힘들 터였다.

게다가 죽음보다 더 무서운 건 거기서 기다리는 고통이었다. 차라리 죽는 게 나을, 밑바닥 없는 비인간적 고통.

그간 성주에게 무한한 기대를 걸고 무슨 일이 있어도 성주의 편에 서던 전주님이 성주를 숙적 긴나라왕에게 넘기다니, 단단히 화가 나신 게 틀림없었다. 장손무극 역시 몸서리를 쳤지만, 그는 끝까지 한 마디도 하지 않았다.

"본 좌가 아무리 은혜를 베풀어도 네 마음을 바꿀 수 없다면."

장포 자락이 구름처럼 너울거리며 멀어져 갔다. 장청 전주의 음성은 신이 울부짖는다는 산꼭대기의 바람보다도 시렸다. 뼛속까지 파고들 만큼.

"내 너의 나라를 멸하고 너의 여인을 죽일 것이니라. 그래도 반항하는지 두고 보자꾸나!"

끔찍한 아픔

장손무극의 뒷모습이 시야에서 완전히 사라진 후에도 맹부요는 그가 떠나간 방향에서 눈을 떼지 못하고 묵묵히 그 자리에 서 있었다.

그의 뒷모습은 자욱한 눈보라 속으로 점점 멀어지다가 결국에는 완전히 보이지 않게 되었고, 그녀의 가슴은 어째서인지 자꾸만 더 무거워지고 있었다. 심장 밑에 삐죽삐죽한 바위가 매달려 심장을 차츰차츰 아래로 끌어 내리는 것만 같았다. 심장에 피 맺힌 생채기를 내며, 희미한 쓰라림을 남기며.

옳은 선택을 했다고 믿어 의심치 않지만, 가슴속 깊은 곳의 직감은 그녀가 알지 못하는 무언가가 더 있다고 말하고 있었다.

문득 충동이 일었다. 당장 달려가 장손무극을 붙잡고 사문으로 돌아가지 말라고, 이대로 무극국에 가서 하던 황제나 마저하라고, 천하제일의 성군이 되라고 말하고픈 충동.

사문에 안 돌아간들 뭐 어때서?

궁창은 해로를 제외하면 외부와 그 어떤 길로도 연결되어 있지 않은 고립된 나라였다. 다른 나라들이 군사를 몰고 와 궁창을 칠 수 없듯이, 궁창 역시 해협 너머 무극국에까지 보복을 가하기는 힘들었다.

그러나 장청 신전은 그의 사문이었고, 그는 그렇게 돌아가기를 택했다.

이제 맹부요가 희망을 걸 대상은 무극에 대한 스승의 자비심뿐이었다. 과거 태연이 했던 말들을 돌이켜 보면, 무극은 사문에서 남다른 총애를 받는 것 같았다. 하긴, 앞으로 사문의 미래를 이끌어 갈 하늘이 내린 기재를 어느 스승이 가혹하게 벌할 수 있겠는가?

그녀의 손에는 장손무극이 남기고 간 꾸러미가 들려 있었다. 무겁지 않은 꾸러미가 어째서인지 천근만근으로 느껴졌다.

꾸러미를 풀자 안에서 물건 몇 가지가 나왔다. 편지 한 장, 환약 하나, 재질이 뭔지 도통 알 수 없는 접이식 비수, 거기에다 팔에 끼울 수 있는 기묘한 형태의 소형 의수까지. 그밖에도 자질구레한 잡동사니가 들어 있었는데, 하나같이 용도를 짐작하기 힘들었다.

대체 무엇에 쓰는 물건들인지 감이 안 오긴 해도 장손무극이 줬을 때는 다 이유가 있지 않겠는가.

맹부요는 조심스럽게 물건들을 다시 집어넣은 후, 얼른 편지를 펼쳐 봤다. 접혀 있던 종이가 펼쳐지자 장손무극 특유의 격조 있고도 날렵한 글자체가 눈에 들어왔다. 장손무극 본인이 그렇듯 글자에서도 기품이 느껴졌다.

부요.

이 비단 꾸러미 안에 든 물건 중 단약은 바로 먹고, 나머지는 항시 몸에 지니고 있어야 하오. 곧 발동될 사대 신역은 변화무쌍한 진법이오. 안에 갇힌 이의 내면세계에 따라 진법에 변화가 일어나기 때문에 그대에게 어떤 고비가 닥칠지는 나 역시 완벽히 예측할 수 없소. 부디 한시도 긴장을 늦추지 말고, 결단을 내리기 어려운 상황에서는 주저할 것 없이 원보의 지시를 따르시오.

더하여, 사대 신역은 부지불식간에 발동되는 진법이기에 안에 갇히고도 깨닫지 못하는 경우가 많소. 바로 그 틈에 다들 진법에 당하는 것이라오. 그러니 우선 높은 곳에 올라 주변을 살펴보도록 하오. 검푸른 연기가 피어 오르는 곳이 있다면 그곳이 바로 진의 입구요.

생문은 연기 서남쪽이니 그쪽을 통해 들어가면 기선을 잡을 수 있을 것이오. 진법 안에 들어서고 나면 그때부터 모든 결정은 그대에게 달렸음을 잊지 마시오!

사대 신역을 통과하는 사람은 신분과 상관없이 신전의 예우를 받게 되어 있고, 전주는 반드시 그의 소원을 들어주어야 하오. 이는 오랜 세월 변함없이 이어져 온 규칙이라오. 전주가 대단한 신통력을 가지고도 도전을 막지 못하는 이유가 바로 거기에 있소.

내 걱정은 할 필요 없소. 스승님은 자애로운 분이시고, 줄곧 나를 지극히 아끼셨소. 신전으로 돌아가기만 하면 지난 허물은 모두 없던 일로 해 주실 것이오.

신전에서 그대의 평안을 빌며 도착일을 기다리고 있겠소. 그대가 명범정전에 들어서면 내가 술상을 준비해 놓고 있을 것이오.

부디 몸조심하오.

편지를 든 손을 천천히 아래로 내린 맹부요는 원래 접혀 있던 모양 그대로 편지지를 조심스럽게 다시 접어 손안에 감아쥐었다. 그러고는 살짝 도톰하게 솟아오른 필적을 손끝으로 어루만졌다. 한 글자 한 글자 그의 필적을 가슴 깊이 새기고 싶은 듯이.

언제 쓴 편지일까?

지나온 역참에서, 어둠 속에 동그마니 밝혀진 등불 아래에서, 책상 앞에 앉은 그림자를 창호지에 드리운 채, 그는 조용히 그녀에게 남길 글을 썼으리라. 그녀가 앞으로 걸어야 할 세상 가장 험난한 길을 예비하면서.

입김이 하얗게 나오는 추운 밤, 먹물은 종이에 닿자마자 살얼음이 되었을 테고, 그 한 글자 한 글자에 담긴 것은 지금껏 차마 말하지 못했던, 묵직한 진심이리라.

그녀는 손에 들린 진심의 무게를 감당하기가 버거웠다. 얇디

얇은 편지지는 깃털처럼 가벼웠고 편지에 적힌 말들은 담담했지만, 그녀의 가슴속에서는 먹구름이 짙어져 가고 있었다. 어디서 비롯되었는지 모를 먹구름이.

세찬 바람 소리와 함께 눈보라가 몰아쳐 와 얼굴을 때렸다. 차디찬 바람에 퍼뜩 정신이 맑아지는 순간, 귓가에 그의 속삭임이 들려오는 듯했다.

"부요, 막막하고 고통스러울 때는 내가 기다리고 있음을 기억해 주오."

무극이 기다리고 있어!

맹부요는 숨을 깊이 들이마시고 몸을 일으켰다. 그러고는 곁에 있던 운흔 등 일행에게 말했다.

"여기서부터는 너무 위험해. 그만 찢어져서 각자 제 갈 길 가자."

그녀로서도 쉽게 뱉은 말은 아니었다. 어투가 딱딱하게 경직되어 있었다.

운흔이 고개를 가로저으며 막 입을 열었을 때였다. 싫다는 소리가 미처 입 밖으로 나오기도 전에 맹부요가 느닷없이 팔을 내뻗었다.

운흔, 요신, 철성은 반항할 새도 없었다. 아니, 심지어는 그 어떠한 반응조차 보일 틈도 없었다. 그야말로 날벼락이 떨어지듯 갑작스러운 공격이었기 때문이었다.

그녀는 무공이 가장 강한 운흔을 건너뛰고 번개처럼 요신 쪽으로 몸을 날렸다. 날벼락을 맞은 요신은 입을 반쯤 벌리다가만 채로 풀썩 고꾸라졌다. 곁에 있는 운흔과 철성이 무의식적으로 요신을 붙잡으려는 찰나, 두 사람의 주의력이 분산된 틈을 노린 맹부요가 팔을 양쪽으로 뻗으면서 각각 일 장을 내질렀다.

철성은 '꽥' 하고 쓰러졌지만 운흔은 공격을 피하면서 미끄러지듯 뒤쪽으로 물러났다. 그러자 즉각 손을 거둬들인 맹부요가 이번에는 자기 정수리를 내리쳤다. 바람 소리가 날 만큼 인정사정없이.

질겁한 운흔이 물러나다가 말고 다시 앞쪽으로 미끄러져 오면서 자기 팔로 그녀의 팔을 막으려고 했다. 바로 그때, 맹부요의 허리춤에서 시천이 소리 없이 고개를 내밀었다. 그녀가 재빨리 허리를 뒤트는 동시에 시천이 칼집째로 운흔의 요추 옆 급소를 때렸다. 운흔은 그대로 눈밭에 쓰러졌다.

거침없는 민첩함에 번개 같은 태세 전환까지, 맹부요가 속임수 작전으로 세 명을 때려눕히는 데 걸린 시간은 찰나에 불과했다.

옆에 쓰러져 있는 세 명을 내려다보던 그녀가 이내 천천히 눈을 감았다. 눈보라 속에 가만히 서서 침묵하길 잠시, 그녀는 세 사람을 바람이 들이치지 않는 곳으로 옮겼다. 그런 다음 짐 속에서 두꺼운 옷을 꺼내 바닥에 깔아 주고, 적의 눈에 띄지 않도록 소나무며 잣나무 가지를 꺾어다가 위에 덮어 줬다. 혈도는 반 시진이 지나면 자동으로 풀리게 해 두었다. 추운 데 너무 오래 있으면 몸이 상할 테니까.

구유, 암경, 운부, 천역. 사대 신역이 안에 들어간 사람의 행동에 따라 변칙적으로 운용되는 진법이라면 운흔 등이 깨어났을 때쯤에는 이미 입구를 찾을 수 없게 된 뒤일 것이다.

맹부요는 천천히 무릎을 굽혀 세 사람 앞에 쪼그리고 앉았다. 사대 신역 안에서 죽게 될지, 아니면 무사히 통과해 신전에 입성하게 될지는 모르지만, 후자라면 장청 전주가 그녀를 소원대로 원래 세계로 보내 줄 수도 있을 터였다. 그러면 이 세계의 맹부요는 사라지는 것이다. 그간 변함없이 곁에서 도움을 준 사람들과도 영영 이별이고.

다들 미안해. 나는 아주 오래오래, 여길 비울 거야……. 다시 만날 기약 없이.

맹부요는 한 사람 한 사람의 얼굴을 찬찬히 훑어보며, 시야를 흐리는 눈물을 애써 삼켰다. 동료들의 얼굴을 더 똑똑히, 조금이라도 더 똑똑히 보고 싶었다. 잊지 않도록 기억 속에 깊이 새기고 싶었다.

만약 앞길에서 기다리고 있는 것이 죽음이라면 이 얼굴들이 마지막 순간의 한기를 따스하게 녹여 줄 것이요, 앞길에서 기다리고 있는 것이 삶이라면 남은 세월 동안 천천히 곱씹어 볼 수 있으리라.

지난 3년간 험난한 여정을 같이 걸으며 생사를 함께하고, 그녀의 오주대륙 일대기를 생생히 지켜본 영혼의 동반자들을 기억하고 싶었다. 3년에 걸친 오주대륙에서의 경이로운 모험을 기억하고 싶었다. 동료들과의 첫 만남을, 서로를 알아 가던 과정을, 함께하던 시간들을, 서로 의지가 되어 주던 순간들을 기억하고 싶었다. 지난 감동을, 울림을, 배려와 온정을 기억하고 싶었다.

이제는 영영 이별이었다. 세 사람은 맹부요가 자기들을 버리고 멀리 떠나리라는 걸 전혀 알지 못한 채, 편안히 잠든 듯한 얼굴을 하고 있었다.

맹부요는 요신 앞에 쪼그리고 앉아 자기 이름이 각인된 도장을 그의 손에 쥐여 주었다. 그녀 소유의 재산을 관리하는 데 쓰이는 도장이었다. 전부 요신이 애써서 일궈 낸 것들이건만, 아쉽게도 그녀는 지금껏 앞만 보고 내달리느라 요신이 항상 자랑하던 성과를 제대로 확인해 본 적이 없었다.

문틈에 끼었다가 나온 것 같은 요신의 얼굴을 쭉쭉 당겨 보며, 맹부요는 피식 웃었다. 처음 만났을 때 자기가 요신을 얼마나 신나게 두들겨 팼었는지가 생각났다. 미꾸라지 같은 요신은 두 번이나 그녀를 두고 도망친 전력이 있었다. 그래도 결국은 곁으로 돌아왔지만.

"너는 내 밑으로 제일 처음 들어온 부하였고, 나한테 돈도 엄청 많이 벌어 줬어. 안타깝게도 난 그 돈 쓸 기회가 없을 것 같아서…… 전부 너 줄게. 어때 돈벌레, 신나지?"

내 첫 수하인 너한테 내 재산 전부를 남길게.

그녀는 철성 앞으로 옮겨 가서 소년의 우직한 얼굴을 들여다보며 말했다.

"나 때문에 성문 앞에서 무릎을 꿇었었지. 옛말에 사내대장부는 함부로 남 앞에서 무릎을 꿇는 게 아니라고 했는데, 무엇으로 보답하면 좋을까……."

고개를 갸웃하고 머리를 굴리던 그녀가 곧 품속에서 뇌동이 준 반지를 꺼내 철성의 손에 쥐여 줬다.

"어디에 쓰는 물건인지는 나도 몰라. 그냥 그 늙은이 개인 소장품일지도? 어쨌든 전북야가 이걸 보면 내 뜻을 눈치챌 거야. 대한에서 받은 영지는 너한테 줄게."

철성의 어깨를 툭툭 두드려 준 맹부요는 하늘을 올려다보며 생각에 잠겼다.

철성을 처음 만난 건 요성에서였다. 활쏘기 대결에서 지고서 저한테 시집오라는 기함할 소리를 하던 녀석이 나중에는 그녀의 호위 무사가 되었다. 언제나 그녀 쪽이 더 강했기에 철성의 힘이 필요했던 적은 거의 없지만, 철성은 매 순간 미련하다 싶을 정도로 호위 무사로서의 본분에 충실했다.

내 가장 충직한 호위 무사인 너에게는 내 땅을 남길게.

마지막으로 운흔 앞으로 옮겨 간 맹부요는 앞서와는 달리 아무런 말도 하지 못했다. 그는 그녀의 수하가 아니라 그녀를 사랑하는 남자였다. 그는 한 번도 입 밖으로 내어 말하지 않고 그저 묵묵히 그녀를 사랑했고, 그녀에게 어떠한 요구나 기대도 하지 않았다.

오주대륙에서의 여정을 시작함과 동시에 누구보다도 먼저 만난 소년.

둘은 현원산에서 비무를 치렀고, 태연 황궁에서는 아슬아슬했던 밤을 함께 보냈고, 천살 진무대회에서 그는 그녀의 안전을 위해 자기한테 온 기회를 포기했다. 그리하여 가문에서 쫓겨나 강호를 떠도는 신세가 되었다가, 그녀가 실종되었을 때는 부풍 전역을 헤매고 다니며 그녀를 찾았다. 그러고는 그녀를 다시 만나자 안도의 미소 한 번으로 그때까지 겪은 고초를 소리 없이 지웠다.

나머지 사람들은 그녀를 도움으로써 크게든 작게든 얻은 게 있었으나, 몇 번이나 그녀의 생명을 구해 준 운흔은 한 번도 무언가를 받아 본 적이 없었다.

"미안해."

맹부요가 조용히 말했다.

"네 신분과 명예를 되찾아 줘야지 해 놓고, 그 망할 늙다리 둘을 죽여 버리겠다 해 놓고, 이기적이게도 내 일에만 바빴어……. 아마 넌 지위나 돈 같은 건 바라지도 않겠지. 운흔, 이번 생에 너한테 진 빚은 결국 다 갚지 못할 것 같아……."

잠시 생각에 빠져 있던 그녀가 갑자기 소맷자락을 쫙 찢어냈다. 그러더니 손가락을 깨물어서 그 피로 천 위에 파구소 내공심법을 갈겨쓴 후, 운흔의 손에 쥐여 줬다.

"망할 도사 영감이 안 가르쳐 준 거, 이 선배가 가르쳐 준다. 절정의 비기를 누설하면 안 되기는 개뿔! 그런데, 파구소를 익히는 게 꼭 좋은 일만은 아닐 수도 있어. 결정은 네가 해."

자리에서 일어나 세 사람을 다시 한번 지긋이 쳐다본 그녀가 작게 한숨지었다.

"전북야랑 종월을 못 보고 가는 게 아쉬운데……. 그래, 보면 번거로워지기만 하지. 이쯤이면 됐어!"

이어서 옷매무새를 점검하는데, 그제야 어깨 위에 앉아서 졸고 있는 금강이 눈에 들어왔다.

그녀는 한참을 망설였다. 여기 두고 가자니 마음이 안 놓이고, 데리고 가자니 신역 안에서 무슨 위험이 닥칠지 모르는데 무신의 영혼을 과연 잘 건사할 수 있을지 걱정이었다.

고민을 거듭하던 그녀는 예전에 장손무극이 했던 대로 녀석의 부리를 끈으로 둘둘 묶어서 운흔의 품속 깊숙이 쑤셔 넣었다. 그러고는 나뭇가지로 세 사람 위를 다시 꼼꼼하게 덮어 놨다.

드디어 맹부요는 뒤도 돌아보지 않고 성큼성큼 자리를 떴다. 광활한 하늘 가득 눈발이 흩날리고, 얼음장 같은 바람이 세차게 울부짖고 있었다. 잠든 이들은 생사를 함께할 꿈을 꾸고 있었으나 떠나는 이는 홀로 걷는 길을 택한 뒤였다. 두껍게 쌓인 눈 위에 구불구불하게 이어져 찍힌 발자국은 새로 내린 눈에 덮여 금세 지워졌다.

그 시각, 눈보라가 휘몰아치는 어둠 속. 맹부요가 떠나간 길의 반대편에서는 그림자 몇 개가 빠르게 접근해 오고 있었다.

근처 산봉우리에 올라 주변을 둘러보면서도, 맹부요는 이 밤중에 대체 무슨 수로 '검푸른' 연기를 구분해 내나 싶었다. 최근

들어 시력이 서서히 돌아오고는 있었지만, 색깔 구분은 아직 좀 힘들었다. 아마 나중에도 적록 색맹쯤으로 남게 될 것 같았다. 이런 눈으로 검푸른 연기를 찾아내기란 쉬운 일이 아니었다.

그런데 바로 다음 순간, 그녀의 눈이 빛났다. 저만치 앞쪽, 봉우리 두 개 사이에서 연기가 한 줄기 피어 오르고 있었다. 주변이 온통 회백색 설경인지라 짙은 색이 한눈에 들어왔다.

맹부요는 신나게 그쪽으로 달려갔다. 가까이 가서 보니 연기가 피어 오르는 지점은 산 중간의 골짜기였다. 대충 둘러본 결과 안에 진법이 깔려 있는 것 같지는 않았다. 그래도 맹부요는 장손무극의 당부대로 긴장을 풀지 않았다.

조심스럽게 발걸음을 내딛자 사슴 가죽 신발 밑에서 눈이 뽀드득뽀드득 밟히는 소리가 났다. 그렇게 몇 걸음을 걷다 보니 발밑에서 묘한 감각이 느껴졌다. 눈 아래쪽 땅이 울퉁불퉁하게 파여 있는 것 같았다.

발끝으로 새로 쌓인 위쪽 눈 층을 걷어 내자 어지럽게 찍힌 흔적들이 드러났다. 상당히 많은 수의 인원이 남긴 발자국인 듯했다.

맹부요의 미간에 주름이 잡혔다.

조금 전까지 골짜기에 사람이 있었다는 건가?

계속 걸음을 옮기면서 눈을 걷어 내자 더 많은 자취들이 보였다. 무기가 땅을 긁고 지난 자국, 여기저기 흩어져 있는 옷가지와 장신구, 그리고…… 핏자국.

생긴 지 얼마 되지 않은 혈흔이 눈 층 위에 산호 구슬처럼 새빨갛게 자리하고 있었다. 그 점점이 찍힌 진홍빛이 눈에 들어오는 순간, 맹부요는 영문 모를 슬픔에 사로잡혔다. 눈시울이 싸해지는가 싶더니, 뺨에 시린 기운이 닿았다.

이게 무슨 느낌인가, 하고 얼굴로 손을 가져가자 눈물이 만져졌다. 의식조차 못 한 사이에 흘러내린 두 줄기 눈물은 산골짜기 칼바람을 견디지 못하고 그새 얼어붙어 있었다. 맹부요는 그대로 굳어 버렸다.

아무 이유도 없이 갑자기 눈물이라니? 그까짓 핏자국 좀 봤다고 왜 눈물이 나지?

피……. 피라면 지금껏 셀 수 없이 많이 봐 온 그녀였다. 자신의 것도, 타인의 것도, 지금 눈앞에 있는 것보다 훨씬 소름끼치고 처참한 광경도 봤었다.

그런데 왜 저 핏자국 앞에서 새삼스레 눈물이 나는 걸까?

그녀는 멍하니 뺨에 맺힌 얼음 방울을 매만졌다. 심장이 쿵쾅거리고 있었다.

마음과 마음이 묶여 있기 때문에……. 마음과 마음이 묶여있기 때문에…….

바로 그때, 새하얀 무언가가 눈앞을 휙 가로질렀다. 원보 대인이 그녀의 소맷부리에서 뛰쳐나간 것이었다.

핏물 젖은 눈밭으로 뛰어든 녀석이 머리를 땅에 처박고 날카롭게 울기 시작했다. 그때껏 한자리에 서 있던 맹부요는 홀연 손발이 차갑게 식는 걸 느꼈다. 뼛속까지 파고든 한기가 경맥부터 시작해 온몸의 피와 살을 차츰차츰 얼음덩이로 만들고 있었다.

그녀는 손을 들어 올렸다. 관절이 전부 녹슬어 굳어 버린 것처럼 굼뜬 동작이었다. 뼈마디가 우두둑거리며 꺾이는 소리가 들렸다.

그녀는 자신이 손을 들어 무엇을 하려는 것인지도 명확히 알지 못했다. 아마도 붙잡고 싶은 것 같았다. 어렴풋한 미소만 남기고 떠나가던 그 뒷모습을 붙잡아서, 조금 전 그 순간 감지한 악몽으로부터 꺼내 오고 싶은 것이리라.

하지만 손에 닿은 것은 차디찬 허무뿐이었다. 손끝에 내려앉은 눈송이의 한기가 가슴속까지 끼쳐 왔다. 망연히 서 있는 그녀의 귓가에 쇠사슬이 철컹거리는 소리가, 산꼭대기 광풍의 포효가, 얼음 알갱이 섞인 눈이 깊게 파인 상처를 때리는 소리가 들려왔다.

그녀는 눈밭으로 와락 달려들어 핏자국 위에 몸을 던졌다. 핏자국에 얼굴을 갖다 대자 사람이 누워 있던 자리라는 느낌이 왔다. 불과 조금 전까지 누군가가 그녀와 똑같은 자세로 피 젖은 설원에 엎드려 있었던 듯했다.

누구였을까? 그게 누구였지?

핏빛 눈밭에 얼굴을 묻고 있자니 희미하지만 특별한 향기가 느껴졌다. 세상 어느 향기와도 다른, 그 무엇보다도 고귀하고 청량한 내음.

눈이 하얗게 내린 천궁의 연꽃에서 날 법한 그 내음은 지난 3년의 여정에 걸쳐 이미 그녀의 영혼 깊숙이 각인된 체향이었고, 극히 희미한 잔향만으로도 그녀의 의식을 통째로 뒤흔들어 놓기에 충분했다.

쿠웅.

한순간에, 심장과 영혼이 전부 박살 났다.

장청 신산에 흩날리는 눈발처럼 산산이 부서진 마음이 천지간의 혼돈 속을 부유하다가 어딘가에 내려앉노라면 그 자리에는 사무치는 한기가 번졌다. 한번 내려앉은 잔해는 다시 덥힐 수도 주워 담을 수도 없이, 그 자리에 영영 부서진 채로 남겨졌다.

그녀는 붉은 설원 위에 얼굴을 바싹 갖다 붙였다. 그러고는 냉기도 통증도 상관하지 않고 필사적으로 얼굴을 바닥에 비벼 댔다.

하얀 눈과 선명한 대비를 이루던 핏빛이 그녀의 얼굴에 짓이겨져 점차 분홍색으로 변해 갔다. 그 과정에서 만들어진 분홍색 눈 알갱이가 얼굴에, 속눈썹에, 머리카락에 엉겨 붙었다. 분홍빛 눈 알갱이들은 차디찬 그녀의 피부 위에서 녹지 못하고, 소리 없이 흘러내린 눈물과 섞여 얼음으로 화했다.

나중에는 석 자 깊이에 달하는 눈이 그녀의 몸부림에 깎여 바닥을 드러내고, 주변으로는 분홍빛 눈안개가 자욱하게 일었다. 그 분홍빛의 일부는 원래 눈밭에 배어 있던 선혈이요, 나머지는 상처투성이가 된 이마에서 난 피였다.

두 사람의 피로 온몸이 얼룩진 맹부요는 마치 산 채로 땅에 파묻히지 못하는 게 한인 듯, 자신이 판 구덩이 속에 엎드려 있었다.

오랜 세월 눈 층 아래에 묻혀 있었던 장청 신산의 진흙땅 위에서, 그녀는 조용히 두 팔 사이에 머리를 파묻고 안간힘을 다해 몸을 둥글게 웅크렸다. 그대로 진흙 아래에 묻혀 영원히 잠들고 싶은 것처럼, 이 순간 가슴이 무너지는 고통을 영원히 마주하고 싶지 않은 것처럼.

홀연 곁에서 새하얀 무언가가 움직였다. 작은 털 뭉치가 어딘가를 향해 화살처럼 쏘아져 나갔다.

맹부요는 얼른 고개를 들고 원보 대인이 멀어져 가는 방향을 눈으로 뒤쫓았다. 원보 대인은 몇 장 거리를 단숨에 내달려 갔다. 평소와는 다르게 속도가 얼마나 빠른지 궤적이 눈에 제대로 안 잡힐 지경이었다.

맹부요가 막 따라나서려는 참인데, 그사이에 한참 멀리까지 가 있던 원보 대인이 뛰다 말고 갑자기 우뚝 멈췄다. 공중에서 급정지한 원보 대인은 곧장 아래로 곤두박질쳤고, 눈밭에 떨어져서는 그 자리에 우두커니 서서 움직일 줄을 몰랐다.

그러다가 머리를 쳐들었다. 녀석은 버겁도록 무거운 머리를 안간힘을 다해 쳐들어 장청 신전에서 가장 높은 곳을 올려다봤다. 커다랗고 새카만 눈망울에 녀석이 목격한 모든 것이, 숨넘어갈 듯한 충격과 공포가, 고스란히 맺혀 있었다.

한동안 주인님 쪽에서 차단해 놨던 교감이 바로 조금 전 다시 연결되었고, 원보는 모든 것을 감지한 참이었다.

주인님이 고통받고 있었다!

원보 대인은 어떻게든 주인님에게로 달려가고 싶었지만, 마음속에서 들려온 명령이 녀석의 발을 멈춰 세웠다.

돌아가거라! 그녀 곁으로 돌아가! 그녀를 여기로 데려와서는 안 된다! 그녀를 지켜라!

심적 교감으로 전달된 명령은 너무나도 약하디약했다. 알아듣기도 힘들 만큼.

원보 대인은 그 쇠약한 목소리에 애가 탔지만, 감히 더는 달려갈 수가 없었다. 원보 대인은 평생을 주인에게 충성했고, 주인의 모든 명령을 충실히 따랐다. '거역'이라는 단어 따위는 머릿속에 떠올려 본 적도 없었다.

폭신한 눈밭이 녀석의 작은 몸조차 떠받치지 못하고 아래로 폭삭 꺼졌다. 녀석은 앞으로 두 걸음을 내디뎠다가, 다시 뒤로 한 걸음을 물렸다. 고개를 들어 앞을 내다봤다가, 뒤에서 자신이 길을 안내해 주기만을 기대하고 있는 맹부요를 돌아봤다.

일생 주인의 보호와 총애 속에서 팔자 좋게 지내느라 인간사 고뇌에 무지했던 천기신서는 이 순간 비로소 애끓는 갈등이란 무엇인지를 알게 되었다.

녀석의 곁에 꿇어앉은 맹부요가 애원에 가까운 어조로 속삭였다.

"원보야, 가자, 가자니까……."

원보 대인은 오래도록 침묵했다. 까맣고 반들반들한 눈동자 안에 차츰 물기 어린 반짝임이 차올랐다.

녀석은 마지막으로 한 번 더 고개를 들어 신전 꼭대기를 쳐다본 후, 뒤로 돌아서 맹부요의 손바닥 위로 기어 올라갔다. 그러고는 얼음장 같은 손가락을 끌어안고 천천히 머리를 가져다 댔다.

그대로 움직이지 않는 원보 대인을 내려다보는 사이, 맹부요의 눈빛이 의문에서 이해로, 이해에서 한없는 아픔으로 바뀌었다. 그녀는 더 이상 아무런 말도 하지 않았다. 원보를 채근하는 것도 그만뒀다. 그 대신 손가락을 조심스럽게 모아서 원보를 얼굴 앞까지 들어 올린 다음, 피투성이가 된 이마를 녀석의 머리에 살며시 가져다 댔다.

자신이 원보의 진짜 주인이었다면 얼마나 좋았을까 싶었다. 그래서 녀석의 마음을 읽을 수 있었다면, 녀석이 본 모든 것을 공유할 수 있었다면, 그가 자신을 떠나간 후에 이 산골짜기에서 무슨 일을 겪었는지 알 수 있었다면, 얼마나 좋았을까.

그러면서도 한편으로 그녀는 장손무극이 자신의 경거망동을 용납하지 않으리란 걸 잘 알고 있었다. 그는 떠나가면서도 그녀가 앞으로 걸어야 할 길을 모두 안배해 두었다. 그는 분명 그녀가 자기 때문에 예정된 여정을 벗어나는 걸 바라지 않을 터였다. 그는 그녀의 발밑을 평탄하게 닦아 주는 데 온 생애를 바친 사람이었다. 자신의 목숨과 육신을 희생하면서까지.

지금껏 몰랐지만, 그녀의 모든 걸음은 그의 뼈와 그의 심장을 밟고 내디딘 것이었다…….

맹부요는 파들파들 떨고 있었다. 세차게 울부짖는 밤바람 속에서, 마른 낙엽처럼. 자신의 잇새에서 나는 딱딱거리는 소리와, 이마를 맞대고 있는 원보 대인의 가슴에서 흘러나오는 가느다란 흐느낌이 동시에 들려왔다.

똑같이 구슬픈 울음소리가 그녀의 가슴속에서도 울리고 있었다. 소리가 점점 커지면서 그녀의 의식을 뒤흔들어 현기증을 일으켰다. 머릿속에서 생각들이 엉망으로 뒤엉켰다.

비연의 섭혼진법에 걸려 머리를 다친 일이 나중에는 오히려 파구소를 완성하는 데 도움이 되기는 했지만, 그 사건은 맹부요에게 후유증을 남겼다. 그날 이후 정서적으로 큰 기복이 생기면 두통이 찾아오곤 했다.

그런데 통증이 덮치자 오히려 정신이 번쩍 들었다. 장손무극의 간곡한 당부가 떠오르면서 가슴이 덜컥했다.

무극에게 무슨 일이 생겼는지 모르는 지금, 그녀는 더욱더 자신을 잘 지켜 내야 했다. 그래야만 그를 구하러 갈 수 있으니까. 지금은 여기서 아픔에 빠져 허우적거릴 때가 아니었다.

그녀는 당장에 눈을 한 움큼 집어 홧홧한 이마에다 문질렀다. 그러고는 훌쩍 몸을 날려 구덩이 속에서 빠져나왔다.

이어서 연기 서남쪽이 생문이라는 장손무극의 말을 되새기며 공중에서 회전해 방향을 트는 순간, 갑자기 머릿속이 아찔해지면서 몸이 휘청했다.

곧이어 밑으로 추락하기 시작했을 때는 어느새 주변 풍경이 완전히 달라져 있었다. 눈밭도 골짜기도 온데간데없고 머리 위 하늘에는 별이 총총했다.

게다가 추락하는 그녀를 기다리고 있던 것은 땅바닥이 아니었다. 몸이 훅 꺼지는 게, 심연으로 빨려 들어가는 느낌이었다.

심장이 내려앉는 동시에 조금 전 구덩이 위쪽으로 몸을 날리던 순간이 번갯불처럼 머릿속을 스쳐 갔다. 구덩이를 나와 공중에서 회전하는 찰나, 번잡한 속내에 두통까지 더해지는 통에 방향을 잘못 잡은 것 같았다.

그녀가 떨어진 곳은 서남쪽 생문이 아니었다.

사문으로 잘못 들어온 것이다!

구천 마루. 신이 벌을 받는 곳.

장청 신산에서 제일 높은 봉우리인 접천봉接天峰은 그 높이가 무려 3천 장에, 꼭대기는 하늘을 향해 곧추서 있는 뾰족한 칼날과 같은 모습이었다. 정상 부근의 기울기는 거의 수직에 가까웠고, 족히 한 장 두께는 될 눈과 얼음으로 뒤덮여 있어 새들도 감히 발을 붙이지 못할 만큼 미끄러웠다.

한 가지 더, 접천봉 꼭대기는 가운데가 뻥 뚫린 형태였다. 양쪽이 트인 산꼭대기 동굴은 둘레 수 장에 깊이 석 장 가량으로, 동굴 벽은 거친 바위로 되어 있었다.

동굴 안쪽에도 얼어붙은 눈이 두껍게 쌓여 있었고, 3천 장 높이에서 날뛰는 매서운 칼바람이 시시각각 동굴을 관통하며 날카로운 포효를 내질렀다.

동굴 한가운데에는 사람 몸을 본떠 만든 철제 고정대가 세워져 있었고, 고정대의 맨 윗부분과 아랫부분은 동굴 천장과 바닥에 꽂혀 있었다. 고정대에 어렴풋하게 남아 있는 거무스름한 핏자국이 과거 이곳에 신전의 반역자가 묶여 있었음을 말해 주고 있었다.

지금으로부터 150년 전, 장청 신전 선대 전주가 연공 중 주화입마에 빠졌다. 그러자 당시 야차부 대왕이었던 사공기司空奇가 여타 신전 팔부와 공모하여 반란을 꾀했다. 사공기는 발군의 재주와 절세 무공을 갖추어 '불멸의 금신金身'이라 불리는 인물이었고, 반란은 거의 성공 단계까지 갔다.

그러나 결정적인 순간, 겨우 숨만 붙어 있던 전주가 그때껏 누구도 본 적 없는 신술로 사공기를 일거에 제압, 어깨뼈에 시신정을 박고 박마삭縛魔索으로 사지를 묶어 신이 울부짖는 곳, 구천 마루에 못 박았다. 그곳에서 하루하루 칼바람에 육신이 꿰뚫리는 고통에 시달리도록.

인간 세상의 그 어떤 고통도 두렵지 않을 만큼 강건한 육체의 소유자였던 야차대왕, 한때 궁창을 주름잡았던 그 인물은 백 일 밤낮을 고통에 울부짖다가 결국 형틀에서 숨을 거뒀다.

구천 마루의 바람은 애초에 평범한 칼바람이 아니었다. 일반 신전 제자의 경우에는 설령 무공을 폐하지 않은 온전한 몸이라 해도 그 바람 속에 놔두면 백이면 백, 사흘 밤낮을 버티지 못하고 숨이 끊어졌다. 그래서 신전에서 죄지은 제자를 벌할 때는 따로 고문실을 둘 필요도 없이 그냥 접천봉 중턱에 던져 놓곤 했다.

장청 신전에서는 위아래 구분 없이 누구나 구천 마루라는 이름을 듣기만 해도 얼굴색이 변했다. 3백 년 전 그곳에서 한 달을 지낸 적이 있는 신전 창시자와 훗날 감옥이 된 그곳에 갇혀 고문받았던 야차왕을 제외하고는, 지난 세월 동안 어느 누구도 감히 구천 마루에 발을 들이지 못했다. 팔부 대왕과 장로들 역시 접근을 꺼리기는 마찬가지였다.

그러다가 150년 만에, 한 시대를 풍미했던 호걸을 잡아먹은 구천 마루의 형틀이 새로운 제물을 맞아들이는 날이 왔다.

죄인 압송을 맡은 병사들은 산 중턱에서 역할을 마쳤다. 갑옷을 입은 채로는 미끄러운 얼음 봉우리를 오를 수가 없었다. 거기서부터는 신전 고위 제자들만이 긴나라왕을 따라 마저 위로 올라갔다. 하지만 고위 제자들도 산꼭대기를 300미터 앞둔 벼랑까지가 한계였다.

제자들로부터 장손무극을 넘겨받은 긴나라왕이 말했다.

"나 혼자 가겠다."

"내가 함께 가지요."

산 아래쪽에서 누군가가 넓은 옷소매를 휘날리며 올라왔다. 감청색 장포를 걸치고 같은 색깔 관을 쓴 사람을 향해 제자들이 공손하게 허리를 숙였다.

"사장로님."

긴나라왕이 눈을 굴리면서 뒤를 돌아보더니 싱긋 웃었다.

"사장로께서도 오셨습니까?"

사장로도 수염을 쓸어내리며 미소 지었다.

"반역자가 나왔다는 이야기를 듣고 격분하여 형이 집행되는 것을 보러 온 참입니다."

그러더니 긴나라왕의 등에 업힌 장손무극을 보고는 눈살을 찌푸렸다.

"곧 죽을 반역자 따위를 긴나라왕이 업고 가다니요? 내가 맡지요!"

말을 마친 사장로가 장손무극을 끌어 내려 땅바닥에 패대기쳤다. 장손무극은 눈과 얼음으로 뒤덮인 땅에 나동그라졌다.

추락 순간의 충격으로 상처가 벌어지면서 사방으로 피가 튀었다가 곧 만년빙 깊숙이 스며들었다. 그 와중에도 장손무극은 아무 소리도 내지 않았다. 그저 담담하게 사장로를 쓱 한 번 올려다본 후 곧바로 눈길을 거두었을 뿐이었다.

"전하."

사장로가 장손무극을 쏘아보며 차게 웃었다.

"신전을 마음대로 휘젓고 다니며 세도를 부릴 때만 해도 이런 날이 올 줄은 모르셨겠지요?"

"과분한 말이군."

장손무극이 중간중간 잔기침을 뱉으며 말했다.

"신전을 휘젓고 다니며 세도를 부린다는…… 평가는, 사장로에게 더…… 어울리는 듯한데."

"헛소리!"

사장로의 표정이 굳어졌다.

"3년 전 아수라부를 맡고 있으면서 독단적으로 세금을 올리고, 친지를 동원해 신도들에게서 재물을 갈취하고, 국세까지

횡령했었지, 아마."

장손무극이 느릿느릿 말을 이었다.

"당시 전주님께서는 사장로를…… 구천 마루에 며칠 모시고자 하였으나, 본 좌가…… 나서서 막았지. 지금 보니 차라리 이름이 흉랑이라던 사장로의 개나 구해 줄 것을 그랬군."

"네놈이!"

아픈 데를 찔린 사장로가 발끈해 으르렁거렸다.

"네놈이 훼방을 놓지만 않았어도 전주께서 나한테 책임을 물으실 일은 없었다! 그랬으면 아수라 대왕 자리에서 쫓겨나지도 않았을 테고!"

말을 할수록 점점 더 열이 뻗치는지 사장로는 급기야 장손무극에게 발길질을 할 기세였다.

이때, 줄곧 팔짱을 끼고 서서 찬웃음만 흘리던 긴나라왕이 입을 열었다.

"바닥이 미끄러운데 걷어찼다가 밑으로 굴러떨어지기라도 하면 곤란해집니다. 성주가 눈에 거슬린다면 차라리 한시라도 빨리 저 위에 못 박으시지요. 신조차 울부짖는다는 구천 마루야말로 이자에게 더할 나위 없이 어울리는 형틀이 아니겠습니까?"

"옳은 말씀입니다!"

사장로가 씩 웃으며 장손무극을 끌고 절벽 위쪽으로 몸을 날렸다. 그런 다음 고드름이 잔뜩 매달린 형틀이 눈에 들어오자 눈썹을 치키며 냉소했다.

"전하, 보이십니까? 전하께 딱 어울리는 관짝이군요."

사장로는 장손무극을 형틀 앞으로 질질 끌고 가서 그의 양쪽 어깨와 팔목에 박힌 시신정을 미리 나 있던 구멍에 끼우고 대못 끝을 구부린 뒤, 형틀에 달린 쇠사슬 기관에 연결했다. 만약 장손무극이 진원이 상하는 것도 불사하고 탈출을 시도한다면, 시신정에 연결된 기관 장치가 그의 상반신을 갈가리 찢어 죽음에 이르게 만들 터였다.

일련의 동작이 이루어지는 사이 장손무극의 상처에서는 다시금 피가 울컥울컥 쏟아졌다. 얼어붙은 형틀에 남아 있던 거무스름한 핏자국 위에 생생한 진홍색이 덧칠됐다.

사장로는 본때를 보여 줄 요량으로 일부러 더 장손무극을 거칠게 다뤘지만, 장손무극은 끝까지 신음 한 번 흘리지 않았다. 그가 울고불고 사정하길 기대했던 사장로는 결국 맥이 빠져 씩씩거리며 물러날 수밖에 없었다.

사장로가 소맷자락을 매만지며 피식 웃었다.

"신도 울부짖게 하는 바람이라더니, 대단하긴 하군. 형틀 앞에 잠깐 서 있었을 뿐인데도 벌써 견디기 힘들 지경이야."

"그럴 리가요."

긴나라왕의 목소리였다.

사장로가 한쪽으로 비켜서자 칼바람이 무섭게 포효하며 내달려 와 장손무극의 몸을 정통으로 후려쳤고, 그 광경을 지켜보며 일순 눈빛이 흔들리는가 싶던 긴나라왕이 곧 웃음기 섞인 투로 말을 이었다.

"장로께서는 참으로 겸허하십니다. 신공이 심후한 경지에 이른 분이 무슨 바람 따위를 겁내신다고요."

"구천 마루에 서서도 얼굴색 하나 안 변하는 것을 보아 하니 긴나라왕의 신공도 화경에 이른 듯합니다."

사장로가 수염을 쓸어내리며 의미심장하게 웃었다.

"축하합니다, 긴나라왕!"

"제가 축하받을 일이 있습니까?"

긴나라왕이 사장로를 무심하게 곁눈질했다.

"신전 전체가 알다시피, 성주를 제하고 나면 다음 전주 자리를 물려받을 자격이 있는 사람은 긴나라왕이 유일하지요."

사장로가 눈을 빛냈다.

"지금까지는 전주님께서 성주를 마음에 두고 계셨을지 모르나, 대역무도하게도 사문을 능멸한 저 반역자를 긴나라왕의 손에 맡긴 것을 보면 그 속내가 어찌 바뀌었는지 알 만합니다."

"그 덕담이 이루어지면 좋겠군요."

긴나라왕이 눈썹을 올리며 웃었다.

"제가 운이 좋아 정말로 다음 전주가 된다면 야차부 대왕 자리는 당연히 학식과 능력을 두루 갖춘 사장로께서 맡으실 것입니다."

그 소리에 얼굴이 환하게 핀 사장로는 하마터면 넙죽 허리를 굽히면서 새 주군의 등극을 미리 축하할 뻔했다. 그러다가 퍼뜩 형틀에 창백하게 매달려 반쯤 눈을 감은 채 웃는 듯 마는 듯한 표정을 짓고 있는 장손무극이 눈에 들어왔다. 사장로는 그제야 장로로서 초연해야 하는 자신의 위치를 상기해 내고는 표정 관리에 안간힘을 다하는 한편 고개를 끄덕였다.

"그럼 긴나라왕께서 하루빨리 원하는 바를 이루시기를 기원하겠습니다."

"사장로께서도 부디 숙원을 이루시기를!"

사장로에게 미소를 보낸 긴나라왕이 느릿하게 품 안으로 손을 넣어 은빛으로 반짝이는 채찍을 꺼내 들었다. 채찍을 본 사장로가 눈썹을 치켜세우고 놀란 투로 한마디를 뱉었다.

"화신편化神鞭?"

이어서 곧추선 눈썹을 꿈틀하며 장손무극 쪽을 돌아본 그가 아연실색해 말했다.

"저 반역자에게 고문을 가하는 것이야 당연한 일입니다만, 아무래도 화신편은 보통 물건이 아닌지라, 혹여……."

원신元神을 녹이고 육체를 만신창이로 만드는 화신편은 무자비한 고통의 상징이자 지금껏 셀 수 없이 많은 신전 제자들의 목숨을 앗아 간 도구였다.

사장로는 미간을 좁히면서, 화신편까지 동원하는 걸 보면 성주를 향한 악감정이 깊기는 깊구나, 하고 생각했다.

그나저나 평소라면 몰라도 이미 치명상을 입은 몸으로 구천마루에 묶여 바람에 난도질당하고 있는 성주가 무슨 수로 화신편이 가하는 극도의 고통을 견뎌 내겠는가?

물론 장손무극이 죽든 말든 그건 사장로가 알 바가 아니었다. 하지만 전주로부터 처형 명령이 내려오기도 전에 반역자가 고문을 못 견디고 죽어 버리면 자기 편에도 득 될 것이 없었다.

"마음 놓으셔도 됩니다."

채찍을 가볍게 감아쥔 긴나라왕이 입꼬리를 비릿하게 비틀어 올렸다.

"적당히 봐 가면서, 죽지도 살지도 못할 정도로만 만들어 놓을 테니까요."

그러고는 손에 쥔 채찍을 만지작거리며 고개를 비스듬히 기울여 사장로를 흘겨봤다. 더 이상 아무런 말도 없이.

긴나라왕의 눈길을 받은 사장로는 금방 감을 잡았다. 긴나라왕은 기왕 반역자를 고문하는 김에 오랜 정적을 향한 해묵은 증오를 배설하고 싶은 것이다. 그러자면 단순한 고문을 넘어서는 모종의 수단이 동원될 수도 있을 테고, 그 수단은 남이 보는 앞에서 쓰기는 불편한 종류의 것일 가능성이 컸다.

사장로가 눈치 빠르게 뒤로 물러서며 웃음 지었다.

"봐야 할 사무가 남아 있어서 먼저 내려가야겠습니다."

"그러시지요."

긴나라왕이 동굴 밖으로 그를 안내하는 손동작을 했다.

사장로가 빠른 걸음으로 접천봉 꼭대기를 100미터가량 벗어났을 때쯤, 채찍이 내는 파공음이 날아들었다. 신을 울부짖게 만든다는 구천 마루의 바람보다도 더 맹렬한 소리에 화들짝 놀라 진저리를 친 사장로가 이내 중얼거렸다.

"저리 무지막지하게 후려쳐서야, 한 방에 죽어 버리는 거 아닌가 몰라."

그러더니 바로 뒤이어 입가에 냉소를 머금고는, 몸을 반쯤 틀어 운무에 휘감긴 산꼭대기를 올려다보며 흡족한 기색을 내비쳤다.

"죽는 것도 나쁘진 않지. 그때부터는 우리 천행자 일맥의 세상일 테니!"

어둠이 짙었다. 장청 신산 전체가 모호한 암흑에 뒤덮여 있었다. 다만, 구름을 뚫고 치솟은 신산 꼭대기에서는 사시사철 그곳을 휩싸고 도는 습하고 차디찬 운무 탓에 어두운 밤하늘이 보이지 않았다. 운무 위쪽에서 노호하던 광풍이 흡사 칼날이 꽂히듯 맹렬한 기세로 얼음 낀 동굴을 관통했다.

얼음 동굴 안 형틀에 매달려 형벌을 받는 이는 그 와중에도 조용하기만 했다. 그는 울부짖지도, 신음하지도, 고통에 비명을 지르지도 않았다. 하얗게 빛나는 얼음층이 그의 모습을 반사하고 있지 않았다면 동굴 안 형틀은 여전히 비어 있는 것 같았으리라.

동굴로부터 백 장 아래쪽에서는 감시역을 맡은 신전 제자들이 얼음층을 파서 만든 굴에 모여서 서로 멀뚱히 얼굴만 쳐다보고 있었다. 신조차 울부짖게 만든다는 구천 마루가 얼마나 무서운 곳인지, 150년 전 그곳에서 야차왕이 얼마나 참혹하게 죽었는지 잘 아는 그들은 밤새 잠도 못 자고 비명 소리에 시달릴 각오를 마치고 온 참이었다.

그랬는데 이렇게 조용한 밤을 보내게 될 줄이야.

놀라움을 넘어 감탄스러웠다. 저 지경이 되어서도 절개가 꺾이지 않는 걸 보면 역시 괜히 성주가 아니다 싶었다. 치명상을 입은 몸으로 구천 마루에 못 박혀서도 저리 의연할 수 있다니.

그런 성주에 비해 훨씬 팔팔한 자신들은 틈날 때마다 운공으로 추위를 몰아내는데도 하루 만에 한기를 감당하기 어려운 지경이 되어 있었다. 대체 어떤 인내심과 의지력을 가져야 무공이 봉인당해 운공조차 할 수 없는 상태로도 저리 꿋꿋할 수 있는 걸까.

홀연, 산비탈 아래쪽에서 발소리가 들려왔다. 교대조가 당도한 것이었다. 굴에 모여 있던 제자들이 반색하며 밖으로 마중을 나갔다. 그러고는 추위에 발을 동동 구르고 입김을 불며 투덜거렸다.

"왜 이렇게 늦게 와. 얼어 죽는 줄 알았다고, 얼어 죽는 줄……."

"시간 지켰잖아?"

상대편도 불만이 있기는 마찬가지였다.

"1각 일찍 오기까지 했는데 무슨!"

양쪽은 서로 입씨름을 벌이면서 자리를 바꾸는 데만 바빠, 절벽 한쪽에서 소리 없이 위로 날아오르는 검은 그림자를 미처 발견하지 못했다. 복면으로 얼굴을 가린 검은색 형체는 절정의 경공술을 가지고 있었다. 신전 제자들 곁을 지나치는 그자의 움직임은 산허리에 휘도는 운무처럼 사뿐했고, 절벽 꼭대기에 오른 다음에는 날렵하게 몸을 날려 동굴 안쪽으로 사라졌다.

동굴 바닥은 온통 거울처럼 반들반들한 빙판이었다. 그자는 몹시 흥분한 탓인 듯, 절정의 무공을 가졌음에도 동굴에 들어서자마자 미끄덩, 하고 균형을 잃더니 나동그라졌다. 그러고는 얼음 바닥을 닦으면서 쭉 밀려가 장손무극의 발치에 다다랐다.

복면인은 일어설 겨를도 없이 다급하게 팔을 뻗어 얼음장 같은 형틀과 장손무극의 허리를 한꺼번에 끌어안았다. 그대로 정적이 흐르길 잠시, 복면인의 얼굴을 타고 가느다란 물줄기가 흘러내렸다. 순식간에 얼음 결정으로 화한 물줄기가 바닥에 떨어지자 팅, 팅, 소리가 났다.

"울지…… 마라."

눈을 감고 있던 장손무극이 상대가 누구인지 확인하지도 않은 채 나지막이 말했다.

"조심해라……. 소리 내면 들켜……."

즉각 조용해진 복면인이 몸을 일으키더니 장손무극의 뒤쪽으로 돌아갔다. 그런 다음 대못에 연결된 쇠사슬을 빼려고 했다. 무척 조심스러운 동작이었다. 함부로 잡아당겼다가 행여 장손무극이 다치기라도 할까, 복면인은 한 손으로 자물쇠를 꽉 잡고 다른 손으로만 쇠사슬을 당겼다. 그러나 전력을 다해 봐도 자물쇠는 꿈쩍도 하지 않았다.

장손무극이 억눌린 신음을 흘리자 대번에 눈빛이 어두워진 복면인은 차마 더 힘을 주지 못했다. 장손무극이 조용히 말했다.

"그만……. 소용없다……."

맥없이 쇠사슬에서 손을 떼던 복면인이 손끝에 장손무극의 얼음보다도 차게 식은 몸이 스치자 진저리를 쳤다. 복면인은 품에서 단약을 한 알 꺼내 장손무극에게 먹이고, 이어서 얇은 검정 모피를 꺼내서 장손무극의 앞섶을 벌리고 가슴에 붙여 줬다.

그런 다음 잠시라도 더 바람을 막아 주고 싶은 듯 형틀 앞쪽에 서 있다가, 이내 바람이 뒤쪽에서도 불어온다는 사실을 떠올리고 허둥지둥 형틀 뒤로 돌아갔다. 복면인은 계속 그렇게 어쩔 줄 모르고 앞뒤를 왕복했다.

간신히 눈을 뜬 장손무극이 바삐 움직이고 있는 복면인을 향해 지친 미소를 보내더니, 작게 말했다.

"공연히 너를…… 괴롭히는구나. 사실…… 상관할 필요…… 없건만."

그 미소를 도저히 보고 있을 수가 없는 듯, 복면인이 손을 뻗어 장손무극의 눈을 가렸다.

"그러지 마……."

"하나만……, 하나만 부탁하마……."

눈을 감은 장손무극이 읊조렸다.

"그녀 쪽을……."

그 말에 묵묵히 손을 거둔 인물이 뒤로 돌아섰다. 장손무극 역시 더는 아무런 말도 하지 않았다. 울음소리도, 신음 소리도 없이, 어둠 속에는 정체된 정적만이 감돌고 있었다. 그 침묵의 기저에 깔린, 뼈가 갈리는 필사의 저항과 막대한 인내는 당사자가 아니면 느낄 수 없을 터였다.

영혼 밑바닥에서 끌어올린 인내력이 고요 속에 아득한 울림을 던졌다. 그 울림으로부터 비롯된 거대한 메아리가 얼음 동굴의 내벽을 때리자 광포하게 포효하던 바람과 우뚝 솟은 산봉우리마저도 전율했다.

소리 없는 충격파를 견디다 못한 복면인이 파르르 떨면서 동굴 벽에 손을 짚었다. 손가락이 빙벽을 깊숙이 파고들자 얼음 속으로 흐릿한 핏빛이 번졌다.

잠시 후, 복면인이 몹시도 힘겹게 입을 열었다.

"힘닿는 데까지 해 볼게……."

그러자 아주 긴 숨을 느릿하게 토해 낸 장손무극이 환하게 미소지었다. 무서울 정도로 창백한 얼굴 위에 얼음꽃처럼 피어난 미소가 눈부시도록 아름답게 빛났다. 하지만 그 아름다움은 금방이라도 사라져 버릴 것처럼 위태로워 보이기도 했다.

천천히 장손무극 쪽으로 돌아선 복면인이 그의 미소를 가만히 보고 있다가 이내 중얼거렸다.

"왜 이렇게까지 사서 고생을……."

장손무극이 스르르 눈꺼풀을 들어 올리더니, 아득하게 펼쳐진 고산의 눈안개 너머 자신의 마음이 묶여 있는 방향을 바라봤다.

지금쯤 그곳에 도착했을 것인가? 사대 신역에는 접어들었을지? 모든 일이 순조롭게 흘러가고 있을까? 부디 무사하기를.

고생? 그래, 어쩌면 사서 고생일지도 모른다. 하지만 그녀와 함께하는 행운을 누렸으니 지금껏 겪은 모든 고초는 이미 보상받았다.

장손무극의 입가에 웃음기가 번졌다. 옅은 만족감이 배어나는 웃음이었다. 존귀한 신분으로 태어나 일국의 황제 자리에까지 올랐지만, 그가 가장 큰 행복을 느끼는 순간은 단지 그녀의 눈이 자신에게 고정되어 있을 때였다. 자신의 모습이 그 맑은 눈망울을 가득 채운 걸 보고 있노라면 척박한 회색빛 인생이 단숨에 충만해지는 것만 같았다.

"어째서 이렇게까지 하는 거야……. 어째서 이런 고초를 겪으면서까지……."

형틀 앞에 선 복면인은 여전히 멍하니 혼잣말을 중얼거리고 있었다.

"그 여자를 위해 얼마나 더 희생하려고? 나라도 내팽개치더니, 이제 목숨마저도 아깝지 않다는 거야?"

한참 조용히 있던 장손무극이 마침내 희미하게 미소 지었다.

"지옥에 떨어지지 않는 이상…… 그녀와 함께할 방법은 없는 것인가?"

복면인이 흠칫해 그를 쳐다봤다.

"그렇다면 기꺼이 가겠다, 지옥으로!"

윈보의 선택

눈보라 멎고 한기 걷히니, 골짜기가 사라지고 사문이 열렸음이라. 찰나지간에 천지가 뒤집히고 주변 풍경이 급변했다.

맹부요는 추락 도중 허공에서 이미 상황이 단단히 꼬였음을 깨달았다. 첫 단추를 잘못 끼우면 그때부터는 나머지도 줄줄이 어긋나는 법이었다. 원래는 그녀의 실력으로 충분히 통과 가능한 진법이었을지 몰라도 생문이 아닌 사문으로 잘못 접어든 지금은 상황이 완전히 뒤집혔고, 이대로라면 자신의 말로는 죽음일 터였다.

그녀는 끝도 없이 아래로 추락하고 있었다. 아까 골짜기에 있을 때 주변에서 낭떠러지 따위를 본 기억은 전혀 없건만, 그 잠깐 사이에 발밑에 무저갱이 뚫린 것 같았다. 머리 위쪽에서는 세찬 바람이 휘몰아치고 별들이 원을 그리며 빙빙 돌았다.

온 세상이 풀을 쑤듯 휘저어지고 있었다.

맹부요가 알기로 사람의 힘을 빌리지 않는 주술류 진법의 주된 무기는 환영이었다. 물론 주술진법 내에서도 급이 나뉘는데, 일반 진법의 환영은 진법에 갇힌 사람의 내면에서 비롯된 것이기 때문에 자기 힘으로 극복하면 끝이었다.

하지만 최상위급 대형진법의 환영에는 진짜와 가짜가 교묘하게 섞여 있어서, 단순한 허상처럼 보이는 것이 사실은 진짜 존재하는 사물인 경우가 비일비재했다. 지금 그녀가 추락 중인 천 길 낭떠러지 역시도, 아까 골짜기 주위에 벼랑 따위가 없었다고 해서 태평하게 있다가는 어느 순간 정말로 '퍽' 하고 바닥에 처박혀 곤죽이 될 수도 있었다.

이 상황에서 허둥거리는 건 아무런 도움이 안 되는 짓이었다. 하물며 맹부요는 고작 낭떠러지 따위가 자신을 죽일 수 있으리라고 생각해 본 적이 없었다. 허공에서 숨을 훅 들이쉬는 동시에 전신의 진기를 일 주천시키자, 몸이 가벼워지면서 추락 속도가 즉각적으로 늦춰졌다.

맹부요는 깃털처럼 사뿐하게 반 바퀴 돌아 벼랑에 매달리려 했다. 그런데 손가락이 암벽에 닿는 순간, '촤앗' 하는 소리와 함께 수많은 칼날이 벼랑을 뚫고 튀어나왔다. 암벽이 삽시간에 번뜩이는 칼의 숲으로 탈바꿈한 것이다.

맹부요는 황급히 손을 움츠렸지만, 번개처럼 튀어나온 칼날에 손톱 한 조각이 날아갔다. 게다가 절벽에 매달리려다가 실패하는 사이 그녀의 몸은 아까보다 수 장가량 더 추락한 뒤였다.

맹부요는 재빨리 시천을 뽑았다. 새카만 도광이 번쩍하는 동시에 칼날들이 챙강챙강 잘려 나갔다. 그녀는 진력이 주입되어 금옥보다 단단해진 손가락으로 예리한 끄트머리가 이미 제거된 칼날을 하나 잡아 우그러뜨렸다. 그런 다음 둥그렇게 우그러진 덩어리를 손아귀에 단단히 움켜쥐었다.

밑으로 내리박히던 몸이 급정지했다. 맹부요는 절벽 중간에 매달린 채 안도의 한숨을 내쉬었다. 곧이어 위로 기어오를 준비를 하는데, 갑자기 발목이 묵직해졌다. 아래를 내려다본 그녀는 가슴이 철렁했다.

어느새 여기까지 추락한 건지, 그녀가 매달려 있는 위치는 절벽 밑바닥에서 얼마 떨어지지 않은 지점이었다. 발밑에는 끈적한 흙탕물이 강처럼 흐르고 있었다. 군데군데 붉은빛이 도는 혼탁한 수면에서 비린내가 확 끼쳤다. 기포를 뿜어 올리면서 부글거리는 강물은 꼭 끓어오르는 아스팔트처럼 보였다.

그리고, 그 걸쭉한 수면을 뚫고 시커먼 흙탕물을 뒤집어쓴 팔들이 떼를 지어 뻗어 나와 있었다. 수면 위에 깔린 잿빛 안개 속에서 팔들이 뻗쳐오르고, 흐느적거리고, 절벽을 타고 기면서 발악을 해 댔다.

개중 맹부요에게서 제일 가까운 팔 하나는 그녀의 발목을 집요하게 붙들어 잡고 있었다. 진흙 덩어리 섞인 피가 팔을 타고 줄줄 흘러내려 시커먼 강물 속으로 소리 없이 섞여드는 가운데, 선혈과 진흙 아래로 어렴풋이 백골이 드러나 보였다.

이를 악문 맹부요는 다리를 있는 힘껏 털어 거기 매달린 팔을 떼어 냈다.

그러자 이번에는 더 많은 팔들이 지렁이 떼처럼 우글우글 발밑으로 몰려들어 위를 향해 기괴하게 뻗쳐올랐다. 그러는 사이 강물 속에서는 기포가 터지는 소리 말고도 또 다른 소리들이 들려오기 시작했다.

신음, 울부짖음, 비명, 고함……. 넋을 흔들고 억장을 무너뜨리는 소리.

그것은 마치 만신창이가 되어 지옥에 떨어진 혼령이 생과 사의 경계를 넘어 보내오는 구조 요청처럼 들렸다.

음산하게 서 있는 검푸른 절벽, 부글부글 끓는 칠흑의 심연, 사람의 것 같지 않은 모양새로 기괴하게 흔들거리는 백골 팔뚝들, 비린내를 풍기는 잿빛 안개, 주위를 으스스하게 맴도는 귀곡성…….

지옥의 밑바닥, 구유. 집요하게 달려드는 팔들을 보며 머리털이 쭈뼛 곤두선 맹부요는 서둘러 위쪽으로 기어오르기 시작했다. 그러나 그녀가 붙어 있는 절벽에는 끝이라는 게 없는 것만 같았다. 한참을 기어올랐는데도 머리 위쪽 벼랑은 여전히 까마득하게 솟구쳐 있었고, 발밑 바닥은 너무나 가까웠다. 팔들은 점점 길게 늘어나서, 이제 팔이라기보다는 어렸을 때 쭉쭉 잡아당기며 놀던 풍선껌처럼 보였다.

갑갑할 따름이었다.

여길 대체 어떻게 빠져나간다? 진흙탕 속으로 뛰어들어서 한판 뜨기라도 해?

그랬다가는 대체 몇 개나 되는지도 모를 팔뚝들이 죽이겠다고 득달같이 달려들 건 둘째 치고, 척 보기에도 물 색깔부터가 정상이 아니었다. 저기 뛰어내렸다가는 싸워 보기도 전에 백골이 되는 거 아닐까?

그렇다고 안 뛰어내리면 뭐, 탈진해서 죽을 때까지 이 끝없는 절벽에 매달려 있기라도 하게?

다시 한번 무언가가 발목을 옥죄는 감각이 느껴졌다. 또 다른 팔이 들러붙은 것이었다.

맹부요가 발길질을 할 새도 없이 그 팔을 타고 더 많은 팔들이 덩굴처럼 위로 기어올라 그녀의 발을, 다리를, 허리를 휘감았다. 팔이 닿는 곳마다 근질근질 저릿한 감각이 번지고, 뼈마디에서 힘이 빠졌다.

시천을 휘둘러 팔들을 베어 내려고도 해 봤지만, 그것들은 맹부요의 몸에 들러붙자마자 흐느적거리며 녹아내려 검은색 진흙 얼룩처럼 변한 뒤, 살갗 속으로 스며들었다. 그러니 칼을 휘둘러 봤자 자기 살만 베이는 꼴이었다.

맹부요는 섬뜩함을 느꼈다. 역시 사문의 죽을 '사' 자는 괜히 붙어 있는 게 아니구나 싶었다. 진을 파하고 싶어도 도저히 파고들 구석이 없었다. 잠깐 정신 줄을 놨던 게 이토록 치명적인 실수로 이어질 줄이야. 천하 십대 강자 중 다섯 번째로 손꼽히는 실력으로 첫 관문조차 통과 못 할 줄 누가 알았겠는가!

그때였다. 앞섶 사이로 하얀 그림자가 비치더니 원보 대인이 기어 나왔다. 아까 한바탕 울고 나서 아직 눈물 자국도 마르지 않은 채로 기운 없이 고개를 내민 녀석이 갑자기 입을 쩍 벌리고 아래쪽 팔들을 향해 포효를 토했다.

예전 밀림에서 그랬듯 이번에도 소리 없는 포효였다. 포효가 터지자마자 팔들이 마치 무언가에 베이기라도 한 듯 일제히 물속으로 움츠러들었다.

하지만 일부는 그대로 수면 위로 솟은 채 남아 있었고, 그 모습을 본 원보 대인이 시커먼 강물로 폴짝 뛰어내렸다. 녀석은 진흙에 엉키지도, 밑으로 가라앉지도 않고 마치 산책하듯 수면 위를 돌아다니며 삐죽이 올라와 있는 팔들을 눈에 띄는 대로 걷어차 물 밑으로 처박았다.

수면이 잠잠해지는 데는 긴 시간이 걸리지 않았다. 기포는 여전히 부글거리고 있었지만, 팔들은 전부 모습을 감췄다. 어렴풋이 들려오던 울부짖음도 거의 잦아든 듯했고, 바람에 섞여 풍겨 오던 비린내도 옅어졌다. 으스스한 주변 분위기가 완전히 바뀐 건 아니어도 아까보다는 훨씬 나았다.

맹부요는 눈이 휘둥그레져 있었다. 평소에 알던 원보 대인은 먹보에, 잠꾸러기에, 아무짝에도 쓸모없는 녀석이었건만, 궁창에 오더니 엄청 의욕적이고 용감무쌍하지 않은가!

'천기신서'라는 이름을 그저 듣기 좋으라고 붙여 준 꾸밈말쯤으로 의심했던 지난날이 새삼 미안해졌다.

생각이 여기까지 미치자 가슴이 아파 왔다. 원보를 나한테 남겨 두고 간 것 역시 무극의 죄가 되는 건 아닐까?

장손무극을 떠올리며 파르르 떨던 찰나 또다시 두통이 몰려왔다. 부지불식간에 손아귀에서 힘이 빠지는 통에 하마터면 밑으로 추락할 뻔한 그녀는 얼른 제 따귀를 철썩 올려붙였다. 얼마나 인정사정없이 때렸는지 뺨에 손가락 자국 다섯 개가 또렷하게 찍혔다.

그녀가 중얼거렸다.

"이제부터…… 당신 생각은 안 할 거야. 다시 만날 때까지 절대!"

지금부터는 사문에 잘못 들어섰든, 지옥을 맞닥뜨렸든, 그 어떤 고난과 역경에 부딪히든, 절대 포기 안 해. 낙담하지도, 물러서지도 않을 거야.

난 당신, 기필코 다시 봐야겠으니까!

맹부요가 위를 보며 몸을 날리려는 때였다. 아래쪽에서 원보가 '찍' 하고 우는 소리가 들려왔다.

아래를 내려다보자 아까까지만 해도 여유 넘치던 원보 대인이 그새 한 다리가 진흙에 빠진 채로 기우뚱하게 서 있는 게 보였다. 부글거림이 멈춘 수면 아래에서는 묵직한 진동과 함께 무언가가 서서히 솟아오르고 있었다. 떼를 지어 솟아오르는 둥그스름한 형태의 물체는 사람 머리통을 닮아 있었다.

난데없이 상황이 뒤집힌 것이다. 기괴한 팔뚝들이 원보 대인의 발차기에 겁먹고 꼬리를 빼던 게 바로 조금 전인데, 얼마나 지났다고 원보 대인조차 감당하지 못하는 무언가가 튀어나온단 말인가?

맹부요는 일단 원보를 끌어 올리려고 팔을 뻗었다. 그런데 바로 그 순간, 삐죽삐죽 돋아 있던 칼들이 한꺼번에 암벽 속으로 사라졌다가 진형을 바꿔서 다시 튀어나왔다. 싸늘하게 번뜩이는 검광이 번개처럼 빠르게 쇄도해 왔다.

삽시간에 섬광과 검기가 사방팔방 난무했다. 흡사 정상급 검객 수십 명이 전후좌우에서 덤벼들어 주변을 포위하고 빽빽한 검광의 그물을 친 것만 같았다.

맹부요는 공중에 매달린 채로 칼을 뽑아 응수했다. 원보 대인이 다치지 않도록 사방에서 날아드는 검기부터 막는 게 급선무였다. 녀석을 끌어 올리는 건 나중 문제가 됐다.

대체 어떻게 된 거지?

원보 대인은 진흙 범벅이 된 자기 발을 멍하니 내려다보고 있었다. 도무지 이해가 안 가는 상황이었다. 자신은 궁창 짐승들의 왕이었고, 대대로 찬란한 신광 속에서 태어나는 장청 신전의 신수였다. 장청 신산 안의 맹수들은 자신을 보면 알아서 설설 기고, 환영은 저절로 깨지기 마련이었다.

그런데 이게 무슨 일이란 말인가?

발이 진흙에 빠지는 찰나, 원보 대인은 어렴풋이 신력의 흐름을 감지했다. 느낌이 낯설지 않았다. 신전 초대 창시자를 곁에서 모셨던 조상님으로부터 이어받은 육감이 알려 주길, 그것은 역대 전주들만이 가질 수 있는 위대한 신통력이었다. 내내 전주 자리를 거부해 온 주인님은 미처 얻지 못한 힘.

원보 대인이 알기로 장청 신전의 신술은 배워서 가질 수 있는 게 아니라, 새 전주를 세울 때 전임 전주가 특별한 의식을 통해 넘겨주는 것이었다. 신력을 주입하는 과정에서는 전임과 후임 전주가 서로 의식을 공유하게 되는데, 이는 곧 마음속에 담긴 모든 것을 상대방에게 들킨다는 의미였다. 그게 바로 주인님이 절대로 전주 자리를 이어받지 않겠다고 하는 이유였다. 맹부요의 존재를 현임 전주가 알아서는 안 되기에.

다른 이들은 몰라도 원보 대인은 전주의 명령을 거역한다는 것이 주인님에게 있어 얼마나 힘겨운 일인지 잘 알았다. 일생 무소불위의 권력을 휘둘러 온 지고지상한 전주에게 번번이 반기를 드는 자가 지금껏 주인님 말고 또 있었겠는가. 전주는 이미 인내심의 한계에 도달한 지 오래일 터였다. 만약 주인님이 특별한 존재가 아니었다면 아마 진작에…….

이런저런 생각들이 머릿속을 빠르게 스쳐 가는 사이에 원보 대인은 상황 파악을 마쳤다.

어쩐지 팔뚝들부터가 평소보다 훨씬 상대하기 까다롭더라니. 원래 그 팔들은 원보 대인이 여기서 가만히 잠만 자고 있어도 감히 수면 위로 나올 엄두를 못 내는 존재들이었다.

보아하니 사대 신역은 이제 마호라가부 소관을 떠난 듯했다. 전주가 직접 진법을 설치하고 신력을 주입했다면 제아무리 원보 대인이라고 해도 더는 신역 내부를 제집처럼 휘젓고 다닐 수 없었다.

전주의 신술은 창시자께서 물려주신 것이고, 원보 대인의 신력은 창시자의 애완동물로부터 온 것이었다. 애초에 급 자체가 다르다는 뜻이었다.

세상에 주인 이기는 애완동물도 있다던가?

원보 대인은 비통함에 눈시울이 젖었다.

주인님은 어쩌자고 이렇게 어려운 임무를 주신 걸까.

하지만 천기신서는 어떤 상황에서도 주인에게 충성을 다하는 존재였다. 설사 안 되는 일이라도 되게 만들어야 했다.

대인은 고개를 들어 검기로 짜인 그물 한복판에서 악전고투 중인 맹부요를 올려다봤다. 검기가 워낙 빽빽해서 잠시만 집중력이 흐트러져도 부상을 면치 못할 것 같았다. 그렇다면 아래쪽에 문제가 생겨서는 절대로 안 된다!

발을 힘껏 뽑아 올려 진흙을 털어 낸 원보 대인은 고개를 쳐들고 다시 한번 소리를 질렀다. 그러자 핏물 섞인 시커먼 진흙탕이 격렬하게 불룩거리기 시작하더니, 아까 대인의 발차기에 맞아 심연 아래로 처박혔던 팔뚝들이 쑥 솟구쳐 올라와 수면 위에 질서 정연하게 늘어섰다. 잿빛 안개를 배경으로 기묘한 팔뚝의 숲이 솟아난 것이다. 팔뚝들은 아까와 달리 흐느적거리며 무언가를 휘감으려 들지 않고, 제자리에 꼿꼿하게 서서 장청 신수의 부름을 기다리고 있었다.

이어서 원보 대인이 앞발을 크게 휘둘렀다. 그러자 팔들이 일제히 아래쪽을 향해 구부러져, 진흙을 뚫고 나오려 꿈틀거리고 있던 머리통들을 짓눌렀다. 본래 위쪽으로만 뻗어 올라가게 만들어진 팔들이 신수의 강압적 명령에 못 이겨 역방향으로 뒤틀리자 여기저기서 우두둑우두둑 뼈가 부러지는 소리가 났다.

하지만 팔들은 부러진 상태에서도 집요하게 머리통들을 짓눌렀다. 잿빛 안개 속에서 풍덩거리는 소리가 연달아 울렸다. 머리통들이 난데없이 가해진 압박에 짓눌려 수면 아래로 처박히는 소리였다.

원보 대인은 요동치는 진흙 위에 버티고 선 채 팔들에게서 눈을 떼지 않고 있었다. 온몸의 털이 땀으로 흠뻑 젖었지만, 녀석은 그 와중에도 계속해서 날카로운 울음소리를 토했다.

과도하게 힘을 쓰던 팔뚝들이 급기야 와지끈대면서 토막토막 부러져 나갔다. 그래도 명령은 변함없이 수행됐다. 토막 난 팔뚝 조각들이 진흙을 뚫고 들어가 머리통에 붙은 목을 부러뜨릴 기세로 휘감았다.

머리통이라고 가만히 당하고만 있을 리가. 수면을 울리던 진동이 급격히 빠르고 거세지더니, 핏빛 도는 검은색 진흙 아래에서 더 많은 기포가 솟아오르기 시작했다. 부글부글 끓던 수면에 잇달아 소용돌이가 만들어지고, 진흙탕 밑에서 와드득거리는 소리가 올라왔다. 물 밑에서 격렬한 싸움이 벌어지고 있는 듯했다.

사실이었다. 수면 아래에서는 치열한 혈투가 벌어지는 중이었다. 힘의 격차가 극명함에도 포기할 수 없는, 목숨을 건 대결. 그것은 주인과 애완동물이 각각 남긴 신술 간의 전쟁이었다.

사실 결과는 이미 정해져 있었고, 당사자 역시 그 사실을 모르지 않았다. 하지만 충심을 바쳐 약속했기에, 포기할 수 없었다. 모든 것을 걸고서라도 어떻게든 상황을 반전시켜야 했다. 한 여인에게 살길을 열어 주기 위해서.

주인님하고 약속했어, 맹부요를 지켜 준다고!

원보 대인은 뱃가죽을 부풀리고 고개를 뒤로 젖힌 채 계속해서 날카롭게 울부짖었다. 무려 반 각 이상을 멈추지 않고서.

대인은 알고 있었다. 자신이 멈추면 괴물의 목을 조르고 있는 팔들도 멈출 테고, 그러면 지금까지의 분투가 모두 물거품이 된다는 걸.

조금만 더 힘을……. 조금만 더…….

털은 흠뻑 젖었고, 한계까지 부풀어 빨간 혈관이 고스란히 드러난 뱃가죽은 살짝만 건드려도 터질 것만 같았다. 찢어진 목구멍에서 넘어온 피가 입 안 가득 고여 달큼한 맛을 냈다. 원보 대인은 자기가 제일 좋아하는 맛이 자기 피에서도 난다는 걸 오늘 처음 알았다.

팔들은 점점 죄어들고 머리통은 거기서 벗어나려고 몸살을 하고 있었다. 머리통이 크게 한 번씩 날뛸 때마다 매달려 있던 팔뚝이 산산이 조각났다.

하지만 팔뚝의 수는 압도적이었다. 하나가 박살 나면 더 많은 팔들이 몰려와 집요하게 머리통에 달라붙었다. 진흙탕 아래 암흑 속에서는 속박과 탈출, 얽맴과 풀림이 끝없이 반복되고, 신수의 울부짖음을 배경으로 조용하지만 격렬한 싸움이 오고 가고 있었다.

조금만 더……. 조금만 더…….

원보 대인의 폐활량이 한계치를 찍은 건 한참 전의 일이었다. 진작 울음소리의 음높이가 뚝 떨어지거나 아니면 아예 끊겼어야 정상이었다. 대체 어떻게 이리 오랜 시간 동안 호흡을 이어 갈 수 있는 건지, 자신조차도 의문스러울 지경이었다.

원보 대인은 금방이라도 호흡이 칼에 잘리듯 뚝 끊길 것 같다는, 그리고 그때 자신의 생명도 함께 끊기리라는 느낌을 받았다.

진흙 아래에서는 팔들이 조여들고 있었다.

와드득……, 와드득…….

원보 대인은 아까부터 머릿속이 백지상태인 채로 그저 소리를 지르고, 지르고, 또 지르고 있었다. 그 결과로 자신이 어떻게 될지는 신경 쓰지 않고, 가진 신력을 전부 동원하여 장청 신전 창시자의 신력이 주입된 진법에 맞서고 있었다. 어쩌면 자신의 용기가 기적을 불러올지도 모른다는 터무니없는 기대를 하며.

텅 비어 있던 머릿속으로 와드득대는 소리가 흘러들자 원보 대인은 정신이 혼미한 와중에도 벅찬 기쁨에 사로잡혔다.

이제 곧이다, 이제 곧……. 조금만 더 힘내자, 아주 조금만 더…….

울부짖음이 막바지에 이르러 최고점을 찍었다. 주위는 고요하기 그지없었지만, 귀에 들리지 않는 처절한 절규가 물결처럼 번져 나가며 공기를 진동시키고 있었다.

입을 커다랗게 벌린 원보 대인은, 자신이 토하는 것은 더 이상 소리가 아닌 산산이 깨어지기 직전의 영혼이라고 느꼈다.

와드득……, 와드득……, 와드득…….

막대한 수의 팔에 포위당해 있던 머리통 몇 개가 조금씩 비틀리다가 마침내 고개가 부러졌다. 시간이 조금만 더 있었어도 진흙을 뚫고 나왔을 머리들이 축 늘어진 채 수면 아래로 영영 가라앉았다.

원보 대인의 눈이 반짝 빛났다. 부풀어 올랐던 배가 한순간에 꺼지고 나자, 털이 홀딱 젖어 몸에 딱 달라붙은 대인은 잠깐 사이에 살이 엄청나게 빠진 것처럼 보였다. 와드득 소리가 계속 이어지고, 머리통들이 하나하나 차례로 축 늘어졌다.

장청 신수의 목숨을 건 울부짖음이 신전 역사상 유례없는 기적을 일궈 낸 것이었다. 하급 요괴가 신수의 지휘하에 상급 요괴를 꺾는 기적을.

하지만 기쁨도 잠시, 원보 대인의 눈빛이 곧장 바뀌었다. 어둠 깊숙이에서 무언가가 꿈틀거리는 게 느껴졌기 때문이었다. 신수의 예민한 감각이 진흙탕 아래의 움직임을 생생하게 감지해 냈다. 아래쪽, 더 깊은 밑바닥에…….

원보 대인은 눈앞이 캄캄해졌다. 난생처음으로 절망이 무엇인지 알 것 같았다. 자신은 이미 기력이 다한 상태였고 무슨 일에든 한계가 있는 법이었다.

하필 사문에 떨어지고, 거기다가 전주가 직접 심어 놓은 힘과 맞닥뜨리기까지. 본래는 가뿐하게 지날 수 있었을 관문이 하루아침에 통과하기가 하늘의 별 따기만큼 어려워졌다.

그래도 안간힘을 다해 일전을 치렀는데, 승리를 눈앞에 두고 또 다른 악마를 발견하다니!

원보 대인은 사람과 맞먹는 지능을 가지고 있었지만, 아무리 그래도 동물은 역시 동물이었다. 일시적으로 판단력을 잃은 대인은 자기도 모르게 주인님에게 구조 요청을 보냈다. 그러다가 다음 순간 가슴이 철렁해 주인님을 부르던 걸 얼른 멈췄다.

지금은 아무도 자신을 도와줄 수 없었다. 게다가 장청 신수씩이나 되어서 자꾸 남한테만 의지할 수도 없는 노릇이었다.

이 상황에서…… 만약 주인님이라면 어떻게 했을까? 만약 맹부요라면 어떻게 했을까?

원보 대인은 일생을 통틀어 자신에게 가장 많은 영향을 준 두 사람을 떠올렸다. 그러자 자신이 해야 할 일이 무엇인지 문득 알 것 같았다.

위기 상황에서 목숨을 아까워하지 말라!

조그마한 털 뭉치가 홀연 머리를 돌려 마음속에 담아 두었던 저 위쪽 머나먼 곳을 응시했다. 칼바람이 으르렁대는, 천벌이 집행되는 산꼭대기, 그분이 계신 곳을.

주인님……. 다음 생에는 주인님 애완동물 안 해도 되죠? 나 그때는…… 맹부요 할래요!

고개를 원위치한 원보 대인은 울부짖음을 뚝 그쳤다. 이제 소리를 지를 힘도 없었고, 질러 봤자 소용도 없었다. 팔뚝들은 조금 전 머리통과의 대결에서 전부 가루가 된 뒤였다. 원보 대인에게는 더 써먹을 수 있는 물건이 남아 있지 않았다.

딱 하나, 구유 신역의 요기를 흩어 버릴 수 있는 신수의 피를 제외하고는!

자기 이빨을 만져 본 원보 대인은 아쉬움을 금치 못했다. 견과류를 너무 많이 먹은 탓에 이빨이 다 갈려서 그다지 뾰족하지 못했다…….

입을 벌리자 하얀 이빨이 번뜩 빛났다. 다음 순간, 대인은 혓바닥을 있는 힘껏 깨물었다!

이토록 갸륵한 마음

원보 대인은 온 힘을 다해 턱을 앙다물었다. 그러는 동시에 곧 몰려올 격통과 분수처럼 터질 피를 기다리며 눈을 질끈 감았다.

까득.

이빨이 무언가에 꽂히는 것 같더니 '아얏!' 하는 소리가 들리고, 입 안에 비릿하면서도 짭조름한 액체가 느껴졌다. 하지만 방금 그 '아얏!'은 원보 대인이 낸 소리가 아니었다. 예상했던 통증도 닥치지 않았고, 심지어 입 안에 느껴지는 액체도 자신의 것이 아니었다.

깜짝 놀라 눈을 뜬 원보 대인은 자기 입에 들어와 있는 손가락을 발견했다. 손가락을 따라 눈을 위로 옮기자 거꾸로 매달려 있는 맹부요가 보였다.

속이 타는 게 빤히 보이는데도 애써 여유로운 척 웃고 난 맹부요가 말했다.

"젠장맞을, 뭔 힘을 그리 무지막지하게 줘? 죽는 줄 알았네."

비록 웃고는 있었지만, 그녀의 낯빛은 무서우리만치 창백했다. 아까 원보 대인이 죽을 둥 살 둥 소리를 지르는 걸 보면서도 그녀는 차마 녀석을 건져 올리지 못했었다. 살짝이라도 손을 댔다가는 불룩하게 부푼 배가 터져 버릴 것 같아서였다. 그 상황에서는 끝없이 덮쳐 오는 검기의 그물을 막으면서 시시각각 원보를 주시하고 있는 수밖에 없었다.

그런데 웬걸, 아주 잠깐 다른 데를 봤다가 고개를 돌렸더니 녀석이 혀를 깨물려고 하고 있었다. 그녀는 완전히 혼비백산해서 생각이고 뭐고 할 겨를이 없었다. 곧장 몸을 뒤집어 거꾸로 매달리면서 손가락을 번개처럼 녀석의 주둥이에 꽂아 넣었다.

이빨이 박히는 힘이 얼마나 셌던지, 통증이 어마어마했다. 맹부요는 그 순간 눈치챘다. 원보 녀석은 그냥 혀만 깨문 게 아니라 아예 자살할 생각이었음을.

어째서?

원보 대인은 그녀를 쳐다보고 있었지만, 그 질문에 대답을 줄 수 있는 형편이 못 됐다. 주둥이를 달싹거리는가 싶던 녀석이 갑자기 뒤로 벌러덩 넘어갔다.

얼른 손을 뻗어 녀석을 붙든 맹부요는 곧 흠칫 놀랐다. 온몸이 싸늘하게 젖은 채 묵직하게 늘어져 있는 털 뭉치의 그 감촉, 그 감촉…….

심장이 쿵쾅쿵쾅 뛰었지만, 지금은 많은 생각을 할 여유가 없었다. 일단 녀석을 급하게 소맷부리에 집어넣는데, 손가락에 끔찍한 통증이 느껴졌다. 그제야 손가락 끝마디가 반쯤 잘린 채 떨어져 나가지도 못하고 덜렁덜렁 매달려 있는 게 보였다. 어디에라도 닿으면 소스라치게 아플 수밖에 없는 몰골이었다.

험난한 전투 중에 손끝에 덜렁거리는 살점을 달고 있는 건 몹시 거추장스러운 일이었다. 맹부요는 고민할 것도 없이 칼을 휘둘러 살점을 잘라 냈다. 절단면에서 피가 뿜어져 나와 시천의 새카만 날을 타고 흘러내리자 칼날이 은은한 빛을 발했다.

눈 하나 깜짝하지 않고 자기 손가락을 썰어 버린 맹부요는 외투 모자에 남아 있는 눈가루를 한 움큼 집어 잘린 손마디를 잘 감싼 뒤 품 안에 쑤셔 넣었다.

원보 대인을 소맷부리에 집어넣고, 손마디를 자르고, 눈가루로 감싸기까지, 눈 몇 번 깜빡할 시간밖에 걸리지 않았건만, 그 사이에 고삐가 풀린 검들이 서로 뒤엉켜 챙챙거리면서 가슴을 향해 몰아닥쳤다.

맹부요는 아까 자세를 바꿔 거꾸로 매달릴 때부터 원보를 구하면 자신이 다치리라는 것을 알고 있었지만, 자신까지는 돌볼 겨를이 없었다. 그녀는 운공으로 급소만 보호하면서 눈을 질끈 감고, 칼날이 몸을 관통할 순간을 기다렸다.

쩡!

금속성 마찰음이 메아리치고 금빛 광채가 허공을 가로지르는가 싶더니, 황금색 솜털이 나풀나풀 날아내렸다. 예상과 달리 칼날이 덮쳐 오지 않자 발군의 순간 대처력을 자랑하는 맹부요는 눈도 뜨지 않은 채로 냅다 공중제비를 돌아 칼날의 공격 범위를 벗어났다. 곧이어 눈을 뜨는 찰나, 황금색 광채가 화살처럼 쏘아져 와 그녀의 품속으로 파고들었다.

광채의 정체는 줄곧 앞섶 안쪽에 웅크리고 있던 구미였다. 맹부요의 가슴을 향해 날아드는 칼을 보고 이러다가는 내가 먼저 죽겠구나 한 녀석이 허겁지겁 뛰쳐나와 강철보다 단단한 꼬리로 검을 쳐 낸 것이었다.

검을 막느라 꼬리털 몇 가닥을 잃은 구미는 간신 같은 놈이라고 맹부요한테 한 대 찰싹 얻어맞기까지 했다. 주인 목숨을 구하고도 얻어맞은 구미가 몹시 억울한 얼굴로 옷 속으로 파고들어 간 후, 뒤늦게야 자기가 너무 심했나 싶어진 맹부요가 구미를 살살 쓰다듬어 줬다. 그러는 김에 맹부요는 원보 녀석 상태도 다시 한번 살펴봐야겠다고 생각했다.

보배 녀석이 혹여 잘못되기라도 하면 무극을 무슨 낯으로 본단 말인가?

하지만 진법은 그녀에게 숨 돌릴 틈을 주지 않았다. 잠시 물러났던 검광이 금방 다시 폭풍처럼 몰아쳐 왔고, 아래쪽에서도 심상치 않은 움직임이 감지됐다.

맹부요는 칼을 눕혀 들고 전신의 진기를 끌어올려 칼날에 주입했다. 그러자 검은색이던 칼날이 점차 밝게 빛나기 시작하더니, 나중에는 반투명한 백옥색으로 변했다. 칼날에서 마치 달무리와도 같이 그윽한 백색광이 뿜어져 나와 점점 밝기를 더하면서 퍼져 나가던 끝에 맹부요 주변 석 장 범위를 온통 빛으로 채웠다.

파구소 최정상급의 내공에 뇌동, 옥형, 대풍, 월백의 진력이 합쳐져 천통天通의 경지를 달성, 진법 내의 짙은 어둠을 타파한 것이었다.

맹부요는 자신이 가진 모든 힘을 끌어올린 상태였다. 본래 이곳에서는 힘을 아껴 둘 계획이었다. 통과해야 할 진법이 도합 네 개나 되는 만큼 첫 진법에서부터 기운을 모두 소진해 버리면 이후가 힘겨우리라 생각해서였다.

하지만 지금 돌아가는 상황을 보니 사대 신역은 그녀의 원래 예상보다 훨씬 넘기 힘든 장애물이었다. 무공과 환술의 정수가 총망라되어 있는 데다가 허상과 현실이 교묘하게 섞여 있는지라 절대 방심할 수가 없었다. 이렇게 된 이상 다음 관문을 위해 힘을 남겨 둔다는 둥 하는 건 아무짝에도 쓸모없는 소리였다.

첫 번째 관문에서부터 가로막힌다면 신전 입성이고 소원 성취고 다 날아가는 것 아닌가?

눈처럼 새하얀 도광이 허공을 가르는 순간, 그 싸늘한 섬광이 맹부요를 비추었다. 맹부요는 칼날이 내뿜는 광채 속에서 언뜻 반짝한 무언가를 미처 보지 못했다.

아래쪽에서는 부글거리는 소리가 계속되는 한편, 시커멓고 걸쭉한 진흙탕 표면이 사람 형상으로 불룩하게 부풀어 오르는 중이었다. 사람 형상이 끈적한 진흙을 뒤집어쓴 채 저승 밑바닥에서부터 느릿느릿 솟아오르고 있었다.

곧 수면 위로 완전히 모습을 드러낸 사람은 온몸이 진흙투성이였으나 얼굴만은 얼룩 한 점 없이 깨끗했다. 얼핏 보기에는 낯선 얼굴이었다.

하지만 그 얼굴로 다시 한번 눈길이 갔을 때, 맹부요는 순간 움찔하느라 하마터면 위쪽에서 찔러 내려오는 검을 못 피할 뻔했다. 당황스럽게도 그것은 전남성의 얼굴이었다.

그녀가 백방으로 펼친 계략에 걸려들어 명을 다한 천살 황제 전남성!

전남성이 싸늘한 눈으로 그녀를 노려봤다. 피에 젖은 용포를 걸치고 진흙 위 어두침침한 그림자 속에 서 있는 그가 천천히 손을 들어 올리면서 쉰 목소리로 말했다.

"맹 통령, 철석같이 믿고 성심성의껏 대해 주었더니…… 내 나라를 빼앗고 나를 죽일 꿍꿍이를 꾸며?"

전남성이 고개를 쳐들자 목울대에 나 있는 핏빛 균열이 드러났다. 마치 피 묻은 입이 쩍 벌어지는 것 같은 광경이었다. 그의 목은 금방이라도 몸통에서 떨어질 듯 흔들거리면서 아슬아슬하게 붙어 있었고, 상처가 벌어졌다가 다물어졌다가 하는 모양은 흡사 핏빛 눈이 의뭉스럽게 깜빡거리는 것처럼 보였다.

그 '눈'을 마주한 맹부요는 등골을 타고 지네 1만 마리가 스멀스멀 기어 다니는 듯한 느낌을 받았다. 그나저나 폭이 좁고 예리한 상처를 보자 어렴풋이, 운흔의 검에 꿰뚫린 흔적인 것 같다는 생각이 들었다.

아래쪽 진흙탕에서 서서히 솟아오른 전남성이 증오로 가득

찬 미소를 지으면서 맹부요의 발목을 붙들려고 했다. 맹부요가 공중에서 민첩하게 몸을 날리면서 시천을 휘둘렀다. 그러자 피 묻은 머리통이 진흙탕 위로 데굴데굴 굴러떨어졌다.

"피 섞인 아우를 죽일 계략을 짜고 계모한테까지 손을 대려 했던 너 같은 인간 말종은 산사람이 됐든 귀신이 됐든 몇 번이라도 죽여 주마!"

전남성의 머리통은 밑으로 가라앉지 않고 계속 진흙탕 위를 굴러다니면서 호통을 쳐 댔다.

"네놈이 내 나라를 빼앗고 나를 죽였겠다!"

맹부요는 이마에서 식은땀을 훔쳐 냈다.

빌어먹을, 죽었으면 얌전히 자빠져 있을 것이지.

지금 눈앞에 있는 전남성은 처음에 보고 소스라치게 놀랐을 정도로 표정도 말투도 너무나 생생했다.

진짜 전남성의 혼백인 걸까? 아니면 만들어진 가짜?

맹부요는 막 한숨을 돌리다 말고 문득 이상하다는 느낌을 받았다.

머리가 잘리고 없는데 왜 몸뚱이는 멀쩡히 서 있는 거지?

그 와중에도 위쪽에서는 검이 끈질기게 덤벼들었다. 맹부요는 시천을 들어 '챙' 하고 공격을 막아 냈다. 그러느라 잠시 위쪽을 봤다가 미처 고개도 원위치시키지 못했는데, 몸이 갑자기 무거워졌다. 눈을 아래로 옮기자 장포 끝자락을 붙들고 있는 진흙투성이 손이 눈에 들어왔다.

이어서 음산한 목소리가 들렸다.

"맹부요, 네가 본 왕에게 형님을 저주했다는 누명을 씌웠지. 밤 깊어 고요한 시각에 홀로 가슴에 손을 얹고 자문해 본 적 없느냐? 정녕 양심의 가책을 안 느끼나?"

고개를 숙여 아래를 내려다본 맹부요는 목 잘린 시체의 차림새가 어느새 딴판으로 바뀐 걸 발견했다.

처형대에 오르는 죄수의 복장, 과거 그녀가 직접 사형 감독관으로 참여해 황천길을 배웅한 전북항의 모습이었다. 조금 전 베어 낸 전남성의 머리통도 어느새 전북항으로 변해 있었다.

데굴데굴 굴러온 머리통이 흉악하게 웃으면서 그녀의 장포 자락을 물고 매달렸다.

"곧 죽을 사람을 끝까지 기만하더니, 부끄럽지도 않나?"

느닷없이 핏물이 흥건하게 솟구쳤다. 안개비가 추적추적 내리던 그날의 낙룡대에서, 주렴이 드리운 그림자를 받으며 흩뿌려졌던 황족의 피였다. 하늘과 땅을 집어삼킨 선혈이 장막처럼 펼쳐져 맹부요의 시야를 점령하더니, 꿈틀거리면서, 펄럭이면서, 그녀를 포위해 갔다.

콰직!

맹부요는 단칼에 전북항의 머리를 후려쳐 형체를 알아볼 수 없는 납작한 덩어리로 만들었다.

"하다 하다 친아우까지 음해한 본인 행각은 부끄럽지 않고?"

뭉쳐 있던 핏물이 산산이 부서지면서 거무스름한 안개에 섞여 들자 차가운 밤바람 속에 잿빛과 붉은빛 두 가지 색의 휘장이 새로이 펼쳐졌다.

그리고 휘장이 걷혔을 때, 그 뒤편 풍경은 완전히 달라져 있었다. 아마도 반도성 성벽인 듯한 곳에 창백한 얼굴의 남자가 서 있는 게 보였다. 남자의 미간에는 만다라화처럼 산개한 암홍색 핏자국이 찍혀 있었다.

본디 전남성의 충실한 심복이었다가 맹부요의 이간계에 의해 황영에서 밀려난, 그리하여 결국 반도성 성벽 위에서 맹부요가 바꿔치기한 인질에 의해 생을 마감한 황영 통령 사욱이었다. 사욱이 삿대질을 하며 소리쳤다.

"야비한 소인 같으니! 내 한 번도 네게 해를 입힌 적 없건만, 아무 죄 없는 나를 죽였어!"

순간 얼굴색이 변한 맹부요가 사욱을 걷어차 날려 버렸다.

"각자의 길이 달랐을 뿐이다, 날 원망하지 마라!"

멀찍이 날려 가던 사욱의 몸이 돌연 방향을 바꿔 맹부요 쪽으로 돌진해 왔다. 날려갈 때와는 비교도 안 되게 빠른 속도였다.

몸 뒤쪽으로 회황색 연기가 길게 이어져 따라오고 있었다. 그 연기를 본 맹부요는 가슴이 덜컥 내려앉았다.

아니나 다를까, 일렁이는 연기 사이로 연살의 누렇게 뜬 얼굴이 드러났다. 그의 어깨, 무릎, 가슴에는 시뻘건 상처가 입을 벌리고 있었다. 비 내리던 밤 좁은 골목에서 숨이 끊어져 갈 때의 모습 그대로였다.

연살이 낄낄거리면서 맹부요의 가슴을 잡아채려 했다. 말라비틀어진 손가락이 허공을 가르자 바람이 찢기는 소리가 났다. 무공이 변변치 못했던 앞의 세 사람과는 차원이 다른 위협이었다.

맹부요는 매처럼 몸을 날려 연살의 뒤편으로 돌아간 뒤 주먹을 내질렀다. 맹렬한 권풍이 두꺼운 진흙을 뒤집어엎어 고랑을 냈다.

연살은 주먹을 피하려고 몸을 비스듬히 기울였고, 그 지점에서 연살을 기다리고 있던 것은 본래 맹부요를 노리고 위에서부터 덮쳐 오던 검들이었다.

연살이 음침한 웃음을 흘렸다. 혼령에 불과함에도 생전의 무공을 그대로 가지고 있는 그는 가볍게 검들의 공격 반경을 벗어났다. 그러고는 한 줄기 연기처럼 유연하게 맹부요를 향해 접근하며 낄낄거렸다.

"파렴치한 것, 날 암살하려고 함정을 팠었지!"

다음 순간, 시천의 도광이 강렬하게 폭발하면서, 마치 백옥으로 된 벽이 하늘에서 '쿵' 하고 떨어지듯 연살 앞을 가로막았다. 연살이 갈고리처럼 뻗었던 손을 흠칫 움츠리는 찰나, 백옥색 광채를 뚫고 맹부요가 등장해 그 늙은 몸뚱이를 내리찍었다.

"지금은 함정 따위 없이도 천 번이든 만 번이든 죽여 줄 수 있거든!"

연살이 한 줄기 연기처럼 뒤로 훌쩍 빠지던 도중에 회황색 연기가 돌연 붉은 광채로 바뀌었다. 그 붉은 광채 속에서 누군가가 살벌하고도 냉염하게 웃는가 싶더니, 느닷없이 손을 뻗어 맹부요를 아래쪽으로 밀쳤다. 일순 휘청한 맹부요가 아래로 추락하면서 손을 뒤로 돌려 칼을 휘둘렀다.

"배원! 너와의 은원은 다 정리됐어, 꺼져!"

그러자 등 뒤에서 새된 목소리가 들려왔다.

"네가 경진을 죽였어! 네가 경진을 죽였어!"

맹부요의 꾹 다물린 입매에 힘이 들어갔다. 그녀는 뒤를 돌아보지 않고 칼을 휘둘러 공중 가득 도광을 흩뿌렸다.

"할 말이 있거든 연경진한테 직접 오라고 해!"

"나 먼저 봐야 할 거다!"

월백색 형상이 허공을 스쳤다.

"내 낭군과 나라를 빼앗아 간 천한 사생아!"

눈이 있던 자리에는 시뻘건 구멍만 두 개 남았고, 온몸에 장검이 빽빽하게 꽂혀 있는 봉정범이었다. 머리카락이 땀에 젖어 온통 이마에 들러붙은 맹부요가 칼을 눕혀 봉정범을 후려쳤다.

"꺼져! 가짜 연꽃!"

그 뒤로도 온갖 웃음소리가 등장했다가 잦아들기를 반복했다. 헌원성, 비연, 종칙녕, 옥형……. 그간 직접적, 혹은 간접적으로 맹부요의 손에 죽은 이들이 차례로 저승 밑바닥에서 튀어 올라왔다. 그러고는 심연에 서린 무한한 원기를 빌려 음침하게 그녀에게 들러붙었다.

개중에는 무공과 거리가 먼 자들도 더러 있었지만, 대부분은 한 시대를 풍미한 고수였다. 구유 진법은 대단히 영리하게도 그들이 생전에 가지고 있었던 무공 일부를 그대로 재연해 냈다.

덕분에 맹부요는 고수들을 연속으로 상대하느라 서서히 탈진해 가고 있었다. 눈앞에 등장했다가 사라지는 형상들은 전부 여기까지 오는 동안 은원으로 얽혔던 자들이었다. 신술을 기반으로 한 진법이 점점 혼란에 빠져드는 맹부요의 정신을 악몽의 구렁텅이로 몰아가고 있었다.

신전 사대 신역은 지금껏 통과한 사람이 거의 없을뿐더러, 도전자 대부분이 첫 번째 관문인 구유에서 죽는다고 알려져 있었다. 사대 신역에 도전장을 낼 정도면 기본적으로 무림을 주름잡던 실력자들일 터, 그들 중에 손에 피 한 번 안 묻혀 보고 사람 한 번 안 죽여 본 자가 있겠는가?

그런 고수들이 구유 신역에 들어오면 과거 자기 손에 죽은 혼령들이 슬그머니 나타나 눈앞에서 다시 한번 죽음을 맞는 광경을 보게 되는 것이다.

사방 어디를 보나 적들뿐, 게다가 끈질기게 들러붙는 망령에 시달리면서 끝까지 버텨 낼 사람이 몇이나 될까? 맹부요처럼 강인한 정신력의 소유자마저도 공황 직전일 정도인데.

사실 맹부요는 난이도가 상향 조정된 구유 신역에서 역사상 가장 오랜 시간을 버틴 도전자였지만, 본인은 알지 못했다. 그녀가 아는 것은 끝이 보이지 않는 싸움이 자신을 녹초로 만들고 있다는 사실 뿐이었다.

설마 지금껏 죽인 자들을 모조리 한 번씩 등장시킬 셈인가?

하, 이럴 줄 알았으면 사람 좀 작작 죽이는 건데……. 나가면 부처님 말씀 잘 따르고 살아야겠다…….

몸을 날리고, 도약하고, 칼을 휘두르고, 공격을 피하고……. 맹부요가 잿빛 안개를 뚫고 번개처럼 움직이는 사이, 안개 속에는 유백색 도광의 눈부신 궤적이 종횡무진으로 그려졌다.

그러나 적의 공세는 끊길 줄을 몰랐다. 영원한 원수들이 차례로 살아 돌아와 맹부요를 숨 쉴 틈 없이 압박하고 있었다. 초반에만 해도 정신이 또렷했었지만, 연이은 전투로 인해 피로도가 쌓이면서 맹부요는 점차 심마에 사로잡혔다.

이렇게나 많다니, 이렇게나……. 내가 이렇게나 많은 사람을 죽였다니! 이렇게나 많은 사람을……. 지금껏 내가 걸어온 길은 살육으로 점철되어 있었구나……. 이런 인생, 온통 핏빛으로 물든 이런 인생…….

앞으로 얼마나 더 죽여야 하지? 또 얼마나 많은 사람을 해쳐야만 하는 거야? 지금껏 백골을 산처럼 쌓고 숱한 이들을 저버리면서, 나는 누구의 심장을 밟고 여기까지 걸어온 걸까…….

호흡이 점점 가빠지고, 몸은 자꾸 아래로 꺼지고, 초식은 흐트러져 갔다. 그러는 와중에, 등 뒤에서 자신의 것보다 더 거친 숨소리가 들려왔다.

뒤를 돌아본 맹부요는 쩍 벌어져 피를 줄줄 흘리고 있는 입을 발견했다. 혀는 잘려 나간 채였고, 선혈이 턱을 타고 흘러내려 진흙탕 위로 뚝뚝 떨어지고 있었다.

이미 조건 반사에 길든 맹부요는 생각이란 걸 할 틈도 없이 칼을 휘둘렀다. 동작이 먼저 나간 뒤에야 머릿속에 번갯불이 번쩍하면서 상대가 누군지 기억이 났다.

덕왕. 장손무극의 친부!

맹부요의 손이 허공에 덜컥 멈췄다.

아무리 환영에 불과하다 쳐도, 어떻게 장손무극의 친아버지를 상대로 아무렇지 않게 칼을 휘둘러 머리통을 깨 버린단 말인가.

덕왕의 머리를 후려치기 직전이었던 칼이 허공에서 억지로 방향을 꺾어 주인에게로 되돌아왔다. 그 과정에서 순간적으로 역류한 진력이 맹부요의 가슴에 충격을 가했다.

그녀는 들쩍지근한 액체가 목구멍을 울컥 치고 올라오는 것을 느꼈다. 맹부요가 주춤하면서 피를 토하자 덕왕이 비릿하게 웃음 지었다.

머리 위에서는 엇물린 검광이 덮쳐 오고, 맹부요의 뒤편으로는 더 이상 피할 공간이 남아 있지 않았다.

구유 신역의 맹부요가 망령과 싸우며 피를 토하고 있는 시각, 푸른 연기 감도는 장청 신전은 평온하기만 했다.

신전 동북쪽 구역, 가루라전.

"요즘 잘하고 있는 것 같더구나."

상석에 앉아 찻잔을 받쳐 든 가루라왕이 아랫자리의 긴나라왕을 향해 대견하다는 눈빛을 보냈다.

"성주가 제 무덤을 팠으니 너에게는 절호의 기회가 온 셈이다. 절대 놓쳐서는 안 돼."

긴나라왕이 의자에 앉은 채로 상체를 살짝 숙였다.

"예."

"우리 천행자 일맥이야말로 신전에서 가장 고된 일을 하는 집단이거늘, 신전 최고의 권력은 우리 것이 아니지."

가루라왕의 표정에 불만이 드러났다.

"너와 내가 지금 어떤 위치인데 상삼전에는 절대 올려 줄 수 없다니, 전주가 이렇게까지 편파적으로 나올 줄은 몰랐구나. 이번에 성주가 사문을 능멸하는 짓을 벌이지 않았다면 우리가 빛을 볼 날은 영영 없었을 게다."

"어쨌든 고생 끝에 볕이 든 셈이지요."

긴나라왕이 웃으며 말했다.

"오늘 정례 회의에서 장로들이 다시 한번 제게 야차부를 맡기자는 이야기를 꺼냈을 때는 전주도 예전처럼 뻣뻣한 태도가 아니었다는군요."

"그 늙은이도 신전의 앞날을 고려하지 않을 수 없었겠지."

가루라왕이 코웃음을 쳤다.

"그 꼴이 난 성주가 전주 자리를 이어받는다? 웃기는 소리지!"

긴나라왕은 대답 없이 웃기만 했다.

"전주가 또다시 성주 쪽으로 기우는 모습을 보인다면 나도 가만히 있지 않을 것이니라."

가루라왕이 살벌하게 말했다.

"누굴 만만하게 보고!"

"무슨 말씀이시죠?"

긴나라왕이 번쩍 고개를 들었다.

"두고 보거라. 물론 네가 순조롭게 전주 자리를 넘겨받는다면 따로 신경 쓸 일은 안 생기겠지만."

가루라왕이 정색을 하고 말했다.

"우리 천행자 일맥은 온 힘을 다해 너를 밀고 있다. 모두의 기대를 저버려서는 아니 될 것이야."

"예."

긴나라왕이 공손히 답했다.

"그래, 앞으로도 잘하거라."

의자에서 일어서던 가루라왕이 돌연 고개를 돌려 신산 꼭대기를 보면서 무심한 듯 아닌 듯 읊조렸다.

"저기 못 박혀 있는 자 말이다……. 전주가 살려 두라 명하기는 했으나, 치명상을 입은 몸으로 고형을 견디지 못하고 어쩌면…… 금방 죽을 수도 있지 않겠느냐?"

눈빛이 흔들리는가 싶던 긴나라왕이 이내 머뭇머뭇 입을 열었다.

"그야 어쩌면……."

가루라왕의 입가에 만족스러운 웃음기가 걸렸다.

"다만…… 그리되면 뭐라 보고를 올려야 할지……."

"때로는 스스로를 극단적인 상황에 몰아넣는 것이 살길을 열어 주기도 하지."

가루라왕이 미소 지었다.

"이기는 자가 곧 왕인 법이니라. 네가 이기고 나면 전주에게 너 말고 다른 선택지가 있겠느냐? 네가 전주 자리에 앉으면 그때는 누구한테든 보고 따위 올릴 필요가 없겠지?"

"……예!"

구천 마루, 신조차 울부짖게 한다는 바람이 쉼 없이 휘몰아치는 그곳의 하늘에는 여전히 달도 별도 없었다.

다른 조와 교대 후에 부랴부랴 산을 내려가던 신전 제자들은 이번에도 유성처럼 근처를 스쳐 얼음 동굴 안으로 사라지는 형체를 발견하지 못했다.

"괜찮은…… 거야?"

장손무극이 눈을 떴다. 그새 더 수척해진 모습이었지만, 표정만은 예나 다름이 없었다. 그가 희미하게 웃으며 답했다.

"그래."

검은 옷에 복면을 한 사람의 눈이 장손무극의 상처로 향했다. 상처에 얼어붙어 있는 핏물을 발견하는 순간, 복면인의 눈동자에 아픔이 스쳤다.

복면인은 조심스럽게 손을 뻗어 상처 위를 감쌌다. 곧이어 손바닥에서 열기가 피어오르면서 대못과 쇠사슬을 따뜻하게 달구었다. 녹아내린 핏물이 손을 흥건하게 적시자 복면인은 다섯 손가락을 힘줘 감아쥐었다. 그새 숨소리가 부쩍 가빠져 있었다.

그러자 오히려 장손무극 쪽에서 걱정스러운 투로 말을 건네며 미소 지었다.

"……쓸데없이 힘은 왜 빼? 어차피 다시 얼어붙을 것을……."

복면인은 아무 대답도 하지 않았다. 복면 밖으로 드러난 눈동자가 그렁그렁하게 빛나고 있었다.

복면인이 환약을 한 알 꺼내 먹여 주려고 하자 장손무극이 고개를 반대편으로 틀면서 말했다.

"괜히 낭비하지 말고……."

"낭비는 무슨 낭비야! 제발 살아 주기만 하란 말이야!"

"그녀는?"

장손무극의 관심사는 오로지 하나뿐이었다.

"순조로운가……?"

눈을 질끈 감아 버린 복면인이 잠시 후 낮게 잠긴 목소리로 말했다.

"본인 걱정부터 좀 할 수 없어?"

"나야……, 이 모양인 것을."

장손무극이 웃어 버렸다.

"계속…… 마음 졸이게 해서…… 여기서 죽는 꼴이라도 보고 싶은가?"

"진법에 변동이 생겼어."

말하고 싶지 않은 모양새로 꾸물거리던 복면인이 결국에는 장손무극의 간절한 눈빛에 못 이겨 입을 열었다.

"잠입할 수가 없었는데 멀리서 감지하기로는 상황이 좋지 않은 것 같았어. 원보마저도……."

장손무극의 몸이 크게 경련했다. 그 여파로 상처가 벌어지자 그의 입에서 신음이 새어 나왔다.

복면인이 허겁지겁 장손무극의 몸을 붙잡아 누르며 작게 속삭였다.

“방법을 찾아볼게! 내가 방법을 찾아볼 테니까…….”

이미 안정을 되찾은 장손무극이 나지막이 한숨을 내쉬었다.

“알겠다. 너도 너무 무리하지는…… 말고.”

“무리 아니야.”

복면인이 장손무극의 얼음장 같은 손을 살며시 감싸 쥐고 자기 손을 앞뒤로 옮겨 가며 온기를 나누어 줬다.

“줄곧…… 내가 원해서 해 왔던 일인걸…….”

장손무극은 별다른 움직임 없이 눈을 감았다.

“그리고 한 가지 더…….”

까치발을 든 복면인이 장손무극의 귓가에 몇 마디를 속삭였다. 묵묵히 듣고 있던 장손무극이 ‘음.’ 하더니 질문을 던졌다.

“……어떤 식으로?”

복면인이 이를 악물었다. 대답을 주저하는 모습이었다.

“괜찮다.”

장손무극은 자신의 손과 맞닿아 있는 상대의 따스한 손바닥이 순식간에 땀으로 젖는 걸 느꼈다. 그가 상대를 다독여 주는 식으로 손을 잡아 주며 말했다.

“마음 편히…… 진행해라. 나는…… 괜찮으니까.”

그러고는 잡았던 손을 곧바로 풀었다. 복면인은 그 뒤에도 멍하니 서서 제 손가락을 가만가만 어루만지고 있었다. 잠시나

마 자신에게 다가왔던 온기를 더 깊이 음미하고 싶은 듯이.

한참이 지나, 복면인이 자그마한 소리로 입을 열었다.

"갈게……."

그러자 장손무극이 엷게 미소 지었다.

"조심해라."

복면인은 작별 인사를 하고도 한참을 더 머뭇거리고 나서야 총총히 자리를 떴다.

검은색 그림자가 절벽 아래로 모습을 감추는 동시에 얼굴에서 웃음기를 지운 장손무극이 조용히 읊조렸다.

"부요……."

상황이 그녀에게 좋지 않은 쪽으로 흘러가고 있었다. 이렇게 된 이상 전력을 다해 싸워 보는 수밖에 없었다.

살을 에고 뼛속까지 파고드는 칼바람 속에서 턱을 살짝 들고 생각에 잠겨 있던 장손무극이 돌연 고개를 돌려 주변을 세심히 둘러봤다. 투명한 얼음 동굴은 한눈에 전경이 다 들어오건만, 그는 계속해서 무언가를 찾는 눈치였다. 까마득한 하늘에서부터 달빛이 쏟아져 내려 형틀의 그림자를 길게 늘여놨다.

원래 구천 마루는 위치 및 각도상의 이유로 달빛이 들지 않는 곳이었다. 단, 유일하게 음력 8월 15일에만은 동굴 안에서 한 줄기 달빛을 볼 수 있었다. 아득히 광활한 하늘로부터 도래한, 예로부터 지금까지 인간사 헤어짐을 비추어 온 달빛을.

장손무극의 낯빛은 창백했다. 이 밤의 서늘한 달빛만큼이나.

드넓은 하늘에 보름달 휘영청 밝았으니 그리운 이들 달 아래

함께 모여야 할 날이건만, 그는 산꼭대기에 묶인 신세고 부요는 땅속 깊숙이에 갇혀 있었다. 둘은 서로를 애타게 그리워하면서도 만날 수 없는 처지였고, 어쩌면…… 앞으로 영영 다시 볼 기약이 없는지도 몰랐다.

사방 곳곳이 위기요, 살기가 시시각각 엄습해 오고 있었다. 두 사람은 운명과 기회 사이에서 목숨을 건 외줄 타기 중이었다. 어쨌든 내 운명을 남이 좌지우지하게 둘 수는 없지 않은가?

달그림자를 따라 천천히 동굴 안을 한 바퀴 훑던 장손무극의 눈이 왼편 벽에 꽂혔다. 언제 비쳐 들었는지 모를 달빛 한 줄기가 평소에는 특별할 것 없던 동굴 벽면을 반짝반짝하게 빛내고 있었다.

일순 눈을 빛낸 장손무극은 곧바로 고개를 돌려 자신을 붙잡고 있는 형틀을 살폈다. 얼음 동굴은 완벽한 원형이 아니었고, 형틀이 세워져 있는 위치는 말이 정중앙이지 사실 왼편 벽과 더 가까웠다.

하지만 지금 상태로는 벽에 손이 닿지 않았다. 왼손이 대못에 관통당한 상태에서 동굴 벽까지 수평으로 팔을 뻗으려면 생살과 혈관이 찢기고 뼈대가 쪼개지는 걸 감수해야만 했다. 잘못하면 피를 너무 많이 흘려 목숨을 잃을 수도 있고, 왼손을 영영 못 쓰게 될 수도 있었다.

왼편 동굴 벽을 응시하며 거리를 가늠해 본 장손무극은 왼손을 단숨에 아래로 끌어 내렸다. 선혈이 솟구쳤다. 대못이 세로로 길게 남긴 관통상을 통해 몸 뒤편의 빛이 어슴푸레하게 비쳤다. 손목이 찢기기는 했으나 덕분에 장손무극은 약간의 가동 범위를 얻었고, 동맥이 잘리는 것도 피할 수 있게 되었다.

상처에는 눈길도 주지 않고 대못의 위치를 조정한 그가 느릿느릿 팔을 수평으로 뻗었다. 손끝이 점차 동굴 벽에 가까워졌다. 한 눈금씩 움직일 때마다 관통상이 점점 더 길게 찢겼다. 왼쪽 어깨 역시 찢어지고 있었다. 처음에는 방울방울 떨어지던 피가 나중에는 대못을 따라 철철 흘러 옷자락을 새빨갛게 적시고, 형틀 아래에 눈이 시리도록 붉은 웅덩이를 만들었다.

그 와중에도 장손무극은 침착하게, 조금의 망설임도 없이 동굴 벽과의 거리를 좁히고 있었다. 절대적인 인내력으로 고문이나 다름없는 고통을 견뎌 내면서, 생살을 천천히 찢으면서 앞으로 나아가고 있었다.

그리하여 마침내, 손끝에 한기가 느껴지는가 싶더니 차디찬 동굴 벽이 만져졌다.

장손무극의 입술 사이로 긴 숨이 새어 나왔다. 순간적으로 이마를 흠뻑 적신 식은땀이 핏물과 섞여 투둑투둑, 아래로 떨어졌다.

동굴 벽은 얼음층으로 덮여 있었다. 현재 장손무극의 체력으로 그 얼음층을 깨기란 무리였다. 그는 손목을 돌려 자기 피를 한 움큼 손바닥에 모은 후 그대로 동굴 벽에 갖다 댔다. 뜨거운 선혈이 얼음층을 서서히 녹였다.

핏빛 손자국 아래로 얼음물과 선혈이 한데 섞여 흘러내리길 잠시, 장손무극의 손끝에 그토록 찾던 물건이 닿았다. 그는 손가락 두 개로 물건의 귀퉁이를 잡고 천천히 잡아당겼다. 구천 마루 동굴 벽 깊숙이 수백 년간 묻혀 있었던, 오직 그만이 존재를 알고 있는 비단 천이 곧 완벽하게 보존된 모습을 드러냈다.

장손무극은 얼음벽에 손바닥을 문질러 닦은 다음 보드라운 비단을 조심스럽게 손안에 거머쥐었다. 안도의 한숨을 내쉬고 난 그의 입가에 성취감 어린 미소가 피어났다.

부요, 나를 믿어 주오. 언제든, 어디서든…… 내가 반드시 그대를 지킬 테니.

다음 순간, 그는 정신을 잃었다.

저마다의 마음들

머리 위에서는 그물망 같은 검광이 덮쳐 오고, 발밑에서는 망령이 목숨을 노리고 있었다. 중간에 낀 맹부요에게는 도망칠 곳이 없었다.

그녀는 눈을 질끈 감고 천근추를 시전해 빠르게 아래로 하강했다. 단칼에 심장을 꿰뚫리느니 진흙탕으로 뛰어드는 쪽이 나았다. 결국은 죽는다고 해도, 잠깐이라도 더 발버둥 쳐 보고 싶었다. 칼에 찔리는 것보다 훨씬 추하게 죽는대도 좋았다. 잠시나마 더 살 수 있다면 주저할 이유가 없었다.

그녀의 삶은 혼자만의 것이 아니었다. 자신이 아끼는 사람들, 그리고 자신을 아껴 주는 사람들이 있었다. 지금껏 피를 비처럼 흩뿌리며 치열하게 싸워 온 그녀가 단순히 조금 더 편히 죽을 수 있다고 해서 그 길을 택할 리는 없었다.

몸이 아래로 곤두박질쳤다!

맹풍이 귓전을 때리고 주변 풍경이 뭉개졌다. 등 뒤에서 덕왕의 망령이 혓바닥 없는 입을 시뻘겋게 벌리고 달려드는 찰나였다.

쾌앗!

난데없이 허리를 감싸는 압박감이 느껴지면서 몸이 추락을 멈췄다. 하지만 상상 속의 악취 나고 미끈거리는 진흙탕에 처박힌 것은 아니었다. 그녀는 공중에 멈춰 있었다.

눈을 뜨자 검은색과 붉은색이 섞인 포탄이 위쪽에서부터 바람을 찢어발기며 돌진해 오는 모습이 보였다. 엄청나게 빠르고 맹렬한 바람이 머리카락을 단번에 붕 띄워 공중에 흩어 놨다. 맹부요는 도저히 눈을 뜨고 있을 수가 없었다. 얼굴을 때리는 광풍 탓에 숨조차 쉬기 힘들었다.

흑과 적의 질풍은 근처까지 와서도 속도를 줄이지 않았다. 이대로라면 그녀를 들이받을 기세였다.

그런데 다음 순간, 질풍 속 인물의 손에서 검붉은 섬광이 번뜩하더니 '콰직' 소리가 났다. 등 뒤에서 이빨을 세우고 그녀를 덮치려던 덕왕의 망령이 박살 나는 소리였다.

네놈이 누가 됐든, 얼마나 대단한 망령이 됐든, 맹부요의 손가락 하나라도 건드렸다가는 죽음뿐이다!

가까스로 한숨 돌린 맹부요가 손을 뻗어 그를 붙들려는데, 몸이 위쪽으로 쑥 끌려 올라갔다. 그와 동시에 맞은편 절벽을 스치며 날아 내려오는 하얀 형체가 보였다.

경악스러운 기세로 폭풍처럼 돌진해 오던 검은 형체와 달리, 하얀 형체의 움직임은 가볍고 날렵했으며, 잘 빠진 간결함이 돋보였다. 마치 세상에서 가장 날카롭고, 가장 미끈하며, 가장 인체 공학적인 비수가 공기 저항을 최소화하는 방식으로 거침없이 어둠을 가르는 모습을 보는 것만 같았다.

예리한 가윗날을 대자마자 칠흑의 비단이 반으로 쫙 갈리는 듯한 광경. 정말이지 순식간에, 유리알 같은 눈동자와 불꽃처럼 붉은 입술을 가진 미남자가 맹부요의 눈앞에 소리 없이 모습을 드러냈다.

그의 팔꿈치에 바짝 붙어 있는 장검이 빛을 반사할 때마다 허공을 날아다니던 검들이 챙챙 소리를 내며 부러져 나갔다. 잘게 바스러져 반짝거리는 칼날 조각들이 동백꽃 꽃잎처럼 잿빛 안개 속에 흩날렸다.

검을 쓰는 독특한 방식, 선이 아름다운 몸태.

맹부요는 자기도 모르게 눈시울을 적셨다.

바로 앞까지 훌쩍 다가온 그가 팔을 뻗어 그녀를 끌어 올리고, 밑에서는 또 한 사람이 그녀를 밀어 올렸다. 두 고수의 완벽한 호흡에 힘입어, 막 인사를 건네려던 맹부요는 위로 훌렁 내던져졌다.

맹부요는 그길로 끝이 없을 것만 같던 어둠을 단숨에 벗어났다. 저만치 위쪽에서 빛이 비쳐 드는 게 보였다.

하지만 이렇게 혼자만 쏙 빠져나갈 수는 없었다. 그녀가 공중에서 한 바퀴를 돌아 다시 아래로 내려가려는데, 머리 위에서 웬 손이 쑥 뻗어 내려와 그녀의 손목을 잡아채더니 위쪽으로 끌어 올렸다.

'쿵' 하고 지면에 내려선 맹부요는 새삼 단단한 땅을 밟는 느낌이 얼마나 좋은지를 절감했다. 그리고 다음 순간, 눈이 휘둥그레진 그녀에게서 놀란 목소리가 새어 나왔다.

"운흔, 요신, 철성, 어떻게 다들 진법 안에 있는 거야……."

세 사람은 그녀를 쓱 훑겨본 게 전부, 하나같이 묵묵부답이었다. 보아하니 빈정이 상해도 단단히 상한 것 같았다.

맹부요도 본인이 잘한 게 없다는 건 알았으나 그렇다고 알랑거리며 기분을 풀어 줄 의욕은 안 생겼다. 세 남자와 똑같이 잠자코 있던 그녀가 짧은 고민 끝에 말했다.

"역시 내려가 봐야겠어. 만만한 상대가 아니야."

"그냥 있어."

운흔이 그녀를 붙잡았다.

"전 형한테 진법을 파할 방도가 있다고 했어. 네가 내려가면 두 사람 정신만 산란해져."

"어?"

맹부요가 눈썹을 치켜세웠다.

"전 형의 스승님께서 무료한 김에 재미 삼아 사대 신역 중 두 곳에 들어가 본 적이 있었는데, 그때 구유 진법을 깨는 요령을 알아냈다더군."

운흔이 말했다.

"지금은 진법이 훨씬 위력적으로 변한 데다가 검의 절벽까지 추가됐지만, 아마 요령은 비슷할 거야."

"요령이 뭔데?"

맹부요는 멍하니 생각에 잠겼다.

빌어먹을 구유인지 뭔지는 도전자가 일평생 해친 사람들의 망령을 모조리 불러내는 진법이었다. 망령들은 다 벨 수도 없을 만큼 어마어마한 숫자일뿐더러 죽인다고 죽지도 않았다. 구유 안에서는 정신적으로 무너져서 목숨을 잃는 건 면한다손 치더라도 끝이 안 보이는 싸움 도중에 결국 탈진해서 죽기 십상이었다.

그런 진법을 대체 무슨 수로 깬단 말인가?

게다가 저 아래 황제 폐하 두 분은 나보다 손에 피 훨씬 많이 묻힌 사람들 아니었나? 나도 힘들어서 죽을 뻔했는데, 저 둘이라고 멀쩡히 나올 수 있을 리가? 그 망령들이 죽기 전에는 놔주지 않을 텐데?

이런저런 궁리를 하는 중간에 홀연 머릿속에 번뜩 떠오르는 생각이 있었다. 하지만 그 어렴풋한 상념은 잠시조차 제자리에 머물지 못하고 전광석화처럼 뇌리를 스쳐 사라졌다. 너무나도 무서운 생각인 탓에 의식이 자동으로 차단했는지도 몰랐다.

맹부요의 심장이 쿵쾅쿵쾅 들뛰기 시작했을 때였다. 시야에 새하얀 잔영이 포착되는가 싶더니 종월이 땅밑에서 날아올라왔다. 몸에 딱 붙는 흰옷 곳곳에 터진 부분이 보였다. 역시 검진의 위력이 대단하긴 했던 모양이었다. 천하제일의 살수이자 최정상급 검객인 종월이 피를 볼 뻔하다니.

"어떻게 빠져나왔어요?"

깜짝 놀란 맹부요가 전북야는 어찌 됐느냐고 묻기도 전에, 갑자기 발밑이 뒤흔들렸다. 조금 전까지만 해도 멀쩡하던 지면이 불규칙적으로 꿈틀거리면서 톱니 모양 벼랑으로 변하더니, 비릿한 악취와 부글거리는 진흙탕이 다시 등장했다.

일행은 여전히 사문 안에 있었고, 진법은 아직 깨지기 전이었다. 구유는 끊임없이 순환하는 진법으로, 진을 파하는 것 외에 순환을 멈출 방법은 없었다.

안색이 급변한 맹부요가 지면을 박차고 오르면서 아래를 내려다봤다. 바로 그 순간, 절벽 밑에서 검은색 형체가 바람을 거스르는 깃발과도 같은 모습으로 위쪽을 향해 쏘아져 올라왔다. 그의 아래쪽에서는 수없이 많은 망령들이 몸부림치고 있었다.

머리가 없는 자, 팔이 잘린 자, 가슴에 시뻘건 구멍이 뚫린 자, 온몸의 뼈가 모조리 박살 난 자……. 불완전하고, 앙상하고, 뒤틀린 몸뚱이들이 울부짖으면서, 포효하면서, 통곡하면서, 전북야를 따라 미친 듯이 위를 향해 기어오르고 있었다!

허공 한복판에 있는 관계로 움직임이 자유롭지 못한 전북야는 망령들에게 붙잡히기 직전이었다. 그걸 본 맹부요가 막 아래로 뛰어내리려는데, 전북야의 외침이 들려왔다.

"내가 죽길 바란다면 그렇게 해 주마!"

서걱!

새빨간 검광이 전북야의 목을 긋자 아침노을을 닮은 광채가 '좌앗' 하고 공중에 번졌다. 그 화려한 검기를 배경으로, 검기보다 더 강렬한 색채의 선혈이 뿜어져 나와 잿빛 안개 속에 섬뜩한 무지개를 그렸다. 무지개가 아직 형태를 유지하고 있는 틈에 종월이 새하얀 명주 한 필을 던졌다.

날아가면서 깃발처럼 펼쳐진 명주가 안개 한복판에서 바람을 안고 펄럭이며 새빨간 피를 빨아들였다. 그러더니 곧 명주 아래쪽으로 검은색 형체가 피를 뿌리며 빠르게 추락하는 모습이 보였다.

미처 터져 나오지 못한 비명이 맹부요의 목구멍에 걸렸다. 순간적으로 머릿속이 하얘진 그녀는 제자리에 얼어붙고 말았다. 그녀는 아까 낭떠러지 가장자리로 달려든 뒤 여전히 그 자리에 있었다. 아래쪽에서 무슨 일이 벌어지는지가 보였다.

검은색 형체가 추락하자 망령들이 웃고 소리를 지르면서 앞다투어 달려들어 형체를 에워싸더니 정신없이 잡아 찢고 물어뜯었다. 악착같이 한 덩어리로 뭉친 그 집단에 미처 끼지 못한 망령들은 틈새를 비집고 들어가려고 발악을 하다가 머리가 떨어지고, 다리가 날아가고, 눈알이 터졌다.

시커먼 진흙탕이 쉴새 없이 부글거리며 들끓었다. 망령들은 검은색 형체를 갈기갈기 잘게 찢어발겨 숙원을 달성한 뒤에야 하나둘 차례로 그 바닥을 알 수 없는 저승의 강 밑으로 모습을 감추었다.

시커먼 진흙탕이 마침내 평온을 되찾고, 지면의 진동도 차차 잦아들었다. 그러다가 마지막 망령이 수면에 기포 하나만을 남기고 완전히 밑으로 가라앉았을 때, 사방에서 굉음이 울렸다.

맹부요는 엎드려 있던 몸이 크게 한 번 흔들린 직후 주변이 확 밝아지면서 싸늘한 기운이 밀려드는 걸 느꼈다. 땅바닥을 내려다보니 눈이 새하얗게 덮여 있었고, 그녀의 좌우에는 깎아지른 듯한 벼랑이 버티고 서 있었다. 게다가 요란한 바람 소리를 내며 휘몰아치는 눈보라까지. 어느새 처음의 골짜기로 돌아온 것이었다.

첫 번째 진법, 구유가, 깨졌다.

드디어 진을 파했건만, 바닥에 늘어져 있는 맹부요는 조금도 기쁜 기색이 아니었다. 바르작거리며 몸을 일으킨 그녀가 소리쳤다.

"전북야! 전북야!"

맹부요의 필사적인 외침이 적막한 골짜기를 맴돌며 절벽에 부딪히자 '전북야, 전북야, 전북야…….' 하는 메아리가 온 산을 가득 채웠다.

하지만 사방 어디에서도 대답은 들려오지 않았다. 곁에서는 종월과 운흔이 그저 가만히 그녀를 응시하고 있었다.

공기는 너무나 차디차고 고요했으며, 뭇 산들과 골짜기는 말이 없었다. 조금 전 진법 안에서 망령들에게 쫓기던 전북야가 장렬하게 자기 목을 그은 일 따위는 아예 일어난 적조차 없는 것만 같았다.

맹부요는 멍하니 바닥에 앉아 있었다. 가슴속이 텅 비어 버린 것 같았다. 조금 전 눈앞에서 벌어졌던 장면을 몇 번이고 다시 떠올리던 그녀가 곧 벌떡 일어나 소리쳤다.

"전북야! 당장 튀어나와! 지금 안 나오면 당신이랑은 영영 남남이야!"

그러자 등 뒤에서 하하 웃는 소리가 나더니, 이어서 뜨겁고도 쾌활한 목소리가 들려왔다.

"나 원, 진짜 야박하네!"

맹부요가 뒤도 안 돌아보고 주먹을 날리며 외쳤다.

"나쁜 자식! 사람 놀라게 하는 것도 정도가 있지!"

손바닥을 뻗어 주먹을 받아 낸 전북야는 그대로 팔목을 돌려서 그녀의 손을 감아쥐었다. 맹부요가 붙잡힌 손을 빼내려고 낑낑거렸지만 전북야는 한사코 놓아주려 하지 않았다.

안 그래도 기진맥진인지라 전북야와 실랑이할 기운이 없는 맹부요가 눈썹을 치켜세우고 쏘아붙였다.

"이거 못 놔?"

그 말에 그녀의 손을 감아쥐고 있던 따스한 손바닥이 움찔하는가 싶더니, 가느다란 손가락을 무척 아쉬운 듯 살살 어루만지다가 이내 놓아줬다. 도끼눈을 뜬 맹부요가 그제야 전북야 쪽으로 고개를 돌렸다.

그녀의 등 뒤, 새하얀 눈밭에 검은색과 붉은색이 섞인 옷을 입은 영준한 사내가 서 있는 게 보였다. 그의 진한 눈매에서 뿜어져 나오는, 강철처럼 단단하고 불꽃처럼 강렬한 눈빛이 그녀를 빤히 응시하고 있었다.

져 줄 마음이 전혀 없는 듯한 그가 조금도 미안하지 않은 기색으로 말했다.

"부요, 나는 그저…… 네가 나 때문에 속상해하는 모습을 잠시라도 더 보고 싶었다."

네가 나를 걱정하고 나로 인해 마음 아파하는 모습을 보고 싶었다. 나 때문에 눈썹을 일그러뜨리고 나 때문에 애타는 모습이, 온통 내 생각으로 가득 찬 네 눈이 보고 싶었다.

평생에 이번 딱 한 번뿐일 수도 있다는 걸 알기에.

그래서 하면 안 되는 짓인 줄 알면서도 이기적으로, 네가 마음 졸이는 순간을 즐겼다. 그 순간의 네 눈빛을 한층 선명하게 기억해 두고 싶었다. 세월이 가도 퇴색되지 않고 오히려 기억 속에서 나날이 더 생생히 빛날 수 있도록.

그렇게 매일매일 네 눈빛을 되새기며 나 자신에게 알려 주고 싶었다. 네 마음속에는 항상 내 자리가 있을 거라고.

맹부요는 아무 말 없이 고개를 움직여 전북야의 이글거리는 눈을 피했다.

용맹하고 강직하며 시원시원한 사내, 불꽃과도 같은 대한의 황제. 태연국 숲속에 말을 몰고 등장했던 그와의 첫 만남이 궁창 사대 신역까지 이어져 둘은 이곳에서 또 한 번 어깨를 나란히 했다.

그리고 어쩌면, 이번이 생의 마지막 만남일 수도 있었다. 그녀도 알고, 그도 아는 사실이었다.

실없는 농담을 던져 본들, 아니면 괜한 독설을 뱉어 본들, 지금 상황에서는 그 무엇으로도 서로의 눈빛에 뚜렷이 어린 쓸쓸함을 감출 수 없었다.

맹부요가 애써 웃으며 화제를 돌렸다.

"진법 깨는 법은 어떻게 알았어요? 진짜 감쪽같던데."

"결자해지라는 말이 있지."

전북야도 웃음기 섞인 투로 말했다.

"진법 안의 망령들이 원하는 거야 결국 복수 아니겠나? 소원대로 보는 앞에서 죽어 주면 원한이 풀릴 테고, 그러면 진법은 저절로 무너지는 게 이치지. 과거 스승님께서 구유 진법에 도전한 적이 있었는데, 일생 사람 죽이기를 밥 먹듯이 하던 분이라 망령들한테 질리도록 시달리셨던 모양이다. 그러다가 홧김에, 한낱 귀신들한테 붙잡혀 죽는 망신을 당하느니 에라, 그냥 목을 긋고 말지 했다더군. 그런데 목에다 대고 칼을 긋자마자 그 빌어먹을 것들이 우르르 물러나더라는 거야. 스승님께서는 그때 요령을 깨달았고."

맹부요가 피식했다.

"흐음? 그런데 왜 강호에는 뇌동 대인이 구유 진법을 깼다는 소문이 안 났죠?"

"스승님이 진짜로 자기 목을 벴을 리야 없지. 구워 먹으려고 잡아 놨던 닭을 대신 죽이는 기지를 발휘해서 망령들을 속여 넘겼다더군."

전북야가 소리 내 웃었다.

"어디 가서 자랑할 만한 이야기는 아니잖아. 스승님께서는 평생의 수치라고 남들 듣는 데서는 절대 입에 안 올리셨다."

그는 대화 내내 시원스럽게 웃고 있었다. 자신의 쾌활함으로

이 순간의 우울을 타파하고 언제나 환하게 빛나던 맹부요의 미간에 서린 참담함을 지워 버리고 싶은 듯이.

그러나 맹부요의 가슴은 예측할 수 없는 앞길과 눈밭에 남아 있던 혈흔에 무겁게 짓눌려 있었다. 아무리 밝은 척을 하고 싶어도 그녀의 웃음은 흩날리는 눈발처럼 흐릿할 뿐이었다. 결국은 전북야도 점차 웃음을 잃어 가다가, 조용히 한숨을 내쉬면서 뒤돌아섰다.

맹부요가 천천히 눈길을 옆으로 옮겨 종월과 운흔을 쳐다봤다. 다시 만나 기쁘지 않다고는 못 하겠지만, 그녀의 기쁨 속에는 착잡함이 섞여 있었다.

두 남자는 줄곧 침묵을 지키고 있었다. 하나는 뒷짐을 지고 서서, 다른 하나는 가부좌를 틀고 앉아서. 하나는 뒷모습이 고독했고, 다른 하나는 멀리 허공을 보고 있었다. 두 사람의 눈길은 한 번도 맹부요에게로 향하지 않았지만, 사실상 내내 그녀를 에워싼 채 맴돌고 있었다.

그녀가 있는 곳이라면 세상 끝까지라도 함께 갈 사람들. 그녀가 3천 리 격랑을 일으키며 하늘로 오르든, 아니면 칼을 비껴 들고 천 길을 추락해 지옥에 처박히든, 인간 세상의 정점을 찍은 이 남자들은 언제 어디서나, 신분의 변화나 권력욕에 좌지우지되지 않고, 항상 변함없이 그녀 곁을 지킬 터였다.

그녀를…… 사랑해 주는 사람들!

평생 그 무엇과도 얽히지 않겠다 다짐했으나 영영 갚지 못할 빚을 지고 말았다. 얼마나 넘치는 사랑을 받았는지 하나하나 마음에 새겨 두고 있지만, 그들이 원하는 보답을 줄 수는 없었다. 그녀는 이미 뼛속들이 다른 사람을 받아들인 뒤였고, 그 사실은 굳이 입 밖으로 내어 말하지 않아도 그녀의 눈빛과 동작에 명확히 적혀 있었다.

주위에 흐르는 침묵이 너무나도 서글픈 순간이었다. 조용히 고개를 숙인 맹부요가 옷 속에서 원보 대인을 꺼냈다. 그녀는 손바닥 위에 올려진 대인을 보자마자 '아.' 하는 신음과 함께 눈물을 떨궜다.

원보 대인은 배를 내민 채로 뻣뻣하게 굳어 있었다. 털빛은 칙칙했고, 온몸 어디에도 온기라고는 한 점조차 없었다. 딱 보기에 이미 숨이 끊긴 것 같았다.

맹부요는 커다랗게 벌어진 눈으로 원보 대인을 뚫어져라 내려다봤다. 소리 없이 넘쳐 나온 눈물이 눈가에 얼어붙었다.

"쥐 새끼, 쥐 새끼! 안 돼……."

원보 대인을 두 손으로 받쳐 든 그녀가 중얼거렸다.

"이러지 마, 제발……. 내 눈앞에서 진짜로 죽어 버리면 안 돼……."

얼음 구슬로 화한 눈물이 한 덩어리로 엉겨 붙은 칙칙한 빛깔의 털 위로 떨어지면서 '토독토독' 소리를 냈다. 맹부요는 원보 대인에게 얼굴을 갖다 댔다. 뺨에 뻣뻣하고도 차디찬 감촉이 느껴졌다.

그녀가 애원하듯 말했다.

"일어나 봐, 일어나! 너 나한테 욕지거리 잘하잖아! 내 따귀도 잘 때리잖아! 일어나, 일어나라고! 앞으로는 욕지거리든 따귀든 너 하고 싶은 만큼 다 받아 줄 테니까……."

후드득 쏟아진 눈물이 눈처럼 새하얀 장포 자락 위로 떨어졌다. 곁으로 다가와 앉은 종월의 옷이었다.

더할 나위 없이 큰 희망을 발견한 양 눈을 반짝 빛낸 맹부요가 얼른 종월 쪽으로 고개를 돌리면서 그의 옷섶에 매달렸다.

"종월, 종월, 천하제일의 신의잖아요. 원보 좀 살려 줘요, 살려 줘요!"

종월의 눈길이 끝마디가 잘려 나간 맹부요의 손가락에 꽂혔다. 뒤이어 천천히 눈길을 옮겨 원보를 살펴본 그가 조용히 말했다.

"나는 동물을 다루는 의원이 아니다."

그런 종월을 멍하니 쳐다보던 맹부요가 잠시 후 옷섶을 붙들고 있던 손을 풀었다. 그러자 종월이 얼른 그녀의 손을 잡았다.

"잘린 손마디는? 다음 진법이 발동되기 전에 어떻게든 붙여 줄게."

"됐어요."

맹부요가 잡힌 손을 빼내며 공허하게 말했다.

"이미 잘렸으니 그냥 둬요. 세상에 잘렸다가 다시 붙일 수 있는 게 얼마나 된다고, 나라고 왜 예외여야 해요?"

맹부요의 말투는 건조했고 눈동자는 텅 비어 있었다. 그 눈빛을 보고 흠칫한 종월이 막 무슨 말인가를 하려는데, 전북야가 낮게 깔린 목소리로 외쳤다.

"누구냐?"

그와 동시에 전북야의 소맷자락이 공중을 가르면서 눈밭 가득 광풍을 일으켰다. 눈안개를 휘몰고 온 세상을 집어삼킬 기세로 일어난 광풍은 곧 특정 지점을 덮쳐 갔다.

전북야의 실력이면 장청 신전 전주는 힘들지 몰라도 십대 강자 정도는 충분히 막을 수 있었다. 그러나 맞은편에 휙 나타난 작고 까만 형체는 전북야가 놓친 틈새를 귀신같이 통과해 맹부요를 향해 뛰어들었다. 고개를 돌려 검은색 형체의 정체를 확인한 맹부요가 '어?' 하더니 눈을 반짝 빛냈다.

"흑진주!"

흑진주는 맹부요에게는 눈길도 주지 않고 곧장 원보 대인 위에 철퍼덕 엎어졌다. 그러고는 원보 대인을 끌어안고 냅다 울음을 터뜨렸다.

"찍찍찍, 찍찍찍……."

"찌이익, 찌이익……, 찌찌찌찍찍……."

"찌찍찍……, 찌찌……, 찍찍……."

맹부요도 처음에는 울음소리를 들으며 양심의 가책을 느꼈으나, 울음이 길어지면서 점점 눈썹이 치켜 올라갔다.

그냥 우는 게 아니라 아주 곡을 하는구나? 이건 뭐 전문 울음꾼이 돈 받고 상갓집에서 통곡하는 수준이네. 혹시 출생부터 지금까지 원보의 일생을 노래처럼 구구절절 읊고 있는 건가?

앞에서 끝도 없이 눈물 바람인 걸 참아 주다 못한 맹부요가 흑진주를 찰싹 한 대 쳤다.

"지금 울러 온 거야, 원보 살리러 온 거야? 울러 왔으면 그만 꺼지고, 원보 살릴 거면 서둘러!"

한 대 맞고 정신이 퍼뜩 돌아온 흑진주가 이내 원보 대인을 끌고 눈 밑으로 파고들어 가기 시작했다. 맹부요가 대체 뭐 하는 건가 싶어 막으려고 하자 흑진주는 혐오스럽다는 식으로 침을 '퉤' 뱉더니, 내친김에 맹부요의 손가락까지 콱 밟았다.

흑진주는 근래 살이 더 쪄서 덩치가 거의 원보 대인의 두 배였다. 그 덩치 밑에 깔린 맹부요의 손가락은 납작하게 뭉개지고 말았다.

곁에서 종월이 그녀를 말리며 말했다.

"같은 신수끼리는 분명 자기들만 아는 치유책이 있을 거야. 뭔가 느끼고 여기까지 달려왔을 정도면 그냥 보내 줘도 돼."

맹부요는 결국 손을 떼는 수밖에 없었다. 그녀의 눈앞에서, 비대한 흑진주가 순식간에 비쩍 말라 버린 원보 대인을 씩씩거리며 끌고 눈밭에 뚫린 구멍 안으로 사라졌다. 기골이 장대한 부인네가 왜소한 청년을 보쌈하는 현장이 따로 없었다.

생각이 거기에 미치자 맹부요의 입꼬리에 경련이 일었다.

에이 설마, 설마 그런 막장 전개는 아니겠지?

다시 생각해 보니 그러면 또 어떠냐 싶었다. 세상에 장청 신수라고는 딱 저 둘뿐이라면 원래가 둘이 맺어질 운명 아니었겠는가. 흑진주가 원보를 살려 내기만 한다면 매파 역할쯤이야 얼마든지 맡을 용의가 있었다.

마음이 한결 가벼워진 맹부요는 곧 종월의 질문을 받았다.

"이제 잘린 손마디 내놓을 차례 아닌가?"

맹부요가 손마디를 꺼내자 보존 상태를 본 종월이 칭찬을 아끼지 않았다.

"눈가루에 얼려 두는 법을 다 알 줄이야! 다행히 아직 늦지 않았어."

그러더니 잠시 고민하다가 난처한 듯 말했다.

"급하게 나오느라 흰독말풀을 못 챙겨 왔는데……."

맹부요가 차분하게 대답했다.

"상관없어요."

지금까지 살아오면서 얼마나 많은 부상과 고초를 겪었는데, 그까짓 마취 약 없이 손가락 봉합하는 것 정도가 뭐라고. 제아무리 대단한 육체적 고통도 마음이 찢기는 아픔에 비하면 아무것도 아니었다. 골짜기 안 핏물 젖은 눈밭에 엎드려서 소리 없는 울음을 터뜨렸던 순간에 비하면, 정말 아무것도 아니었다.

짧아진 손가락이 무공 초식을 펼치는 데 걸림돌이 될까 걱정스럽지만 않았어도 봉합 따위는 맹부요의 관심 밖이었을 것이다. 그녀에게 가장 중요한 것은 앞길에 있었기에.

그녀의 손가락을 붙들고 있던 종월이 손을 파르르 떨었다. 뒤쪽에 있던 전북야는 호흡이 거칠어졌고, 운흔은 묵묵히 고개를 반대편으로 돌렸다. 운흔의 어깨 위에 한 다리로 서 있는 금강이 우관을 세우고 한쪽 눈으로만 맹부요를 슬금슬금 살피다가 말했다.

"대단한데! 이제부터 너는 내가 인정하마!"

종월이 의료 도구 주머니를 꺼내 화절자로 도구들을 하나하나 소독하기 시작했다. 그사이에 전북야와 운흔은 뒤로 돌아섰다. 침묵을 지키던 전북야가 잠시 후 눈밭에 주먹을 꽂자 눈안개가 자욱하게 솟구쳤다. 무엇에 그리 분노하고 있는지 모를 일이었다.

적막한 공기 중에 어렴풋한 소리들이 떠돌았다. 눈발이 사락사락 날아내리는 소리, 칼과 바늘이 미세하게 움직이는 소리, 종월이 침착한 손놀림으로 도구를 찾는 소리, 그리고 억눌린, 긴장된, 인내하는 숨소리. 그 숨소리의 주인은 마취 약 없이 수술을 받는 중인 맹부요가 아니라 전북야와 운흔이었다.

고통을 참고 있는 건 자기들이 아닌데도, 전북야와 운흔은 맹부요보다 더 피가 말랐다. 할 수만 있다면 대신 수술이라도 받고 싶었다. 그녀가 창백하게 질려 고통스러워하는 모습은 보고 싶지 않았다. 차분히 고통을 참으면서 미소를 잃지 않는 모습은 더 보기 싫었다.

그래서 그들은 수술 현장을 등진 채 얼음 구멍 안에서 나는 소리에 필사적으로 귀를 기울였다. 모든 주의력을 흑진주와 원보에게 쏟아부어서라도 무서운 기세로 가슴을 덮쳐 오는 아픔을 막아 보고 싶었다.

예리한 바늘이 맹부요의 살갗을 꿰뚫었다. 열 손가락은 심장과 연결되어 있다고 하던가, 통증이 폐부 깊숙이 밀려들었다.

몸에 칼이 꽂히는 건 차라리 한순간의 고통에 불과하건만, 지금 그녀가 느끼는 통증은 달랐다. 꼬리에 꼬리를 물고 세밀하게 이어지는, 끝났다고 생각하는 순간에도 실은 소리 소문 없이 그녀를 잠식하는, 마치…… 여기까지 오는 동안 만난 사랑과도 같은 통증.

맹부요의 눈에 물기가 비치기 시작했다. 눈물이 어려 까맣게 반짝이는 눈동자에 설원을 새빨갛게 물들인 핏자국이 비쳤다. 뼈에 사무치는 통증 때문에 나는 눈물이 아니었다. 지난 삶 속의, 서글프지만 찬란하고 충만했던 만남 때문이었다.

그녀는 이 순간의 가슴을 에는 아픔을 기억해 두고 싶었다. 자기 때문에 이만큼 아팠을 사람을, 어쩌면 첫 만남의 순간부터 끊임없이 아프고 아팠을 그 사람을 기억해 두고 싶었다.

한편, 지금 맹부요를 제외하고 호흡이 가장 차분한 사람은 종월이었다. 의원이라는 신분이 그를 어쩔 수 없이 침착하게 만들었다.

하지만 한여름에도 땀 한 방울 나지 않고 청신한 모습이던 종월은 이 추운 날씨에 언제부터인가 식은땀을 흘리고 있었다. 이마에서 서서히 배어나기 시작한 땀방울이 아래로 떨어지는 중간에 찬 바람에 휘말려 얼음 구슬로 화했다. 설원 위에 떨어진 그 구슬 꾸러미는 마치 눈물방울을 보는 듯했다.

지금 이 순간, 종월은 전북야와 운흔이 너무도 부러웠다.

왜 저들이 아니라 하필 자신이 의술에 능하단 말인가? 의술만 아니었어도 자신 역시 뒤돌아서서 생쥐들 사생활이나 엿들을 수 있었을 텐데.

일생 최고로 간단한 수술. 일생 최고로 어려운 수술.

잘린 손가락을 고이 받쳐 든 종월은 자기 심장을 들고 있는 기분이었다. 바늘에 실을 꿰고, 그걸 심장에 박아 넣었다가 뽑아내면서 선혈이 낭자한 자취를 남기고.

이것은 누구의 심장에서 나는 피이며 누구의 심장에 남은 상처인가…….

그러던 어느 순간, 갑자기 눈앞이 캄캄해졌다. 네 사람은 저마다 극한의 아픔에 일순 현기증을 느끼는 줄 알았다. 그런데 시간이 지나도 암전된 시야가 다시 밝아지기는커녕, 사방이 점점 더 어두워졌다.

단번에 완벽한 암흑천지가 된 것도 아니요, 하늘에서부터 칠흑의 장막이 좌르륵 떨어지는 듯한 광경도 아니었다. 그보다는 마치, 햇볕이 들기는 하는데 물이 몹시 탁한 바닷속에 빠진 것 같았다. 태양이 멀어져 감에 따라 물속을 비추는 빛이 점점 약해지는 느낌이었다. 누군가 빛의 씨실과 날실을 쑥 빼 간 것처럼, 시야가 순식간에 텅 빈 혼돈으로 변했다.

그 혼돈 속에서, 기습적으로 바람 소리가 일었다!

바람 소리!

온 사방을 점령해 버린, 빗발처럼 촘촘한, 난데없이 시작된 바람 소리!

대체 어디서부터 비롯된 바람인지 알 길이 없었다. 공기 중에 밑도 끝도 없이 생성된 바람이 흡사 불티가 사방으로 튀듯, 그리 크지 않은 주변 공간 전체를 무차별적으로 폭격했다.

거의 동시에 일행 전원이 몸을 날렸다. 맹부요가 있는 방향으로.

눈에 보이는 건 없었지만, 어느 쪽이 맹부요가 있는 방향인지는 다들 정확히 기억하고 있었다.

그런데 웬걸, 몸을 날린 이들은 다음 순간 투명한 벽에 가로막힌 것 같은 느낌을 받았다. 그새 아무런 기척 없이 세워진 벽들이 공간을 수많은 작은 칸으로 나누어 놓은 뒤였다.

일행은 각기 벽과 벽 사이에 격리된 상태였다. 사방에서 쉼 없이 몰아쳐 오는 바람이 여기저기 벽을 박고 튕겨 나오기를 반복하고 있었다. 그러는 사이에 바람의 궤적은 더욱 복잡하고 불규칙해졌고, 경로를 예측해 피한다는 건 점점 더 힘들어졌다.

다들 눈에 보이지 않는 담장을 넘어서고자, 유목민의 천막집과도 같이 머리 위를 덮고 있는 암경을 벗어나고자, 고함을 지르면서 분투 중이었다. 그러나 그들의 움직임이 속도를 더해 갈수록 바람의 흐름도 함께 빨라지면서 공세가 한층 맹렬해졌다. 한정된 공간 안에서 아무리 이리 뛰고 저리 뛰고 해 봐야 무형의 벽을 무너뜨릴 수도, 집요하게 뒤를 따라붙는 바람으로부터 벗어날 수도 없었다.

전북야가 무형의 벽을 있는 힘껏 들이받으면서 소리쳤다.

"부요! 부요!"

'챙' 하고 칼집을 나온 붉은색 장검에서 한순간 섬광이 번쩍했으나, 그 빛은 한도 끝도 없는 어둠에 금방 먹혀 버렸다. 전북야는 두 손으로 검을 틀어쥐고 도약해 단숨에 허공을 내리쳤다. 그 힘이 공기마저 쪼개 버린 듯 '콰쾅' 소리가 나더니, 어렴풋이

벽이 갈라지는 게 보였다.

전북야는 반색을 하며 그쪽으로 달려갔다. 그런데 눈 깜짝할 사이에, 아까 그의 검에서 맹렬히 뿜어져 나온 붉은색 광채가 순식간에 어둠에 먹혀 버렸던 것처럼, 무형의 벽이 다시 한번 아무 기척도 없이 그의 코앞에 등장했다. 전북야는 하마터면 벽을 들이받아 머리가 깨질 뻔했다.

한편, 아무 말 없이 있던 운흔도 입매를 꾹 다물고 검을 뽑았다. 푸른 검광이 폭발하는 찰나, 운흔은 바람을 쳐 내고 무형의 벽을 아래에서 위로 비스듬히 그어 올렸다. 그러나 전부 헛수고였다. 초조한 상황이었지만, 그래도 운흔은 평소 성격답게 냉정을 잃지 않았다.

반면, 그의 어깨에 앉아 있는 녀석은 천성이 부잡했다. 운흔의 어깨 위에서 노란 우관을 곤두세우고 바람을 피해 이리 뛰고 저리 뛰던 금강 어르신이 비명을 질렀다.

"살려 줘라! 살려 줘라! 어르신은 어둠이 무섭다!"

금강이 사방으로 날개를 퍼덕거리며 공기를 휘저어 놓는 통에 바람의 기세가 더 흉흉해졌다. 급기야 바람을 감당 못 할 지경에 몰린 운흔이 검을 눕혀 어깨 위쪽을 후려쳤다. 금강 어르신께서는 차렷 자세로 바닥에 떨어진 뒤, 마침내 조용해지셨다.

철성은 기다란 창을 씽씽 소리가 나게 휘두르는 중이었다. 그는 본래가 반석 같은 성정의 소유자로 줄곧 한자리에 진득하게 붙어 있었기 때문에 주위에 부는 바람이 상대적으로 덜 거셌다. 게다가 그 세지 않은 바람마저도 빈틈없이 움직이는 장창에 맞아 모조리 튕겨 나가고 있었다.

철성이 큰 소리로 외쳤다.

"주군! 어디 있는 거야!"

요신은 일행 중 무공이 가장 변변치 못한 축이었지만, 경공 하나만은 어디 내놔도 빠지지 않았다. 게다가 평소에도 질풍을 몰고 다니는 전북야나 맹부요와 달리, 어려서부터 익교족 고유의 훈련을 받은 그의 움직임은 미꾸라지처럼 기민했다. 덕분에 요신 주변의 바람도 꽤 잠잠한 편이었으나, 어지간해서는 싸움에 끼지 않는 요신은 누가 게으름뱅이 아니랄까 봐 그냥 바닥에 철퍼덕 엎어져 버렸다. 그러자 주변에 불던 바람이 아예 뚝 그쳤다.

본인도 살짝 놀란 요신이 곧 목청 높여 소리쳤다.

"주인님! 그냥 가만히 엎어져 있으면 되는데요……."

만약 이때 천신이 하늘에서 아래를 내려다봤다면 무척 기묘한 광경을 발견했으리라. 별로 크지도 않은 공간에 몇 사람이 다닥다닥 몰려 있는데, 서로 보지도 못하고 다가가지도 못하는 광경.

사람들은 제각기 투명한 벽에 가로막혀 미궁과도 같은 어둠 속에 갇힌 채 밖으로 나가려고 기를 쓰고 있었다. 한 번씩은 손만 뻗어도 닿을 만큼 서로 가까이 접근하기도 했지만, 답답하게도 그 짧은 거리를 극복하지 못했다. 그러면서 고함을 치고, 날뛰어 대고, 날아다니고, 싸워 대는 통에 방마다 난리도 그런 난리가 없었다.

그런 와중에도 딱 한 군데 조용한 방이 있었으니, 바로 종월과 맹부요의 방이었다.

주변에 갑작스러운 어둠이 내렸을 때 종월과 맹부요는 둘 다 바닥에 앉아 있었다. 싸움에 임하기에는 최악의 자세였던 셈이다. 본래는 전북야를 비롯한 일행이 곁을 지켜 주고 있었기에 습격당할 수 있다는 생각 따위는 해 보지도 않았다. 그런데 아무런 조짐도 없이 발동된 진법이 일행을 조각조각 갈라놓을 줄 누가 알았겠는가. 맹부요가 직감적으로 바닥을 박차고 뛰어올랐을 때는 이미 늦어 버린 뒤였다.

매서운 바람이 정면으로 몰아쳐 왔다. 이때 종월이 손을 뻗어 맹부요를 아래로 내리눌렀다. 그러고는 몸을 비스듬히 기울여 그녀의 앞쪽을 가로막았다.

종월의 등 뒤에서부터 맹부요를 향해, 바람이 거세게 불어닥쳤다. 위쪽으로 몸을 날렸으면 충분히 피할 수 있었으련만, 종월은 아주 살짝만 자세를 기울여 맹부요를 가려 줬을 뿐 손에 들린 칼과 바늘조차 놓지 않았다.

맹부요가 당황한 사이에 갑자기 바람 소리가 멎었다. 그와 동시에 어렴풋이 '투둑' 하는 소리가 나더니, 종월이 미세하게 흠칫했다.

퍼뜩 정신이 든 맹부요가 물었다.

"다쳤어요?"

"아니."

짧게 답한 종월이 이어서 비꼬는 투로 말했다.

"걸핏하면 이 부러지고, 손가락 잘리고, 피투성이가 되는 거야 너나 그러지."

종월의 독설에 맹부요가 못 당하겠다는 양 웃어 버렸다.

두 사람은 자세를 바꾸지 않고 기다렸지만, 첫 번째 바람이 지나간 후에 더 이상의 공격은 없었다. 묵직한 어둠 말고는 딱히 수상한 기척이 느껴지지 않았다.

맹부요가 상체를 일으키려 하자 종월이 말했다.

"다 꿰맬 때까지 그대로 있어."

맹부요의 미간에 주름이 잡혔다.

아무것도 안 보이는 데서 무슨 수로?

그녀가 알기로 손가락 봉합은 정교한 기술을 요하는 수술이었고, 현대 의학에서도 장비의 도움을 받아야 했다. 종월이 아무리 당대 최고의 신의고, 매처럼 날카로운 눈썰미에 절륜한 손재주를 가졌다지만, 얼추 모양만 비슷하게 흉내 내도 대견한 일이었다. 그런데 이 어둠 속에서 대체 뭘 어쩌겠다는 걸까?

그런 생각을 하다가 문득 깨달았다. 암매의 얼굴을 하고 있음에도 이상하게 종월의 몸에서 나는 약재 냄새가 예전보다 더 짙어진 것 같았다.

이제는 일국의 황제 신분이니 직접 병자를 돌볼 일 같은 건 없을 텐데, 왜 약재 냄새가 오히려 더 진해진 거지?

그나저나, 그녀의 손가락을 단단히 붙잡고 상처를 봉합하고 있는 종월의 손놀림은 주변이 밝을 때와 다름없이 안정적이고 날렵했다. 꼭 앞이 보이는 것처럼.

손끝에서 전해지는 느낌에 깜짝 놀란 맹부요가 물었다.

"보이는 거예요?"

그러나 종월은 그녀를 상대해 주지 않았다. 온통 어둠뿐인 암경 안, 위기 속에서, 태도가 불량한 남자는 그녀의 손가락을 꿰매는 데 온 신경을 쏟고 있었다. 손끝의 동작만큼이나 차분하고 여유로운 그의 숨소리가 맹부요를 안심시켰다.

맹부요는 그 소리에 조용히 귀를 기울이는 동안, 한 치 앞을 알 수 없는 위기와 풍파의 연속인 여정 가운데서 편안한 온기 한 가닥을 찾아낸 것 같은 기분을 느꼈다.

그때 홀연 손에 무언지 모를 액체 한 방울이 떨어져 살갗을 축축하게 적셨다. 맹부요가 이게 뭔가 하고 만져 보려는데, 종월이 먼저 옷소매로 액체를 쓱 지우더니 담담하게 말했다.

"미안, 땀이 나는군. 네가 너무 협조를 안 해서."

맹부요는 어처구니없다는 표정으로 다시 손을 뻗어 젖었던 자리를 더듬어 봤다. 그 자리에서는 아무것도 만져지지 않았지만. 이유 모를 불안감이 엄습했다.

바로 그 순간, 공기 중에 떠도는 피비린내가 느껴졌다. 조금 전 종월의 옷소매가 펄럭이는 순간 퍼져 나온 냄새 같았다.

맹부요가 슬그머니 종월의 옷소매 쪽으로 손목을 움직이는데, 종월이 휙 물러나면서 말했다.

"움직이지 마!"

살짝 떨림이 느껴지는 목소리에 눈이 가늘어진 맹부요가 말했다.

"돌팔이 선생, 수작 부릴 생각 말고 솔직히 말해요. 안 그러면 아무리 움직이지 말라고 해도 그냥 확……."

종월이 선뜻 손을 풀더니 말했다.

"다 됐어."

맹부요는 종월이 손을 놓아주는 찰나 손목 쪽으로 뜨거운 기운이 밀려드는 걸 느꼈다. 그와 동시에 종월의 몸이 스르르 무너졌다.

맹부요가 부축해 주려는데, 입 안으로 씁쓸한 무언가가 쑥 들어왔다가 금방 녹아 버렸다. 그러더니 어둠 속에서 종월의 나지막한 목소리가 들려왔다.

"혈류 순환에 특효인 약이다……."

알았다고 답한 맹부요는 종월이 어딜 다쳤는지 알아보려고 손을 뻗었다. 맹부요에게 약을 먹여 준 종월은 곧바로 손을 거두는 대신 조심스럽게 그녀의 얼굴을 어루만졌다. 살며시, 그리고 섬세하게, 마치 세상에서 가장 귀한 도자기를 만지는 듯한 손길이었다.

어둠 속에서 어렴풋이, 가쁜 숨소리가 맹부요의 귓가를 간질이고, 뜨거운 숨결이 목덜미를 스쳤다. 맹부요가 옆으로 비키려고 하자 종월이 가라앉은 목소리로 말했다.

"부요……."

약간 잠긴 목소리가 은근하게 사람을 끌어당겼다. 한 음절 한 음절이 귓가를 맴돌면서 묘한 설렘을 불러왔다. 그것은, 뜻밖에도 암매의 음성이었다.

고요한 어둠 한복판에서 홀연 특별한 기억이 실린 목소리가 들려오자 맹부요는 일순 넋을 잃고 말았다. 헌원국 황궁 지붕 위에서 그 농염한 미남자와 마주쳤던 순간이 떠올랐다. 경신전을 대신 맞고 등에 불이 붙었던 그가 기억났다.

맑고 투명한 종월과는 완전히 다른, 한 몸 안에 존재하는 또 다른 인물. 낮의 종월이라면 절대 지금 같은 어투로 그녀를 부를 리 없었다. 암매는 어둠에 속한, 어둠 속에 일렁이는 달빛의 감미로움에 속한 존재였다.

"부요……."

종월이 가만히 읊조렸다. 스쳐 가는 봄바람 같기도, 혹은 가을날 햇살 아래에서 투명한 호수에 금빛 물결 부서질 적에, 저마다 다른 음색을 가진 파문이 고요히 넘실거리며 내는 소리인 듯도 했다.

"나는 암매가 되어야만 네게 다가갈 엄두를 낼 수 있는 것 같다……."

그의 손가락이 얼굴을 세세하게 훑어 내렸다. 맹부요의 윤곽을 손끝에 하나하나 새겨 두려는 듯이.

맹부요가 고개를 피하자 종월이 조용히 말했다.

"암매로서가 아니면 네 앞에서 차마 하지 못할 말들이 있어. 부요, 날 아직 원망하고 있지?"

맹부요가 한숨을 내쉬었다.

"아니. 이미 다 지나간 일이고, 한 번도 원망해 본 적 없어요. 우린…… 친구니까. 영원한 친구."

"친구라……."

소리 없이 쓴웃음을 지은 종월이 곧 나지막이 중얼거렸다.

"인생이 길어 봐야 얼마나 될까? 만날 수 있었던 것만으로도 행운이겠지……."

맹부요는 눈시울에 고인 눈물이 흘러내리지 못하도록 고개를 들었다.

인생이란 짧다면 얼마나 짧고, 길다면 또 얼마나 길까?

짧다면 별똥별이 스쳐 지나는 찰나만큼 짧을 것이다. 처음 만났던 그날의 사람들이 눈 깜짝할 새에 어느덧 각자의 길을 가고 있듯이. 길다면 삼생삼세만큼, 세상의 끝에서 끝까지만큼 길 것이다. 험난한 여정을 걷고 또 걸어도 그가 있는 곳은 아직 멀기만 하듯이.

"결국은 떠나리란 걸 알고 있었어."

자신을 밀어내려는 맹부요의 손을 감아쥔 종월이 그녀의 손끝에 가만히 입술을 갖다 댔다.

"조금만 더 선명히 기억하게 해 줘……."

암매만의 얼크러진 부드러움이 어둠 속에서 마치 누에가 고치를 만들듯 그녀를 에워쌌다. 차가운 공기를 봄물처럼 녹여버리고, 사랑하는 여인을 제 안에 품고 싶은 듯이.

그러나 맹부요는 앉은 자세 그대로 차분히 북쪽을 바라보고 있을 뿐이었다. 그녀가 한 자 한 자 또박또박 말했다.

"그냥 날 잊어요. 제멋대로인 맹부요 같은 건 잊어버려요! 당신의 세상은 헌원이고, 나한테는 가야 할 길이 있으니까."

"잊으라 한들…… 그게 말처럼 쉬울 리가."

불꽃처럼 붉은 입술을 가진 남자가 엷은 쓴웃음을 지었다.

인생을 얼마나 길다 할까?

소유한 이의 인생은 짧게 느껴질 것이요, 갖지 못한 이의 인생은 길게 느껴지리라. 자신에게 남은 삶이 얼마 안 된다고 해도 그리움의 고통이 그 시간을 길게 늘여 줄 터이니 이제부터는 하루하루가 고행이리라. 그리고 그녀는, 길 위에 있을 것이다. 영원히 길 위에, 그가 도저히 쫓아갈 수 없는 길 위에.

조용히 한숨을 흘린 종월은 더 이상 아무런 말도 하지 않고 환약 한 알을 입에 넣었다. 그러고는 막 맹부요의 손을 잡으려는데, 돌연 엄청난 진동이 몰아닥쳤다. 그 바람에 종월의 손은 맹부요를 붙잡지 못하고 스르르 아래로 떨어졌다.

그와 동시에 맹부요의 몸 역시 크게 흔들렸다. 주위 공기의 밀도가 갑자기 올라갔다. 공기가 난데없이 무겁게 느껴졌다.

어둠 속 저 멀리 어딘가에서부터 거대한 진동이 전해지고 있었다. 태곳적 거인이 느리고 무거운 발걸음으로 대지를 떨게 하면서 한 발 한 발 거리를 좁혀 오는 것만 같았다.

구천 마루, 신이 울부짖는 곳.

반들반들하게 빛나는 얼음 동굴의 벽면에 혼절한 이의 다소 창백한 얼굴이 비치고 있었다. 앞뒤가 뻥 뚫린 동굴을 바람이 거침없이 관통하며 매서운 냉기와 날카로운 포효를 토해 냈다. 그 음산한 기운이 암흑 속에 침잠해 있는 이를 흔들어 깨웠다.

날이 밝기 직전, 마침내 장손무극이 천천히 눈을 떴다. 의식을 찾자마자 일단 왼쪽 손아귀부터 쥐어 본 그가 이내 안도의 한숨을 내쉬었다. 손안에 비단 천이 그대로 있었던 것이다.

극도의 통증에 한바탕 시달린 그의 팔다리는 이미 통각이 마비된 상태였다. 그는 손가락을 하나씩 펴서 비단 천이 아래로 축 처지게 만들었다. 길게 펼쳐진 천은 잘 보존된 글자들로 빽빽하게 채워져 있었다.

천을 힐끗 곁눈질한 직후, 그의 입가에 엷은 미소가 어렸다. 역시 예상했던 그대로였다.

아무도 신경 쓰지 않았던 과거의 기록. 그것이 바로 3백 년 전 신전 창시자의 우화등선에 얽힌 비밀을 풀어 줄 열쇠였던 것이다.

3백 년 전, 장청 신전의 창시자는 이곳 접천봉 구천 마루를 자신이 우화등선할 장소로 택했다. 구천 마루는 그가 인생의 끝자락을 보낸 곳이었다. 창시자께서 우화등선하신 장소라면 성지로서 보존되어야 정상일 텐데, 어째서인지 접천봉 구천 마루는 중죄인을 가둬 두는 금역으로 전락했다.

구천 마루의 운명은 신전 창시자의 생애와 비슷한 구석이 많았다. 그의 생애 전반부는 그 찬란한 행적이 널리 알려져 있으나 마지막 우화등선 직전의 면면에 대해서는 역대 전주 모두가 함구로 일관했다. 그리하여 세상에 최대한 떠벌리고 자랑해야 할 일대 사건이 '창시자께서는 성취를 이루시어 순탄히 우화등선하셨다.'라는 건조한 문장으로 정리되고 만 것이었다.

오랜 세월 동안 전주의 명령 없이는 그 누구도 접천봉에 오를 수 없었다. 사실 꼭 금지령 때문이 아니더라도, 접천봉의 열악한 환경이 몸에 치명적이라는 걸 다들 알기에 굳이 위험을 무릅쓰고 올라가서 바람을 쐬겠다는 사람은 아무도 없었다. 그런 연유로 지난 3백 년간 접천봉은 오직 죄수를 고문하는 용도로만 쓰였다.

150년 전에 형틀에 매달렸던 야차대왕은 고통으로 인해 울부짖거나 자신의 불운에 분노하며 포효하는 데 모든 기력을 소진했지만, 그로부터 150년 후에 접천봉에 오른 장손무극은 뚜렷한 목적을 가지고 있었다.

아주 오래전, 무학에 특출난 재능을 타고난 소년은 또래들이 막막한 분량의 무공 서적 앞에서 시간에 쫓기며 골머리를 앓고 있을 때 일찌감치 자기 진도를 끝내고 심심풀이용 책을 찾으러 신전 여기저기를 어슬렁대는 날들이 많았다.

더 정확히 말하자면, 소년은 심심풀이용 책을 찾아다닌다기보다는 앞선 세대가 남긴 수수께끼를 캐러 다니고 있었다. 다른 제자들은 대대로 이어져 내려오는 이야기를 아무런 비판적 사고 없이 그대로 받아들였지만, 소년은 어딘지 이상하다고 생각했다.

무언가가 비정상적으로 보일 때는 반드시 이유가 있는 법. 수백 년 전 창시자 어른의 이야기에는 말 못 할 속사정이 숨겨져 있는 게 틀림없었다.

하지만 장청 신전 같은 곳에 불필요한 서책 따위가 보관되어 있을 리 없었다. 소년은 신전 전체를 샅샅이 뒤진 끝에야, 장서각에 줄지어 늘어선 책장 아래쪽에서 받침대로 쓰이고 있는 더러운 책자를 발견했다.

너덜너덜한 헌책들 사이에 끼어서 버려져 있던 그것은 정식 서적이 아니라 손글씨로 잡다한 내용을 기록해 놓은 수첩에 가까웠다. 내용은 천문과 지리에서부터 각지의 풍물과 풍속까지 무척 다양했다. 누군가 천하를 떠돌면서 남긴 일기인 것 같았다.

기록의 양 자체는 많지 않았지만, 글에서 심오한 학식과 남다른 재능이 느껴졌다. 다만 딱 한 가지 이상한 건, 공백마다 크고 작은 연꽃이 그려져 있다는 점이었다. 연꽃 그림은 책장을 넘길수록 점점 아름다워지고 생동감을 더해 갔다. 그러다가 나중에는 몽환적인 글자들 사이에 화려하게 핀 채 요기마저 뿜어냈다.

반대로 책자에 적힌 내용은 후반부에 이르자 엉망진창이 되어 가기 시작했다. 혼자 실없는 소리를 지껄이는 것 같기도 하고, 어떤 부분은 두 사람의 대화 같기도 했다. 그런가 하면 또 다른 대목은 마치 한밤중에 속마음을 조곤조곤 털어놓는 것처럼, 몽롱하고도 나긋한 느낌이었다.

종이 위에 흩뿌려진 문장들은 오색찬란했지만, 동시에 모호하기 짝이 없기도 했다. 나중에 가서는 비상한 머리를 가진 소년조차 무슨 뜻인지 알아볼 수가 없었다.

소년은 책장을 넘기면서, 한밤중의 환상에서 비롯된 듯한 의문, 한탄, 경이, 미혹에 점차 충격을 받았다. 비록 행간의 뜻을 이해할 수는 없었지만, 소년은 그 어지러운 글귀들 속에 내포된 기괴함을 예리하게 포착해 냈다. 소리 없이 빠르게 뛰는 맥박과도 같은, 영혼 깊숙한 곳에 저녁 종소리 같은 울림을 만들어 내는 무언가.

언제 다시 나오는 것일까? 보고 싶다…….

……그녀의 미소는 연꽃처럼 아름답고, 비 갠 뒤의 맑은 바람과 밝은 달 같다…… 내 손 위의 그것은 온유하고 섬세하며, 내가 감아쥐어도 순종한다. 내 손가락과 그녀의 길이가 같으니, 과연 훌륭하구나…….

이번 생에는 안 될 것 같다. 바라건대, 부디 언젠가는…….

'그녀'랬다가 '그것'이랬다가, 게다가 말 자체도 이상했다.

사람이 손가락 길이라니?

도통 이해가 안 되는데다가 기괴한 느낌까지 들자 소년은 책장을 급하게 넘겼다. 그런데 마지막 장에는 앞선 내용과 사뭇 다른 분위기의 문장이 적혀 있었다.

보름달이 뜬 밤 구천 마루에 올라 비스듬히 드는 달빛을 따라가면 진리를 얻으리라.

난잡한 필적. 게다가 마구잡이로 갈겨 놓은 괴상한 선들 사이에 묻혀 있어서 특별히 신경 쓰지 않는 이상에는 그냥 지나치기 딱 좋은 문구였다.

그러나 소년은 세심한 아이였다. 무성의하게 던져 놓은 듯이 보이는 정보가 실은 지극히 중요한 것일 수도 있음을 아는 소년은 묵묵히 그 문장을 기억해 두었다.

구천 마루에 가 보고 싶은 마음도 있었으나, 그러기에는 그곳 경비가 너무 삼엄했다. 게다가 고귀한 신분인 소년 곁에는 항상 사람들이 잔뜩 따라다녔고, 시도 때도 없이 스승님의 호출까지 떨어지는지라 현실적으로 쉽지 않았다.

그러다가 무공을 어느 정도 완성한 소년은 예정보다 빨리 하산해 본래 자기 책임이었던 일들을 떠맡게 되었다. 그때부터는 산에 돌아올 기회가 거의 없었다. 가끔 산에 와도 번번이 시기가 안 맞아서 결국 구천 마루에 가 보는 일은 뒷날로 미뤄졌다. 하지만 해가 거듭 바뀌는 동안 그는 단 한 번도 그 글귀를 잊어본 적이 없었다.

그리하여 긴 세월 만에 마침내, 그는 형틀에 매달리는 방식으로 하늘의 부름에 응하여 수백 년간 묻혀있던 수수께끼를 풀게 되었다.

서늘하고도 매끄러운 비단이 손아귀에 휘감기는 감촉은 운명을 닮아 있었다. 이미 막다른 길에 몰린 듯해도 사실은 바로 몇 걸음 앞에 전환점이 있는, 돌고 도는 운명을.

세월과 고난의 시험을 버텨 내고 앞을 가로막은 벽을 무너뜨릴 수 있느냐는 결국 마음먹기에 달려 있었다. 하늘이 아무리 무정하다 해도 진정 강인한 이의 운명은 영원히 자기 손에 쥐어져 있는 법이었다.

달빛과 얼음이 발하는 광채가 한데 섞여 눈부신 순백으로 빛나고, 거기에 호수 같은 하늘이 반사되고 있었다. 그 유리알처럼 말간 세계 안에서, 피에 젖은 남자가 손안의 비단을 펼쳤다. 남자의 입가에 은은하게 어린 미소는 언제나 그래 왔듯이 온화했다.

그런데 입가에 미소가 피어난 직후, 남자의 표정이 미세하게 굳어졌다. 속닥거리는 말소리, 옷자락이 펄럭이는 소리, 무기가 빙벽을 살짝살짝 때리는 소리가 바람결에 실려 아주 희미하게 들려왔다. 그리 멀지 않은 곳에서 나는 소리 같았다.

그와 동시에 사시사철 구천 마루를 떠도는 눈안개처럼 은밀히 동굴 안으로 스며든 다른 기척이 하나 더 있었으니…….

바로 살기였다!

암경에서의 입맞춤

암경 안은 무거운 어둠에 짓눌려 있었다. 하늘과 땅 사이의 공간이 단단하게 굳어 돌덩이가 되어 가는 것 같았다. 시간이 갈수록 돌 분자가 촘촘하게 모여들면서 공간 내의 사람들을 에워싸 생물 표본으로 만들려 하고 있었다.

거인의 발소리를 연상시키는 묵직한 진동도 점점 거리를 좁혀 오는 중이었다. 다들 신경을 바짝 곤두세운 채 숨을 죽였지만, 진동의 정체가 눈앞에 모습을 드러내는 순간은 아무리 기다려도 좀처럼 오지 않았다.

줄곧 숨소리도 못 내고 긴장 상태로 있던 일행은 한참이 지나 제정신이 좀 돌아오자 심장에 강한 압박감을 느꼈다. 마치 밧줄로 심장을 꽉 묶어 놓은 것만 같았다. 심박이 느리고 답답했다.

아까 그 울림은 단순히 긴장감을 유발하고 주의를 분산시키기 위한 장치에 불과했나? 공기가 무거워지는 걸 바로 눈치채지 못하게 하려고?

맹부요는 금방 자기 생각이 틀렸음을 알았다.

주위를 배회하던 울림이 일시적으로 뚝 그치는가 싶더니, 다음 순간 확 가까워진 거리에서 다시 폭발했다. 바람이 잦아든 주변은 솜털 한 올 떨어지는 소리도 감춰지지 않을 만큼 조용했다.

극도의 고요와 어둠이 진득하게 뒤엉긴 한복판에서, 장중한 범종의 울림과도 같은 발소리가 들려오고, 서서히 거리를 좁혀오는 지면의 진동이 느껴졌다.

하지만 여전히 눈에 들어오는 사람이나 물체는 없었다. 그 으스스하고도 숨 막히는 느낌은 인간 내면의 본능적 공포를 불러일으키기에 충분했다.

보이는 게 없다는 사실이 두려움으로 이어졌다. 맹부요는 주변 동향에 귀를 기울이는 한편 생각했다. 신성과 광명으로 상징되는 장청 신전 휘하의 사대 신역 중 두 군데가 지옥이나 다를 바 없이 음침한 모습을 하고 있을 줄이야. 오싹하기로는 부풍 술법보다 더하면 더했지 덜하지는 않았다.

이게 어딜 봐서 신이 행하는 일인가? 신神, 마魔, 무巫는 껍데기만 제각기 다른 걸 뒤집어쓰고 있을 뿐 결국 본질은 다 똑같은 걸까?

파구소 최고 경지인 '천통'을 달성한 맹부요의 오감은 보통 사람들보다 월등히 예민했다. 그럼에도 암경 안에서는 조금 전의 발소리를 제외하고는 어떠한 소리도 포착해 낼 수가 없었다. 전북야를 비롯한 일행이 아까만 해도 바로 지척에 있었건만, 어딘가의 진공 공간으로 빨려 들어가기라도 한 것처럼 지금은 기척이 전혀 느껴지지 않았다. 다들 아무 소리도 안 내고 있을 리는 없었다. 운흔이야 입을 닫고 있는다고 쳐도 전북야는 절대 그럴 인간이 못 됐다.

발소리는 이제 바로 곁을 배회하고 있었다. 언제 공격이 들어와도 이상하지 않을 상황이었다. 과연 적의 선공이 어느 방향에서 들어올지 가늠해 보고 있는데, 문득 손바닥에 서늘한 감촉이 닿았다. 종월이 그녀의 손을 잡은 것이었다.

"아무래도 각개 격파를 노리고 있는 것 같군. 절대 떨어지면 안 돼."

짧게 알겠노라 한 맹부요가 그의 맥박을 잡아 보며 물었다.

"손이 왜 이렇게 차요?"

종월이 담담하게 답했다.

"장갑을 끼고 있어서 그래."

맹부요는 종월의 불안한 숨소리를 미심쩍게 여기면서 그의 몸 상태를 미루어 짐작해 봤다. 그녀가 기억하기로 종월은 지병을 앓고 있었다. 그 지병은 지금 어떤 상태인 걸까?

하지만 어둠 속에서는 눈으로 파악할 수 있는 게 없었다. 그렇다고 함부로 몸에 손을 대기도 뭐한지라 맹부요가 할 수 있는 건 말뿐이었다.

"일단 좀 쉬……."

말이 끝나기도 전에 머리 위쪽에서 모종의 파열음이 들려왔다. 위쪽은 분명 허공이었는데 흡사 무지막지하게 큰 손이 천장을 잡아 뜯는 소리 같았다.

그 파열음이 울리는 동시에 주변 공기가 훅 압착되더니 위쪽에서부터 어마어마한 힘이 두 사람을 덮쳐 왔다!

순간 종월이 맹부요를 데리고 몸을 날렸다. 그때부터 거대한 손과도 같은 힘이 두 사람을 붙잡아 짓이기고자 벽으로 막힌 좁은 공간 안을 미친 듯이 휘젓기 시작했다.

공간은 협소하고 손은 우람했다. 쓱 한 번 무언가를 잡아채는 동작만으로도 공간 전체가 커다란 손아귀 안에 들어가다시피 했고, 남는 틈새는 눈물겹도록 좁았다.

그나마 다행인 건 종월이 천하제일의 살수라는 점이었다. 다년간의 훈련으로 미끈하게 다듬어진 그의 몸은 좁은 틈새를 활용해 움직이는 데 최적화되어 있었다. 그는 맹부요를 데리고 쉼 없이 몸을 날리면서, 거대한 손이 일으키는 맹풍 사이를 아슬아슬하고도 교묘하게 넘나들었다.

종월의 몸은 깃털처럼 가벼웠고, 움직임은 대담하고도 치밀했다. 긴박한 상황이 닥칠 때면 매번 그가 귀신같이 나서서 맹부요를 위기에서 빼내 줬다. 그녀가 첫 번째 진법에서 체력을 많이 소진했다는 점을 감안해 최대한 진력을 아낄 수 있도록 도와주는 것 같았다.

"전북야가 자기 스승님이 두 번째 진법까지 통과했다고 하지 않았어요?"

또 한 차례 위기를 넘긴 맹부요가 종월에게 물었다.

"여기는 또 어떻게 뚫었을까요?"

"빛!"

종월이 대답했다.

"어둠을 파할 수 있는 것은 오직 빛뿐이지."

맹부요가 그 즉시 화절자를 꺼내 들자 종월이 말했다.

"소용없어. 고작 불로 될 일이었으면 너무 시시한 거지."

그러자 맹부요가 이번에는 칼을 뽑아 진력을 주입했다. 하지만 진력으로 만들어 낸 빛은 칼날 밖을 벗어나지 못했다. 주위의 모호한 어둠을 밝히자면 그 정도로는 턱도 없었다.

몇 가지 방법을 더 시도해 봤으나 모조리 실패한 그녀가 도무지 모르겠다는 투로 물었다.

"그럼 뇌동 대인은 대체 어디서 빛을 얻었던 거죠?"

"그때 뇌동 대인한테는 반딧불이 있었어."

종월이 말했다.

"서역 마라족의 늪에 서식하는 아주 희귀한 종류였지. 크기가 큰 데다가 사시사철 항상 빛을 내는. 원래는 내 스승님께 부탁해서 공력 증강에 효험이 있을지 알아보려고 마라족 영역까지 가서 어렵사리 한 마리를 잡아 온 모양인데, 암경에 갇히게 되자 어쩔 수 없이 그 반딧불을 풀어서 진을 파했다더군. 그 반딧불은 이후로 다시 본 사람이 없으니 우리는 다른 방법을 찾아야 해."

"지금 어디 가서 반딧불을 구해요?"

맹부요가 한숨을 쉬자 종월이 말했다.

"반딧불은 구할 필요 없어, 애초에 구할 수도 없고. 전 형이 여기 오기 전에 나라 전체를 뒤졌는데 결국 헛수고였다더군."

지금 두 사람의 위치는 거대한 손이 닿지 않는 벽 모퉁이 사각지대였다. 덕분에 잠시 이야기를 나눌 여유가 있었다.

맹부요가 물었다.

"그런데 스승님이 누구시길래요? 뇌동 대인하고 친하신가 봐요?"

"곡일질, 세상에는 의선으로 알려진 분이다."

종월이 질문에 답했다.

"어디 친한 정도이기만 할까. 뇌동 대인의 부인이 조금만 덜 살벌했어도 당시 대인과 혼례를 올린 여인은 스승님이었을지도 모른다더군."

맹부요가 '풉' 하고 웃자 종월이 말했다.

"두 분은 한평생에 걸쳐 은원으로 얽혀 있는 사이야. 스승님은 본디 궁창 출신이지만, 오랜 세월 궁창을 떠나 천하를 떠돌아다니셨지. 나도 마지막으로 뵌 게 언제인지 모르겠군."

종월 같은 제자를 길러 내다니, 대체 어떤 여인이길래 그게 가능했던 걸까.

맹부요가 잠시 넋을 놓고 있는데, 옆쪽에서 무언가가 크게 펄럭하는 듯한 기척이 느껴지더니 우람한 금강저와도 같은 돌풍이 덮쳐 왔다.

맹부요는 몸을 돌리는 동시에 주먹을 내질러 거대한 힘과 정면으로 격돌했다. 이번 진법 안의 적은 뚜렷한 형태가 없는 관계로 무기가 먹히질 않았다. 대항할 방법은 직접적인 진력 대결뿐이었다. 그녀가 맹렬하게 내지른 주먹에서 하얀색 진기가 번쩍했다. 주먹과 칠흑의 돌풍이 충돌하자 공간 전체가 뒤흔들렸다.

그런데 초식 전개를 마치자마자 바로 이어서 여러 갈래의 무지막지한 강풍이 한꺼번에 몰아닥쳤다. 무형의 거대한 손이 손가락 사이를 넓게 벌려 다각도에서 동시에 맹부요를 공격해 온 것이었다. 십대 강자 연살과 비교해도 전혀 손색이 없는 수준의 진력이 제각기 다른 방향에서 동시에 밀려들었다. 다시 말해 맹부요는 한 번에 다섯 명의 연살을 상대해야 하는 상황이었다.

다섯 방향에서 뻗어온 괴력이 동시다발적으로 맹부요 한 사람을 공격했다. 맹부요는 얼굴을 때리는 바람 탓에 숨을 쉴 수가 없었다. 적은 그녀를 기필코 짓뭉개서 형체 없는 고깃덩이로 만들고야 말 기세였다.

무언가를 생각할 겨를도, 피할 겨를도 없었다. 아예 피할 생각을 버린 맹부요는 허리를 비틀어 숙이면서 두 주먹을 내지르고, 왼발을 높이 차올렸다. 거기다가 머리까지 서슴없이 동원해 한 방향을 막았다.

나를 뭉개 버리겠다? 그러기 전에 내가 먼저 들이받아 주마! 불주산을 들이받아 쓰러뜨린 신화 속 공공처럼, 나도 오늘 너랑 한번 붙어 봐야겠다!

그러나 온몸을 무기로 동원했어도 땅을 디디고 있는 오른쪽 다리만은 어떻게 할 수가 없었다. 맹부요는 적의 공격을 생으로 받아 낼 준비를 하며 오른쪽 다리에 진력을 주입했다. 산 채로 묵사발이 되느니 다리 하나 부러지는 게 나았다.

그때 홀연, 곁에서 옷자락이 펄럭이는 소리가 났다.

콰앙!

곧이어 한 치의 양보도 없는 격돌이 천둥소리 같은 충돌음을 만들어 냈다. 맞은편에서 몰아쳐 오는 힘을 정면으로 들이받은 맹부요는 머릿속이 웅웅 울리고 목뼈가 빠개질 것 같았다.

당장의 충격과 통증이 지나간 후, 이상하게 오른 다리가 부러지는 느낌이 없다는 걸 깨달은 그녀가 황급히 옆쪽을 쳐다봤다.

"종월?"

한참 만에야 종월에게서 대답이 돌아왔다.

"응."

그 한마디가 다였다. 그는 더 이상 아무 말도 하지 않았다.

맹부요가 다급하게 말했다.

"오래전에 입은 내상 후유증이 있죠? 그 몸으로 내공 함부로 쓰면 안 되니까 비켜요!"

주먹을 물리려던 맹부요는 주먹이 꼭 찰흙에 박힌 것처럼 단단히 붙잡혀 빠지지 않는다는 걸 깨달았다. 그와 동시에 적이 그녀를 어딘가에 메다꽂을 요량으로 끌고 가려는 게 느껴졌다.

적이 그녀를 끌고 가려는 방향에는 아무것도 없었다. 하지만 이대로 끌려갔다가는 어떤 방법으로든 생명의 위협을 받게 될

게 확실했다. 이 상황에서 허둥거리는 건 아무 도움이 안 된다. 맹부요는 심호흡을 한 다음 천근추를 시전해 발을 단단히 땅에 고정했다.

누군가의 조종을 받기라도 하는 것처럼 무형의 힘은 시간을 두고 점점 더 강력해져 가고 있었다. 양쪽 주먹을 붙든 힘이 서로 반대 방향으로 이동하면서, 맹부요를 끌고 가는 걸 넘어 아예 찢어발기려고 했다.

맹부요는 진력을 더, 더 끌어올리면서 맞섰다. 발이 땅에서 떨어지지 않도록 버티는 동시에 양쪽 팔에까지 신경을 쓰느라 이마에 땀방울이 송골송골 맺혔다.

갑자기 누군가 어깨를 툭 치는 것 같더니, 오른쪽 주먹을 잡아당기던 힘이 슬며시 다른 어딘가로 분산되는 게 느껴졌다. 덕분에 맹부요는 큰 짐을 덜었다. 왼쪽 주먹은 여전히 엄청난 장력을 받고 있었지만, 그래도 양쪽에서 가해지던 힘이 한쪽으로 줄어든 덕에 산 채로 찢길 걱정은 없어졌다.

갑작스러운 상황 변화에 일순 움찔한 그녀가 곧 옆을 보며 외쳤다.

"종월, 그만둬요!"

그는 성치 못한 몸으로 이미 한 번 무지막지한 힘을 받아 내 그녀를 골절 위기로부터 구해 준 뒤였다. 그런 상태에서 또다시 괴력을 자기 쪽으로 끌어가다니, 몸이 버텨 내지 못할 게 뻔했다.

곁의 종월에게서는 대답이 없었다. 그의 숨결은 차갑게 식어 있었고 약재 냄새는 더 짙어져 있었다. 무언가가 한 방울씩 똑똑 떨어지는 소리가 들리는 것 같았다. 아주 미세한 소리였지만, 맹부요를 질겁하게 만들기에는 충분했다.

다급해진 맹부요가 머리로 종월을 들이받았다.

"물러서라니까! 나 혼자서도 충분하다고!"

휘청거린 종월이 이내 화가 난 듯한 투로 말했다.

"뭘 호들갑이지? 힘을 남겨야 조금이라도 더 살 것 아니야!"

"당신 시체 밟고 잠깐 더 사는 거, 나는 싫다고!"

맹부요는 한 치의 양보도 없이 손을 뻗었다. 적이 가하는 힘을 다시 자기 쪽으로 끌어올 생각이었다.

그때였다. 등 뒤쪽에서 갑자기 바람 소리가 날아들었다. 이제까지 상대하던 무지막지한 괴력이 아니라 처음 진법에 들어왔을 때 들었던 바람 소리와 아주 흡사했다. 사방팔방에서 가볍고 투명한 비수가 날아드는 듯한 소리.

게다가 아까보다 속도가 더 붙어 소리도 더 세찼다. 눈 깜짝할 새, 하늘과 땅 사이에 오로지 '쌩쌩' 소리만이 남았다.

맹부요는 가슴이 덜컥했다. 순간적으로 절망감마저 들었다. 그녀는 이제 막 천근추를 펼쳐 지면에 발을 고정하고, 자신을 끌어당기는 출처 불명의 장력에 저항하는 중이었다. 만약 지금 바람을 피하겠다고 도약한다면 적의 괴력에 끌려갈 게 확실했다. 끌려가서 내동댕이쳐지거나, 아니면 바람에 꿰뚫려 벌집이 되거나, 사실상 그녀에게는 선택지가 없는 거나 마찬가지였다.

다음 순간, 종월 역시 자신과 똑같이 진퇴양난에 몰려 있다는 생각이 뇌리를 스쳤다. 생각이 거기에 미치자 피가 끓어올랐다. 맹부요는 뒷일 따위는 잊고 옆으로 돌아섰다. 당장 종월에게로 뛰어들어 방패가 되어 줄 작정이었다.

그런데 몸을 틀자마자 '훅' 하고 바람이 불어닥쳤다. 맹부요는 옆구리 아래쪽이 얼얼해지는 걸 느끼며 뒤로 콰당 넘어갔다. 종월이 한발 앞서 그녀를 덮친 것이었다.

맹부요를 넘어뜨리고 그 위에 엎드린 종월은 자신의 팔다리로 그녀의 팔다리를 단단히 얽어맸다. 그런 다음 여전히 맹부요를 끌어당기고 있는 힘으로부터 그녀를 지켜 내기 위해 천근추를 펼쳐 몸을 아래쪽으로 내리눌렀다.

바람이 날카로운 소리를 내며 끊임없이 머리 위를 지나쳤다. 맹부요는 누워서도 살갗을 할퀴고 지나가는 칼바람을 고스란히 느낄 수 있었다. 허공에 흩어진 머리카락 몇 가닥이 싹둑 잘리는 게 보이자 간담이 다 서늘해졌다.

바람이 너무 가깝고, 너무 촘촘했다. 누워 있는 그녀도 몸에 구멍이 날 위기인데 종월은, 종월은…….

"비켜요! 비켜요!"

움직임을 제압당한 맹부요가 연거푸 소리쳤다.

"비켜요, 비켜, 비켜, 비키라고!"

"가만히 있어!"

종월은 온몸을 잘게 떨면서도 그녀를 옴짝달싹 못 하게 짓누른 채 비켜 주지 않았다.

맹부요는 진력을 이용해 혈도를 풀어 보려 했으나, 점혈법은 원래 사람마다 다르기도 하고 그중에서도 종월이 쓰는 방법은 특히 기이했다. 아무리 절정의 내공을 가진 맹부요라 해도 종월이 기혈의 흐름을 어떻게 바꿔 놨는지 파악이 안 되는 상황에서는 혈도를 풀 수가 없었다.

주변을 뒤덮은 어둠 속에 남은 것이라고는 바람이 허공을 베고 지나가는 소리뿐이었다. 보이는 건 아무것도 없는 와중에 맹부요는 점점 짙어지는 약재 냄새와 피비린내, 그리고 정체 모를 액체가 몸 위로 흩뿌려지는 감각을 느꼈다.

그녀를 짓누르고 있는 남자의 몸은 지나치리만치 뜨거웠지만, 가슴 부위만은 서늘하게 식어 있었다. 그 비정상적인 체온이 느껴지는 내내 맹부요의 가슴은 점점 무겁게 가라앉고 있었다. 눈물이 주체할 수 없이 터져 나왔다.

"제발……, 비켜요, 비켜요……."

그러나 남자는 모호한 어둠에 묻힌 채 아무 말 없이 그 자리를 지켰다.

주변은 바람 소리가 요란했지만, 바닥에 누워 있는 두 사람 사이는 무서울 정도로 고요했다. 둘은 묵묵히, 각자 최대치의 인내심을 발휘하고 있었다. 한 사람은 묵은 부상과 날카로운 바람이 몸을 난도질하는 고통을 동시에 견디고 있었고, 다른 한 사람은 무언의 희생과 가혹한 운명에 대한 공포를 억지로 감당해 내는 중이었다.

바람은 빛의 속도로 휘몰아치고, 그에 반해 시간은 극도로 느리게 흐르고 있었다. 돌연, 종월이 부르르 떨더니 맹부요의 머리카락 언저리에 뜨거운 피를 토해 냈다.

맹부요의 눈시울 밖으로 소리 없이 넘쳐 나온 눈물이 눈꼬리를 따라 천천히 미끄러져 이마 가장자리에 이르렀다. 눈물방울은 머리카락에 동그랗게 맺혀 잠시간 파르르 떨다가 이내 뜨거운 선혈과 뒤섞여 아래로 굴러 내렸다.

"부요, 어째서…… 진법이 이렇게까지 노골적으로 널 사지로 내모는……."

맹부요를 끌어안은 종월은 채 한마디를 맺지 못하고 다시 한 번 그녀의 목덜미에 피를 토했다. 맹부요는 목덜미를 뜨끈하게 적시는 액체를 느끼는 순간 심장이 벌벌 떨렸다.

"……당초 사대 신역에 대해 알아보면서 예상한 바로는…… 네가 파구소만 완성하면 무사히 통과할 수 있을 것 같았는데, 정작 들어와 보니……, 구유에서부터 뭔가 이상했어……."

"내가 여기서 죽길 바라는 사람이 있어요."

넘쳐 난 눈물에 귀밑머리가 축축했다. 맹부요는 한없는 증오에 차서 이를 악물고 한 글자 한 글자를 씹어뱉었다.

"어쨌든……, 나는 죽어 마땅한 게 맞아요."

장청 신전 제단이 당신들의 시체를 밟고 올라야만 닿을 수 있는 곳이라면, 차라리 처음 만났던 그때 일찌감치 죽어 버리는 게 나았을 텐데.

"그러지 마……. 난 지금 좋으니까."

그녀를 품에 안은 종월이 만족스러운 양 숨을 '후' 내쉬었다.

"어쩌면 지금이…… 일생을 통틀어…… 너와 가장 가까이 있는 순간이겠지……."

종월은 맹부요의 뺨 바로 옆에 얼굴을 묻고 있었다. 핏물과 눈물에서 나는 비릿하고 달짝지근한 냄새 속에서도 그녀 특유의 그윽한 향기는 여전했다. 그 향기는 어둠의 저편에, 하늘과 수면의 반영 사이에, 한 떨기 꽃처럼 티 없이 맑게 피어나 있었다.

그는 몽롱한 채로 향기를 따라 핏빛 강을 건너고, 백골의 산을 넘고, 끝없는 한기의 습격을 견뎌 냈다. 그리고 마침내 아득한 하늘가에 이르러, 빙긋이 미소 지으며 돌아봐 주는 그녀를 만났다.

이 얼마나 덧없는 아름다움인가…….

그는 서늘한 뺨을 맹부요에게 가져다 댔다. 그녀의 얼굴 옆으로 뜨거운 숨결이 흩어졌다. 최악의 궁지에 몰린 상황에서도 암매의 것인 요염한 용모는 조금도 파리해지지 않았다. 그는 일생을 좌절과 고난에 시달리면서도 언제나 불꽃처럼 화려한 가면을 쓰고 살았다.

그토록 눈부시고, 요원하고, 가슴 떨리도록 아름답지만 현실과 괴리된 허구의 삶……. 그녀를 만나기 전까지는, 지금 그의 아래쪽에 누워 있는 진정 불꽃과도 같이 찬란한 여인을 만나기 전까지의 삶은 그러했다.

종월은 조심스럽게 얼굴을 맹부요에게 붙이면서, 더 가까워지고 싶다고 생각했다. 조금만 더, 조금만 더…….

지금까지 걸어온 길이 너무나 추웠기에 이 순간만큼은 이기적으로라도 그녀의 온기를 빌리고 싶었다. 생의 기나긴 밤을 견디는 데 조금이나마 위안을 얻고 싶었다.

이미 반쯤은 혼미해진 의식으로도 그는 조심스레 향기의 근원을 더듬어 가고 있었다. 그녀의 귓가에서 귀밑머리로, 거기서 다시 눈물 젖은 뺨으로, 그리고…… 차갑고 보드라운 입술로.

입술과 입술이 만났을 때, 먼저 전율한 쪽은 그였다. 이런 순간이 오리라고는 생각조차 해 본 적 없었다. 감히 그녀를 차지하겠다는 욕심 같은 건 한 번도 부려 본 적 없었다. 그는 어둠의 일부였고, 모든 것을 잃고 난 후 오로지 복수를 위해서만 살아온 처지였다. 그녀라는 찬란한 꽃은 응당 깨끗한 흙에서 만개해야 했다. 1년 내내 햇빛이라고는 구경할 수 없는 음침한 구석 자리는 꽃이 자랄 만한 곳이 아니었다. 그는 꽃의 곁에서 지킴이 역할을 하는 것만으로도 족했다.

소년 시절의 그는 고독한 떠돌이 세자였다. 그리고 훗날 그녀에게 이끌려 싸늘한 황궁 옥섬돌 위에 올라섰고, 고독한 제왕으로 거듭났다. 드높은 황궁 정전에 앉아 주위를 둘러보면 그 눈높이에서 눈에 들어오는 것은 구름과 노을뿐이었다. 그녀는 멀리 다른 곳에 있었다.

핏물과 눈물의 냄새가 섞인 바람이 불고 있었다. 하지만 입술 사이로 새어 나오는 은은한 향기 한 가닥은 바람 속에서도 흩어질 줄 몰랐다.

그는 어렴풋이 웃음을 흘렸다. 이 순간, 서로 겹쳐진 입술이 얼마나 따스한지……. 그 온기에 지난 세월 겪은 모든 추위가 스르르 녹아내리는 것만 같았다.

다소 서늘한 입술이 가만가만 움직이면서, 붉은 입술 위로 자꾸만 흘러내리는 눈물을 살살 훔쳐 냈다. 언제나 밝고 생기발랄해야 할 그녀의 삶이 눈물로 얼룩져서는 안 되기에…….

그런데 왜 한편으로는 은근히 기분이 좋을까. 아마 그녀가 자신을 위해 목숨을 내버리려 했고, 자신을 위해 눈물을 흘렸다는 사실 때문일 것이다.

종월의 입가에 희미한 웃음기가 번졌다. 바람 소리가 점차 잦아들고 있었다. 최고로 긴박했던 필살의 공격은 이제 끝이었다. 바람이 잦아드는 사이에 종월의 몸에서도 차츰차츰 힘이 빠져나갔다. 그는 팔다리가 완전히 기운을 잃기 전에 한 손가락으로 맹부요의 혈도를 풀어 줬다.

그 즉시 팔을 뻗어 그를 끌어안은 맹부요는 대번에 손바닥이 끈적하게 젖는 걸 느꼈다. 순간 가슴이 서늘해지면서 눈앞이 다 캄캄해진 그녀는 하마터면 그때껏 사지를 잡아당기고 있던 거대한 힘에 끌려갈 뻔했다.

이때 품속에서 낑낑거리는 소리가 났다. 구미였다. 조금 전까지는 울음소리를 내기는커녕 납작 짓눌려 죽기 직전까지 갔던 녀석이 이때가 되어서야 바둥거리면서 옷 밖으로 나왔다.

녀석은 제 내단을 열심히 목구멍 위로 올렸다 삼켰다 하면서 숨을 돌렸다. 황금색 내단이 녀석의 몸 안에서 오르락내리락하며 눈부신 빛을 발했다.

맹부요는 충격과 아픔 탓에 구미에게까지 신경을 써 줄 마음의 여유가 없었다. 하여, 녀석을 덥석 붙들어다가 다시 옷 속으로 밀어 넣었다.

구미를 밀어 넣은 후 앞섶을 빠져나오던 그녀의 손이 허공에 멈칫 굳었다.

내가 방금 뭘 봤더라?

황금빛……. 황금빛! 빛!

반딧불……. 스스로 빛을 내는 동물…….

순간 영감이 떠오른 그녀는 품 안을 더듬어 구미를 끄집어낸 뒤 공중으로 냅다 집어 던졌다!

구미가 날아가면서 공중에 가느다란 황금색 광채를 남겼다. 그리 밝지는 않았으나 오감이 예민하게 발달한 무공 고수들로 이루어진 일행이라면 그 빛만으로도 위쪽 상황을 어느 정도 파악할 수 있으리라.

한 가지 기묘한 점은, 구미가 아무런 방해도 받지 않고 공중을 가로지르고 있다는 사실이었다. 진법 내의 힘이 구미에게만은 어떠한 위해도 가하지 않고 있었다.

맹부요는 뛸 듯이 기뻤다.

드디어 빛을 얻었어!

하지만 기쁨도 잠시, 금방 속이 상했다.

왜 좀 더 일찍 생각해 내지 못했을까?

머리 위쪽에서 금빛이 반짝하자 거세던 바람 소리가 일시적으로 뚝 그쳤다. 그 순간 공중에 어렴풋이 드러난 윤곽은 정말로 사람 손 모양을 하고 있었다.

잠시 후 금빛 광채에 겁을 먹은 듯 뒤로 물러났던 손이 다시금 아래쪽을 덮쳐 왔다. 이번에는 한층 더 맹렬한 기세였다. 주변에 흐르는 검은 기운도 아까보다 움직임이 바빠진 것 같았다. 게다가 그 검은 기운은 구미를 쫓아서 이동하고 있었다. 칠흑의 격류가 마구잡이로 날뛰어 대면서 마치 뱀처럼 아래쪽을 휘감아 왔다.

맹부요는 그제야 구미를 살려 두는 게 도움이 될 수도 있지만 어쩌면 그 반대일 수도 있다던 뇌동의 말이 무슨 뜻이었는지 알 것 같았다. 구미의 내단이 빛을 제공한 건 맞지만, 본질적으로 요괴인 녀석은 진법 안의 사악한 기운과 서로 통하는 데가 있었다. 녀석을 던져 올려 자그마한 빛을 얻었지만, 그만큼 진법의 위력도 강해진 상황이었다.

맹부요는 일순 고민에 빠졌다.

구미를 다시 집어넣어야 할까?

암경……. 진법 이름에 어둠이 들어가니 어쨌든 빛이 결정적인 영향을 끼치는 건 사실이겠지?

이쪽은 좀 귀찮아지더라도 나머지 사람들한테 빛을 비춰 줄 수 있다면 잘된 일이었다. 그녀는 자기 때문에 또 다른 누군가가 다치는 걸 보고 싶지 않았다.

더는 망설이지 않기로 결심한 맹부요는 막 손에 받아 든 구미를 도로 던져 올렸다. 구미의 몸뚱이는 단번에 수 장 높이까지 붕 떠올랐다.

각기 다른 곳에 고립된 전북야를 비롯한 일행도 분명 저 황금색 광채를 발견했으리라. 저 빛은 곧 탈출의 희망이었다.

종월을 끌어안고 그에게 자신의 진력을 아낌없이 밀어 넣으며, 맹부요가 큰 소리로 외쳤다.

"다들 위에 보여?"

그사이에 구미가 다시 아래로 떨어졌고, 맹부요는 또 한 번 녀석을 던져 올렸다.

날 줄 모르는 여우가 공중에 머무를 수 있는 시간은 한정적이었다. 맹부요는 자신을 짓뭉개겠다고 무섭게 덤벼드는 괴력을 피해 다니는 틈틈이 줄기차게 구미를 던져야 했다.

사실 그녀에게는 어려운 일이 아니었지만, 구미로서는 못 할 짓이었다.

"끼잉!"

고무공처럼 튀어 올라간 구미가 공중에서 울음을 터뜨리더니, 정신 줄을 놓고 살려 달라고 빽빽댔다.

그나저나 연신 깜빡거리는 내단의 광채가 생각보다 눈에 안 띄는 것 같아 맹부요가 난감해하고 있을 때였다. 알록달록한 깃털이 공중을 스치는가 싶더니 금강이 모습을 드러냈다. 욕을 해 대면서 등장한 금강이 한바탕 면박을 줬다.

"지금 뭐 하자는 거냐? 위아래로 펄떡펄떡, 어지러워 돌아가시겠네!"

그러더니 추락하는 구미의 아래쪽으로 날아가 녀석을 낚아챘다. 금강이 구미를 붙잡자 불안하게 깜빡이던 금색 광채가 한결 안정적으로 빛났다.

맹부요가 위쪽을 올려다보면서 외쳤다.

"구미! 조금만 더 분발해! 잘만 하면 상 줄 테니까!"

구미가 공중에서 기를 모았다. 그러자 내단이 위아래로 오르락내리락하면서 찬란한 황금빛을 뿜어냈다. 뱃가죽이 투명하게 변한 구미는 꼭 황금색 등롱처럼 보였고, 녀석이 발하는 빛이 아래를 비추자 사면을 막고 있던 투명한 벽이 스르르 사라졌다.

맹부요는 벽이 사라지자마자 전북야와 운흔을 발견했다. 알고 보니 두 사람은 아주 가까운 곳에 있었다. 각자 벽에 갇혀 고군분투한 모양이었지만, 둘 다 딱히 상태가 나빠 보이지는 않았다. 역시 진법이 노리는 목표물은 그녀 한 사람인 게 확실했다.

전북야와 운흔도 직감적으로 그녀가 있는 쪽으로 고개를 돌렸다가 서로 눈이 마주치자 기쁨을 감추지 못했다. 주위를 맴도는 검은 기류가 더 짙어진 것과 반대로 머리 위쪽의 거대한 손바닥은 황금빛 광채를 받으며 점점 흐릿해지고 있었다.

그러다가 손바닥이 갑자기 훅 오그라든 순간.

콰과광!

금빛 광채 위로 청, 홍, 백, 세 가지 색 섬광이 동시에 폭발해 서로 휘감겼다. 세 명의 고수가 전력을 다해 펼친 합공이었다. 흐릿한 손바닥 형상은 단번에 소멸했다.

거대한 손이 사라지면서 거무스름한 연기 한 가닥이 뿜어져 나왔다. 맹부요가 엉겁결에 그 연기를 몇 모금 들이마셨으나 특별히 무슨 문제가 생기지는 않았다. 그녀가 방금 마신 것이 뭐였는지 미처 생각해 볼 틈도 없이 머리 위쪽이 환해지더니, 전북야와 운흔 등이 그녀 곁으로 몸을 날렸다.

곧이어 그녀의 품에 안긴 종월을 보고 얼굴색이 변한 전북야가 물었다.

"어떻게 된 거야?"

맹부요는 아까부터 내내 종월의 등에만 손바닥을 붙이고 있었다. 진법 안에서는 차마 그의 호흡을 확인해 볼 엄두가 안 났다. 그랬다가 자신의 정신력을 완전히 무너뜨릴 결과가 기다리고 있기라도 하면 큰일이 날 수도 있다고 생각해서였다. 그래서 오로지 진기를 아낌없이 주입해 주는 데만 온 힘을 쏟아부었다. 그러다가 이제야, 하얗게 질린 그녀는 종월의 맥소를 향해 부들부들 떨리는 손을 뻗었다.

그런데 손끝이 종월의 손목에 닿기 직전에 갑자기 발밑이 허전해졌다. 꼭 땅이 통째로 어디론가 빨려 가 버린 것처럼, 몸이 허공에 붕 떴다.

그와 동시에 주변 풍경이 다시 한번 급변했다. 주위에 솜털 같은 하얀색 운무가 뭉게뭉게 피어 오르더니 팔다리가 말을 안 듣기 시작했다. 손에서 힘이 빠지는 통에 종월마저 놓치고 말았다.

맹부요가 그를 붙잡으려고 급하게 움직이는 찰나, 몸이 통제를 벗어나 둥실 떠올랐다. 깜짝 놀라 주변을 돌아보자 다른 일행에게도 똑같은 일이 벌어지고 있었다.

한편, 그녀의 손을 떠난 종월은 그새 어디까지 추락했는지 보이지 않았다. 기겁을 한 맹부요가 연거푸 소리쳤다.

"종월! 종월!"

그녀는 필사적으로 앞을 향해 나아가려고 해 봤지만, 몸을 조금이라도 움직일라치면 그 뒤로 한참을 둥실둥실 떠다녀야 했다. 게다가 동작 자체도 마음처럼 되질 않았다. 마치 중력이 깡그리 사라져 버린 우주를 유영하는 것 같은 기분이었다.

맹부요는 어떻게든 몸을 가눠 보려고 허우적거렸다. 종월을 데려와야만 했다.

그런데 갑자기 누군가가 팔을 턱 붙잡았다. 고개를 돌리자 전북야의 얼굴이 보였다. 미간에 주름이 잡힌 전북야가 침중한 목소리로 말했다.

"부요! 우린 이미 세 번째 진법 안에 있다. 종월은 차라리 저대로 떨어지게 두는 게 나을지도 몰라. 두 번째 진은 벌써 깨졌으니 종월에게 아무런 해도 끼치지 못할 거다."

"어떻게 혼자 추락하게 놔둘 수가 있어요?"

맹부요가 바락바락 악을 썼다.

"생사조차도……. 살았는지 죽었는지조차 모르는데!"

그녀의 눈가에서 눈물이 반짝였다. 전북야를 노려보는 그녀의 눈빛은 살기로 형형하게 빛나고 있었다. 손을 놓아주지 않는다면 칼부림이라도 낼 기세였다.

그러나 전북야는 꿈쩍도 하지 않았다.

"부요, 너 자신부터 지켜! 네가 더 강해져야 다른 사람들도 희생을 피한다!"

그 소리에 맹부요가 움찔했다. 얼굴에서 핏기가 싹 가시는 그녀를 보며, 전북야는 자기 말이 상처가 되었음을 깨달았다.

하지만 그가 아는 부요는 본디 성정이 의리 빼면 시체였고, 그 어떤 위기 속에서도 항상 동료들을 끝까지 챙겼다. 종월이 방금 그런 꼴로 추락한 상황에서 극단적인 말이라도 쓰지 않으면 어떻게 부요를 단념시키겠는가?

두 사람은 허공에 둥둥 뜬 채로 서로를 노려봤다. 양쪽 모두 눈빛에 아픔이 서려 있었다.

잠시 후, 눈을 질끈 감은 맹부요가 말없이 전북야를 외면했다. 그녀에게는 제멋대로 굴 자격이 없었다. 심지어는 후회할 자격마저도 없었다. 뒤에도, 앞에도, 자신 때문에 생사불명인 사람들이 있기에.

앞과 뒤의 중간에 멈춰 서 있는 그녀는 심장이 둘로 쪼개지는 중이었다. 차라리 몸이 반으로 찢겨 세상에서 사라져 버리면 좋으련만.

그녀가 시선을 피해 고개를 돌리는 찰나, 눈물 한 방울이 날아가 전북야의 손에 떨어졌다. 그 한 방울의 물기가 마치 폭우처럼 전북야의 마음을 흠뻑 적셨다.

전북야가 낮게 가라앉은 목소리로 말했다.

"걱정하지 마라……. 종월은 의성이야. 우리와는 처지가 달라. 궁창도 과거 종월의 도움을 받은 적이 있으니 몹쓸 짓은 안 할 거다."

맹부요는 코맹맹이 소리로 알겠다고 하면서도 속으로는 서글픈 아픔을 삼켰다.

종월은 과연 어떻게 됐을까? 대체 어디로 떨어졌지?

아까 하늘이 환해졌을 때 몸 절반이 피로 물들다시피 한 걸 봤는데 단순한 외상일까, 아니면 오장육부까지 치명상을 입은 걸까? 종월은 그 신기에 가까운 의술로 자기 목숨도 구할 수 있을까?

두고 갈 수밖에 없는 날 용서해요……. 나는 날 용서 못 하겠지만…….

솜뭉치 같은 구름이 주위를 빙빙 휘감으며 부유하고 있었다. 햇빛은 눈처럼 새하얗고, 일행이 있는 곳은 구름 한복판이었다.

세 번째 신역, 운부.

맹부요는 주변 풍경의 아름다움을 즐길 기분이 아니었다. 그녀는 버들개지처럼 나풀거리는 구름 속에서, 앞서 겪은 진법들의 음산한 어둠과는 정반대인 환한 빛을 받으며, 그저 우두커니 넋을 놓고 있었다.

깃털같이 가벼운 조각구름이 주위를 하늘하늘 떠다니고, 공기는 유유하고 안온했다. 어디에선가 어렴풋이, 아름다운 옛 곡조가 들려오고 있었다. 큰 강의 흐름처럼 느릿한 가락이 귀와 마음을 즐겁게 해 주었다.

그 속에 있자니 따뜻한 물에 몸을 담근 양 포근하고 편안한 감각에 긴장이 절로 풀렸다. 살기도, 어둠도, 망령도, 검풍도 없는 이번 진법은 꿈결처럼 평온하기만 했다. 지난 희생도, 낭자한 선혈도, 백골과 귀곡성도, 집요하게 그녀를 사지를 몰고 가던 온갖 수작들도, 전부 깨끗이 지워지고 없었다.

그간 피투성이가 되어 사투를 벌이며 극도의 조바심에 시달리느라 몸과 마음이 모두 지친 일행을 향해, 이 순간의 평온이 손짓을 보내고 있었다. 이제 쉬라고, 그만 돌아오라고. 그것은 저항하기 힘든 무언의 유혹이었다.

맹부요는 무거워지는 눈꺼풀을 느끼고 있었다. 의지와 무관하게 자꾸만 눈이 감기려고 했다. 지칠 대로 지친 그녀에게는 진원을 보수하고 원기를 회복시켜 줄 잠이 필요했다. 잠을 잘 때가 아니라는 생각이 흐릿하게 들기는 했지만, 나른한 피로감이 파도처럼 꼬리에 꼬리를 물고 밀려들었다.

어렵사리 파도 하나를 넘으면 그다음 파도가 몰려왔다. 파도와의 싸움을 반복하는 사이에 그녀의 방어선은 물살에 휩쓸려 점점 느슨해져 갔다.

그녀만이 아니라 운흔 역시 눈꺼풀이 반쯤 내려와 있었다. 몸을 추슬러 앉아 보려고 애를 쓰던 철성은 얼마 못 가 뒤로 벌러덩 넘어갔다. 요신은 진작 뻗어서 코를 드르렁드르렁 골고 있었다. 지난 진법에서 집중포화를 받은 건 맹부요와 종월이었지만, 세 사람도 이리저리 공격을 피해 다니느라 체력 소모가 만만치 않았던 것이다.

그나마 정신이 가장 맑은 사람은 전북야였다. 그는 초인적인 용맹함과 왕성한 기력을 타고난 사내였다. 게다가 맹부요처럼 연속으로 진법 두 개를 통과하느라 심신이 지친 상태도 아니었다. 그래서 다른 일행이 모두 꾸벅꾸벅 졸고 있는 상황에서도 그는 가까스로 맑은 정신을 유지할 수 있었다.

눈이 반쯤 감긴 맹부요를 본 그가 얼른 손을 뻗어 그녀를 탁 때렸다.

"잠들면 안 돼!"

퍼뜩 정신이 든 맹부요 본인도 무언가 잘못됐다는 걸 느꼈다. 그녀는 맑은 정신을 붙들려고 노력하면서 나머지 일행을 찰싹찰싹 때리기 시작했다.

"일어나! 다들 자면 안 돼! 자면 안 된다고!"

운흔은 눈을 떴지만, 철성은 일어나지 못하고 '끙' 소리만 냈다. 요신은 아예 세상모르고 곯아떨어져서 아무리 불러도 깨지를 않았다. 심지어는 금강과 구미까지 눈이 게슴츠레하게 감긴 채 공중에 떠서 쿨쿨 잠들어 있었다.

사태의 심각성을 절감한 맹부요는 죽자 사자 제 살을 꼬집으면서 몸을 아래로 가라앉혀 보려고 애썼다. 땅을 디디고 서면 그나마 정신이 들 것 같아서였다. 하지만 지금 그녀가 있는 기묘한 공간 안에서는 천근추조차 힘을 발휘하지 못했다.

이때 전북야가 그녀를 덥석 붙들더니 옆에 있는 운흔을 붙잡으라는 눈치를 줬다. 세 사람이 같이 뭉쳐 운공을 한다면 지면의 화강암층도 뚫고 들어갈 수 있으리라는 게 그의 계산이었다. 그러나 세 사람의 몸은 약간 아래로 가라앉는 듯하다가 금방 다시 튀어 올랐다.

설상가상으로 맹부요는 운공으로 인해 피로감이 급격히 가

중됐고, 결국은 느닷없이 고개가 뒤로 꺾이면서 그대로 잠들어 버리고 말았다. 맹부요에 이어 운흔도 그녀를 붙들고 있던 손을 스르르 풀면서 눈을 감았다.

가까스로 버티고 있던 전북야는 눈앞에서 두 사람이 정신을 잃자 자기만은 무슨 일이 있어도 잠들어서는 안 된다고 판단했다. 그는 '좌앗' 하고 장검을 뽑아 자기 팔뚝을 벴다. 시뻘건 피가 석 자 높이로 뿜어져 나왔다.

그 기세가 얼마나 맹렬했는지 전북야 본인도 화들짝 놀랐을 정도였다. 단지 통증에 기대 맑은 정신을 붙잡아 볼 생각이었건만, 이 괴상한 진법 안에서는 피가 한번 났다 하면 무슨 분수처럼 통제 불능으로 솟구치는 모양이었다.

선혈이 하늘 높이 솟구치면서 구름 사이로 흩뿌려지자 전북야는 금방 온몸이 피투성이가 됐다. 방금 적군 수백 명 정도는 죽이고 온 것처럼 장렬한 모습이었다.

착잡하게 쓴웃음을 지은 그는 서둘러 상처를 싸맸지만, 피가 멈추기까지는 꽤 시간이 걸렸다. 보아하니 스스로 상처를 내서 정신을 차리는 방법은 못 쓸 것 같았다. 맑은 정신이 돌아오는 것보다 피가 싹 다 빠지는 게 먼저일 테니.

그럼 그냥 세월아 네월아 이렇게 둥실거리고 다녀야 하나? 어차피 위험 요소는 없는 것 같긴 하다만.

전북야는 맹부요를 챙기는 한편 머뭇머뭇 주위를 돌아봤다. 커다란 구름 덩어리들이 떠다니는 사이로 어렴풋이 무언가가 보이는 것 같았다.

하지만 공중을 유영하며 느린 화면이 재생되듯 움직이고 있는 일행은 그게 뭔지 곧장 확인하러 가 볼 수가 없었다. 피를 많이 흘린 전북야에게도 점차 졸음이 밀려왔다.

눈꺼풀이 스르르 닫히기 직전이었다. 갑자기 찬 바람이 느껴졌다!

지하 깊숙이에서 불어오는 듯이 음산한 바람이었다. 여유롭고, 따스하고, 몽롱한 분위기의 운부 진법과는 전혀 어울리지 않았다. 구름 뒤쪽에 도사리고 있던 야수가 먹잇감이 걸려들길 기다리며 아가리를 쩍 벌린 것만 같은 느낌이 왔다.

번쩍 눈을 뜬 전북야는 맞은편, 일행이 둥실둥실 떠가고 있는 저 앞쪽에 느닷없이 출현한 동굴을 발견했다. 온통 새빨간 동굴 안쪽에서는 화염으로 보이는 형상이 펄떡거리고 있었다. 아직 한참 떨어져 있는데도 이글거리는 불꽃에서 후끈한 열기가 끼쳐 오건만, 일행은 아무것도 모르는 채 그 화염 동굴을 향해 흘러가고 있었다.

전북야는 순식간에 온몸이 땀으로 흠뻑 젖었다. 지금껏 궁창 사대 신역을 순조롭게 통과한 사람이 없는 이유를 알 것 같았다. 사대 신역에 도전했다가 시신조차 남기지 못하고 사라져 버린 이들에게 무슨 일이 일어났었는지 알 것 같았다.

앞선 두 진법은 제아무리 무공이 고강한 고수라도 기진맥진할 수밖에 없도록 설계되어 있었다. 그렇게 온갖 고생을 하며 힘을 빼고서 이곳처럼 편안한 환경으로 넘어오면 긴장이 풀리고 경계심이 해이해지는 건 당연지사였다. 여기서 멋모르고 눈을 감았다가는 화염 동굴로 끌려 들어가 재가 되고 마는 것이다. 만약 조금 전에 전북야마저 잠들었다면 일행도 같은 결말을 맞이했을 터였다.

제일 앞쪽에서 떠가는 요신은 이미 동굴 가장자리에 도달해 있었다. 전북야가 앞쪽으로 튀어 나갔다. 전력을 다해 몸을 날린 데 비해 이동한 거리는 고작 한 장 정도였지만, 아슬아슬하게 요신 앞을 막아서는 데는 성공했다.

요신을 걷어차서 뒤쪽으로 날려 보내고 나자 바로 이어서 철성이 흘러왔다. 평소보다 열 배는 힘을 들여서 겨우 철성을 밀어 보내고 나자 이번에는 운흔이 흘러왔다.

전북야는 장검 칼자루로 운흔을 막고, 팔다리로는 요신과 철성을 막았다. 하지만 한숨 놓은 것도 잠시, 옆쪽을 돌아본 그는 혼비백산하고 말았다. 맹부요의 머리가 이미 동굴 앞까지 가 있었다. 불꽃이 날름거리며 마중 나오자 머리카락 한 가닥이 '치익' 하면서 끊어졌다.

맹부요는 잠에서 깨려는 듯 움찔했으나 도통 눈을 뜨질 못했다. 그대로 동굴 안으로 끌려 들어가기 직전이었다.

전북야에게는 그녀를 붙잡을 여력이 없었다. 동시에 네 사람을 붙든다는 건 무리였다. 다음 순간, 팔다리를 풀고 검까지 버린 그는 급하게 몸을 뒤로 물렸다. 잡아 주는 힘이 사라지자 네 사람의 몸이 다시 느릿느릿 움직이기 시작했다. 그사이에 전북야는 동굴 입구로 달려들어 등으로 불꽃을 막았다.

그가 입구를 가로막음으로써 동굴 제일 가까이에 있는 맹부요만이 아니라 그 뒤에서 둥둥 떠오는 나머지 일행도 동굴로 빨려 들어가는 걸 면했다.

등 뒤편에서는 열기가 파도처럼 넘실거리고 있었다. 거대한 불뱀의 혓바닥과도 같은 불꽃이 수시로 화르륵 뻗어 나와서, 입구를 막고 있는 전북야의 등을 그슬었다. 의복 뒤판이 조금씩 불타 사라지고, 살갗이 점점 붉게 변하면서 물집이 생기기 시작했다. 조금만 더 지나면 등이 아예 숯덩이가 될 것 같았다.

몸이 부들부들 떨리고 이마에서는 굵은 땀방울이 흘러내렸다. 옷에 떨어진 땀방울은 열기를 이기지 못하고 금방 보송하게 말라붙었다.

등의 통증은 점점 더 심해지고 있었다. 피부가 타들어 가고 있었다. 불꽃이 등을 핥을 때마다 앞서 생긴 상처가 한 번 더 화상을 입으면서 고통도 커져 갔다.

불길이 특별히 거센 것도, 쉼 없이 덮쳐 오는 것도 아니었지만, 바로 그러한 연유로 전북야는 세상 가장 더디고 견디기 힘든 화형을 당하고 있었다.

그러나 그는 발버둥 치지도, 비명을 지르지도 않았다. 그저 시선을 내려뜨려 맹부요를 응시했을 뿐이었다.

달콤한 꿈을 꾸고 있는 듯한 그녀를 내려다보는 동안, 전북야는 땀을 뻘뻘 흘리면서도 기분 좋은 미소를 짓기까지 했다. 헤어 나올 수 없는 잠에 빠져 있는 맹부요는 꿈속에서 몸부림을 치고 있었다. 자신이 화염 동굴 바로 앞에 있다는 사실은 전혀 모르는 채로.

그곳에는 그녀를 위해 온몸을 내던져 불길을 막아 주고 있는 한 남자가 있었다.

그 불길은 한순간 반짝 폭발하는 경신전의 불꽃과는 달리 피할 수도, 바닥에 몸을 던져서 끌 수도 없었다. 그것은 치밀하게 설계된 지옥의 음화陰火였다.

화염이 천천히 혓바닥을 날름거리면서 몸속의 수분을 모조리 고갈시키고, 끝없는 격통이 영혼과 의지를 좀먹고, 잔인하도록 느리게 사람을 태워 죽이는.

운부 진법에서는 음침한 불꽃이 혀를 날름거리던 그 시각, 구천 마루는 칼바람에 떨고 있었다.

장손무극은 바람에 섞여 들려오는 인기척에 귀를 기울이는 중이었다. 얼음 동굴 아래쪽에서 나는 기척은 지극히 미미했다. 300미터 떨어진 곳에서 보초를 서는 신전 제자들조차 눈치채지 못했을 정도였다.

하지만 소리 없이 동굴을 향해 접근해 오는 살기는 먹장구름처럼 짙었다. 장손무극을 목표로 치밀하게 계획된 암살 작전이 발동되기 직전이었다.

장손무극의 안색은 차분했으나 그의 눈빛은 바늘 끝처럼 날카로워져 있었다.

장청 신전 내의 계파 갈등은 한두 해 된 일이 아니었다. 아무리 장손무극에게 전주 자리를 이어받을 마음이 없다고 해도 신전 내의 싸움에서 자유롭기는 힘들었다.

부요를 위해 사문을 배신한 그는 이제 후계자 자격을 완전히 포기한 셈이었지만, 경쟁자들은 그래도 마음이 안 놓이는지 기어코 끝장을 볼 모양이었다. 그렇다고 상대측이 그를 여봐란듯이 고문해서 숨을 끊어 놓을 리는 없었다. 전주의 귀에 들어갔다가는 문책을 면치 못할 테니.

산꼭대기까지 우르르 들이닥쳐 보초병들한테 들키고 싶지도 않을 테니 남은 가능성은 한 가지, 암살뿐이었다. 아무 흔적도 남기지 않고, 마치 구천 마루의 칼바람을 못 이겨 저절로 명이 다한 것처럼 꾸미려 할 것이다.

장손무극은 비단 조각을 천천히 접은 다음 손가락을 이용해 소매 안으로 밀어 넣었다. 앞쪽을 노려보고 있길 잠시, 산 아래에서부터 눈보라를 뚫고 유령과도 같은 잿빛 그림자가 솟구쳐 오르더니 날개를 퍼덕이면서 동굴 안으로 돌진해 왔다.

형틀 위쪽에 내려앉은 짐승이 목을 꺾어 장손무극을 쳐다봤다. 황금빛 눈알이 차갑게 번뜩이고, 푸른색 깃털에는 윤기가 자르르 흘렀다. 육중한 몸집과 어울리지 않게 움직임이 대단히 기민했다.

그것은 푸른색 매, 장청 신산에서만 볼 수 있는 맹금류였다. 그리고 신전 내에서 매를 제일 능숙하게 조련하는 사람은 얼마 전 장손무극을 손수 형틀에 결박한 사장로였다.

장손무극이 자신의 눈과 상처 중 어느 쪽에 먼저 부리가 박힐지 예측해 보고 있을 때였다. 그를 싸늘하게 노려보던 매가 갑자기 날개를 푸드덕 치며 날아올랐다.

그와 동시에 형틀이 뒤로 넘어갔다. 아무 소리도 없이, 중간에 부러지지도 않고, 장손무극을 매단 채로 느릿느릿 기울어지던 형틀은 곧 바닥에 안착했다.

이어서 눈보라 너머에서 어렴풋이 손가락을 튕기는 소리가 나더니 날카로운 바람이 장손무극의 아혈을 직격했다. 푸른색 그림자가 눈앞을 휙 가로지른 직후, 잘 훈련된 맹금류가 정확히 장손무극의 심장 위에 내려앉아 체중으로 그를 짓눌렀다.

얼음장 같은 바람이 휘몰아치는 소리를 제외하면 동굴 안은 고요했다. 그 고요 속에, 눕혀진 형틀과 거기에 묶여 있는 사람, 그리고 상처는 내지 않되 심장을 짓누르고 있는 맹금류가 있었다.

하얗게 빛나는 얼음에 매의 푸른 깃털이 반사되고 있었다. 매는 예고 없이 들이닥친 악몽과도 같은 모습으로 미동조차 하지 않았다.

하늘과 가까운 산꼭대기는 텅 비어 적막했고, 암살 계획이 이미 실행에 옮겨졌음을 눈치챈 사람은 아무도 없었다.

치밀하게 꾸며진, 설령 누군가 의심하더라도 증거는 절대 발견하지 못할 암살 계획.

무공을 쓸 수 없는 쇠약한 몸, 가슴을 짓누르는 육중한 무게, 장시간 심장에 가해지는 압박을 운공으로 해소할 수 없는 이 상황…….

이는 곧 아무런 흔적을 남기지 않는 죽음을 뜻했다.

산 아래에서는 긴나라왕이 묘하게 흔들리는 눈빛으로 매가 날아간 방향을 올려다보고 있었다. 산꼭대기 쪽에서 누군가가 넉넉한 소맷자락을 펄럭이며 내려왔다.

그러자 긴나라왕이 미소 지으며 몇 걸음 앞으로 나서서 조용히 말했다.

"제 선에서 처리해도 되는데, 이 정도 일에 나서시다니요."

"네 공력으로 먼 거리에서 형틀을 부러뜨리지 않고 눕힐 수 있겠느냐?"

가루라왕이 산 위쪽을 돌아봤다.

"내일 아침에 시체를 확인하고 나면 형틀은 반드시 원래대로 세워 놔야 한다."

긴나라왕은 알겠다고 답하고는 이내 곁에 서 있는 다른 한 명을 보며 나지막이 말했다.

"긴 시간을 들여 훈련한 매를 내어 주셔서 감사합니다. 그나저나 사장로께서 친히 나오실 줄은 몰랐군요."

"저놈이 처형당하는 걸 내 눈으로 확인해야 마음이 놓일 것 같아서 말입니다."

사장로의 표정이 흉악하게 일그러졌다.

"일찌감치 죽었어야 할 놈이 저리 끈질기게 버티니 직접 저승으로 보내 주는 수밖에요."

"직접 손을 대실 필요까지야 있겠나요."

긴나라왕이 웃었다.

"푸른 매가 하룻밤 내내 심장 위에 앉아 있게 되면 지금 체력으로는 절대 못 버틸 겁니다. 내일 아침이면 조용히 죽은 채 발견되겠지요. 상처도, 독약의 흔적도, 사혈을 제압당한 흔적도 없이요."

"방심은 금물이다!"

가루라왕의 말이었다.

"심계가 깊고 음모를 꾸미는 데 능한 자야. 여기 있다가 숨이 끊어지는 걸 확인한 다음 내려오거라."

긴나라왕이 허리를 숙이며 그러겠다고 답하는데, 사장로가 불쑥 끼어들었다.

"나도 같이 남지요."

긴나라왕이 흠칫하자 사장로가 농담조로 덧붙였다.

"내 매인데 내가 지키고 있어야지, 누가 가로채기라도 하면 어찌합니까."

"그리하시지요."

싱긋 웃은 긴나라왕이 위쪽을 보며 뒷짐을 지었다.

어둠 속의 두 사람은 눈을 형형하게 빛내면서 누군가의 소리 없는 죽음을 기다리기 시작했다.

대단원 (상)

맹부요는 악몽 같은 잠에 갇혀 있었다.

육신은 강제로 잠들었지만, 그녀의 의식은 계속 불안한 상태였다. 지금 잠들면 절대 안 되고, 이러다가는 끔찍한 결과가 초래되리란 걸 가슴 깊숙한 곳에서는 분명히 알고 있기 때문이었다. 심지어 그녀는 바로 앞쪽에서 누군가 자신을 위해 목숨 걸고 분투 중이라는 것까지 어렴풋이나마 알고 있었다.

눈을 감은 채로도 상대의 강렬한 시선이 느껴졌다. 마치 영혼 속까지도 들여다볼 수 있을 것처럼, 그의 시선은 간절하고도 뜨거웠다.

그 눈빛에 가슴이 바짝바짝 타들어 가는 것만 같았다. 그녀는 두려움과 초조함에 맞서 자신을 채찍질했다.

일어나, 일어나, 일어나야 해!

그러는 동안 잠에서 깨어났다고 느낀 순간이 몇 번이나 있었다. 이미 눈을 떴다고, 곁의 동료들과 어깨를 나란히 하고 싸우는 중이라고, 뒤로 갈수록 점점 통과하기 힘들어지는 사대 신역에 맞서고 있다고, 그렇게 생각했다.

그러나 그녀의 몸은 여전히 잠들어 있었다. 장청 전주의 가공할 신력은 세상 누구보다 강인한 정신력을 가진 그녀마저 무릎 꿇릴 정도로 위력적이었다.

전북야는 몸을 가늘게 떨고 있었다. 입술은 터졌고, 옷 앞판은 젖었다가 말랐다가를 반복하면서 땀에 푹 절어 버린 뒤였다. 화상은 둘째 치고 탈수 탓에 얼마나 더 버틸 수 있을지 알 수 없었다. 심장을 불사르는 듯한 고통을 언제까지 견뎌 내야 하는 건지는 더더욱 알 길이 막막했다.

죽는 건 두렵지 않았다. 음침한 궁궐 안 알력 다툼 틈바구니에서 살아남기 위해 발버둥 쳐야 했던 유년기, 사막을 전전하며 싯누런 모래 위에 피를 흩뿌렸던 소년기, 군대를 이끌고 국경을 넘나들며 사해를 평정했던 청년기까지. 그 험난한 길을 헤쳐 오는 내내 그는 삶보다 죽음에 훨씬 가까이 다가가 있었다.

그가 지금껏 살아 있는 건 매 순간 죽기를 각오하고 싸웠기 때문이었다. 그는 죽음이 겁나지 않았다. 그러나 이런 식의 죽음은 생각해 본 적이 없었다.

드높은 옥좌에 올라앉아 쓸쓸한 나날을 보내는 동안, 그는 무료함을 이기고자 자신의 마지막을 상상해 보곤 했다. 어느 전각에선가 붕어해 어느 황릉엔가 묻히고, 무슨 무슨 제라는 시호가 붙고…….

어느 쪽으로 궁리해 봐도 재미없기만 한 죽음의 모습들 중에서 유일하게 그를 미소 짓게 만드는 가정이 하나 있었으니, 바로 그녀의 곁에서 죽는 것이었다.

백발이 성성한 노부부 한 쌍이 흔들의자에 앉아 서로를 향해 미소를 보내다가, 생의 끝이 다가오는 순간 저승꽃 핀 서로의 손을 꼭 잡고, 맞잡은 손을 이내 툭 떨구는 모습.

그 얼마나 완벽한 행복인가!

그렇게 죽을 수만 있다면 대가로 남은 수명을 다 바쳐야 한대도 좋았다. 하지만 마음속으로는 알고 있었다. 무엇이든 지나치게 아름답고 이상적인 것들은 대부분 꿈에 불과함을.

막상 맞닥뜨린 죽음의 방식은, 그래……, 조금 참혹하기는 해도 어쨌든 그녀가 보는 앞에서, 그녀의 곁에서 죽을 수 있으니 따지고 보면 꿈꾸던 것과 비슷하지 않은가?

전북야는 통증을 못 이겨 경련하면서도 애써 아무렇지 않은 양 미소 지었다. 자기가 불타 죽으면 맹부요도 동굴로 끌려 들어가 재가 될 운명이라는 사실은 일단 생각하지 않기로 했다. 그저 할 수 있는 최선을 다할 뿐, 그에게 있어 생사는 어차피 중요한 문제가 아니었다. 단지 맹부요가 자기보다 먼저 죽는 일을 막을 수만 있다면 그걸로 충분했다.

불꽃이 혓바닥을 날름거리면서 의지력을 갉아먹고 있었다. 전북야는 자신이 오래 버티지 못하리라는 것을 직감했다.

그는 고개 숙여 맹부요의 얼굴을 구석구석 들여다봤다. 잠든 상태에서도 저항하고 있는 게 티가 났다. 이마에 자잘한 땀방울이 송골송골 맺혀 있었다. 그 모습에 속이 상한 전북야는 조용히 한숨을 흘렸다.

가엾은 부요. 사는 동안 마음 편한 날은 며칠 있지도 않았고, 온 세상을 발아래 두고도 고통으로 몸부림쳐야 했으며, 부귀영화를 손에 넣었으되 하루도 제대로 누려 보지 못했지. 그토록 고단하게 살면서, 일생을 통틀어 푹 자 본 날이 며칠이나 있었을까?

다음 생에는 부디 평범한 여인으로 태어나기를. 서방이 밭을 갈면 너는 베를 짜고, 서방이 땔감을 해 오면 너는 끼니를 준비하고. 그렇게 산골 촌부로 살며 단순하고 소박한 행복을 누리기를. 물론 그 서방님은 당연히 나여야 하고…….

전북야는 피식 웃으며 생각했다. 자신과 부요가 죽었다는 소식이 전해지면 오주대륙은 또 한 번 발칵 뒤집힐 거라고.

그는 궁창에 발을 들일 때부터 돌아가지 못할 걸 각오하고 있었다. 궁창은 외부와 차단된 국가고, 대한과 궁창 사이에는 두 나라가 끼어 있기에 군대를 우르르 몰고 오는 건 무리였다.

적지 않은 호위병을 데리고 오기는 했지만, 그들에게는 산 아래에서 기다리라는 명령을 내려 둔 참이었다. 다 같이 여기 올라와 개죽음을 당할 필요는 없기에.

그러면서 한 가지를 당부해 두었다. 만약 자신과 부요가 잘못되거든 그 즉시 궁창을 빠져나가 아란주가 있는 부풍으로 향한 뒤, 미리 남겨 둔 편지를 보여 주면서 병력을 빌리라고.

혹여 호위병들이 궁창을 빠져나가지 못한대도 상관없었다. 떠나오기 전에 소칠에게 밀서를 남겨 두었으니 자신에게 변고가 생겼다는 게 알려지거나 반년 안에 아무런 소식이 없을 경우에는 적이 누가 됐든지 간에 소칠이 군사를 일으키게 되어 있었다. 죽을 때는 죽더라도 사내대장부로서 원수는 갚아야 하지 않겠는가?

자신이 죽은 후에 성미 급한 소칠이 다른 나라들에 어떤 보복을 가하고 무슨 난리를 일으킬지는 알 바가 아니었다. 이미 죽은 사람이 그런 데 신경은 뭐 하러 쓰나?

떠나오기 전에 아란주와 교환한 서신에서, 아란주는 만약 그에게 무슨 일이 생기면 자기가 대신 태후를 돌봐 주겠노라 약조했다. 어머니를 돌봐 줄 사람도 생겼으니 그에게는 더 이상 걱정거리가 없었다.

작열감이 가슴을 덮치고, 온몸이 타들어 가는 느낌이었다. 의지와 영혼이 전부 펄펄 끓는 화산재로 화해 허공으로 흩어지는 것 같았다.

손마디에서 서서히 힘이 풀리는데……. 난데없이 하얀 조각구름 같은 게 번개처럼 눈앞을 휙 스쳐 갔다. 전북야는 순간 움찔했다. 죽음을 앞두고 흐리멍덩해진 머리로도 이상하다는 생각이 들었다.

이곳 구름은 전부 느릿느릿 떠다니는데, 왜 저것만 유독 빠르지?

어느새 코앞까지 접근해 온 조각구름이 그의 가슴팍 앞에 떠 있는 맹부요에게로 달려들더니 그 목덜미를 향해 이를 세웠다. 그제야 조각구름의 형상을 똑똑히 확인한 전북야는 눈을 반짝 빛냈다.

저건 쥐 새끼 아닌가!

새하얀 앞니를 번뜩이며 맹부요에게로 달려든 원보 대인은 냅다 그녀의 목을 물어뜯었다. 물론 혈맥은 상하지 않도록 살갗에만 상처를 냈을 뿐이었다.

그 즉시 맹부요가 눈을 떴다.

원보 대인이 평소에 견과류며 달콤한 간식에 처바르느라 허비해 온 장청 신수의 침은 사실 신전에서는 아주 귀한 대접을 받는 보물이었다. 눈을 뜨자마자 원보 대인을 본 맹부요는 대번에 눈빛이 환해졌다. 하지만 뒤이어 전북야 쪽을 돌아보고는 곧장 안색이 변하고 말았다.

왜 저렇게 빼빼 말랐지? 게다가 시커메지기까지?

시선을 마저 옮기다가 전북야의 뒤쪽에서 화염 동굴을 발견한 그녀는 허겁지겁 전북야를 끌어당겨 동굴에서 떼어 놓고, 그 김에 다리로 운혼을 붙들었다.

곧이어 원보 대인에게 한 입씩 물어뜯긴 일행이 게슴츠레하니 눈을 떴다. 눈앞에 화염 동굴이 보이자 다들 얼굴색이 급변했다. 그곳에서 온몸이 화상 자국인 전북야를 발견한 일행은 깨달았다. 그가 죽음을 각오하고 불길에 천천히 구워지면서 동굴 입구를 가로막아 주지 않았으면 지금쯤 자기들은 재가 되었으리란 걸.

전북야를 끌어당겨 붙든 맹부요는 말 한마디 할 틈도 없이 일단 다른 일행의 허리춤에서 물통부터 끌러 그에게 물을 먹였다. 가까스로 한숨 돌린 전북야는 그때껏 웃는 표정이었다.

"운이 정말 좋았어……."

어렵사리 입을 뻥긋거리고는 있었지만, 제대로 된 목소리가 나올 리 없었다.

맹부요가 인상을 쓰면서 그의 입을 틀어막았다.

"그냥 좀 있어요!"

손바닥에 닿은 전북야의 입술은 마른 논바닥처럼 갈라져 껍질이 일어나 있었다. 얼마나 거칠거칠한지 손이 따가울 정도였다. 맹부요가 손을 치웠을 때 그녀의 손바닥에는 이미 실선 같은 핏자국이 잔뜩이었다.

입을 꾹 다물었다가 이내 어금니를 악문 맹부요가 그의 뒤쪽으로 돌아가서 상처에 약을 발라 주기 시작했다. 그녀에게는 항상 온갖 약이 갖춰져 있었고, 특히 종월이 경신전에 맞아 화상을 입은 사건 이후로는 화상 약도 반드시 챙겨서 다녔다.

그나마 어느 정도 거리가 떨어져 있었던 데다가 불길이 간헐적으로만 미친 덕에 전북야는 정말로 까맣게 탄 상태까지는 아니었다. 간을 보듯 날름거리는 불길 때문에 본인은 더 괴로웠겠지만, 오히려 그게 시간을 벌어 준 셈이었다. 그렇다고는 해도 원보 대인이 제때 와 주지 않았더라면 타 죽기 전에 탈수로 먼저 죽었을 터였다.

운흔이 묵묵히 겉옷을 벗어 건네줬다. 옷을 받아서 조심스럽게 전북야의 어깨에 걸쳐 준 맹부요가 애써 웃으며 말했다.

"폐하, 좀 작아도 아쉬운 대로 입고 계세요."

그러자 여전히 환하게 웃는 얼굴인 전북야가 겉옷을 당겨 여미더니, 간단하게 손짓을 해 보였다. 그녀한테 이렇게 살가운 대접을 받아 보기는 처음이라는 것 같았다…….

맹부요는 그런 그를 향해 착잡한 눈길을 보냈다. 사람이 너무 외골수면 이 판국에도 저런 생각을 하는구나, 싶었다.

그녀가 고개를 돌리자 허공에 둥실둥실 떠 있는 원보 대인이 보였다. 그제야 반가워할 기회를 얻은 맹부요가 말했다.

"원보, 너 괜찮은 거야?"

원보 대인은 한결 정돈된 모습이었지만, 어딘지 모르게 지쳐 보였다. 고개를 주억거리나 싶던 녀석이 이내 도리질을 쳤다.

일단 목숨은 괜찮지만 내 종신대사는 안 괜찮아…….

녀석의 고갯짓이 무슨 뜻인지 알아먹지 못한 맹부요가 물었다.

"흑진주는?"

그러자 원보 대인이 머리를 부여잡았다.

나한테 물어보지 마, 나한테 물어보지 마, 나한테 물어보지 마아아!

그 모습을 본 맹부요는 녀석을 더 이상 자극하지 않기로 했다. 여기서 살아 나가려면 원보의 도움을 받아야 하니까.

그녀는 여전히 졸리고 팔다리가 나른했지만, 그래도 정신은 아까보다 훨씬 맑았다. 곧이어 그녀가 원보 대인에게 물었다.

"이번 관문은 어떻게 통과해?"

그녀의 어깨에 기어올라 주변을 두리번거리던 원보 대인이 곧 앞발로 머리 위쪽을 가리켰다. 맹부요와 운흔이 동시에 고개를 들었다. 하지만 아지랑이처럼 떠도는 구름에 가려서 하늘 꼭대기는 눈에 들어오지 않았다.

두 사람이 어리둥절한 얼굴로 원보 대인을 돌아보자 녀석이 다시 한번 위쪽을 가리켰다. 맹부요는 시력을 최대한으로 끌어올리고 나서야 아득히 위쪽 하늘에 구름과 똑같이 새하얀 산봉우리가 우뚝 솟아 있는 걸 발견할 수 있었다. 산봉우리 꼭대기에 뭔가가 있는 것 같았으나 지금으로서는 정확히 분별이 안 갔다.

"저길 올라가야 한다고?"

맹부요가 눈썹을 찌푸렸다.

"평소에야 몸을 날려 올라가면 그만이지만, 지금은 그게 안 되는데 무슨 수로?"

그러자 원보 대인이 '안 돼도 인간인 너희가 되게 해야지, 그럼 설치류인 내가 하랴.' 하는 표정을 지었다.

"그럼 기어 올라가기라도 해야겠네. 어쨌든 여기 계속 있을 수는 없으니."

요신, 철성, 운흔을 붙든 맹부요가 마지막으로 전북야를 둘러업었다. 일행은 서로 잡아 주고 끌어 주며 질리게 고생한 끝에야 산기슭에 당도했다.

위를 올려다본 맹부요가 '쓰읍' 하더니 말했다.

"이게 산이야? 이게 진짜 산이라고?"

경사각은 90도에, 이렇다 할 돌출부 하나 없고, 절벽을 이루는 암석은 옥석처럼 반들반들했다. 게다가 표면에는 더 미끄러운 얼음까지 얼어붙어 있었다.

절벽에 손을 대 본 맹부요는 흠칫했다. 차가운 얼음 아래로 물컹한 촉감이 느껴져서였다. 바위라기보다는 숨을 쉬는 생명체의 감촉 같았다. 그러나 생명체라면 응당 가지고 있어야 할 생기와 온기는 없었다. 물렁거리면서도 생명력이 느껴지지 않는 게, 흡사 시체를 만지는 기분이었다.

말로는 이루 다 설명할 수 없을 만큼 묘한 동시에 몹시 거북한 촉감이었다. 한밤중에 이불 속에 손을 넣었는데 난데없이 차디찬 시체가 만져지면 딱 이런 기분일까.

수려한 경관에 폭신폭신한 구름이 떠다니는 운부 신역의 외양은 방심하기 딱 좋았지만, 조금만 깊이 들어가 보면 곳곳에 살의와 위기가 도사리고 있었다.

맹부요는 산에 대한 경계심을 늦추지 않으면서도 일단은 절벽을 오르기 시작했다. 그러나 절벽에 한 발을 올리자마자 발이 '찍' 미끄러졌다. 그녀는 굴하지 않고 벽호유장공을 시전해 암벽에 몸을 흡착시키려고 했다. 그런데 웬걸, 암벽이 미세하게 움츠러들었다가 팽창하면서 그녀를 튕겨 냈다.

"이거 도대체 뭐야? 힘을 쓰고 싶어도 아예 쓸 수가 없네."

맹부요가 중얼거렸다.

곁에 있던 다른 일행도 절벽 오르기에 도전해 봤지만, 예외

없이 모두 실패였다.

맹부요가 궁리 끝에 시천을 빼 들면서 말했다.

"각자 무기로 홈을 파서 밟고 올라가면 제까짓 게 별수 있겠어?"

칼을 뽑은 직후, 그녀의 입에서 '응?' 하는 소리가 나왔다. 까맣던 시천이 어느새 반투명한 흰색으로 변해 있었다. 칼끝에서는 불그스름한 광택이 은은하게 반짝였다. 흔한 핏빛이 아니라 연하고 함초롬한, 꽃봉오리 끝부분에서나 볼 법한 고운 분홍이었다.

칼날에서도 손잡이와 가까운 부분에는 투명한 글자가 촘촘히 자리한 채 아물아물하게 빛을 반사하고 있었다. 사실 말이 좋아 글자지, 무척 기묘하게 생긴 그 부호는 온전한 문자라기보다는 한자 부수에 더 가까워 보였다.

"칼이 왜 이러지?"

맹부요는 시천이 언제 지금처럼 변했는지 도통 알 수가 없었다. 그녀가 기억하기로 구유에서만 해도 예전 모습 그대로였다. 하지만 그다음 암경에서는 아무것도 볼 수가 없었으니, 칼에 변화가 일어난 시점을 정확히 추정하기란 불가능한 일이었다.

게다가 지금은 칼에 새겨진 문자나 들여다보고 있을 때가 아니었다. 잠깐 멈칫했던 맹부요는 이내 칼날을 암벽에 박아 넣었다. 시천은 암벽이 아니라 강철이라도 단칼에 썰어 버릴 수 있을 만큼 날카로운 무기였다. 그런데 어째 칼날이 꽂히는데도 아무런 소리가 나질 않았다. 꼭 푹신한 솜뭉치에다 칼을 꽂는 기분이었다.

맹부요가 칼을 뽑아내자 암벽에는 가느다란 칼자국 한 줄이 남았다. 그리고 다음 순간, 모두가 지켜보는 앞에서 칼자국이 서서히 아물어 원래의 매끈한 암벽 표면으로 돌아갔다.

또 한 번 멈칫한 맹부요가 곧 오기에 차서 말했다.

"칼 꽂아 놓고 밟으면서 올라가면 그만이야!"

시천을 다시금 암벽에 박아 넣은 다음 칼자루를 딛고 올라선 그녀가 운흔을 향해 외쳤다.

"검 좀 줘 봐!"

운흔이 던진 검이 맹부요의 사선 위쪽에 꽂혔다. 맹부요는 시천의 손잡이를 디딤판 삼아 운흔의 장검에 매달릴 생각이었다. 절차가 번거롭긴 해도 이런 식으로 한 발 한 발 위로 올라간다면 결국 정상에 닿을 수 있을 터였다.

그런데 예상치 못한 일이 벌어졌다. 운흔의 장검이 어느새 그녀에게서 멀어져 손에 닿지 않는 것이었다. 알고 보니 시천이 느릿느릿 처져 내리고 있었다.

마치 두부를 가르듯이, 시천은 조금의 중량도 떠받치지 못하고 아래로 죽 미끄러졌다. 결국 바닥까지 미끄러져 내려온 맹부요는 곧 운흔의 장검 역시 흘러내리는 걸 발견했다.

시천을 뽑고 나서 확인한 암벽에는 이번에도 역시 아무런 흔적이 남아 있지 않았다. 이 정도면 암벽이 아니라 요물이었다. 그 뒤로도 갖은 방법을 다 써 봤지만, 전부 무용지물이었다.

진법 안에서는 아무리 작은 동작에도 평소의 수십 배에 달하는 힘이 들었다. 게다가 맹부요는 자기도 졸음과 필사적으로 싸우면서 언제 잠들지 모르는 동료들까지 붙들고 있느라 금방 이마가 땀으로 촉촉이 젖었다.

그새 또 눈이 감긴 요신이 누운 자세로 둥둥 떠서 맹부요 쪽으로 흘러왔다. 곧이어 그의 허리에 묶여 있던 칼이 스르르 늘어져 맹부요의 등에 부딪히자 '철컹' 소리가 났다.

넋 놓고 있던 맹부요는 그제야 등에 멘 작은 꾸러미를 기억해 냈다. 장손무극에게서 받은 그 꾸러미 안에는 온갖 괴상한 물건이 가득했다.

개중에 재질이 특이한 비수도 하나 있었지, 아마?

그녀는 잽싸게 꾸러미 안을 뒤져 금속도 아니요, 옥석도 아닌 재질의 비수를 찾아냈다. 비수를 암벽에 꽂자 암벽이 마치 무언가를 느낀 듯 살짝 뒤로 움츠러들었다.

예사롭지 않은 소리를 내며 꽂힌 비수는 흘러내리지 않고 제자리에 단단히 고정됐다. 곧바로 비수를 뽑은 맹부요는 암벽에 깊게 팬 자국을 확인할 수 있었다.

"됐어!"

맹부요가 좋아 어쩔 줄 모르며 외쳤다.

비수를 본 원보 대인은 주인님이 그것까지 준비해 줬다는 사실에 놀라고 있었다. 수백 년에 단 한 그루, 장청 신산에서도 가장 험한 구름다리 아래에서만 자라나는 장청목.

장청목은 구하고 싶다고 구할 수 있는 물건이 아니었다. 예전에 있던 나무는 전주가 없애 버렸다고 들었는데, 주인님은 대체 어디서 찾아냈는지 모를 일이었다.

맹부요는 꾸러미를 마저 뒤져서 새빨간 환약 몇 알을 찾아냈다. 생긴 건 그냥 보통 환약 같은데 지독하게 매운 냄새가 났다.

잠시 머리를 굴리던 맹부요는 곧 요신과 철성의 입에 약을 한 알씩 밀어 넣었다. 약이 들어가자 요신과 철성의 얼굴이 대번에 시뻘겋게 익었다. 둘은 눈물을 글썽이면서 목을 붙잡고 컥컥거렸다. 졸음 따위는 싹 달아난 뒤였다.

맹부요는 '풉' 하고 웃음을 터뜨렸다. 근본적인 해결책까지는 못 되지만, 그래도 당분간은 둘 다 말짱한 정신을 유지할 수 있을 것 같았다.

그녀는 손에 들린 꾸러미를 살며시 어루만져 봤다. 지금은 생사조차 알 수 없는 무극, 그는 대체 언제부터 이런 것들을 하나하나 준비하기 시작했던 걸까. 앞에서는 말 한마디 없이 담담한 미소만 보이면서, 대체 언제부터 자신을 위해 마음 써 가며 앞날을 대비했던 걸까.

그는 처음부터 높은 곳에서 그녀의 인생을 굽어보는 게 아니라 몸을 던져 그녀의 세계에 스며드는 쪽을 택했다. 조금씩, 조금씩, 마치 수면에 꽃 그림자가 그려지듯, 그는 자기 마음에 번화한 피안의 풍경을 고스란히 담아냈다.

맹부요는 천천히 환약 한 알을 입에 넣었다. 불화살처럼 쏘아진 열기가 목구멍에서부터 가슴으로, 폐부로 내려가 몸속을 활활 불태웠다. 경천동지할 매운맛이 폭발하는 가운데 맹부요의 눈에는 반짝이는 물기가 맺혔다.

그녀 혼자만 알겠지만, 사실 그 눈물은 매워서 나는 게 아니라 소리 없이 이어져 온, 심금을 울리는 진심에 관통당한 결과였다.

그의 사랑은 평범해 보이기만 하던 방금 그 환약과 마찬가지로 윤택하고 충만하되 결코 존재감을 요란하게 드러내는 법이 없었다. 그러다가 직접 맛을 보는 찰나 맹렬하게 부딪쳐 와 불꽃을 터뜨리고 가슴을 갈기갈기 찢어 놓는 것이었다.

흐르는 구름 반짝이고 온 세상이 설색으로 새하얀데, 임께서는 어디에 계시는가.

가슴 가득 화끈한 작열감을 느끼며 억지로 눈물을 삼킨 그녀가 고개를 세우면서 말했다.

"가자!"

특별한 비수 덕분에 발 디딜 홈을 만드는 건 더 이상 문제가 되지 않았지만, 앞길은 여전히 험난했다. 일행 앞에 놓인 암벽은 마치 살아 있는 것 같았다. 통증도 느끼고 위험도 느끼는 듯이 암벽이 자꾸 바르르 떨리는 통에 다들 안정적으로 발을 옮길 수가 없었다. 일행은 시도 때도 없이 튕겨 나갔다가 동료들의 손을 붙들고 되돌아오기를 반복해야 했고, 그건 상당한 힘과 시간이 낭비되는 과정이었다.

그러던 중, 요신이 자기 보따리를 뒤적거리더니 안에서 기다란 밧줄을 꺼내며 씩 웃었다.

"차라리 줄줄이 묶는 게 안전하겠어요."

맹부요가 요신을 칭찬했다.

"완전 꼼꼼하네!"

"제가 또 나찰도 출신 아닙니까. 어려서부터 바다에 들락거려 버릇해서 밧줄은 항상 챙겨 다니거든요."

요신이 허리춤을 툭툭 치면서 말했다.

"여기도 또 있고요."

"나 따라다니느라 고생이 많아."

맹부요가 그를 돌아보며 웃음을 보냈다.

"후회 안 돼?"

"전혀요."

요신도 마주 웃었다.

"한낱 도둑놈으로 살아서는 절대 이룰 수 없었을 일들을 이뤘는걸요. 평생 도둑질해도 못 모을 만큼의 돈을 벌었고, 돈을 버는 재미는 훔치는 재미에 비할 바가 아니라는 걸 배웠어요. 전부 주인님 덕분이죠. 주인님 못 만났으면 저는 죽을 때까지 저잣거리에서 소매치기 짓이나 하는 하류 인생으로 살았을 겁니다. 지금처럼 사람들한테 존경받고 어딜 가나 어르신 소리 듣고 다니는 건 어림도 없었겠죠."

"사람 감동하게 그러지 마라."

산꼭대기를 올려다보며 맹부요가 담담하게 말했다.

"다 타고난 복이지, 내가 해 준 게 뭐가 있다고. 그간 줄곧 따라와 줘서 오히려 내가 덕 봤어. 요신, 그리고 철성, 여기서 나가면 꼭 보답할게."

"배신한 전적이 두 번이나 있는걸요."

요신이 겸연쩍게 웃었다.

"한 번은 객잔에서 아란주 공주를 보고 튀었고, 또 한 번은 요성에서 주인님이 제일 힘들 때 혼자만 도망치려고 했어요. 주인님, 그냥 나무라지 않는 것만도 감사해요. 보답 같은 건 진짜 받을 낯이 없어요."

"아, 무슨 말이 그렇게 많아!"

매운 약 때문에 눈이 토끼처럼 새빨개진 철성이 짜증스러운 듯이 요신을 돌아보더니, 구름 너머를 가리키며 소리쳤다.

"그런 건 말이 아니라 행동으로 하는 거라고! 평생 주인님 잘 따라다니면서 앞으로는 배신 안 하면 되지."

"다시는 배신하지 않겠습니다!"

요신이 앞섶을 어루만지며 말했다. 그 안에는 맹부요가 첫 번째 진법 전에 홀로 떠나면서 남겨 준 도장이 있었다.

그가 맹세 같기도 하고 혼잣말 같기도 한 투로 되뇌었다.

"다시는요!"

위로 향하는 길은 험난했지만, 어쨌든 산꼭대기가 점점 가까워지고 있었다.

맹부요는 줄곧 남의 다리를 타고 오르는 것 같은 기묘한 기분이었다. 허벅지 맨 위까지 올라가면 과연 뭐가 나오려나?

다음 순간 고개를 든 그녀는 앞쪽에 더 이상 길이 없는 걸 발견했다.

일행이 도달한 위치에는 유독 구름이 많이 밀집되어 있었다. 광활하게 펼쳐진 구름장 탓에 위쪽 풍경을 확인할 수가 없었다. 아무리 팔을 휘저어 봐도 구름은 일행 곁을 유유히 맴돌 뿐, 절대 물러가지 않았다.

맹부요는 목화솜 같은 구름장을 뚫고 고개를 쑥 뽑아 올렸다. 그러자 칼이 한 번 베고 지나간 것처럼 편평한 산꼭대기가 눈에 들어왔다. 산꼭대기 위쪽에는 세 발 달린 향로 같은 거대한 물체가 쇠사슬을 치렁치렁하게 매단 채 먹구름처럼 둥둥 떠 있었다.

향로에서는 파르스름한 연기가 줄기차게 피어 오르고 있었는데, 그 연기가 바로 주변에 자욱한 구름의 정체였다.

맹부요는 그제야 깨달았다. 일행을 졸리게 만들고, 허공을 부유하게 하고, 화염 동굴로 끌고 들어갔던 게 모두 저 향로가 부린 조화였음을.

원보 대인이 앞발로 향로를 가리켰다. 안에 기관 장치가 있다고 말하는 것 같았다.

그 순간에도 어렴풋이 연기를 피워 올리는 어마어마한 크기의 향로를 쳐다보며, 맹부요가 아연실색한 표정으로 물었다.

“저길 들어가라고? 산 채로 단약 되는 거 아니야?”

원보 대인의 눈망울에 근심스러운 기색이 어렸다.

향로가 진법의 핵심이라는 건 알고 있었으나 안에 들어가서 작동을 멈출 뾰족한 방도가 있는 건 아니었다. 여기까지 오는 것만도 힘들었지만, 향로를 망가뜨리는 작업은 한층 더 고역스러울 터였다.

더군다나 그 작업에는 장청목처럼 오랜 세월 세상에 모습을 드러낸 적이 없는 물건 한 가지가 필요한데…….

전주가 작정을 단단히 하기는 한 모양이었다. 막대한 공력 손실을 감수하고 운부 향로까지 소환해 내다니. 예전 운부 진법에서는 없어도 그만이었건만…….

"가 봐야지 뭐, 일단 나부터!"

맹부요가 향로를 가까이 끌어올 생각으로 향로에 연결된 쇠사슬을 확 잡아당겼다. 그녀의 팔심은 경이로운 수준이었다. 진법 내 환경의 특성상 제어력은 평소보다 살짝 떨어졌지만, 지금처럼 전력을 다하면 황소도 아홉 마리 정도는 가뿐히 끌려오는 게 정상이었다.

그런데 쇠사슬은 원래보다 약간 팽팽해진 게 고작이었고, 향로는 아예 꿈쩍도 하지 않았다.

"쇠사슬을 타고 올라가는 편이 낫겠어."

전북야를 철성에게 맡긴 운흔이 제일 먼저 쇠사슬에 매달렸다. 운흔의 몸이 사뿐하게 위에 얹히자 쇠사슬이 가볍게 휘청거렸다.

처음 몇 걸음은 아무 문제가 없었다. 그러다가 갑자기 '좌앗' 하는 소리와 함께 푸른 섬광이 번쩍하더니, 운흔이 아래로 추락했다!

제일 가까이에 있는 요신이 재빨리 운흔을 붙잡았다. 그때 운흔이 놓친 쇠사슬 쪽을 쳐다본 요신은 대번에 낯빛이 굳었다.

아까 그 푸른색 섬광은 쇠사슬 안에서 튀어나온 비수가 반사한 빛이었다. 비수는 이미 구름 속으로 사라진 뒤였다. 쇠사슬은 중간이 끊긴 채 아래로 축 처져 있었고, 그 탓에 향로가 한쪽으로 비스듬히 기울어진 게 보였다.

"안 다쳤어?"

맹부요는 끊어진 쇠사슬을 확인할 새도 없이 운흔부터 챙겼다. 고개를 가로저은 운흔이 손을 내밀었다. 그의 손목에는 강철 보호구가 채워져 있었다. 보호구는 균열이 간 모습이었지만, 그래도 혈맥이 지나가는 지점은 아슬아슬하게 멀쩡했다.

운흔이 다행이라는 듯 말했다.

"지난번 악해에서 네가 팔찌 덕에 무사한 걸 보고, 검술을 연마하는 사람에게 손이 얼마나 중요한지 새삼 깨달았어. 그래서 나도 보호구를 하나 만들어서 차고 다녔지. 정말로 쓸모가 있을 줄은 몰랐지만."

그러더니 아까 매달렸던 쇠사슬 쪽을 돌아보면서 중얼거렸다.

"칼이 정말 빠르더군."

한쪽에서 둘의 대화를 듣고 있던 전북야가 맹부요의 손목에 채워져 있는 팔찌를 쓱 쳐다봤다. 그의 새카만 눈동자에 부드러운 미소가 어렸다.

"쇠사슬을 타고는 못 가는 건가."

비스듬히 기울어진 향로를 보며, 맹부요가 눈썹을 찌푸렸다.

"칼은 요령껏 피한다 쳐도 쇠사슬이 건드릴 때마다 하나씩 끊어지다 보면 향로가 떨어져 버릴 텐데, 이거 어떡하지?"

그 말에 요신이 품 안에서 또 밧줄을 꺼내 향로를 향해 던졌다. 밧줄이 중간쯤 날아갔을까, 아까 같은 푸른색 섬광이 번뜩하더니 줄이 끊어졌다. 밧줄도 안 먹힌다는 뜻이었다.

이번에는 맹부요가 진기를 끌어올리면서 도약을 시도했다. 하지만 이곳에서는 진기가 충분히 있어 봤자 원하는 대로 운용하기가 힘들었다. 전력을 다해 도약했음에도 허공에서 추진력을 잃고 부유하기 시작한 그녀는 향로를 불과 몇 미터 남겨 두고 더 이상 앞으로 나아가지 못했다.

아래쪽에 한 줄로 서 있는 나머지 네 사람의 눈에도 향로를 얼마 앞두지 않은 지점에서 허우적거리며 애쓰는 그녀가 보였다. 눈대중으로 그녀의 위치와 향로 사이의 거리를 가늠해 본 운흔이 눈을 반짝 빛내더니 난데없이 요신에게 주먹을 먹였다.

요신은 기습적으로 날아든 주먹에 몇 걸음을 내리 떠밀려 철성과 부딪혔고, 철성은 비좁은 산꼭대기 평지 밖으로 훅 밀려났다. 마침 전북야를 부축해 주고 있었던 철성이 어깨로 전북야를 치는 바람에 전북야는 세 단계를 거쳐 전달된 진력에 밀려 허공에 붕 떴다.

바로 그 순간, 그의 눈에 맹부요의 옷자락이 들어왔다. 곧바로 운흔이 의도한 바를 알아챈 전북야는 팔을 뻗어 맹부요의 신발 바닥에 주먹을 가져다 댔다. 주먹을 통해 네 사람 몫의 공력이 분출되면서 맹부요를 앞으로 밀어 보냈다.

맹부요는 네 사람이 연속적으로 전해 준 추진력을 바탕으로 앞을 향해 돌진했고, 아슬아슬하게 향로의 한쪽 발에 손끝이 닿았다!

일행 전체가 좋아서 어쩔 줄 모르고 있는데, 향로가 마치 맹부요의 손길을 느낀 것처럼 '샤샥' 자리를 옮겨 그녀로부터 멀어졌다. 맹부요가 분한 목소리로 외쳤다.

"빌어먹을!"

제일 뒤쪽에서 상황을 지켜보고 있던 운흔이 다시 일 장을 날렸고, 나머지 세 사람을 차례로 거친 힘이 아까보다 더 세게 맹부요를 앞으로 밀어 줬다. 그녀의 손이 향로에 닿을 것 같아 보이자 다들 내심 흥분했다.

일행은 허리에 묶인 밧줄로 서로 연결되어 있었고, 이곳 진법 안에서는 일정 높이를 오르락내리락할 일은 있어도 추락할 걱정은 없었다. 다들 마음을 놓은 참인데, 느닷없이 원보 대인이 날카롭게 울부짖는 소리가 들렸다.

일제히 고개를 돌리자, 향로 아랫부분이 끼릭끼릭 한 바퀴 돌더니 엄청난 숫자의 화살을 쏟아 냈다. 그물처럼 촘촘한 화살 비가 공중에 떠 있는 일행을 덮쳐 왔다.

사다리 모양으로 연결되어 허공을 부유하고 있던 일행에게는 미처 피할 틈이 없었다. 밧줄을 끊는다면 도망칠 수도 있겠지만, 그러면 공중에 남은 맹부요가 더는 앞으로 나아갈 수 없게 될 터였다.

옆을 돌아봤다가 혼비백산한 맹부요가 큰 소리로 외쳤다.

"줄 끊어!"

그러자 철성이 소리쳤다.

"안 돼!"

빗발치는 화살에도 아랑곳하지 않고 몸을 돌린 그가 전북야를 있는 힘껏 앞쪽으로 밀었다. 그와 동시에 산 정상에 서 있던 운흔은 온 힘을 다해 밧줄을 뒤로 당겼다. 그리고 바로 그 순간, 맹부요가 두말없이 밧줄을 잘랐다.

세 사람이 행동을 취한 시점은 거의 동시였다. 위기 상황에서 그들이 반사적으로 보인 대처는 하나같이 동료의 생명을 먼저 돌보는 것이었다.

철성이 앞쪽으로 밀어 준 덕분에 맹부요는 마침내 향로를 붙들 수 있었다. 운흔이 전광석화처럼 뒤로 당긴 밧줄은 요신을 산 정상으로 끌어 내렸다. 맹부요가 밧줄을 자르던 찰나, 전북야는 손을 뻗어 그녀의 다리를 끌어안았다.

그 결과 일행은 세 덩어리로 나뉘었다. 운흔과 요신은 산 정상에 나동그라졌고, 맹부요와 전북야는 향로에 매달렸으며, 철성은 중간에 붕 떠 화살 비를 홀로 고스란히 맞을 판국이 됐다.

맹부요가 소리쳤다.

"철성!"

그녀는 곧바로 철성 쪽으로 시천을 던졌고, 운흔과 전북야의 장검, 그리고 요신의 밧줄도 삽시간에 철성 앞에 당도해 화살과 충돌했다.

하지만 운부 진법 안에서는 진력의 운용에 제한이 있었다. 다들 조준이 완벽하지 못했던 탓에 일행의 무기는 화살을 깔끔하게 떨어뜨리지 못하고 궤적만 약간 틀어 놓는 데 그쳤다. 화살이 사방으로 삐뚤빼뚤하게 튀어 나가는 과정에서 상당수가 철성의 몸을 긁고 지나가며 피를 흩뿌렸다.

그러던 중 화살 하나가 정확히 철성의 등 정중앙을 향해 '쐐액' 하고 쇄도했다. 허공에 뜬 철성은 칼을 뽑아 몸 앞면을 방어하는 데만도 바빴다. 게다가 온몸이 상처인지라 순발력이 많이 떨어져서 뒤쪽에서 날아오는 화살까지 막기란 무리였다.

무기를 이미 던져 버린 나머지 일행 역시 도울 방법이 없기는 마찬가지였다. 맹부요는 절망해 두 눈을 질끈 감았다.

그런데 눈꺼풀이 닫히기 직전 금빛 광채가 번쩍하더니, '챙' 하는 소리가 들려왔다. 고개를 홱 돌린 맹부요는 황금색 동물 한 마리가 철성의 웃옷 뒤판을 붙들고 그와 함께 오르락내리락 부유하고 있는 걸 발견했다.

위험천만하게 날아오던 화살은 구미의 강철 같은 꼬리에 맞아 멀리 튕겨 나간 뒤였다. 허공에 우수수 흩날리는 금빛 솜털을 보며, 구미가 속상한 듯이 낑낑거렸다.

맹부요가 기뻐하며 외쳤다.

"구미, 네가 우릴 구해 준 게 벌써 세 번째야! 나가면 상 왕창 준다!"

그러자 구미가 의기양양하게 꼬리를 흔들었다.

철성은 급소에 화살이 박히는 걸 피해 목숨은 구했지만, 온몸 곳곳이 화살촉에 스친 상처였다. 그중에서도 제일 심각한 건 화살이 팔을 관통한 자리였다. 상처에서 피가 줄줄 흘렀으나 철성은 신음 소리 한 번 내지 않았다.

맹부요가 큰 소리로 말했다.

"금방 들어갔다가 나올 테니까 움직이지 말고 있어!"

그러고는 팔을 뻗어 전북야를 끌어 올린 다음 향로를 타고 기어오르기 시작했다.

향로는 서너 사람이 같이 올라가서 걸어 다닐 수 있을 만큼 커다랬고, 짙은 청색을 띤 표면에는 복잡한 문양이 새겨져 있었다. 원보 대인의 안내에 따라 위쪽으로 기어 올라간 맹부요와 전북야는 꼭대기에서 청동으로 된 고리를 발견했다. 향로 입구를 여는 손잡이인 것 같았다.

청동 고리 아래쪽에는 팔 길이를 조금 넘는 자색 고랑이 깊게 파여 있었다. 고랑 안에서는 짙은 보랏빛 액체가 넘실거리면서 연보라색 안개를 뿜어내고 있었는데, 무척 기괴한 광경이었다.

맹부요는 시험 삼아 옷자락을 찢어서 고랑에 던져 봤다. 옷자락은 보라색 고랑 안에 떨어지자마자 소리 없이 오그라들더니 금세 새카만 가루로 변해 사라졌다.

"엄청난 맹독이네!"

맹부요가 '히익' 하고 놀라면서 말했다. 향로 안으로 들어가려면 청동 손잡이를 당겨 입구를 열어야만 하는데, 손잡이 아래에는 손끝만 닿아도 즉사할 독액이 깔려 있었다. 아무리 번개보다 빠르게 움직인다 쳐도 백발백중 중독될 판국이었다. 천으로 손을 감아 봤자 피부에 닿는 걸 막을 수 없을 것 같았다.

"이럴 때 의수가 있었으면……."

등 뒤에서 전북야가 말했다.

의수!

등에 메고 있던 꾸러미를 휙 끌어당겨 장손무극이 준비해 준 의수를 찾아낸 맹부요가 조용히 중얼거렸다.

"여기서 쓰라는 거였구나……."

의수가 보라색 도랑을 건너가 청동 손잡이에 걸렸다. 아주 튼튼하게 만들어진 물건이었기에, 맹부요는 의수가 독액에 완전히 녹아 버리기 전에 향로 입구를 열 수 있었다.

입구가 열리면서 독액이 주르륵 쏟아지자 맹부요와 전북야는 누가 먼저랄 것도 없이 옆으로 비켜섰다. 향로는 한쪽으로 기울어진 상태였고, 독액은 기울어진 면의 문양을 따라 아래로 흘러내렸다. 독액에 젖은 향로 반쪽이 곧 기묘한 보라색 광채를 발하기 시작했다.

두 사람은 입구에 엎드려서 안을 들여다봤다. 안쪽은 칠흑같이 어두웠고, 어둠 속에서 어렴풋이 붉은 광채가 깜빡거리는 게 보였다.

맹부요가 말했다.

"내가 들어갈게요."

전북야는 냅다 그녀를 밀치려 했으나, 아쉽게도 체력이 따라주질 않았다. 맹부요가 되레 그를 밀어 버리고 앞장서서 아래로 뛰어내렸다.

향로 안은 다소 후덥지근했다. 정중앙에서 미미한 붉은색 광채가 빛나면서 내벽을 빙 둘러 새겨진 부호들을 비추고 있었다. 아마 일종의 주문인 것 같았다.

주변을 쓱 훑어보던 맹부요는 문득 벽에 새겨진 주문이 눈에 익다는 느낌을 받았다. 일순 무언가가 머릿속을 퍼뜩 스쳐 갔으나, 너무 짧은 순간 스친 생각이라 정확히 뭐였는지 다시 기억해 낼 수가 없었다. 나중에 찬찬히 생각해 보기로 했다.

어깨에 앉아 있는 원보 대인이 붉은 광채가 빛나는 곳을 가리켰다. 그쪽으로 가 보라는 뜻이었다. 가까이 가 보니 향로 정중앙의 붉은색 광채는 빨갛게 달아오른 숯덩이처럼 생긴 물건이 발하는 것이었다. 붉게 깜빡거리는 그 물체 한가운데에는 가장자리가 매끈하게 다듬어진 사각형 구멍이 뚫려 있었다.

또 숯덩이 같은 물체 옆에는 좁은 연기 배출구가 붙어 있었는데, 바로 거기서 배출되는 연기가 바깥의 희끄무레한 구름이라는 걸 한눈에 알 수 있었다. 원보 대인이 사각형 구멍을 막으라는 발짓을 했다.

그야 일도 아니지!

맹부요가 얼른 겉옷을 벗자 원보 대인이 고개를 가로저었다. 이어서 전북야가 허리에 차고 있던 옥 장식품을 끄르자 원보 대인이 또 고개를 가로저었다. 맹부요가 품 안에서 주섬주섬 은자를 꺼냈으나 원보 대인은 이번에도 고개를 가로저었다.

마침내 만능 꾸러미를 떠올린 맹부요가 한껏 기대에 부풀어 꾸러미 안 물건을 원보 대인에게 보여 줬다. 원보 대인이 눈을 반짝 빛내더니 반들반들하게 깎인 무소뿔을 가리켰다.

맹부요가 무소뿔을 꺼내 들자마자 원보 대인이 달려들어 그녀의 손가락을 아득 깨물었다. 맹부요가 '으앗!' 하는 찰나 핏방울이 무소뿔 위로 떨어져 스르르 흡수됐다.

그녀는 원보 대인이 시키는 대로 무소뿔을 구멍에 갖다 댔고, 구멍과 무소뿔은 귀신같이 딱 맞아떨어졌다. 구멍이 막히자 붉은색 광채는 몇 번 깜빡이다가 급격히 어두워졌다.

좋아서 입꼬리가 말려 올라간 맹부요가 말했다.

"됐……."

그런데 말을 끝내기도 전에 누가 그녀를 확 잡아당겼다. 바로 그 직후, 어두워져 가던 붉은색 광채가 '쾅' 하고 폭발적으로 밝아지더니 사방으로 새빨간 불티를 뿜어냈다. 불티가 번쩍거리면서 날아가 내려앉는 자리마다 '치지직' 소리와 함께 매캐한 연기가 올라왔다.

맹부요의 얼굴에서 핏기가 가셨다. 전북야가 눈치 빠르게 끌어당겨 주지 않았다면 신이 나서 구멍 가까이에 바짝 붙어 있던 그녀는 십중팔구 곰보 신세가 됐을 것이다.

곧이어 시커멓고 찐득거리는 덩어리 같은 게 날아와 맹부요의 발치에 떨어졌다. 자세히 살펴봤더니 조금 전 구멍을 막는 데 썼던 무소뿔이었다.

맹부요가 얼빠진 표정으로 원보 대인을 돌아봤다. 원보 대인도 같은 표정으로 그녀를 쳐다봤다.

운부 향로의 불을 끌 수 있는 물건은 분명 생피를 먹인 천년 무소뿔밖에 없었다. 이게 지금 무슨 상황인지 원보라고 알 턱이 있겠는가?

둔한 원보 대인도 지금의 사대 신역이 예전에 신전에서 도전자들을 위해 준비해 뒀던 그 신역이 아니라는 것쯤은 눈치챈 뒤였다. 일행이 맞닥뜨린 사대 신역은 예전보다 훨씬 험난하고 무시무시해져 있었고, 곳곳에 살의가 도사리고 있었다. 심지어는 영혼을 연성하는 데 쓰이는 운부 향로까지 동원된 걸 보면 예전에 알던 규칙은 더 이상 통용되지 않는 게 확실했다.

천년무소뿔도 소용이 없는데 이제 어쩌면 좋지?

필사적으로 머릿속을 뒤지던 원보 대인은 설핏 무언가를 떠올렸다가 이내 바보 같은 자신을 비웃었다.

그걸 구할 수 있을 리가, 그게 세상에서 모습을 감춘 지가 언제인데…….

곁에서는 맹부요가 근심에 잠겨 있었다. 그녀가 가진 물건이라고는 꾸러미 안에 있는 것들이 전부였다.

무소뿔도 안 되면 대체 무엇으로 저길 틀어막는단 말인가?

그래도 그녀는 포기하지 않고 옷 속을 탈탈 털어 봤다. 한참 여기저기 더듬거리는데 허리띠 안에서 무언가 딱딱한 게 만져졌다. 꺼내 보니 손바닥 크기의 까맣고 네모난 물체였다. 가장자리는 매끈하게 다듬어져 있었고 어딜 봐도 틈새는 눈에 띄지 않았다.

다름 아닌 지난날 천살에서 운혼과 일전을 벌였을 때 받은 선물이었다. 그때 운혼은 우연히 기회가 닿아서 얻기는 했지만 수십 년 동안 쓰임새를 알아낼 수가 없었다며 물건을 그녀에게 넘겼었다.

처음 맹부요는 귀한 보물이 담긴 상자라고 생각하고 열 방법을 백방으로 찾았으나 도저히 열 수가 없었다. 그래서 일단은 허리춤 주머니에 넣어 놨었다. 이후에 혹시 약으로는 녹일 수 있을까 하고 종월한테 맡겼었지만, 결국은 그도 실패하고 다시 그녀에게 돌려줬다.

솔직히 거추장스러워서 그냥 버리고 싶다는 생각을 몇 번이나 하면서도, 운혼이 준 선물이 어디 보통 물건이겠냐 싶어서 지금껏 가지고 있었던 것이었다.

상자를 손에 쥔 채 사각형 구멍을 쳐다본 맹부요가 눈썹을 꿈틀했다. 놀랍게도 상자와 구멍의 모양이 정확히 일치했기 때문이었다.

그녀는 상자에만 정신이 팔려 원보 대인의 표정을 미처 신경 쓰지 못했지만, 그 시각 원보 대인은 충격으로 눈이 휘둥그레져 있었다.

저……, 저……, 저……, 저……, 저건 오래전에 사라진 운부 향로의 중심핵 아니야?

운부 향로의 진정한 중심핵이자 향로를 켜는 데 사용되는 '환운의 핵'은 수십 년 전부터 행방이 묘연한 상태였다. 환운의 핵이 사라진 뒤로는 향로에 불을 붙일 수는 있어도 끄기가 굉장히 어려워졌다. 불을 끌 때마다 핵의 대체품으로 생피를 먹인 천년무소뿔을 써야 했기에 근래는 향로를 사용하는 일이 거의 없었다.

그런데 지금 맹부요가 운부 향로의 진짜 열쇠를 아무렇지도 않게 쓱 꺼내 놓은 것이다!

원보 대인은 놀라는 한편 억울해졌다.

그런 게 있었으면 일찍 말을 할 것이지! 그러면 쓸데없이 걱정 안 했잖아! 말을 안 하면 어떻게 아느냐고…….

억울함 다음에는 기쁨이 밀려왔다. 어쨌든 이걸로 이번 관문은 통과였다. 향로의 불이 꺼지면 운부 신역은 더 이상 존재하지 않게 되고, 그건 곧 진법이 깨진다는 의미이니…….

돌연, 원보 대인의 눈이 서서히 커다랗게 벌어졌다. 녀석의 눈동자를 순식간에 잠식한 것은 바닥없는 공포였다.

운부 진법이 깨지면……, 진법이 깨지면…….

원보 대인의 눈 안에 서린 공포는 맹부요에게까지 전해졌다. 방금까지만 해도 좋아 죽다가 원보 대인을 보고 흠칫한 맹부요는 고개를 다른 쪽으로 틀자마자 전북야의 표정 또한 굳어 있음을 발견했다.

맹부요는 가슴이 덜컥 내려앉는 걸 느꼈다. 향로 안에서 가느다랗게 피어 오르는 연기가 눈에 들어오자 문득 머릿속을 스치는 생각이 있었다. 찰나의 상념이 마치 벼락처럼 그녀를 관통했고, 그녀는 그대로 굳어 버렸다.

향로의 불을 꺼서 운부 신역이 소멸하면 모든 것이 정상으로 돌아가고 몸이 허공을 부유하는 현상도 사라질 텐데, 일행은 이미 너무 높은 곳까지 올라와 있지 않은가!

그 말인즉슨, 향로 안의 셋과 부상을 입은 채 밖에 떠 있는 철성은 불이 꺼지는 찰나, 밑으로 곤두박질쳐서 끝장난다는 것이었다.

접천봉 얼음 동굴 안에서는 육중한 푸른색 매가 장손무극의 가슴 위에 느긋하게 앉아서 틈틈이 고개를 꺾어 깃털을 정리하고 있었다. 매는 장손무극의 심장 부위를 단단히 움켜쥔 채 발바닥으로 전해지는 심장 박동을 느끼며, 참기 어려운 충동에 휩싸였다. 발톱 아래의 심장을 꺼내서 아직 팔딱거릴 때 한 입 한 입 먹어 치우고 싶다는 충동.

다른 때였다면 당연히 그렇게 했을 것이다. 하지만 오늘은 참을 수밖에 없었다. 주인님이 발톱은 절대 쓰지 말고 하룻밤 동안 가슴 위에 꼼짝 안 하고 앉아만 있으라고, 시키는 대로 해내면 상을 준다고 했으니까.

매가 발밑의 인간을 위협적으로 내립떠보자 인간도 매를 조용히 쳐다봤다.

지금 매의 눈앞에 있는 인간은 참으로 이상했다. 지금껏 만나 본 어느 인간과도 달랐다. 매는 인간들이 자기 발톱 아래에서 내는 울부짖음과 비명, 그리고 그들의 눈빛에 담긴 공포에 익숙했다.

반면 지금 발밑에 있는 인간의 눈빛은 깊고도 광활했으며, 서늘함을 품고 있었다. 하늘 높이 날다 보면 가끔 만나게 되는,

그 한없는 넓음에 동경심이 이는, 파도치는 바다처럼. 두려움도, 공포도, 분노도, 증오도 없이, 부드러운 미풍과 화창한 햇살 아래의 바다처럼 평온한 눈.

그런데 어째서일까. 매는 만약 그 바다의 평온을 진실로 여겼다가는 어느 순간 거친 파도에 잡아먹히고 말리라는 걸 직감했다.

매가 불안하게 뒤척이자 발밑의 인간도 꿈틀거리는가 싶더니 고개를 한쪽으로 틀었다. 인간을 따라 시선을 옮긴 매는 황금색 눈동자가 휘둥그레지고 말았다.

이 상황에서 글을 읽고 있다니!

인간은 기다란 비단 천을 펼쳐 든 채 고개를 살짝 틀어 거기 적힌 글을 읽고 있었다.

매는 화가 났다. 자신은 장청 신산에서 가장 흉포한 맹금류이자 사장로가 가장 아끼는 매였다. 바위산도 쪼갤 수 있을 만큼 위력적인 발톱 아래에서 죽어 간 강대한 생명체들이 몇이던가! 그런 자신이 한낱 인간 따위에게, 그것도 옴짝달싹 못 하고 묶여 있는 인간 따위에게 업신여김을 당하다니?

부르르 날개를 턴 푸른색 매가 인간의 심장을 파헤칠 요량으로 발을 쳐들었을 때였다. 멀지 않은 곳에서 나지막한 호각 소리가 들려왔다. 주인님이 보내는 신호임을 곧바로 알아챈 매는 하는 수 없이 발톱을 거두고 씩씩거리면서 원래 자리에 주저앉았다.

발밑의 인간은 그 와중에도 매에게 눈길 한 번 주지 않았다.

방금 자기 목숨이 왔다 갔다 했는데도 인간이 하는 양만 보면 그런 일 따위는 애초에 없었던 것 같았다.

푸른색 매는 다시 화가 치미는 걸 느꼈다. 한두 번도 아닌 도발을, 오만한 맹금류가 계속 참아 넘길 수 있을 리 없었다. 매는 흉악한 눈을 번뜩이며 머리를 굴리다가, 이내 느릿느릿 고개를 숙였다.

과연 매는 총명한 짐승이었다. 소리를 냈다가는 주인에게 들켜서 저지당할 걸 알고 최대한 느리게 움직이면서 조금씩 조금씩, 기척 없이 장손무극의 얼굴로 다가갔다.

눈알을 파내고 나면 두 번 다시 날 그런 식으로 쳐다보진 못하겠지.

매의 고개가 서서히 아래로 내려갔다. 거울처럼 반들반들한 얼음 동굴 내벽에 천천히 목을 구부리는 거대한 새의 그림자가 비치고 있었다. 그것은 퍽 기괴한 광경이었다. 마침내 새의 머리가 장손무극의 눈 바로 앞에 다다랐다.

푸른 매는 인간의 두 눈을 흡족하게 훑어봤다.

어느 쪽에 먼저 부리를 박아 넣으면 좋을까?

코앞에서 보는 인간의 눈은 여전히 흔들림 없이 평온했다. 태양광 아래의 바다와도 같이 광활한 그 기상에 매는 저도 모르게 흠칫 몸을 떨었다. 그리고 다음 순간, 선뜩한 감각이 매의 목덜미를 스쳤다.

매가 깜짝 놀라 아래를 내려다봤을 때는 인간의 잇새에서 번개처럼 발출된 날카로운 섬광이 목 부위 깃털을 스쳐지나 빙벽

속으로 사라진 뒤였다. 매의 예리한 눈으로도 미처 좇지 못했을 정도로 빠른 섬광이 지나간 직후, 급소인 목 부위의 연회색 솜털이 얼음 동굴 안에 유유히 흩날렸다. 살짝만 위치가 비껴갔어도 매는 아마 숨줄이 잘렸을 터였다.

급하게 뒤로 물러난 매는 겁에 질려 일단 날아오르려고 했다. 바로 그때, 인간이 눈길을 보냈다. 잠잠하던 바다에서 거친 파도가 솟구쳐 매를 덮쳤다. 인간들의 본성을 익히 아는 매는 날개를 뒤쪽으로 펼친 채 얼음이 되어 버렸다.

매의 눈에 비친 상대의 눈빛은 무심하게 가라앉아 있었다. 표시 나게 경고를 보내고 있지도, 딱히 힘이 들어가 있지도 않았다. 단숨에 매를 제압했다는 사실에 우월감을 느끼는 기색 역시 없었다.

인간의 눈빛에 담긴 것은 멸시였다. 제 딴에는 힘이 센 줄 알고 우쭐거리며 덤비는 벌레를 내려다보는, 완벽한 멸시의 눈빛.

곧이어 인간이 다시 비단 조각 쪽으로 고개를 틀었다. 매는 날아오르기 직전의 자세로 굳어 있은 지 한참 만에야 천천히 날개를 도로 접었다. 비로소 진정한 강대함이란 무엇인지를 알 것 같았다.

상대는 비록 다쳤고, 쇠약해졌고, 결박당해 있었지만, 그럼에도 매를 해치우는 것쯤은 순식간이었다. 상대가 매를 죽이지 않은 것은 그저 도움 될 게 없다고 판단했기 때문이었다.

웅크려 앉은 매의 온몸에서 뿜어져 나오던 살기가 거짓말처럼 수그러들었다. 맹금류는 오직 저보다 강한 기세를 뿜는 상대에게만 굴복하는 법이고, 그 기세는 육체가 아니라 내면에서 나오는 것이었다. 푸른 매는 심지어, 눈앞의 창백한 청년에 비하면 제 주인인 사장로는 영혼 내면의 강인함과 광대함이 한참 부족하다고 느꼈다.

매가 온순한 모습이 되자 장손무극이 시선을 무심히 옮겨 매를 쓱 한 번 쳐다보고는 뒤로 물러나라는 눈짓을 보냈다. 매는 순순히 물러섰다. 조금 전 목을 스쳐 간 섬광과 장손무극의 담대한 기세에 압도당해 무의식적으로 그에게 굴복한 매는 연신 뒷걸음질을 쳐 가슴에서 배까지 내려갔다.

장손무극이 그 자리에 엎드리라는 눈치를 줬다. 매는 발톱을 말아 쥐고 그의 배 위에 고분고분 엎드렸다.

그러자 장손무극의 입가에 미소가 어렸다.

그래, 옳지. 따뜻하구나, 아주 착해!

얼음 동굴 안에서 벌어진 사람과 새의 소리 없는 힘겨루기는 흉포한 새가 납작 몸을 낮춰 정리되었지만, 동굴 아래에서 목을 길게 빼고 기다리는 중인 긴나라왕과 사장로는 아직 아무것도 모르는 채였다.

"지금쯤 어떻게 되었으려나요?"

긴나라왕이 나지막하게 웃음을 흘렸다.

"혹여 사장로님의 새가 멋대로 날뛸 일은 없겠지요?"

"그럴 리가 있겠습니까?"

사장로가 확신에 찬 얼굴로 말했다.

"새들의 왕인 푸른 매는 영물입니다. 녀석에게 명령할 수 있는 사람은 나밖에 없습니다. 내가 움직이지 말라고 하면 절대한 발자국도 움직이지 않는다는 말입니다."

"그거 다행이군요."

돌연, 긴나라왕이 사장로의 등 뒤쪽을 보면서 '으음?' 하더니 말했다.

"방금 저쪽에 그림자가 지나간 것 같은데요?"

"어디 말입니까?"

사장로가 고개를 돌리는 순간 긴나라왕의 손가락이 슬쩍 움직였다. 그런데 뒤를 돌아보는가 싶던 사장로가 중간에 갑자기 고개를 원위치하더니 웃음 지었다.

"아마 긴나라왕 본인의 그림자였겠지요."

"그런가요."

긴나라왕이 미처 생각지 못했다는 듯이 마주 웃었다.

"주변이 온통 얼음이라 곳곳에 그림자가 어른거리는군요……."

느른한 듯 기지개를 켠 긴나라왕이 두어 걸음을 옮기다가 말했다.

"더 계시렵니까? 저는 이만 자러 가 봐야겠습니다."

"마저 지켜보지 않겠다고요? 가루라왕이 특별히 당부한 일 아닙니까?"

"영성이 있는 사장로님의 새가 실수할 리도 없고, 사장로께서 여기 계시니 저까지 있을 필요는 없을 듯합니다. 곧 죽게 생긴 작자가 무슨 일을 칠 것도 아니고요."

긴나라왕은 많이 졸린지 눈꼬리에 눈물방울을 매달고 있었다. 심지어는 발음마저 웅얼웅얼 불분명했다.

"한심해 보이겠지만, 근래 가루라왕께서 연공에 매진하라며 밤낮으로 채근을 해 대셔서 얼마나 피곤한지……."

"긴나라왕의 신공이 진일보해야 전주 자리에 더 가까워지니 그러는 것 아니겠습니까."

사장로가 피식 웃으며 말했다.

"뭐, 오늘은 굳이 남아 있을 필요가 없을 것 같기는 하군요. 먼저 가서 쉬시지요."

"하면, 수고 부탁드리겠습니다!"

긴나라왕이 싱글벙글하며 허리를 살짝 숙이자 사장로도 얼른 예를 표했다. 사장로가 지켜보는 가운데, 긴나라왕은 발걸음도 가볍게 산 밑으로 향했다.

긴나라왕은 보초를 서는 신전 제자들의 눈을 피해 번개처럼 접천봉을 내려갔다. 중간에 장청 소철이 우거진 정원 옆을 지날 때는 특히 발소리가 나지 않도록 주의를 기했다.

그러나 수풀을 통과하는 도중 길게 늘어진 장포 자락이 풀잎 끄트머리를 미세하게 건드리고 말았다. 풀 끝에 맺힌 이슬조차 떨어지지 않았을 정도로 가벼운 스침이었건만, 그 즉시 정원 안에서 사람 목소리가 들려왔다.

"게 누구냐?"

화들짝 놀란 긴나라왕은 황급히 속도를 높여 그 자리를 벗어났다.

정원에서 목소리가 난 것과 거의 동시에 누군가 건물 밖으로 튀어나왔다. 그러나 건물에서 나와 정원 입구에 우뚝 멈춰 선 사람이 본 것은 어둠 속으로 사라져 가는 그림자가 전부였다. 그림자가 사라져 간 방향을 멍청히 쳐다보는 사람의 눈동자가 흔들렸다.

그때 정원 안쪽에서 나이 지긋한 목소리가 울렸다.

"아대阿大, 무슨 일이냐?"

"그저 지나가던 사람인 모양입니다."

아대라고 불린 중년인이 공손히 답했다. 정원 안쪽에서는 아무런 대꾸가 없었다. 더 이상 캐물을 용의는 없는 듯했다.

잠시 후 '끼익' 소리와 함께 문이 열리고, 높은 관을 쓴 그림자가 땅바닥에 드리워졌다. 아대가 놀라 뒤를 돌아봤다.

"연……, 연공에 집중해야 한다고 하지 않으셨……."

그자가 손을 내젓는 동시에 아대의 입이 딱 다물렸다. 이어서 그자가 고개를 들자 달빛이 그의 얼굴 윤곽을 드러냈다. 워낙 매끈한 피부 탓에 정확한 나이를 가늠하기 힘든 고고한 용모, 다름 아닌 장청 전주였다.

달빛을 받고 있는 전주의 눈썹 언저리에는 마치 풀잎 끄트머리에서나 볼 법한 옅은 푸른빛이 돌았다. 그 푸른빛과 지나치게 깨끗한 피부가 이루는 조화는 다소 기괴한 느낌이었다.

뒷짐을 지고 생각에 잠겨 있던 전주가 이내 입을 열었다.

"제비천은 어디까지 왔느냐?"

"여섯 번째 봉우리에 있습니다."

아대가 대답했다.

"마호라가부 전체가 출동하다시피 했습니다. 마호라가왕이 몇 번이나 지원 요청을 보내왔습니다만, 폐관 수련 중이시라고 답했습니다……."

"여섯 번째 봉우리는 뚫려도 무방하다. 일곱 번째 봉우리도 마찬가지이니라. 여덟 번째 봉우리까지 끌어들이거라."

장청 전주의 말투는 무심했다.

"한동안만이라도 거기 묶어 놓아라. 만약 도저히 발을 묶지 못하겠거든 가루라왕을 내보내 만나 보게 하거라. 서로 오래 알고 지내던 사이 아니더냐?"

아대는 감히 대답을 입 밖으로 내지 못하고 묵묵히 허리만 숙였다. 잠시 다른 생각에 빠져 있는 듯하던 장청 전주가 불쑥 말했다.

"산봉우리에 올라가 봐야겠다."

아대가 일순 멈칫했다. 어느 봉우리인지 물으려다가 문득 전주의 뜻을 깨달은 그는 말을 삼키고 얼른 전주를 따라나섰다.

장청 전주가 걷는 모습은 상당히 독특했는데, 목과 어깨는 미동도 없이 장포 자락만 살짝씩 나풀거리는 식이었다. 언뜻 보기에는 전혀 빠른 걸음이 아니었지만, 전주는 눈 깜짝할 사이에 어마어마한 거리를 미끄러져 갔다. 게다가 자세히 살펴보면 그의 장포 자락은 절대로 지면에 닿는 일이 없었다.

곧장 접천봉에 오르는 길, 전주는 남의 눈을 피할 생각이 전혀 없는 듯 신전 제자들이 머무는 얼음 굴 앞을 보란 듯이 지나쳤다. 그러나 전주의 걸음은 아무런 기척을 남기지 않았기에, 굴 안에서 속닥속닥 잡담을 나누며 시간을 죽이고 있던 제자들은 누군가 굴 앞을 지나갔다는 사실을 전혀 눈치채지 못했다.

그나마 딱 한 명, 수련의 경지가 가장 높은 제자만이 한순간 일렁이는 촛불을 보고 이렇게 말했을 뿐이었다.

"오늘 밤은 바람이 많이 부네. 안까지 들이치는 걸 보면."

조용히 굴 앞을 지나친 장청 전주가 미간을 살짝 찌푸리는가 싶더니, 이내 나지막한 한숨을 내쉬었다. 아대는 그 한숨의 이유를 너무 잘 알고 있었다.

바깥세상에서는 빛나는 명성을 떨치고 있을지 몰라도 사실 장청 신전은 그간 몰락의 길을 걷는 중이었고, 이제는 쓸 만한 인재도 거의 없는 상황이었다. 과거에는 팔부 천왕과 팔장로의 자리가 꽉 채워져 있었으나, 근 수년 사이에 적지 않은 인원이 죽거나, 다치거나, 주화입마에 빠졌다. 특히 무공이 고강한 상위 계층일수록 더 빠른 속도로 그 수가 줄고 있었다. 그런 연유로 이제는 팔부 천왕 자리마저도 군데군데 공석이 생겨 장로들이 겸임을 하는 판국이었다.

원래 장로직은 실권을 가질 수 없는 자리로, 원칙대로라면 실권이 따라붙는 대왕직을 겸해서는 안 되는 게 사실이었다. 어쩔 수 없이 맡긴 겸임은 사욕의 팽배와 체제의 불합리성으로 이어졌고, 결국 수많은 병폐를 낳았다. 요직에 측근 꽂기, 자질이 부족한 신도들의 유입, 딴 주머니 차기 등……. 대표적인 예가 바로 사장로였다.

우화등선을 한 해도 채 남겨 두지 않은 전주는 당장이라도 강력한 힘과 풍부한 정치 경험을 겸비한 후계자에게 신전을 넘겨야 하는 상황이었다. 본래 적임자는 성주가 유일했다. 찬란하게 빛나는 성주는 신전 내의 다른 인물들과는 급 자체가 다른 존재였고, 그가 다음 대 전주가 되리라는 데는 논란의 여지가 없었다.

현임 전주는 신전을 재정비해 크게 발전시켜 줄 것을 바라며 성주에게 막대한 기대를 걸고 있었다. 그래서 딴 꿍꿍이를 품은 장로들을 부지런히 견제하면서 성주를 지켜 왔건만, 일이 이렇게 될 줄이야……. 하아!

아대는 물 흐르듯 멀어져 가는 전주의 뒷모습을 보며, 조금 전 전주의 미간에 어려 있던 푸르스름한 기운을 떠올렸다. 그 빛깔은……, 그 빛깔은…….

한창 생각에 빠져 있는 와중에 앞서가던 전주가 갑자기 우뚝 멈췄고, 하마터면 전주의 등을 들이받을 뻔한 아대도 허둥지둥 제자리에 멈춰 섰다. 시선을 앞쪽으로 옮기자 얼음 동굴 아래에서 고개를 쳐든 채 동굴을 올려다보고 있는 사람이 눈에 들어왔다. 달빛이 그의 옆모습을 비추고 있었다.

입가에 싸늘한 냉소를 머금은 사람의 정체는 아까 아대의 상념 속에 등장했던 사장로였다.

이 밤중에 사장로가 남몰래 여길 올라오다니?

사장로의 시선을 따라 위를 올려다본 아대는 소스라치고 말았다.

성주 전하! 사장로가 이렇게까지 간이 컸다고?

아대의 눈이 전주에게로 향했다. 장청 전주는 달빛 아래에 무심한 표정으로 서서, 아직껏 인기척을 전혀 못 느끼고 있는 앞쪽 사람을 응시하고 있었다. 아까보다 짙어진 미간의 푸른빛이 산꼭대기 얼음 동굴 아래를 온통 은색으로 물들인 달빛보다도 더 서늘한 기운을 풍겼다.

장청 전주가 훌쩍 날았다. 짙푸른 장포 자락이 빠르게 흐르는 달빛처럼 아무런 기척도 없이 사장로의 등 뒤로 옮겨 갔다. 전주의 코끝이 사장로의 뒷목에 닿을락 말락 할 정도로 두 사람의 거리가 바짝 좁혀 들었으나, 사장로는 그때까지도 전혀 낌새를 채지 못했다.

사장로는 야차대왕이 되어 궁창의 병권을 한 손에 틀어쥘 꿈에 취해 있는 참이었다. 꿈속에서 병권을 장악한 그는 가루라왕을 제거하고 유약한 긴나라왕을 무릎 꿇렸으며, 마지막에는 전주 자리를 차지했다.

그런데 돌연 등 뒤에서 싸늘한 목소리가 들려왔다.

"이 밤중에 잠도 안 자고 여기까지 산책을 나왔는가?"

사장로는 까무러치게 놀라 뒤를 돌아봤다. 그러나 등 뒤에는 아무도 없었다. 길고 여윈 그림자 하나가 암벽 위에 구불구불하게 새겨져 있기는 했지만, 그것은 자신의 그림자였다.

사장로는 흡사 귀신이라도 본 양, 순식간에 온몸이 차갑게 식었다. 귀신이 무서워서가 아니라, 조금 전 그 목소리의 주인이 누군지 알 것 같아서였다. 차라리 귀곡성 쪽이 낫지, 절대 듣고 싶지 않은 목소리였다.

"전주님!"

그는 뒤를 다시 돌아볼 것도 없이 털썩 꿇어앉은 다음 '쿵쿵' 소리가 나도록 땅에 머리를 조아렸다.

"저……, 저……, 저……, 저는……, 그게……, 다만 여기……, 여기서……, 연공……, 연공을 하느라……."

"오, 우리 장청 신전에 꼭 한밤중 접천봉에서 연마해야만 하는 무공이 있었던가? 화옥? 승룡? 경신지? 어느 것이지?"

이번에도 사장로의 목 바로 뒤쪽에서, 장청 전주의 무심한 목소리가 울렸다.

"내 기억으로는 아직 승룡공을 완성하지 못했다고 했던가. 그렇다고 접천봉의 한기가 특별히 수련에 도움이 되지는 않을 터인데?"

"전주님! 저는……, 저는……, 저는……."

사장로는 횡설수설하며 필사적으로 머리를 조아렸다. 장로씩이나 되는 그가 이렇게까지 저자세로 나가는 이유는 근래 전주의 성정이 과히 변덕스러워졌기 때문이었다. 지금의 전주라면 장로 하나쯤 죽인다고 해도 전혀 이상할 게 없었다.

잔뜩 겁에 질린 사장로에게 체면 따위는 사치였다. 일단은 목숨부터 건지고 봐야 했다. 사장로는 연신 머리를 조아리는 한편 손가락으로 은근슬쩍 땅바닥을 두드리고 있었다. 푸른 매에게 보내는 신호였다.

당장 거기서 나와!

푸른 매는 신호를 들었지만, 동굴을 나서지는 않았다. 비단천에서 눈을 뗀 장손무극이 천을 정리한 후 매에게 눈짓을 보냈기 때문이었다.

이리 가까이 오너라, 어서.

강한 자가 내리는 명령 쪽으로 마음이 기운 푸른 매는 장손무극의 눈짓을 따라 얌전히 가슴 부근으로 돌아가서 심장 위에 웅크리고 앉았다.

매가 보는 앞에서 장손무극이 자기 입술을 깨물어 파르스름한 멍을 남기더니 스르르 눈을 감았다. 매는 그런 장손무극을 보며 고개를 갸웃했다.

대체 무슨 꿍꿍이일까, 하고 생각하는 찰나 아주 희미한 발소리가 들려왔다. 곧이어 매의 눈동자에 방문자의 모습이 비쳤다. 방문자는 도사들이 입을 법한 옷에 높은 관을 쓰고, 수척한 얼굴을 하고 있었다.

한편, 장청 전주가 동굴에 들어서자마자 본 것은 눕혀진 형틀, 장손무극의 심장 위에 앉아있는 맹금류, 그리고 입술이 새파랗게 질린 채 혼절한 장손무극이었다.

전주는 조용히 제자리에 멈춰 섰다. 분명 아무런 말도 하지 않았건만, 안 그래도 극도로 추운 동굴 안 온도가 순식간에 뚝 떨어졌다. 그러자 전주의 뒤를 따라온 아대와 사장로가 동시에 부르르 진저리를 쳤다.

장청 전주가 소맷자락을 떨쳤다. 그 순간, 푸른 매가 울음소리조차 한 번 내 보지 못하고 까마득한 절벽 아래로 내던져졌다. 그와 동시에 사장로 역시 무형의 힘에 끌려가 빙벽에 처박혔다.

사장로가 붕 떠올랐다가 벽과 충돌하자 수백 년에 걸쳐 형성된 두꺼운 얼음층이 조각조각 갈라져 바닥으로 와장창 쏟아졌다. 사장로는 얼음 조각에 파묻혀 '우욱' 하고 피를 한 바가지 토했다.

그런 사장로에게는 눈길도 주지 않고서, 장청 전주가 손가락을 들어 올렸다. 그러자 형틀이 고요히, 느릿느릿 일어섰다. 전주가 장손무극의 가슴 위치를 겨냥해 허공을 압박하는 시늉을 하자 장손무극이 숨을 몰아쉬면서 천천히 정신을 차렸다.

갑작스러운 등장에도 전혀 놀란 기색 없이 전주를 쓱 쳐다본 장손무극이 나지막이 말했다.

"스승님……."

뒷짐을 지고 서서 묵묵히 그를 쳐다보던 전주가 잠시 후 입을 열었다.

"고생도 할 만큼 했겠다……. 그래, 이제 생각이 바뀌었느냐?"

장손무극은 한참이 지나도록 침묵을 지켰다. 그의 낯빛은 달빛보다도 창백했으나 미간에는 옥석과도 같이 단단하고 맑은 기운이 깃들어 있었다.

급기야 장청 전주의 눈에 노기가 스쳤을 무렵, 장손무극이 돌연 전주를 빤히 응시하면서 말했다.

"스승님……, 몸을 챙기셔야겠습니다. 안색이…… 좋지 않으신 듯합니다……."

그 소리에 장청 전주의 표정이 살짝 흔들리면서 눈빛이 누그러졌다. 하지만 그것도 잠시였다. 곧장 얼음장처럼 차가운 태도를 회복한 전주가 대꾸했다.

"본 좌의 몸에는 아무 문제가 없다."

그러더니 장손무극을 쳐다보면서 냉랭하게 덧붙였다.

"현명하게 판단해라. 전주가 되면 이런 일은 겪지 않아도 된다. 짓밟지 않으면 짓밟히는 것이 세상이거늘, 네 정녕 그 이치를 모른단 말이냐?"

힘없이 웃고 난 장손무극이 화제를 돌렸다.

"스승님……. 그녀는 그저 사대 신역을 통과해 소원을 빌 기회를 얻으려는 것뿐입니다. 규칙에 어긋남이 전혀 없는 일인데, 왜 꼭…… 죽이려 하십니까?"

"어리석기 짝이 없는 질문을 하는구나!"

장청 전주가 소맷자락을 휘둘렀다.

"그 계집은 하늘에서 떨어진 요녀다. 우리 장청 신전과는 애초에 공존할 수 없는 존재야. 창생을 구원해야 할 장청 신전이 어찌 그런 요물이 세상에 재앙을 몰고 오는 것을 용납하겠느냐?"

"요물……."

장손무극이 작게 웃음을 흘렸다.

"만약…… 그녀의 소원이 단지 이곳을 떠나는 것이라면 어찌시겠습니까? 그저 조용히 떠나고자 한다면 그러도록 해 주면 되는 일이 아닐는지요?"

장청 전주가 갑자기 입을 딱 닫았다. 얼굴 반쪽이 얼음 동굴의 그림자에 가려진 전주는 마치 얼음으로 조각된 가면을 쓴 것처럼 보였다.

동굴 안에 다시금 침묵이 내려앉았다. 이번에는 아까와 같은 살벌함이 아니라 다소 애매한 분위기의 침묵이었다. 그럴듯한 구실 아래에 감춰져 있던 수많은 비밀이 방금 그 무심한 질문에 기대어 슬그머니 수면 위로 모습을 드러낸 듯한.

잠시 후, 전주가 단조로운 어조로 한 자 한 자 말했다.

"아무리 본 좌가 신술을 가지고 있고, 곧 우화등선할 몸이라고 해도 인간 세상의 규칙에 반하는 일은 할 수 없음을 너도 알아야 할 것이야. 그런 짓을 했다가는 천벌이 떨어질 게다."

조용히 듣고 있던 장손무극이 이내 깨달은 바가 있는 듯 긴 한숨을 내쉬었다.

"원한다면 여기서 더 생각해 보아도 좋다. 단, 결론은 나와 있느니라."

장손무극을 잠시 쳐다보던 장청 전주가 돌아서며 말했다.

"네 어리석음을 계속 받아 줄 수만은 없다. 다른 사람들이 그것을 납득하겠느냐? 내일 신전 전체에 알릴 것이니라. 만약 그 계집이 진법 안에서 죽는다면 널 풀어 주고 전주 자리를 물려줄 것이요, 계집이 사대 신역을 통과한다면 너를 처형하겠노라고. 이번 생에 그 계집과 함께할 생각은 접는 편이 좋을 게다!"

그 말에 장손무극이 피식 웃었다.

"이번 생을…… 그녀와 함께하겠다는 주제넘은 욕심 따위는…… 가져 본 적도 없습니다."

조금의 여한도 없는 듯 담담하기만 한 장손무극의 말투와 표정에 전주가 의아한 기색을 내비쳤다. 그리고 잠시 후, 전주는 매몰차게 옷소매를 떨치면서 산을 내려갔다.

"계집이 진법 안에서 죽기나 기도하고 있거라!"

이쪽이고, 저쪽이고, 인생에는 너무나 많은 진퇴양난의 순간이 존재하는 법이다. 장손무극이 생과 사의 선택지를 받아 든 그때, 맹부요는 진법을 깨고 죽느냐 아니면 깨지 않고 죽느냐의 기로에 서 있었다.

향로에서 가느다랗게 피어 오른 연기가 계속해서 구름을 만들어 내는 가운데, 맹부요와 전북야는 서로를 마주 봤다.

진법을 파할 수단은 이미 손안에 쥐어져 있었다. 그저 손가락 한 번 까딱하면 끝날 일이었다. 그런데 그게 난데없이 세상에서 가장 어려운 선택이 되어 버렸다.

진을 파한다 치자. 향로가 추락하지는 않는다고 해도, 자기들 둘은 향로와 함께 떨어져 죽는 게 두렵지 않다고 해도, 바깥 허공에 떠 있는 철성은 어찌한단 말인가?

치명상을 입고 의식을 잃은 상태인 철성은 구름이 걷히는 동시에 속절없이 곤두박이칠 테고, 그렇게 되면 목숨을 건질 가능성은 전무했다.

진을 파하지 않는다 치자. 운부 신역에는 졸음을 불러오는 괴상야릇한 효과가 있었다. 잠깐만 눈이 감겨도 재 가루가 될 터인데, 일행이 과연 언제까지 버틸 수 있겠는가?

맹부요가 향로 입구로 올라가 철성의 위치를 확인한 결과, 산꼭대기보다는 향로 쪽과 조금 더 가까워 보였다. 잠시 머리를 굴리던 그녀가 말했다.

"이쪽으로 끌어와야겠어요. 추락하더라도 우리랑 같이 추락하는 게 그나마 살 확률이 높아요."

향로에 거꾸로 매달려 손을 뻗어 본 맹부요가 전북야와 자신의 허리에 묶여 있던 밧줄 토막을 하나로 연결한 뒤 진력을 주입해 철성 쪽으로 밀어 보냈다. 뒤에서는 향로 입구까지 나온 전북야가 그녀의 발목을 단단히 붙잡고 있었다.

하지만 아무리 애를 써 봐도 중간에 남은 약간의 거리를 극복할 수가 없었다. 그사이에 눈대중으로 거리를 가늠해 본 전북야가 맹부요를 끌어당기면서 말했다.

"내가 하지. 그래도 내 쪽이 키가 크니까."

맹부요는 하는 수 없이 전북야와 자리를 바꿨다. 전북야의 말대로 그의 손가락은 철성의 옷자락 바로 근처까지 미쳤다. 조금만 더 가면 될 것 같았다.

맹부요는 필사적으로 몸을 앞쪽으로 내밀었다. 그녀는 향로 입구에 바짝 붙어 있었고, 그 덕에 앞섶이 입구 둘레에 계속 쓸리는 중이었다.

하지만 전북야의 움직임에만 온 신경이 쏠린 그녀는 앞섶이 점차 벌어지면서 운혼에게서 받은 운부 향로의 열쇠가 절반 이상 밖으로 삐져나온 걸 눈치채지 못했다. 열쇠에서 먼 쪽 어깨에 앉아 있는 원보 대인 역시 미처 못 봤기는 마찬가지였다.

"닿았어!"

전북야가 돌연 웃음을 터뜨리더니 손가락으로 철성의 옷자락을 붙들었다. 아직 체력이 돌아오지 않은 그는 간단한 일련의 동작만으로도 숨을 헐떡였지만, 그러면서도 환하게 웃고 있었다. 맹부요도 한껏 들떠 자기도 모르게 몸을 더 앞으로 숙였다.

깡!

열쇠가 향로 안에서 붉은색으로 깜빡이고 있는 구멍을 향해 굴러떨어졌다. 아래를 보고 혼비백산한 맹부요가 급하게 손을 뻗었지만 이미 늦어 버린 뒤였다.

착!

미세한 소리와 함께 열쇠가 빈틈없이 구멍 중앙에 안착했다.

콰과광!

삽시간에 천지가 뒤집히고 주변 풍경이 소용돌이쳤다. 사방에서 무시무시한 바람 소리가 일었다. 맹부요와 전북야는 균형을 잃고 향로 안으로 굴러떨어졌다.

거대한 향로가 데굴데굴 구르면서 추락하기 시작했다. 두 사람은 향로 안에서 마구잡이로 내동댕이쳐지느라 눈앞에 별이 보일 지경이었다. 벽면을 이쪽저쪽 들이받다 보니 얼굴은 멍이 들어 퉁퉁 붓고 몸은 상처투성이가 됐다.

그 와중에도 전북야는 어떻게든 맹부요를 붙들어 보겠다고 발버둥을 쳤다. 몇 번이나 내던져지던 끝에 마침내 성공한 전북야는 손에 힘을 줘 그녀를 단단히 붙들었다.

두 사람의 눈앞에서 향로 내벽의 푸른색 주문이 희미하게 빛나며 벽을 벗어나 허공으로 돌출됐다. 그러더니 마치 살아 있는 것처럼 둘의 주변을 떠다니기 시작했다. 그와 동시에 갑자기 주변에서 모든 소리가 사라지고 가슴이 턱 막혀 오더니 고막이 터질 것 같은 굉음이 울렸다.

콰앙!

흙먼지가 자욱하게 일어나고 서리와 눈이 사방으로 튀는 순간, 두 사람은 정신을 잃었다.

주위에서 새소리가 들려오고, 어렴풋이 꽃향기가 느껴졌다. 무슨 진귀한 꽃이라기보다는 유채꽃에서 나는 향기 같았다.

샛노란 4월의 유채꽃, 그 향기를 맡고 있자니 드넓은 황금빛 양탄자처럼 고향 들판을 온통 뒤덮고 있던 유채꽃밭이 눈에 선했다. 초록빛 봄풀과 버드나무 가지, 그리고 논두렁길 군데군데 화사하게 핀 분홍색 복숭아꽃이 장식처럼 더해진, 그런 유채꽃밭.

마치 자투리 천을 기워 만든 옷을 입고 눈을 내리깐 유화 속 여인처럼, 수수하면서도 곱고 다소곳한 아름다움을 품은 유채꽃밭은 전생에 본 중에 가장 아름다운 봄 풍경이었다. 풍경만큼이나 잔잔한 미풍에 4월만의 촉촉한 향기로움이 실려 왔다.

과거 시골에서 살 적에 방 창문을 통해 불어 들어오던 그 바람 같았다.

엄마는 그때 아직 아프기 전이었고, 그녀는 학교에 다니고 있었다. 두 모녀는 4월이 오노라면 간단한 먹을거리를 싸서 봄나들이를 나가곤 했다.

가장 자주 찾았던 곳은 유채꽃밭이었다. 꽃밭을 뛰어다니고 있으면 엄마가 구식 반자동 카메라로 사진을 찍어 줬다. 특별한 포즈 같은 건 없었다. 팔을 쳐들고, 냅다 달리고, 그 모든 장면이 프레임에 담겼다.

집에 돌아온 뒤 엄마가 저녁에 현상 작업을 마치면 두 모녀는 머리를 맞대고 앉아 사진을 구경했다. 그럴 때마다 엄마가 웃으면서 하는 말이 있었다.

'우리 부요는 일부러 이상한 표정을 지어도 예쁘네.'

'부요야, 유채꽃은 눈에 확 띄지는 않아도 이렇게나 환한 아름다움을 가지고 있단다. 너도 훗날 어디에 가게 되든지 유채꽃처럼 환하게 살아야 해.'

환하게…… 살라고?

엄마 없이, 당신들 없이, 가슴 한구석이 항상 무겁게 그늘져 있을 나한테 어딜 가서 환하게 살라는 거야?

천천히 눈을 뜬 맹부요는 젖은 눈꼬리부터 손으로 훔쳐 냈다. 또 꿈이었다.

곧이어 그녀는 화들짝 놀라고 말았다. 눈앞에 정말로 드넓은 유채꽃밭이 펼쳐져 있었던 것이다. 논두렁에는 보송보송한 강아지풀이 돋아 있고, 복숭아꽃 꽃잎 몇 개가 바람을 타고 한들한들 흩날리고 있었다.

바로 그때 꽃잎 한 장이 얼굴에 내려앉았고, 맹부요는 손을 뻗어 꽃잎을 집어 들었다. 손에 잡힌 향긋하고 보드라운 그것은 진짜 복숭아꽃이었다.

이게 어떻게 된 거지?

분명 그녀는 혹한이 휘몰아치는 극북의 땅 장청 신산에서 온갖 고생을 해 가며 진법을 깨고 있었다. 그러다가 세 번째 진법에서 향로째 추락했는데……. 눈을 떠 보니 고향 봄 풍경이 펼쳐져 있다니?

심지어는 산비탈 아래 작은 시내며, 시내 건너편에 보이는 울타리 쳐진 외딴집까지 기억 속 그대로였다.

전북야는? 운흔은? 요신은? 철성은? 혹시…… 그때 떨어지면서 죽어서 현대로 돌아온 건가?

맹부요는 주체 못 할 기쁨에 휩싸였다. 그리고 그 기쁨이 최대치에 달했을 때, 문득 생사가 묘연한 장손무극이 생각났고, 환하게 웃던 얼굴이 순식간에 경직됐다.

아니야! 안 돼. 그 사람을 내팽개쳐 두고 나만 원래 자리로 돌아갈 순 없는 거잖아. 차마 어떻게 그럴 수가 있어? 차마 어떻게?

한쪽 세계에서 소망을 이루면 다른 한쪽 세계가 마음에 걸리는 상황.

어째서 인생이란 이처럼 고뇌의 연속인 걸까.

뜨거웠던 가슴이 한순간에 차갑게 얼어붙으며 극과 극의 온도 사이를 오갔다. 손바닥은 싸늘하게 식고 몸에서는 힘이 빠졌다.

맹부요는 비척비척 뒷걸음질을 치다가 등 뒤에 있던 나무에 등을 기댔다. 그런데 나무가 갑자기 말을 했다.

"어딜 더듬어?"

당황스럽게도 전북야의 목소리였다. 흠칫해 뒤를 돌아보니 등 뒤에 서서 아련한 표정으로 앞쪽을 바라보고 있는 전북야가 눈에 들어왔다. 맹부요는 그런 그를 멍청히 쳐다보면서 몹시 복잡한 기분에 휩싸였다. 실망스러운 건지 반가운 건지 혼란스러웠다.

아, 역시 집에 돌아온 건 아니었구나…….

순간, 머릿속을 퍼뜩 스치는 생각이 있었다. 맹부요의 안색이 굳었다.

설마 엉겁결에 전북야까지 데리고 현대로 온 건 아니지?

손을 파르르 떤 그녀가 얼른 전북야를 붙들고 물었다.

"뭐 보고 있는 거예요? 뭐가 보여요? 조금 전에 대체 무슨 일이 있었던 거예요?"

"명천궁明泉宮은 참으로 아름다운 전각이다……."

넋 놓고 앞을 쳐다보고 있는 전북야가 손가락을 뻗어 어딘가를 가리켜 보였다.

"봐라. 배롱나무가 얼마나 굵게 자랐는지. 해마다 아주 오래오래 꽃을 보여 주거든. 어머니께서 저 꽃을 좋아하셔서, 머리를 감겨 드릴 때는 꼭 대야를 나무 아래에 두곤 했었다. 대야물에 꽃잎이 떨어지면 어머니 머리에서도 배롱나무꽃 향기가 났지…….”

맹부요는 멍하니 그 이야기를 들으면서 모골이 송연해졌다. 그녀가 고개를 틀어 전북야를 쳐다봤다. 전북야는 환하게 웃고 있었다. 그의 진지한 눈빛에 장난기 같은 건 전혀 없었다.

맹부요는 가슴 밑바닥에서부터 올라온 섬뜩한 감각이 차츰차츰 뼛속을 파고드는 걸 느꼈다. 따스한 4월의 한복판에서, 그녀는 한기를 이기지 못하고 진저리를 쳤다.

“배롱나무꽃…….”

맹부요가 넋 빠진 투로 중얼거렸다.

“그래, 향기가 좋지?”

전북야가 상쾌하게 웃었다. 눈 안에서 기쁨이 반짝이고 있었다.

“명천궁…….”

맹부요의 목소리는 이제 거의 신음에 가까웠다.

“응.”

전북야가 한 지점을 가리켰다. 맹부요의 눈에 비친 그곳에는 고향 시내가 흐르고 있었다.

“우리 모자가 제일 오래 지냈던 전각이다. 유년기부터 소년기까지의 시간을 저기서 보냈지. 봐라, 저기 구석에 내가 작은 칼로 새겨 둔 글자도 남아 있어…….”

전북야의 입꼬리에 미소가 번졌다. 방금 전각 모퉁이 앞 배롱나무 아래에서 대야에 물을 떠 오는 자신과 소매를 걷어붙이고 어머니 머리를 감겨 주는 부요를 본 것 같아서였다.

손이 여물지 못한 부요가 대야 밖으로 물보라를 튀기고, 둘이 그걸 보고 마주 웃어 버리고…….

"유채꽃은 안 보여요?"

맹부요가 희망을 버리지 않고 물었다.

"시냇가랑 복숭아꽃이랑 오두막집은……."

"유채꽃이랑 복숭아꽃이라니, 눈 제대로 달린 거 맞아? 저건 배롱나무꽃이야!"

행복한 꿈을 뚝 잘라먹은 게 불만인 듯, 전북야가 고개를 돌려 나무라는 눈길을 보냈다.

맹부요는 전북야의 반응에 까무러치기 직전이었다. 그간 오주를 돌아다니면서 온갖 괴상야릇한 일을 다 겪어 봤지만, 이번처럼 기괴한 상황은 처음이었다.

분명 같은 자리에 있는데, 어째서 각자 보이는 풍경이 다른 거지?

맹부요는 홀연 원보 대인과 철성을 떠올리고 주변을 둘러봤다. 철성은 어디에도 보이지 않았으나 원보 대인은 두 사람 곁에 나란히 서서 앞쪽을 홀린 듯이 응시하고 있었다.

저 새하얀 설산, 진짜 예쁘다……. 엄마 품은 참 따뜻해……. 그런데 왜 품이 점점 식는 것 같지?

원보는 열심히 엄마 품 안으로 파고들었다. 핏속에 흐르는, 생명에 각인된, 최초의 온기를 찾아서.

하지만 원보를 끌어안고 있던 두 앞발은 힘을 잃고 스르르 늘어지는 중이었다.

백 년에 한 번 있는 장청 신수의 탄생에는 짝짓기 과정이 필요치 않았다. 때가 되어 장청 신산 풍연風淵 산마루에서 구규과九竅果를 따 먹으면 자연스레 다음 세대를 잉태하기 때문이었다. 다음 세대가 태어나면 앞 세대의 사명은 그걸로 끝이었다.

원보는 자신의 탄생이 곧 엄마의 죽음을 뜻한다는 걸 알고 있었다. 그것은 영원히 벗어날 수 없는 장청 신수의 운명이었다. 평생 고아일 수밖에 없는 운명…….

이제부터 길고 긴 백 년의 시간을 홀로 견뎌 내야만 하는 것이다…….

원보는 차갑게 식은 엄마를 안고 엄마의 품에 머리를 묻은 채 한참을 그대로 있었다. 그러던 어느 순간, 난데없이 커다랗고 새카만 그림자가 달려들어 원보를 덥석 끌어안더니 마치 제가 엄마라도 되는 양, 젖을 먹이는 시늉을 하는 게 아닌가.

으아악! 이 쓸데없이 명만 길어 빠진, 장청 신수 족보 중의 돌연변이! 백 년에 한 마리밖에 태어나지 않는다는 장청 신수의 규칙을 깨부순 비정상적인 존재! 정신 나간 암컷!

"찍찍!"

한창 좋은 꿈을 꾸는데 악귀가 난입한 거나 다름없는 상황이었다. 저도 모르는 사이에 허상에 홀려 있던 원보 대인은 흑진주의 등장과 동시에 정신이 번쩍 났다.

고개를 들어 경악에 찬 맹부요의 까만 눈동자를 마주하자 적

잖이 민망해졌다.

아유, 참.

장청 신산 출신인 자신마저 걸려들 뻔한 걸 보면 천역은 역시 대단한 진법이었다. 원보 대인은 얼른 맹부요의 어깨 위로 올라가서 그녀의 귀를 붙잡고 한참을 목청 높여 찍찍거렸다.

원래는 맹부요가 그 소리를 알아먹을 턱이 없었지만, 듣다 보니 퍼뜩 감이 왔다.

여기가 천역이구나. 사대 신역 중 마지막 관문.

상상 속의 천역은 운부 진법처럼 구름이 자욱하고 빛이 찬란하며, 하늘 높은 곳에 누각들이 우뚝 솟아 있고 꽃향기가 흐르는, 지극히 천상계에 가까운 모습이었다.

그러나 아니었다. 천역은 마음속에 있었다. 각자가 마음속으로 가장 그리워하는 그곳이 바로 천국인 것이다. 내 마음 쉴 수 있는 곳이 나의 고향이요, 내가 잠든 시각 나의 영혼이 맴도는 곳, 마음이 갈망하는 곳, 그곳이 바로 천역이어라.

맹부요가 본 곳이 엄마는 아직 건강하고 그녀 본인도 아무런 근심 걱정 없이 아름다운 4월이면 함께 봄나들이를 나서던, 지난 생에서 가장 평화롭고 행복하던 어린 시절의 고향 집인 것처럼.

전북야가 본 곳이 모자 둘이 서로 의지하며 살던 황궁 모퉁이 명천궁인 것처럼.

그때 전북야는 두각을 나타내기 전의 소년에 불과했다. 그를 눈엣가시로 보는 궁 안팎의 시선도, 매 순간 마음 졸이는 생활도 본격적으로 시작되기 전이었다. 꽃나무 아래에서 어머니의 머리를 감겨 주던 나날들은 안온하고 담박하기만 했다.

"전북야!"

맹부요가 긴 침묵을 깨고 천천히 입을 열었다.

"우리 둘, 완전히 다른 광경을 보고 있어요."

산전수전을 다 겪은 인물답게, 전북야는 환상에 미혹당한 와중에도 곧장 맹부요 쪽으로 고개를 돌렸다. 눈을 가느다랗게 좁힌 그가 착 가라앉은 목소리로 말했다.

"속임수라고?"

"이게 마지막 진법이에요."

맹부요가 한숨을 쉬었다.

"정확히 어디가 심상치 않다거나 어디에서 살의가 느껴진다고 콕 집어내지는 못하겠지만, 분명 찝찝한 뭔가가 있어요."

잠시 고민하던 전북야가 이내 손에 들고 있던 물건을 건넸다. 물건을 보고 흠칫한 맹부요가 말했다.

"어, 우리 무기잖아요. 그 와중에 이걸 어떻게 챙겼어요?"

"향로가 추락하는 순간 충격 탓에 손을 놓치고 말았는데, 마침 그때 우리 무기가 눈앞을 스쳐 가더군. 내 정신이 아니었지만 일단 허겁지겁 붙들고 봤지."

전북야의 얼굴이 어두워졌다.

"미안하다, 철성을 끝까지 잡고 있었어야 했는데……."

맹부요는 아무런 말도 할 수 없었다. 자기였어도 못 붙들었을 철성을 몸도 성치 않은 전북야가 무슨 수로 끝까지 붙잡고 버틴단 말인가. 무기를 건진 것만으로도 대단한 행운이었다.

다만, 그럼 철성은 운부 향로가 꺼지고 나서 어떻게 된 걸까? 그 괴상한 산봉우리에 있던 운흔과 요신은 별일 없는 걸까…….

확인할 길 없는 수많은 이들의 생사가 가슴 위에 무겁게 얹힌 채 그녀를 아프도록 짓누르고 있었다.

그러나 맹부요는 지금까지 그래 왔듯 쉬지 않고 달려야 할 운명이었다. 비탄에 잠길 시간도, 그럴 기회도 없었다. 앞으로 나아가야만, 오로지 앞으로 나아가야만, 그렇게 살아 내야만 한 사람이라도 더 구할 수 있을 터였다.

그녀의 앞길을 위해 모든 것을 내던진 그 많은 사람들이 있는데, 그녀도 응당 죽을힘을 다해야 하지 않겠는가?

"힘들죠? 일단 좀 쉬면서 대책을 생각해 보자고요."

전북야가 기댈 수 있도록 팔을 빌려 준 맹부요가 곧이어 그의 옷을 걷어 올린 다음 품 안에서 약을 꺼냈다.

"약을 다시 발라야 할지 살펴봐야겠……."

말이 뚝 끊긴 직후, 맹부요의 눈이 커다랗게 벌어졌다. 새카만 눈동자에 그보다 더 검은 어둠이 번져 갔다.

그 어둠은 돌연히 깨달은 절망이요, 말로 표현할 수 없는 경악이었다. 전북야의 등에 난 상처 자국이 눈에 띄게 흐릿해져 있었던 것이다!

원래 그 자리는 빨갛게 부어올라 커다란 물집이 잡혀 있었다. 처음에 약을 바르자 물집은 허연 거품을 흘리면서 쪼그라들었지만, 빨갛게 손상된 피부는 그대로였다.

그런데 지금 약을 걷어 내고 보니, 터진 물집은 이미 온데간데없고 하얀 흉터만 약간 남아 있었다. 붉은 기운도 싹 빠진 뒤였다. 상처가 거의 다 나은 것이다.

두 눈으로 상처를 똑똑히 보면서 직접 약을 발라 준 지 얼마나 됐다고, 눈 깜짝할 사이에 이 정도까지 회복되다니?

맹부요는 화상이 낫기까지 얼마나 오랜 시간이 필요한지 잘 알고 있었다. 종월이 경신전에 맞았을 때 직접 간호해 준 경험이 있었으니까. 종월은 그때 등에 얇은 막 같은 걸 붙이고 있었는데도 물집이 지금의 전북야만큼 가라앉기까지는 열흘 이상이 걸렸다.

아무리 전북야가 바퀴벌레 같은 생명력의 소유자라고 쳐도 이럴 수는 없었다. 이건 인체의 자연 치유 법칙에 완전히 위배되는 일이었다. 설마 향로가 추락하고 나서 둘 다 열흘 넘게 기절해 있었던 걸까?

그럴 리가!

맹부요는 자기 몸 상태를 모르지 않았다. 많이 피곤한 건 사실이었지만, 당장 오늘내일할 정도는 아니었다.

그녀와 전북야 정도 되는 고수가 그까짓 추락의 충격으로 열흘 이상을 기절해 있을 수는 없었다. 게다가 그런 거였으면 이미 굶어 죽었을 거다.

맹부요가 전북야의 등을 보고 말문이 막힌 사이, 그녀가 뭘 보고 있는지 까맣게 모르는 전북야는 그저 둘이 같이 있다는 사실에 신이 난 참이었다. 지금 여기가 어디든 간에 그건 중요한 문제가 아니었다.

한껏 들뜬 그가 농담을 던졌다.

"어이, 내 몸에 홀딱 빠진 거냐? 원한다면 한번 쓰게 해 줄 수도 있는데."

그 소리에 불퉁하게 주먹을 한 대 먹인 맹부요가 약을 챙겨서 옆쪽에 털썩 앉았다. 얻어맞은 전북야가 앓는 소리를 했다.

"나 환자라고! 우악스러운 여자 같으니!"

그런데 말을 해 놓고 보니 자기가 느끼기에도 뭔가 이상했다. 줄곧 욱신거리던 등판이 지금은 맹부요의 주먹을 맞고도 별로 아프질 않았다.

이게 대체 무슨 조화지?

순식간에 눈빛이 심각해진 전북야가 고개를 돌려 맹부요를 쳐다봤다.

"생각을 좀 해 봤거든요……."

맹부요는 자기 손톱을 내려다보고 있었다. 그녀는 손톱이 빨리 자라는 편이었다. 그래서 싸울 때 방해가 되지 않도록 진법에 진입하자마자 한 번 잘랐었는데, 어느새 또 훌쩍 길어져 있었다.

"방금 당신 등을 때리던 그 한순간 사이에 과연 시간이 얼마나 흘렀을지."

전북야는 말뜻을 단박에 알아들었다. 시선이 흔들리던 그가 잠시 후 말했다.

“바꿔 말하면, 우리의 수명이 얼마나 남았을지 모르겠다는 거군?”

맹부요는 무릎을 끌어안은 채 맞은편 유채꽃밭만 묵묵히 바라보고 있었다.

천역, 천역.

하늘에서의 하루는 인간계의 천 년이라 하던가.

그들이 마음속 천국에 미혹되어 이곳에서 흘려보내는 일분일초가 밖에서는 하루가 될 수도, 열흘, 한 달, 혹은 1년이 될 수도 있었다. 그리고 그 시간 동안, 과연 바깥세상에는 얼마나 많은 변화가 일어날 것인가?

더 심각한 건 시간의 흐름이 빨라지면서 신체의 신진대사와 노화 속도까지 가속화된 것 같다는 사실이었다. 다시 말해 이 황홀한 마음속 천국은 침입자를 겨냥해 특별히 위협적인 장치를 심어 둘 필요가 없는 곳이었다.

침입자가 자연히 늙어 죽기를 기다리기만 하면 되니까! 한때의 헛된 꿈에 취한 채로.

“앉아서 죽기만 기다릴 수는 없어요!”

맹부요가 전북야를 끌고 일어섰다.

“진을 파할 방법을 찾아야겠어요.”

답을 구하는 그녀의 눈빛이 원보 대인에게로 향했다. 그러나 원보 대인은 망연히 그녀를 마주 봤을 뿐이었다.

예전의 천역은 단순히 환심술幻心術을 이용해 침입자를 본인의 심마에게로 이끄는 진법이었다. 심마란 한 인간이 가장 집요하게 집착하는 대상이요, 온갖 험난한 역경을 너끈히 넘어온 인간도 제 마음 하나는 넘지 못하는 경우가 허다했다.

사실 천역을 파할 구체적 묘방 같은 것은 존재하지 않았다. 탈출 여부는 순전히 본인의 의지력에 달려 있었다.

본래 원보 대인은 맹부요가 그만한 의지를 충분히 갖추었다고 생각해 마지막 관문은 아예 걱정하질 않았다. 그런데 그새 천역에 변동이 생긴 것이다. 전주가 신술을 이용해 시간을 중첩시켰거나, 아니면 아예 시공을 뒤틀어 진법과 선계를 연결해 놓은 것 같았다.

결론적으로, 지금과 같은 천역은 원보 대인도 경험해 본 적이 없었다.

맹부요가 원보 대인을 토닥이면서 다행이라는 양 말했다.

"짠한 녀석, 그나마 수명이 사람이랑 똑같아서 망정이지 안 그랬으면 지금 내 눈앞에 있는 건 늙어 죽은 네 시체였을 거야."

노환으로 운명하신 자기 시체를 상상해 버린 원보 대인은 등골이 오싹해졌다…….

"어라, 향로가 아직 있었네!"

주변을 한 바퀴 돌아보던 맹부요가 울타리 뒤편 진흙땅에 비스듬히 처박혀 있는 운부 향로를 발견하고는 놀란 목소리로 말했다.

"울타리를 완전히 짓뭉개 놨어……."

"그러게, 명천궁 후원 꽃 시렁을 박살 냈군……."

전북야가 무척 아쉽다는 듯이 맞장구를 쳤다.

맹부요의 입꼬리가 씰룩씰룩 경련을 일으켰다. 전북야와의 기괴한 대화를 더 이어 가고 싶은 마음이 없는 그녀가 앞으로 몇 걸음을 옮겼을 때였다. 갑자기 눈앞이 아찔해지더니 일종의 주문처럼 보이는 푸른색 글자들이 반짝이는 빛을 발하면서 무리 지어 눈앞을 스쳐 갔다.

순간 움찔한 그녀가 다시 주변을 살폈을 때, 향로는 여전히 그 모습 그대로였고 사방 어디에서도 이상한 점은 발견되지 않았다. 그녀가 전북야에게 물었다.

"방금 뭐 지나가는 거 못 봤어요?"

"못 봤다만."

바로 그 순간, 맹부요는 또 한 번 눈앞이 번쩍함과 동시에 아까와 똑같은 주문이 스쳐 가는 걸 봤다. 이번에 그녀는 주문을 전체적으로 살피면서 머릿속에 기억해 뒀다. 나중에 쓸모가 있을지도 모른다는 생각이 들어서였다.

"향로가 여기 구멍을 냈는데?"

전북야가 불쑥 앞으로 나서서 향로를 한쪽으로 치웠다.

"봐!"

그의 말대로 향로 뒤편에서 구멍이 모습을 드러냈다. 괴상하게도 아래쪽이 아니라 위쪽으로 이어진 구멍이었다.

"선계로 넘어가는 통로 같은 거 아닌가?"

맹부요가 나름대로 애써 농담을 했다.

"봐요, 우리 둘이 완전히 다른 풍경을 보고 있는데 향로 뒤편에 난 구멍만은 똑같이 보이잖아요."

"들어가 보지."

전북야가 주변을 둘러보며 말했다.

두 사람은 이미 주변 탐방을 끝낸 뒤였다. 걸어도 걸어도 명천궁을 벗어날 수 없었고, 유채꽃밭을 벗어날 수 없었다. 진을 파할 열쇠로 짐작되는 지점은 오로지 지금 눈앞에 있는 구멍뿐이었다.

어쩌면 기회의 탈을 쓴 살의가 기다리고 있을지도 모르지만, 아무것도 달라질 것이 없는 이곳에서 시시각각 늙어 가며 가슴만 태우느니 모험을 해 보는 편이 나았다.

"찍찍!"

등 뒤에서 원보 대인이 요란하게 울며 뛰어와 두 사람 앞을 가로막았다.

"가지 말라고?"

맹부요가 제자리에 쪼그리고 앉으며 물었다.

원보 대인은 갈등하고 있었다. 새로 발견한 구멍이 탈출의 열쇠일 거라는 생각은 들지만, 사대 신역에 숨겨진 열쇠의 뒷면에는 반드시 살의가 도사리고 있기 마련이었다. 이대로 들어갔다가는 황천으로 직행할 가능성이 컸다.

원보 대인의 눈빛을 읽어 낸 그녀가 짧은 침묵 끝에 말했다.

"난 여기서 늙어 죽고 싶지 않아. 원보 너랑 전북야가 내 눈앞에서 차츰차츰 늙어 가다가 죽어 버리는 모습을 보는 건 더 싫고. 매도 빨리 맞는 게 낫다고, 기왕 죽을 거 화끈하게 죽는 것도 괜찮잖아?"

"옳은 말이다! 죽어도 화끈하게 죽자고!"

맹부요의 말에 전폭적인 지지를 보낸 전북야가 원보 대인을 밀어젖히고 앞장서서 구멍 안으로 들어갔다. 뒤이어 맹부요까지 안으로 사라지자 원보 대인도 별수 없이 뒤를 따라나섰다.

한 사람만 겨우 지날 수 있을 만큼 좁은 계단이 이어져 있는 구멍 안은 퍽 천역다운 분위기가 났다. 자욱한 운무 탓에 주위 풍경을 분간하기가 힘들었고, 가파른 계단은 하늘 끝까지 닿을 기세로 뻗어 있었다.

맹부요가 한숨을 내쉬었다.

"까마득하게 높네……."

그러자 전북야가 말했다.

"평지다."

두 사람은 서로 눈이 마주치는 순간 알았다. 운부 향로 주변은 있는 그대로 보였지만, 향로 곁을 벗어나면서부터는 또다시 각기 다른 풍경을 보고 있다는 걸.

전북야는 걸을수록 더위를 느끼고 있었다. 그가 걷고 있는 곳은 명천궁의 길게 뻗은 회랑이었다. 바닥에 구들이 깔린 데다가 톡톡한 휘장이 바람을 완벽히 막아 주어서 회랑 안은 봄날처럼 훈훈했다.

회랑의 끝에는 어머니의 침전이 있었다. 몸이 약해 바람을 쐬면 안 되는 어머니를 위해 만들어진 공간이었기에, 전북야는 매번 회랑을 지날 때마다 더위를 탔다.

맹부요는 걸을수록 추위를 느끼고 있었다. 지면은 얼어붙은 눈으로 뒤덮여 온통 반짝이고, 주위에 삐죽삐죽하게 솟은 바위에도 얼음이 한 겹씩 덧씌워져 있었다. 산꼭대기 바람이 포효하며 달려와 얼음 칼날처럼 얼굴을 할퀴고, 가슴을 베고 갔다.

하늘을 찌를 듯 치솟은 정상이 어렴풋이 보이는 듯했지만, 아직은 자욱한 구름에 감춰져 있었다. 옷깃을 단단히 여민 맹부요는 운공에 기대어 심장을 에는 칼바람에 맞서는 중이었다.

사람이 있을 데가 아니라는 생각이 들었다. 바람, 단지 바람만으로도 사람을 죽일 수 있을 것 같았다. 발밑이 갈수록 미끄러워졌다. 그녀는 이미 아찔한 높이까지 올라와 있었다. 고개를 들자 날카롭게 울부짖으며 휘몰아치는 눈보라 사이로 산꼭대기에 동굴이 뚫려 있는 게 보였다.

얼음 동굴!

동굴이 눈에 들어오자 어째서인지 슬픔이 밀려들었다. 지난날 산골짜기 눈밭에서 핏자국을 발견했을 때와 똑같은 아픔이 다시금 되살아나 칼바람보다도 더 차갑게 그녀의 가슴을 때렸다. 그녀는 부르르 몸서리를 치는 동시에 얼음 동굴 아래에 멍하니 굳어 섰다.

곧이어 발치에 늘어진 장포 끝자락이 살짝씩 당겨지는 느낌이 났다. 고개를 숙이자 옷자락을 잡아당기고 있는 원보 대인이 보였다. 어서 여길 뜨자고 하는 것 같았다.

그러나 맹부요는 '판단을 내리기 어려운 상황에서는 주저할 것 없이 원보의 지시를 따르라'는 충고를 잊은 지 오래였다. 다른 문제였다면 고민해 볼 수도 있었겠지만, 지금은 아니었다.

심장이 쿵쾅쿵쾅 뛰고 온몸의 피가 뜨겁게 끓어오르면서 오랫동안 그녀를 괴롭혀 온 의문이 풀릴 순간을 예고하고 있었다.

이 상황에서 멈추라니, 대체 어떻게?

그녀는 원보 대인을 가볍게 토닥여 준 뒤 일말의 망설임도 없이 돌아서서 마저 산을 오르기 시작했다.

눈보라가 얼굴을 덮쳐 오고, 통째로 얼어붙은 폭포가 보였다. 산 정상에는 판판하게 딛고 설 부분 없이 얼음 동굴이 뻥 뚫려 있었다. 마치 거대한 바늘귀와도 같은 동굴을 통해 구만리를 내달려 온 강풍이 드나들었다.

얼음 동굴 앞에 당도한 맹부요는 속눈썹에 낀 성에를 훑어 내며 생각했다. 이 빌어먹을 곳에 만약 사람이 산다면 분명 며칠 못 가 송장이 될 거라고.

성에를 다 훑어 내고 시선을 든 그녀는 그대로 얼음이 되어 버리고 말았다. 맞은편 얼음 동굴 정중앙, 키 큰 형틀에 연보라색 옷을 입은 남자가 못 박혀 있었다. 굵고, 기다랗고, 금빛으로 빛나는 대못 네 개가 양쪽 손목과 어깨에 박혀 남자를 형틀에 단단히 고정해 둔 상태였다.

남자의 가슴과 등은 쉬지 않고 맹렬히 휘몰아치는 칼바람을 고스란히 맞고 있었다. 형틀과 거기에 연결된 쇠사슬이며 대못에는 묵은 피와 새 피가 겹겹이 얼어붙어 있었는데, 실로 몸서리쳐지는 광경이었다.

검은 머리카락을 풀어 헤친 채 고개를 떨구고 있는 탓에 남자의 얼굴은 잘 보이지 않았다. 눈처럼 창백한 이마만이 머리카락 사이로 드러나 있을 뿐이었다.

저건……, 저건…….

맹부요가 온몸을 덜덜 떨기 시작했다. 처음에는 자잘하던 떨림이 시간이 갈수록 미친 듯이 격해졌다. 몸에 붙어 있던 얼음 결정과 눈 덩어리가 서로 맞부딪쳐 미세하게 짤그랑거리는 소리를 냈다. 맹부요는 자기 온몸의 피와 뼈마디가 순식간에 딱딱하게 얼어붙어 서로 충돌하면서 요동치는 소리를 듣는 기분이었다.

조각조각 깨진 핏방울이 온 하늘에 흩뿌려졌다!

"무극!"

그녀는 비명과도 같은 외침과 함께 앞으로 튀어 나갔다. 워낙에 빠르고 격앙된 움직임이었던 탓에 맹부요는 그 고강한 무공으로도 몸을 완벽히 가누지 못했다.

바닥을 박차고 오르는 찰나, 무릎이 빙벽을 들이받으면서 피범벅이 됐다. 흥건하게 분출된 피는 곧이어 불어온 칼바람에 순식간에 얼어붙어 핏빛 얼음이 되었다가 맹부요의 격렬한 동작을 못 이기고 산산이 박살 났다. 그녀는 자신의 피를 밟으면서 일생 중 가장 빠른 경공을 펼쳐 몸을 날렸다.

바로 그때, 허공에 하얀 잔영이 스치나 싶더니 원보 대인이 튀어 와 맹부요의 앞길을 막아섰다. 그러나 맹부요는 머리채를 떨치면서 귀신같이 원보 대인을 따돌렸다.

이어서 허공에 검은 잔영이 스치더니 전북야가 그녀를 향해 달려들었다. 전북야는 조금 전까지만 해도 자기 몫의 환각 속에서 모친의 침전으로 향하고 있었다. 침전 안에서는 흡사 몸싸움이 벌어지는 중인 듯했다. 비단이 찢어지고 병이 깨지는 등의 소리가 계속 이어졌다.

전북야가 쿵쾅거리는 심장 박동을 느끼며 막 침전 휘장을 걷으려는데, 순간 등 뒤에서 맹부요가 낸 심상치 않은 기척이 그를 제정신으로 돌려놨다.

즉각 휘장에서 손을 뗀 그는 뒤로 돌아 맹부요에게로 달려갔다. 맹부요가 한발 앞서 폭주함으로써 휘장을 걷는 걸 막았기에 망정이지, 아니었으면 그는 아버지가 어머니를 강제로 범하는 광경을 보고야 말았을 것이다.

휘장 뒤편의 광경을 피한 덕에 맑은 정신을 유지할 수 있게 된 전북야가 번개 같은 속도로 장검을 내뻗어 맹부요 앞을 가로막았다. 그런 다음 그녀의 무릎을 향해 조금의 주저함도 없이 칼자루를 휘둘렀다.

그러나 맹부요는 칼자루를 훌쩍 뛰어넘으면서 몸을 회전시켜 자기가 원래 향하던 곳으로 돌진했다.

"무극! 무극!"

깎아지른 듯한 산꼭대기 얼음 동굴 안 형틀에 매달려 사경을 헤매던 장손무극이 그녀의 외침을 들은 양 홀연 고개를 들었다. 그러더니 입가에 핏자국이 얼룩덜룩한 채로, 그녀에게 미소를 보냈다.

맹부요는 가슴이 아프다 못해 눈앞이 캄캄해지면서 그대로 허물어질 뻔했다. 그녀가 얼음장 같은 바람을 향해 달려들면서 소리쳤다.

"기다려요! 내가 구해 줄 테니까, 내가 구해 줄 거야!"

그러자 장손무극이 엷게 웃으면서 입술을 달싹였다. 무언가 한마디를 한 것 같았다.

맹부요는 그가 무슨 말을 했는지 정확히 듣지 못했다. 그녀는 칼바람과 눈보라, 그리고 자신을 막으려는 전북야, 원보 대인과 되는대로 실랑이를 벌이면서 필사적으로 그를 향해 달려가고 있었다.

"내가 구해 줄게요! 내가……."

그사이, 말을 마친 장손무극은 이제 여한이 없다는 듯이 얕은 숨을 내쉬었다. 곧이어 그의 고개가 툭 떨어지고, 미약한 열기를 품은 입김이 공기 속으로 소리 없이 흩어졌다.

빠각!

맹부요는 그 순간 생명이 꺾이는 소리를 들은 것 같았다. 아니면 자신의 심장이 으스러지는 소리였는지도 몰랐다.

그녀는 그대로 허공에서 추락해 '쿵' 하고 지면에 처박혔다. 그 충격으로 몸 여기저기에 상처가 났지만, 아픈 줄도 몰랐다. 그녀는 그저 멍하니, 고요하게 굳어 버린 얼음 동굴 정중앙의 그를 응시했을 뿐이었다.

무극……. 무극…….

"아아악!"

돌연 고개를 젖힌 맹부요가 울부짖음을 토했다. 억장이 무너지는, 피맺힌 절규가 칠흑의 번개와 검푸른 먹구름이 되어 어두컴컴한 하늘에 돌풍을 일으키고 눈을 흩뿌렸다. 번개와 먹구름이 휘몰아치는 자리마다 드높은 하늘이 찢기고 터지면서 핏빛이 드러났다.

자신의 울부짖음 속에서 홀연, 그녀는 조금 전 그가 남긴 마지막 말을 들었다.

"그대를 위해서라면 나는 기꺼이 죽을 수 있소."

그대를 위해 죽는다, 그대를 위해 죽는다, 그대를 위해 죽는다……. 나를 위해 죽는다, 나를 위해 죽는다, 나를 위해 죽는다……. 누가 누구를 위해 죽는다고? 누가 누구를 위해 죽어? 누가 누구를 위해 죽어……. 진짜 죽어야 할 사람이 누군데, 진짜 죽어야 할 사람이 누군데, 진짜 죽어야 할 사람이 누군데…….

저 멀리 하늘 끝에서부터 귀청이 떨어질 것처럼 쩌렁쩌렁한 목소리들이 떼를 지어 밀려들었다. 그러더니 박살 나 미쳐 버리기 직전인 그녀의 의식을 때리면서 줄기차게 명령했다.

죽어, 죽어, 죽어, 죽어, 죽어, 죽어, 죽어……. 죄인, 죄인, 죄인, 죄인…….

갑자기 벌떡 일어난 맹부요가 칼을 뽑았다. 시천이 허공에 불그스름하게 빛나는 궤적을 그리면서 그녀의 목을 향해 돌진했다!

죽여야 해! 죄인을 죽여 버려야 해!

챙!

칼과 칼이 맞부딪치면서 공중에 불꽃이 튀었다. 맹부요가 즉각 칼의 각도를 틀어 전북야의 검을 후려쳤다. 그 무지막지한 기세에 전북야가 뒤로 물러서자 맹부요는 곧장 자신의 심장에 칼을 겨눴다.

챙!

붉은 장검이 다시 한번 칼을 가로막자 맹부요는 격분했다. 지금 그녀는 몸과 마음 모두 귓전을 쩌렁쩌렁하게 때리는 목소리에 지배당한 상태였다. 장손무극이 형틀에 묶인 채 참혹하게 숨을 거뒀다는 사실이 그녀의 정신을 붕괴로 몰아갔다. 그녀는 동귀어진을 불사하고 미친 듯이 칼을 휘두르며 살초를 남발하고 있었다.

방해하면 같이 죽는 거야!

고통으로 인해 이성을 잃은 그녀와 달리 전북야는 맑은 정신이었기에 그녀처럼 마구잡이로 살초를 쏟아 낼 수가 없었다. 원래 둘의 실력은 막상막하였으나, 지금은 전북야가 계속 밀리고 있었다. 급기야는 잠깐 집중력을 잃은 사이에 맹부요의 칼이 그의 무릎을 긋고 지나갔다.

피가 튀자 그 새빨간 색채에 더 자극을 받은 듯한 맹부요가 냅다 칼을 반대로 돌려 자결을 시도했다. 그러자 전북야가 부상도 개의치 않고 또 한 번 그녀를 저지했고, 두 사람은 한데 뒤엉켜서 정신없이 서로 치고받았다.

눈부신 붉은빛 검풍 속에서 전북야가 급하게 몸을 한쪽으로 틀었다, 그 순간, 그의 허리에 상처가 하나 더 늘어났다.

전북야는 짙은 눈썹을 살짝 찌푸렸다. 가슴속에 선뜩한 감각이 번졌다. 부요는 이미 저지하려야 저지할 수 없는 상태였다.

그렇다고 그녀를 상대로 과하게 거친 공격을 펼칠 수도, 정말로 너 죽고 나 살자는 식으로 싸울 수도 없었다. 하필이면 부요는 엄청난 고수였다. 이대로 가다가는 자신이 먼저 죽고, 뒤이어 부요도 죽을 게 불 보듯 뻔했다.

사실 그는 죽음이 두렵지 않았다. 부요와 함께 죽을 수 있다면 나쁠 게 없다는 생각이었다. 하지만 부요가 저렇게 광기에 찬 채로 죽는 건 원치 않았다. 새빨갛게 충혈된 눈만 봐도 그녀가 세상에서 가장 비통한 악몽에 갇혀 있음을 알 수 있었다. 부요를 그런 악몽 속에서 죽게 하는 건 너무 잔인한 짓이었다.

입만 열면 장손무극의 이름을 부르는 걸 보면 부요의 마음은 오직 장손무극 한 사람으로 가득 차 있는 모양이었다. 무한히 넓은 마음을 가진 그녀였지만, 그녀가 품을 수 있는 사랑은 장손무극이 유일했다.

전북야는 어둡게 가라앉은 표정으로 피식 웃음을 흘렸다. 선뜻 단념하지 못하면서도 실은 일찍부터 알고 있었다. 처음에는 어떻게든 쟁취하려 노력하다가 나중에는 부요가 그걸 무척 부담스러워한다는 사실을 알게 되었다. 지나치게 적극적으로 밀어붙이는 건 부요를 더 멀찍이 밀어낼 뿐이었다.

그러다가 더 나중에는 버티는 게 단순히 '버틴다'의 의미가 아니라 습관이 되고, 책임이 되고, 밥을 먹고 잠을 자는 것처럼 평범하기 그지없는 일상의 연속이 됐다. 그리고 그 일상의 연속이 이제는 혈맥과 골수까지 파고들어 벗어나고 싶어도 벗어날 수 없는 지경까지 왔다.

그까짓 죽음이 뭐 대수라고. 만약 누군가 눈앞에서 죽는다면 부요도 정신이 번쩍 들지 않겠는가?

만약……, 만약 부요의 마음속에 그래도 내 자리가 있기는 하다면, 내 죽음이 그녀를 깨워 주지 않을까?

돌연 동작을 멈춘 전북야가 칼자루를 맹부요 쪽으로 돌려 자신의 장검을 그녀의 손에 쥐여 주었다. 한창 맹렬히 칼을 휘두르던 맹부요는 갑자기 손안으로 장검이 쑥 들어오자 흠칫 굳어버렸다.

그녀의 귓가에 마주 선 남자의 목소리가 들려왔다.

"탄생부터 죽음까지, 내 모든 순간을 함께할 것이다."

맹부요가 그를 향해 검을 휘둘렀다.

"그러니 검을 네게 넘긴 순간부로 내 목숨도 네 손으로 넘어간 것이다."

전북야는 꼼짝 않고 그 자리에 서 있었다.

맹부요가 움찔하면서 동작을 멈췄다. 손가락이 파르르 떨렸다. 혼돈과 소음 속에서도 어렴풋이 비슷한 말을 들어 본 적이 있는 것 같다는 생각이 들었다.

"거절은 용납되지 않는다!"

전북야는 칼끝이 아닌 맹부요만을 응시하고 있었다. 그의 말투는 언제나처럼 흔들림 없이 패기만만했다. 심마에 홀린 사람에게 회유와 부탁은 아무 소용이 없었다. 지금은 부요보다 더 묵직한 기세로 그녀를 압도해야만 했다.

"만약 거절하려 든다면 내 손을 떠난 검이 네 가슴을 꿰뚫고 오주의 대지에 박힐 것이다. 영영 돌이킬 수 없이!"

맹부요의 손이 다시 한번 떨렸다.

오주의 대지……, 오주의 대지……. 한 사람의 죽음으로 창생의 피를 대신할 수 있다면…….

주변의 눈과 얼음이 반사하는 빛을 받아 검 끝이 반짝거리고 있었다. 반짝임 사이로 언뜻언뜻 비치는 붉은빛은 전북야의 피였다.

검 끄트머리가 이미 살갗을 파고들었는데도 전북야는 전혀 물러설 기미가 없었다. 그는 검에 몸을 바짝 들이대는 걸 넘어 작게 한 걸음을 내딛기까지 했다. 그러자 칼날을 따라 흐르는 피의 양이 눈에 띄게 늘어났다.

"나를 죽여!"

맹부요는 무의식적으로 살짝 뒷걸음질을 쳤다. 귓전을 맹렬하게 때리는 소음은 여전했다. 안 그래도 두통을 지병으로 가지고 있는 그녀의 머릿속은 급기야 폭발할 지경이었다.

그 와중에, 익히 들어 왔던 강건한 말투와 패기만만한 표현법이 그녀에게 어렴풋이 알려 주고 있었다. 눈앞에 있는 남자 역시 네가 상처 줘서는 안 되는 사람이라고.

전북야의 눈빛에 희색이 돌았다. 그가 한 걸음 더 앞으로 나서자 맹부요가 또 뒷걸음질을 쳤다.

"못 하겠나?"

전북야가 검 끝을 따라 철철 넘쳐 흐르는 피를 지긋이 응시하며 말했다.

"그렇다면…… 내 검이 네 심장을 꿰뚫을 수밖에!"

그러더니 기습적으로 손을 뻗었다!

전북야는 자기 가슴 앞의 검 끝을 손가락으로 붙잡고 칼자루가 맹부요의 가슴 대혈을 가격하도록 검신 전체를 그녀 쪽으로 힘껏 밀었다.

기세를 압도한 다음에는 몸을 제압할 차례였다!

칼자루는 뭉툭했으나 그것이 맹부요를 향해 쇄도하면서 내는 바람 소리는 날카로웠다. 전북야도 이번에는 손속에 사정을 두지 않았다. 부요는 강력한 상대였고, 어렵사리 기세를 꺾은 지금을 놓치면 다시는 기회가 없을 터였다.

칼자루가 돌진해 오자 조금 전까지 멍하니 있던 맹부요가 반사적으로 비스듬히 공중제비를 돌아 거리를 벌렸다. 평소보다 훨씬 민첩한 대응이었다.

그녀가 공중에서 회전하는 찰나, 얼음 동굴이 들이덮치듯 가까워져 시야를 와락 점령했다. 피로 물든 형틀과 창백한 얼굴이 머릿속에 박히자 맹부요가 비명을 지르면서 '쾅' 하고 어딘가를 들이받았다. 어디에 부딪혔는지는 몰라도 충돌과 동시에 등에 메고 있던 보따리가 터지면서, 추락하는 그녀를 따라 온갖 물건이 하늘 가득 흩뿌려졌다.

맹부요는 공중에서 자그마한 핏빛 옥연꽃을 발견하고는 멍하니 생각했다.

저게…… 언제부터 나한테 있었지? 종월이 소매 속에 밀어 넣어 놨나?

연꽃의 등장과 동시에 급격히 거세진 바람이 휘몰아치면서 주변 냉기가 한풀 꺾였다. 하얗고, 알록달록하고, 까맣고, 노랗고, 빨간 광채가 연이어 빠르게 지나가면서 색색의 다채로운 선을 그렸다. 쌩쌩거리는 바람 소리 사이로 승려가 노래하는 여래패와도 같은, 범어를 나지막이 낭송하는 듯한 소리가 어렴풋하게 들려왔다. 사찰의 새벽 종소리와 저녁 북소리가 울리고, 온 천지가 소용돌이치고, 눈앞에 파랗게 빛나는 주문이 나타났다.

푸른 주문이 혈련화로부터 흘러나온 붉은 광채 속을 희미하게 떠다니길 잠시, 곧이어 시천이 천천히 허공으로 부상했다. 그러더니 산란하는 빛 사이로 투명한 기호가 떠올라 허공의 주문과 하나하나 짝을 이루었다.

귓가에 줄곧 누군가의 읊조림이 들려오고 있었다. 낮게 가라앉은 음성이 색색의 광채 속을 맴돌면서 부침을 반복했다.

"나의 사랑이여, 돌아오라!"

돌아오라…….

맹부요는 눈을 감고 어둠 속으로 빠져들었다. 다시 눈을 떴을 때도 여전히 어둠 속이었다. 지금 있는 곳이 어디인지는 물론이요, 심지어 자신이 죽었는지 살았는지조차 알 수 없었다.

주위는 손을 뻗어 봐도 손가락조차 안 보일 만큼 짙은 어둠에 잠겨 있었다. 마치 운부 신역 안에서 그랬던 것처럼 몸이 둥둥 떠 있는 느낌이 들었지만, 손발이 마음대로 움직여지지 않는 현상은 없었다. 그보다는 몸이 아주 가볍고 날렵해져서 깃털처럼 하늘과 땅 사이를 너울너울 날아다니는 기분이었다. 바로 그 가벼움이, 아무것도 만져지지 않고 무엇에도 가까이 갈 수 없는 느낌이 그녀를 절망에 빠뜨렸다.

죽은 거야, 역시 죽은 게 틀림없어! 그냥 죽기만 한 것도 아니고 18층 지옥에 떨어져서 영영 환생조차 못 하게 된 거야.

이제부터 혼자서 이 끝없는 어둠 속을 영원토록 헤매고 다녀야 한다니. 차라리 한 번 더 죽는 게 나을 것 같았다. 이번에는 더 철저하게 죽어 보리라.

그녀는 칼을 찾았지만 시천은 어디에도 없었다.

아, 맞다. 나 이제 혼령인데, 인간 세상의 무기가 날 어떻게 죽이겠어.

맹부요는 눈을 크게 뜨고 어둠 속을 유영하고 있었다. 머릿속에 안개가 자욱하게 낀 것 같았다. 그러다가 앞서 겪은 억장이 무너지는 비극이 떠오르자 그녀는 두 눈을 질끈 감고 손바닥으로 가슴을 꾹 눌렀다. 갑작스레 몰려온 격통을 가라앉히기 위해서였다.

얼음 동굴 안의 풍경은 너무나 선명했고, 그 순간 장손무극의 표정은 더할 나위 없이 현실적이었다. 그녀는 자신이 본 것이 환영이 아님을 직감적으로 확신했다. 그건 현실이었다.

현실…….

그렇게 생각하자 숨이 막히고 손발이 차가워졌다. 맹부요는 한기를 이기지 못하고 두 팔을 교차시켜 자신을 감싸 안았다. 주변은 극도로 어둡고 극도로 고요했다. 너무 조용해서 진공 상태로 느껴질 정도였다. 생명의 징후나 속세의 기운이라고는 한 톨도 찾아볼 수 없었다.

이 소름 끼치는 고요와 절대적인 암흑이 얼마나 위험한지, 맹부요는 잘 알고 있었다. 정신 밑바닥의 어둠과 광기를 끌어올리는 이 상태가 계속되면 결론은 미치거나 죽거나, 둘 중 하나였다.

그녀는 이처럼 아무런 소리도, 그 어떤 반응이나 기척도 없는 암흑 속에서 신물 나게 고통받다가 미쳐서 죽고 싶지 않았다. 영원한 어둠, 빛도 없는 밤, 피눈물로 점철된 인생……. 진저리가 났다, 이젠 정말로 진저리가 났다…….

어렴풋한 이명이 끊임없이 울렸다. 누군가가 쉬지 않고 귓가에 중얼거리고 있었다.

차라리 돌아가, 차라리 돌아가……. 차라리 원점으로 돌아가자! 그걸로 끝내는 거야!

나갈 수도 없거니와, 나가고 싶지도 않은 기분이었다. 삶이 너무나 고통스러웠다. 고작 이 한목숨 부지하는 데 그토록 많은 이들의 희생이 뒤따르는 게 과연 그럴 가치가 있는 일인가.

조용히 한숨을 내쉰 맹부요는 진기를 가라앉혀 심맥 쪽으로 몰아가기 시작했다. 심맥을 끊어 버리면 다 끝이었다. 더는 고통스러워할 일도, 다른 사람들을 희생시킬 필요도 없으리라.

진기가 지체 없이 심맥으로 밀려드는 찰나, 멀리 앞쪽에서 난데없이 푸르스름한 연기가 피어 올랐다. 맹부요가 움찔하는 동시에 진기의 흐름이 멈추었다.

앞쪽을 자세히 살펴보니 가느다란 연기 한 가닥이 위를 향해 곧게 뻗어 오르고 있었다. 딱 보기에도 장작 같은 걸 땔 때 나올 법한 연기였다. 연기도 불빛도 너무나 희미해 주변을 밝혀 주는 효과는 전혀 없었지만, 자괴감에 빠진 맹부요의 잿빛 가슴을 단숨에 환하게 만들어 주기에는 충분했다.

다른 사람이 또 있었구나. 아직 세상의 연기와 불빛을 볼 수 있는 거였어. 이 어둠은 영원히 깨부술 수 없는 게 아니었고, 나는 이 절대적인 어둠 때문에 미쳐 버리지 않아도 돼.

세속으로부터 비롯된 연기가 공중으로 피어 오르는 모습은 무척이나 생동감이 넘쳤다. 연기가 모락모락 피어 오르며 갖가지 형태를 만들어 내는 동안 맹부요는 한순간도 눈을 떼지 못하고 거의 홀린 듯이 눈을 고정하고 있었다.

연기가 이토록 아름다울 수 있는 줄 오늘에야 처음 알았다. 연기의 출처가 어딘지 정확히 알 수는 없었지만, 살짝이나마 정신이 난 맹부요는 심맥으로 가던 진기를 도로 거둬들였다.

철저히 절망하기에는 아직 이르다는 생각이 들었다. 설사 최악의 순간이 이미 도래했다 해도 자결은 안 될 짓이었다.

그보다는 여기서 나가야 했다. 나가서 갚아 줘야 했다! 아직 못다 한 책임이 있고 끝맺지 못한 여정이 있는데, 왜 여기서 스스로 목숨을 버린단 말인가.

그런데 진력을 거둬들이는 과정에서 몸이 뭔가 이상하다는 느낌이 들었다. 머릿속에서 엄청나게 많은 글자가 우르르 떠올랐다. 모종의 연공법을 설명하는 글자들인 것 같은데, 어쩐지 낯설지가 않았다.

잠시 기억을 되짚다 보니 문득 정신을 잃기 직전에 봤던 기이한 광경이 생각났다. 맹부요는 푸른색 주문이 주위를 부유하는 와중에 시천이 허공으로 떠오르고, 시천에 적힌 기호들이 빛나기 시작하면서 주문과 하나하나 짝을 이뤘던 걸 기억하고 있었다.

잠깐, 그건 단순히 주문이라고 표현할 게 아니라 정확히 말해 글자였다. 절반짜리 글자! 그리고 시천에 나타난 기호는 그 글자들의 부수였다!

주문과 기호, 두 가지가 합쳐져 온전한 글자를 이루었을 때, 마침내 완성된 것은 무공 비급이었다!

순간, 처음 운부 향로 안에 들어가서 '주문'을 보고 느꼈던 묘한 기분이 떠올랐다. 그때는 자신의 육감이 왜 반응하는지 몰랐었는데, 이제는 납득이 갔다.

당시 그녀는 시천에 나타난 부수를 이미 본 뒤였고, 그 상태에서 '주문'이 눈에 들어오자 무의식이 자동으로 두 가지를 연결시켰던 것이었다. 다만, 그 순간에는 머릿속에 떠오른 영감을 즉각 포착해 내지 못했었다.

그러다가 그녀가 정신을 잃기 직전에 산란하는 빛 속에서 글자들이 하나로 조합됐고, 그것은 고작 일찰나 뇌리를 스쳐 갔을 뿐임에도 잊으려야 잊을 수 없을 정도로 강렬하게 기억에 각인됐다.

더 신기한 것은, 머릿속으로 쭉 훑어본 그 무공이 부풍 바다에서 건져 올린 대풍의 책자에 적혀 있던 무공과 접점이 많다는 사실이었다. 두 가지를 대조해 본 결과 대풍의 책자를 발견하고부터 줄곧 풀리지 않고 남아 있던 몇 가지 의문들이 자연스레 해소되었다.

정신이 번쩍 난 맹부요는 얼른 가부좌를 틀고 앉았다. 그러고는 본격적인 연공에 돌입하기에 앞서 연기를 향해 고마움의 눈빛을 보냈다. 그녀에게 있어 그 한 줄기 연기가 가지는 의미는 너무나도 컸다. 춥고, 지치고, 절망하여 심마에 잡아먹힐 뻔했을 때, 연기가 내밀어 준 흐릿하지만 따스한 손이 그녀를 붙잡아 주었다.

맹부요는 잡념을 지우고 수련에 전념하기 시작했다. 시간이 어떻게 가는지도 모르는 채, 굳이 알려고 하지도 않으면서, 일정 간격으로 고개를 들어 앞쪽을 내다보는 것 외에는 오로지 연공에만 몰두했다.

앞쪽에서는 연기가 끊어질 듯 말 듯 계속 피어 오르고 있었다. 그 연기는 일종의 신호였다. '내가 여기 있어, 기다리고 있어, 함께해 줄게.'라는 신호가 맹부요를 지탱해 주었고, 덕분에 그녀는 무서울 정도로 공허한 암흑 속에서도 자신이 해야 할 일에 꿋꿋이 집중할 수 있었다.

연기를 통해 그녀는 자신이 세상으로부터 버림받지 않았음을, 영원히 혼자가 아님을 확인했다. 운명이 아무리 그녀를 핍박해도 그녀에게는 자신을 기다려 주고 함께해 주는 사람이 있었다. 비록 연기에는 형체가 없을지라도, 그것은 그녀의 희망이었고 정신적 지주였다.

고요한 어둠 속에서, 맹부요는 몸속이 점점 밝아진다고 느꼈다. 본래대로라면 경맥을 따라 흘러야 할 진기가 어느새 온몸 구석구석에 고르게 자리를 잡은 뒤였다. 진기가 쉬지 않고 돌고 있는 단전 깊숙이에서는 아주 작은 연꽃 한 송이가 피어났다. 하단전에 피어난 연꽃의 티 없이 보드라운 자태는 무극의 손바닥에 새겨진 꽃을 생각나게 했다.

맹부요는 순간 가슴이 욱신거리는 걸 느끼고 얼른 마음을 다잡았다. 정신을 되는대로 풀어놨다가 무공이 완성되기도 전에 주화입마에 빠질 수는 없었다.

그로부터 며칠이 흘렀을까, 어느 날 맹부요는 눈을 반짝 뜨는 동시에 천지가 환해진 느낌을 받았다. 드디어 어둠을 벗어났다고 기뻐한 것도 잠시, 그녀는 곧 주변이 환해진 게 아니라 자기 두 손이 빛을 발하고 있음을 깨달았다.

원래 백옥처럼 희던 손바닥이 이제는 진기를 밀어 넣으면 반투명해졌다. 그러면서도 손끝은 그대로 붉은색이었다. 끝이 발그스레한 열 개의 가냘픈 손가락이 꼭 아리따운 꽃잎 열 장처럼 보였다.

그녀가 진기를 운용하자 오랫동안 공중을 부유하던 몸이 마침내 천천히 아래로 가라앉았다.

맹부요는 기뻐하며 자세를 바로 세우고 두어 걸음을 옮겼다. 손에서 은은하게 발산되는 빛이 그간 손질하지 못해 아무렇게나 헝클어진 머리카락을 비추었다. 개중 한 가닥이 눈앞에서 나풀거렸다.

머리카락을 얼핏 본 맹부요는 그저 색깔이 좀 이상하다고만 생각했지 크게 신경을 쓰지는 않았다. 아마 손에서 나오는 빛 때문이겠거니 하고 무심코 헝클어진 부분을 정리하려고 했다.

그러나 머리카락이 손에 잡힌 찰나, 그녀는 흠칫하고 말았다. 손에 들어온 그것은…… 백발이었다.

백발!

맹부요는 멍하니 그 백발을 쳐다보며, 천역 안에서는 시간이 엄청나게 빨리 흐른다는 사실을 상기해 냈다.

여기 갇혀서 연공에 집중하는 동안 바깥세상에서는 얼마나 긴 세월이 지난 걸까?

백발이라니, 설마 백발을 보게 될 줄이야. 그사이에 벌써 노인이 되어 버렸단 말인가?

꽃답던 용모 삽시간에 늙어지니, 청춘도 찰나에 불과하구나.

어느덧 귀밑머리가 희끗희끗하다. 맹부요는 뒷머리 전부를 가볍게 그러모아 앞쪽으로 가져왔다. 은발 한 뭉치를 보게 될 줄 알았으나 다행히 딱 귀밑머리까지만 조금씩 희끗거리는 게 전부였다.

얼굴을 더듬어 봤다. 쭈글쭈글한 피부가 만져질까 봐 겁을 냈던 것과는 달리 손바닥에 닿은 감촉은 매끄러웠다. 오히려 예전보다 피부결이 좋아진 것 같았다.

그녀는 급하게 밖으로 나가기보다는 놀란 가슴부터 가라앉힐 요량으로 일단 제자리에 앉았다. 그러다가 무심코 고개를 돌리는데, 연기가 눈에 들어왔다.

모닥불 위로 연기가 모락모락 피어 오르고 있었다. 다만, 모닥불 자리에서 타고 있는 건 나뭇가지나 초목이 아니라 반쪽짜리 신발짝이었다. 옆쪽에서는 초췌한 얼굴에 옷도 갖춰 입지 못한 전북야가 신중하게 불을 돋우고 있었다.

그의 곁에는 나머지 신발 반쪽이 놓여 있었다. 다음 차례로 태우려고 조심조심 한쪽에 치워 둔 물건이었다.

부요가 과연 언제쯤이나 밖으로 나올 수 있을지 누가 알겠는가?

전북야는 그녀가 어둠 속에서 미쳐 버리는 걸 막고자, 주변에서 태울 수 있는 물건이라는 물건은 모조리 싹쓸이해 내내 연기를 피워 올렸다. 그러다가 막판에는 장포를 태웠고, 머리끈을 태웠다. 불에 타는 소지품은 무엇이든 예외가 아니었으니, 나머지 옷도 한 꺼풀 한 꺼풀 벗겨져서 모닥불로 들어갔다.

천역은 일종의 환각이었지만, 어쨌든 그가 지금 머물고 있는 곳은 한겨울의 명천궁이었다. 게다가 모든 주변 요소가 진짜와 차이가 없었다.

대한의 겨울철 추위는 만만치가 않았다. 거의 홀딱 벗다시피 한 전북야는 차디찬 겨울바람 속에서 계속 운공을 하며 추위를 이겨 내는 수밖에 없었다.

그럼에도 졸음과 피로가 몰려오는 저녁 시간에 그가 깜빡 졸다가도 금방 눈을 뜨는 이유는 추워서가 아니라 모닥불이 꺼지는 꿈에 놀라서였다. 근래 들어 제대로 눈을 붙여 본 적이 거의 없는 그는 급격하게 수척해져 있었다.

등 뒤에서 들리는 바스락거리는 소리에 고개를 돌리자 원보 대인이 무언가를 끌고 오는 게 보였다. 작은 나뭇잎 한 장. 저걸 구하러 얼마나 멀리까지 다녀왔을지 모를 일이었다.

전북야는 아주 귀한 물건을 받듯 나뭇잎을 건네받은 뒤 녀석의 머리를 쓰다듬어 줬다. 그러고는 반쪽짜리 신발로 나뭇잎을 조심조심 눌러두었다. 언제든 불이 꺼질 수 있는 지금 상황에서는 나뭇잎 한 장도 고마웠다. 부요에게 조금이라도 더 불빛을 비춰 줄 수만 있다면, 고작 한순간에 불과할지라도 충분히 의미가 있었다.

그는 마치 옥새를 챙기듯 소중하게 잎사귀를 챙겨 두고는, 찬 바람 속에서 맨발을 무릎 아래로 밀어 넣었다. 체온을 조금이라도 덜 빼앗기기 위해서였다.

천하를 발밑에 둔 존귀한 대한의 황제는 일생 생명의 위협에 시달렸고, 소년 시절 수많은 시련을 겪기도 했지만, 그럴 때도 항상 부하들에게 둘러싸여 고귀한 풍모를 잃지 않았었다. 이렇게까지 곤궁한 신세로 전락한 건 평생 처음 있는 일이었다.

그러나 전북야는 전혀 고생스럽다고 생각하지 않았다. 부요를 위한 일은 그게 뭐든 힘들지 않았다. 그는 다만 부요가 자신에게 수고할 기회조차 주지 않을까 봐 두려울 뿐이었다.

전북야의 옆쪽에서는 원보 대인이 조용히 앉아 향로를 쳐다보고 있었다. 맹부요는 지금 향로 안에 있었다. 하지만 뚜껑이 봉인된 탓에 밖에서는 무슨 수를 써도 들어갈 수가 없는 상황이었다.

밖에 있는 둘은 혹시 맹부요가 단약 향로 안에서 단약이 되어 버린 건 아닐까 근심이 깊었지만, 도무지 손쓸 방도가 없었다. 그러다가 막판에 전북야가 향로 위아래에 공기 순환용으로 작은 구멍이 뚫려 있는 걸 발견하고 매일 그 앞에서 이것저것을 태우기 시작했다. 가느다란 연기가 자신이 여기 있다는 말을, 언제까지고 이 자리를 지키고 있을 거라는 말을 대신해 주길 바라며.

한편, 전북야의 눈은 향로 너머에 고정되어 있었다. 그곳에는 장청 신산과 새하얀 설원이 있었다.

사실 진법은 이미 깨진 거나 다름없었다. 맹부요가 난데없이 광채 속으로 추락한 후 엄청난 굉음이 울리고, 거대한 향로 뒤편에서 장청 신산의 산봉우리들이 모습을 드러낸 그 순간에.

전북야는 향로만 넘어가면 이 괴상야릇한 곳을 완전히 떠날 수 있다는 걸 알고 있었다. 그러면 급속한 시간의 흐름 속에서 자신에게 남은 세월이 속절없이 깎여 나가는 걸 감수할 필요도 없었지만, 전북야는 그러지 않았다.

그는 향로 앞에서 한 발자국도 움직이지 않는 쪽을 택했다. 그리고 그곳에서 태울 수 있는 물건이란 물건은 모조리 태워 가며 어둠 속의 맹부요에게 영원토록 끊기지 않는 희망의 연기를 보냈다.

전북야는 고개를 들어 짙푸른 색의 거대한 향로를 올려다봤다. 흑단처럼 검은 눈동자가 한없이 단단한 향로 표면을 뚫고 들어가 곧장 맹부요에게까지 닿을 것처럼 강렬한 빛을 발하고 있었다.

부요, 나는 평생의 시간을 들여 너와 함께 늙어 가련다.

날이 어두워지면서 작은 모닥불도 점점 빛을 잃어 갔다. 희미한 불씨가 흡사 죽음을 앞두고 마지막 발버둥을 치듯 깜빡거렸다. 신발마저 다 타 버린 탓이었다.

한숨을 내쉰 전북야가 걱정스럽게 주위를 둘러봤다. 아무리 봐도 더 태울 만한 물건은 없었다. 급기야 그는 머뭇머뭇 자기 몸을 훑어봤다.

그렇다고 속옷까지 벗어서 태울 수는 없지 않은가?

그는 마지막 남은 잎사귀를 아주 소중하게 집어 들어 잠시 만지작거렸다. 그러다가 한숨을 푹 내쉬고는, 어쩔 수 없이 잎사귀를 조심스레 모닥불에 넣었다.

잎사귀가 들어가자 불씨가 미세하게 밝아졌다. 그리고 다음 순간, 갑자기 주변이 눈부시게 환해지더니 어마어마한 굉음이 울렸다.

전북야는 일순 자기가 불에 집어넣은 게 화약탄이었고, 그게 폭발을 일으켰나 했다. 그러다가 곧 아니라는 걸 깨닫고는 강렬한 기쁨에 사로잡혀 고개를 들었다. 그의 눈앞에서, 그간 줄곧 열리지 않던 푸른색 향로가 갑자기 하얗게 변하더니, 마치 센 불을 이기지 못하고 갈라지는 것처럼 '쾅' 하고 단번에 깨어졌다.

원래는 향로였던 조각들이 사방팔방으로 튀었다. 재질이 불분명한 푸른색의 묵직한 잔해들이 날카로운 파공음을 끌며 별똥별처럼 날아와 전북야의 환각 속 명천궁을 폐허로 만들었다.

그러나 전북야에게는 명천궁을 아까워할 겨를이 없었다. 그는 고개를 든 채, 잔해들의 한복판에서 옷자락을 휘날리고 있는 여인을 올려다보는 중이었다.

여인의 긴 머리카락과 옷자락이 바람을 타고 너울너울 춤을 추고 있었다. 그녀가 허공에 소맷자락을 떨치는 모습은 꽃잎만큼이나 사뿐했다. 그러면서도 그 사뿐함 가운데 극도의 장엄함과 존귀함이 서려 있었다.

달빛이 여인의 윤곽을 드러내자 더할 나위 없이 정교한 옆모습이 찬란한 빛을 발했다. 구름을 뚫고 또 하나의 달이 떠오른 듯한 광경이었다.

여인은 전북야 쪽으로 고개를 돌렸다. 분명히 원래 그 얼굴이건만, 전북야는 새삼 눈이 부시다는 느낌을 받았다. 공중에 피어난, 세상 무엇과도 견줄 수 없이 아름다운 연꽃을 보는 것만 같았다.

고개를 돌리자마자 전북야를 발견한 여인이 무척이나 따스한 눈빛을 보내며 반가운 표정을 지었다. 그 눈빛이 방금까지만 해도 조금 낯설어하던 전북야를 빠르게 안심시켰다. 오직 부요만이 가진 눈빛이기 때문이었다. 아무리 사뿐한 자태를 뽐내고 아무리 환골탈태를 했어도, 부요는 여전히 밝고, 따뜻하고, 발랄하고, 긍지 높은 바로 그 맹부요라는 사실이 증명된 셈이었다.

공중에서 지면으로 내려온 맹부요가 바닥에 널린 향로 조각을 밟으면서 전북야를 향해 걸어왔다. 그녀를 가까이에서 본 전북야는 미간이 예전보다 더 시원하게 트이고 피부도 투명해진 것 같다는 느낌을 받았다. 이목구비 자체에는 변화가 없었지만, 흐르는 분위기가 한층 고귀하고도 시원스러워진 듯했다.

맹부요를 지긋이 바라보며, 전북야는 이 순간의 그녀는 그녀이되 그녀가 아니라고 느꼈다. 너무나도 명확하게 알 것만 같았다. 이제부터 부요는 결코 그의 부요일 수 없다는 것을.

그는 고개를 들어 칠흑같이 검은 눈으로 아득히 먼 하늘가를 바라봤다. 그 이상은 눈길이 닿지를 않건만, 떠나간 임은 이미 관산을 넘었고, 임의 피리 소리조차 더는 들리지 않았다. 이제부터 그녀는 물을 만나 꽃을 피울 테고, 그는 생의 일순간 머리 위를 스치고 간 화려한 번개의 기억 속에서 영영 길을 잃고서, 세월의 광야에 고독한 나그네로 남을 터였다.

하지만 괜찮았다. 그래도 누구보다 먼저 그녀의 아름다움을 두 눈으로 직접 보았으니까.

그는 그녀와 가장 험난한 길을 함께 걸었고, 그녀의 인생에 깊은 흔적을 남겼으며, 마치 꽃가지가 물가에 성긴 그림자를 드리우듯 그녀의 일상에 자신의 존재를 드리웠다. 소매를 떨친다고 햇살이 만들어 낸 그림자를 털어 낼 수는 없듯이, 그녀는 영원토록 그라는 존재를 떨쳐 내지 못할 것이었다.

전북야는 그녀를 바라보며 느릿느릿, 그러나 언제나처럼 환하게 미소 지음으로써 그녀의 따스한 눈빛에 화답했다.

그의 눈길이 그녀의 귀밑머리에 가닿았다. 한 가닥 백발이 눈에 띄자 그는 표시 안 나게 미간을 찌푸렸다.

시간이 이렇게나 많이 지났단 말인가? 부요한테 흰머리가 생겼을 정도면 나는?

그러나 굳이 확인해 보고 싶지는 않았다. 젊든 늙었든, 머리가 검든 얼굴이 주름졌든, 이제 아무런 의미가 없었다.

"이만 나가 볼까!"

전북야가 자리에서 일어나 맹부요를 맞이했다. 그간의 기다림이 얼마나 고단했는지, 모닥불을 꺼뜨리지 않기 위해 얼마나 분투했는지, 얼마나 춥고 배고프고 피곤했는지, 그는 무엇 하나 입 밖으로 내어 말하지 않았다. 심지어는 자신이 거의 알몸이라는 사실조차 상기해 내지 못했다. 그는 거리낌 없이 맹부요에게로 다가가 그녀의 손을 잡고 진법 밖으로 향했다.

맹부요의 눈길이 그의 몸을 위아래로 훑고 나서 자그마한 모닥불 자리로 옮겨 갔다. 지금껏 전북야가 뭘 했는지 알아채고 눈빛이 한층 더 유해진 그녀가 물었다.

"안 추워요?"

그제야 자신의 민망한 몰골을 깨달은 전북야가 잡았던 손을 놓으면서 얼굴을 붉혔다. 웬일로 부끄러워하는 그의 모습에 맹부요는 피식 웃으면서 눈길을 다른 곳으로 돌렸다.

흐음, 난 아무것도 못 봤어.

넓은 가슴팍이랑 건장한 체격도 못 봤고, 선이 예쁜 어깨랑 허리랑 미끈한 피부도 못 봤고…….

"바깥 상황이 어떻게 됐나 모르겠어요."

어색한 침묵을 깨고 먼저 화제를 돌린 건 맹부요였다. 그녀가 하얗게 센 머리카락 한 가닥을 툭 뽑으며 말했다.

"너무 많은 게 변해 버렸을까 봐 걱정인데……."

그녀는 덧없이 흐르는 세월을 놓치고 문득 뒤돌아봤을 때 찾아야 할 사람을 영영 찾지 못하게 될 것이 걱정이었다.

"우리가 여기 갇힌 지 여드레에서 아흐레 정도다. 그리 오래되지는 않았어."

전북야가 느릿하게 말했다.

"이곳에서의 여드레, 아흐레가 밖의 얼마에 해당하는지는 모르겠다만."

근심스러운 눈으로 저 멀리 아득한 하늘을 올려다보던 그가 침중하게 덧붙였다.

"너무 오래되지 않았기를, 그래서 일어나지 말아야 할 일이 일어나지는 않았기를 바라는 수밖에……."

그러나 전북야의 우려는 기어코 적중하고야 말았다. 두 사람이 천역에서 8, 9일을 보내는 동안 바깥에서는 이미 아홉 달이 흘렀던 것이다. 그 아홉 달 사이, 오주대륙은 생사를 알 수 없는 전북야와 맹부요로 인해 난장판이 됐다.

우선은 대완 오군도독 겸 병마대원수 기우가 급작스럽게 궁창 공격을 주장했다가 재상의 반대에 부딪혔다. 재상은 선기국 오황자 출신으로, 진중한 성격의 인물이었다.

각각 문관과 무관 진영을 대표하는 양대 권신이 조정에서 첨예하게 대립각을 세우는데도 옥좌 위의 대완 여제는 멍한 표정으로 한마디도 하지 않았다. 병마대원수와 재상의 대립으로 덩달아 열띤 설전에 휘말린 조정 신료들은 내심 탄식을 금치 못했다. 그렇게나 패기만만하고 총기 넘치던 여제가 즉위 이후로 완전히 딴사람이 되는 바람에, 차츰 안정을 찾는가 싶던 국정이 다시금 흔들리고 있었다.

병권을 잡고 있기는 하지만 타국 출신인 기우의 주장은 조정 신료 대다수로부터 외면당했다. 이에 격분한 대원수 기우는 병력을 소집, 세 번의 포성을 울림으로써 항명을 선언했다.

물론 그렇다고 해서 반란을 일으킨 것까지는 아니었다. 다만 기우는 독자적으로 병력을 이끌고 부풍으로 가서 여왕에게 길을 터 줄 것을 요청했다. 그는 부풍 여왕 아란주와 함께 악해에서 수군을 훈련시키고, 전함을 준비하고, 정예군의 전열을 정비하면서 호시탐탐 바다 건너 궁창을 칠 기회를 노리기 시작했다.

자국 장군의 독단적인 행동을 좌시할 수 없었던 대완 재상은 황급히 입궁하여 여제에게 출병 권한을 내려 주십사 청했다. 그전에는 여제의 최측근인 기우가 궁궐 출입 관리를 온전히 도맡았기에, 재상이 단독으로 여제를 알현한 것은 기우가 자리를 비운 이때가 처음이었다.

그리고 잠시 후, 알현을 마치고 나온 재상의 얼굴은 식은땀에 젖어 핏기가 싹 가셔 있었다.

그날 밤, 재상은 한숨도 자지 못했다. 그는 자기 서재 밀실에 숨겨 둔 봉씨 가문 선조들의 위패 앞에서 생각에 잠긴 채 오랜 시간을 보냈다. 푸르스름한 촛불이 너울거리면서 시시각각 변하는 그의 표정을 비추었다. 흥분과 망설임이 교차하는 눈빛과 굳게 깍지낀 두 손, 그는 마치 중대한 결단을 앞두고 고뇌하는 사람처럼 보였다.

마침내 동녘이 밝아 왔을 때 무심코 고개를 든 재상은 서재 벽 위쪽에 붙어 있는 오주대륙 지도를 발견했다. 순간 눈빛이 어두워지면서 긴긴 탄식을 내뱉은 그는 이내 느릿느릿 자리에서 일어났다.

그 이후 대완에 대규모 출병은 없었다. 기우의 항명 행위에 대해 재상이 내린 결정은, 기우가 이미 대완 병력 대부분을 빼간 상황에서 타국까지 보낼 정벌군을 또 차출할 여력은 없으므로, 나머지 병력은 도성 수비를 위해 국내에 그대로 남겨 둔다는 것이었다. 또한 긴 동란기를 보낸 백성들을 위해서도 사회 정비의 시간이 필요하니, 성급한 대응은 지양한다는 것이 재상의 뜻이었다.

문무백관은 재상의 태도를 의아하게 여기면서도 일단은 안도하면서, 민생을 먼저 생각하는 어진 마음을 한목소리로 칭송했다. 사실 오랫동안 싸움터에 나가 본 적이 없는 대완의 장군들은 괜히 흑풍기 출신 맹장 기우에게 덤볐다가 개죽음을 당하고 싶지 않았던 것이다.

대완에 심상치 않은 움직임이 일기 시작했을 때, 궁창에 간 전북야에게 변고가 생겼다는 소식을 전해 받은 소칠은 이미 주군이 남긴 편지를 뜯어 본 뒤였다. 행동파 소칠은 당연히 전북야가 남긴 명령을 하나도 빼놓지 않고 이행했다. 다만 궁창으로 넘어가려면 절역 해구를 통과해야만 하는데, 해구의 풍랑이 잠잠한 시기는 6월뿐이었다. 당장 군대를 몰고 북진하고 싶어도 6월 전에는 해구를 건널 방도가 없었다.

정확히 그때 장청 전주가 이례적으로 장손무극과의 사제 관계를 천하에 공표하고 그를 차기 전주로 지목했다. 그러면서 오주 만방에 공개한 조서를 통해, 문무를 겸비한 장손무극이 얼마나 뛰어난 지략과 치밀성, 대국적인 안목을 가졌는지 입이 마르게 칭찬하면서, 궁창의 새 주인이 될 자격을 충분히 갖추었다는 등의 이야기를 줄줄이 늘어놨다.

장손무극이 어떤 식의 문무를 겸비했고, 어떻게 뛰어난 지략과 치밀성을 가졌으며, 어떻게 대국적인 안목을 보유했는지는 조서에 명확히 설명되어 있지 않았으나, 속사정을 아는 대한 내부 인사 중 머리가 좀 돌아간다는 이들은 어렵지 않게 조서의 행간을 읽어 낼 수 있었다.

그 행간인즉슨, 장손무극이 전북야를 죽였다는 소리였다.

다른 사람이었다면 뒷일을 조금이라도 고려해서 결정을 내렸을지 모르지만, 주군의 명령이 곧 하늘인 소칠은 그 경우에 해당하지 않았다. 게다가 그는 장손무극과 전북야가 연적 관계임을 잘 알고 있었다.

안 그래도 두 사람은 국경 경계비 앞에서 상대방 국토를 눈독 들이며 날 선 분위기를 연출한 적이 있었고, 장손무극은 장한산맥을 은근슬쩍 꿀꺽한 이력까지 있었다. 그런 장손무극이 폐하를 해쳤다는데, 소칠에게는 거기에 대해 의심을 품을 이유가 없었다.

전북야가 남긴 편지를 읽고 반쪽짜리 호부를 챙긴 소칠은 당장 군사들을 소집해 결의를 다지면서, 한 달 안에 출정이 있을 것임을 알렸다. 소칠은 단세포였지만, 그렇다고 백치는 아니었다. 전장에서 잔뼈가 굵은 장군으로서 용병술에 빠삭한 그는 어느 누구에게도 전북야가 실종되었다는 사실을 알리지 않았다. 그걸 굳이 공개하지 않더라도 무극국을 칠 이유는 얼마든지 만들어 낼 수 있기 때문이었다.

그는 감옥에서 사형수를 몇 명 빼내 외양을 그럴듯하게 꾸민 후 무극과 대한의 국경 근처에 데려가서 죽였다. 그런 다음 그들을 불순한 의도를 품고 대한 땅을 염탐하러 온 무극국 밀정이라고 칭하면서, 황제 폐하께서 진노하셨으니 분명 무엄한 무극국의 버릇을 고쳐 놓을 것이라 떠벌였다.

그리하여 경계비를 짓밟고 남하한 대한군이 무극국을 친 것이 대한 영계 2년 2월의 일이었다.

같은 시기, 그간 무극국의 압제에 비참할 정도로 시달리던 상연 역시 무극국 남방 융족과 손을 잡고 군사를 일으켰다. 그들이 요성을 점령하는 데 걸린 시간은 고작 사흘이었고, 무극국은 졸지에 삼면의 적에게 안팎으로 물어뜯기는 상황에 직면했다.

상연과 남북융은 자기들하고 같은 시기에 출병한 대한을 얼추 동맹쯤으로 간주하고 셋이 무극국 남부를 나눠 먹을 생각을 했다. 그러나 소칠의 생각은 달랐다. 그의 머릿속에서 요성은 무극국 땅이 아니라 맹부요의 것이었다.

맹부요 땅을 남방 오랑캐 놈들이 먹겠다는데, 그걸 그냥 놔둘 수 있겠는가? 하여, 소칠은 무극국 국경 지대 다른 주들을 제쳐 두고 맹부요의 땅부터 되찾기 위해 요성으로 향했다.

그 깊은 뜻을 알 리가 없는 무극국 장수들은 당연히 소칠의 진격을 저지하기 위해 필사적이었다. 전쟁하러 온 자는 갑자기 남의 나라 성을 지키겠다고 난리고, 정작 그 성을 지켜야 할 자들은 대신 지켜 주겠다는 사람을 굳이 막느라고 난리가 난 것이다. 이렇듯 대한, 무극, 상연, 남북융 사이의 싸움은 난장판으로 치달아 갔다.

그리고 그 난장판이 최고조에 이르렀을 때, 융족 진영에 사건이 터졌다. 열 살이 조금 넘은 소녀 하나가 혜성처럼 등장해 남북융의 수장들을 죽이고 왕위를 찬탈한 것이었다. 피비린내 나는 살육과 벼락같은 기세, 흡사 지난날의 맹부요를 보는 듯한 솜씨였다.

순식간에 융족 진영을 접수한 소녀는 자신을 쫓겨난 북융왕의 여식 도내아라고 밝혔다.

초원으로 추방당한 북융왕 일파는 원래 유랑 생활을 하며 몰락의 길을 걷고 있다고 알려져 있었다. 그런데 근 수년 사이에 누군가의 은밀한 지원에 힘입어 안정적으로 자리를 잡고 과거의 부진에서 벗어난 것이었다. 그러다가 남북융이 전쟁을 일으키자 마침내 기회가 왔다고 판단한 도내아가 왕위를 접수한 것인데, 왕이 된 소녀는 무극국 남부를 차지할 기회를 포기하고 철군을 선언했다. 남북융의 대장부들은 남의 위기를 기회로 이용하는 소인배가 아니며, 승부를 내야 한다면 무극국 황제와 전장에서 직접 만나 내겠다는 것이 도내아의 말이었다.

이때 무극국은 황제가 병환으로 인해 바깥 일을 돌볼 수 없는 상황임을 이유로 들어 태부가 대신 전투를 지휘하고 있었다. 융족의 퇴각으로 상연의 계획에는 중대한 차질이 생겼다. 느닷없는 혼전 양상 역시 그들이 미처 계산하지 못한 변수였다.

이로써 전쟁은 일시적인 교착 국면에 접어들었다. 융족이 절호의 기회를 제 발로 걷어찬 것은 사실 누가 봐도 이해하기 힘든 처사였다. 각국에서 저마다 이런저런 추측을 내놨지만, 새

여왕은 자신의 선택에 대해 그 어떠한 부연 설명도 붙이지 않았다.

어느 날인가 여왕을 위해 마련된 막사 앞에 서서 눈앞에 드넓게 펼쳐진 초원을 바라보던 도내아는 손아귀 안의 매끈한 옥패를 매만지며 과거 호양산에서의 기억을 떠올렸다. 바람결에 춤추던 남자의 옷자락, 그리고 하늘가에 흘러가는 구름 같던 그 미소.

멀리서 불어온 바람이 지난 수년간 하루도 잊은 적 없는 그 날의 대화를 귓가로 실어다 주었다.

'남북융은 결국 하나가 될 운명, 그 옥좌에 여왕이 앉는 것도 나쁘지는 않겠지. 만일 그날에 이르러서도 도내아, 네가 여전히 나를 죽이고 싶거든 너의 남북융을 몰고 오너라!'

'각오하시지!'

약속대로 이렇게 왔는데, 당신은 왜 나타나지 않는 거야?

대완과 부풍이 궁창을 노리고, 대한과 무극이라는 양대 강대국이 본격적인 전쟁에 돌입함으로써 대륙 전체가 난장판이 되었음에도, 현 사태의 도화선이라 할 수 있는 전북야와 맹부요는 정작 아무것도 모르고 있었다. 천역에서 빠져나온 두 사람은 놀랍게도 운흔, 요신, 철성을 포함해 동물 두 마리까지, 일행 모두가 무사한 걸 발견했다.

운부 진법이 깨지는 동시에 공중에서 추락한 철성은 원래대로라면 목숨을 건지지 못했어야 정상이었다. 하지만 운흔과 요신이 올라가 있던 기묘한 산봉우리가 때마침 통째로 넘어졌고, 말랑거리는 재질이 절묘하게 철성의 몸을 받아 낸 덕분에 죽음을 면할 수 있었다.

이후 전북야와 맹부요가 보이지 않자 운흔을 포함한 일행은 두 사람이 필시 천역으로 넘어갔으리라 생각하고 얼음과 눈으로 뒤덮인 산골짜기에서 반년이 넘는 시간을 버텼다. 추위와 싸우면서 사방으로 식량을 구하러 다니는 건 차라리 쉬웠다. 더 큰 문제는 시도 때도 없이 순찰을 도는 장청 신전 팔부군과 마호라가부의 척후병들이었다.

운흔이 일행을 데리고 이리저리 숨어 다니기는 했지만, 들킬 뻔한 적도 한두 번이 아니었다. 그나마 장청산맥이 워낙에 광활하고 사시사철 눈에 덮여 있는 덕분에 어디서든 눈을 파내고 그 안에 몸을 숨길 수 있어서 다행이었다.

운흔은 그 기간 동안 밤낮으로 파구소 수련에 매진했다. 그는 이미 맹부요의 무공과 맥을 같이하는 기본기를 탄탄하게 다져 둔 뒤였기에 들인 노력의 몇 배에 달하는 성과를 얻을 수 있었다. 그리하여 짧은 기간에 무려 파구소 6성을 달성했다.

입문 시기가 늦은 탓에 맹부요의 경지를 따라잡는 건 무리였다. 하지만 순수한 파구소에 맹부요가 준 금박의 무공과 본인의 비범한 검술을 결합시킨 결과, 절정고수 반열에 끼어도 전혀 손색이 없을 정도의 실력이 완성됐다.

실력이 그 정도 되면 나머지 일행을 척후병들로부터 보호하는 게 불가능한 일은 아니었다. 물론 그보다 훨씬 간단하고 품이 덜 드는 길은 곧장 장청 신산을 떠나는 것이었지만, 일행은 단 한 순간도 떠난다는 생각을 해 보지 않았다. 더디게 흐르는 시간이 그들을 점점 불안하게 만들지라도, 그 시간의 흐름에 하루하루 희망이 깎여 나가도, 모두가 끝까지 버텨 냈다.

여느 때처럼 살을 에는 추위와 함께 맞은 어느 새벽, 눈을 파서 만든 굴 안에서 조용히 눈을 뜬 뒤 습관적으로 주위를 살피던 운흔은 맞은편에서 걸어오는 한 쌍의 남녀를 발견하기에 이르렀다. 눈이 휘둥그레진 그는 순간적으로 두 사람이 누군지를 알아보지 못했다. 그들이 이루는 극과 극의 대비가 너무나 기묘했기 때문이었다.

둘 다 옷매무새가 단정치 못한 건 마찬가지였으나, 초췌한 전북야와 달리 맹부요는 진주처럼 영롱하고 고아한 자태로 눈부시게 빛나고 있었다. 순간 운흔의 가슴을 스쳐 간 표현이 있었다.

경국지색.

그는 기쁨으로 눈시울이 붉어졌지만, 한편으로는 텅 빈 허전함을 느꼈다. 부요가 너무나도 멀었기에.

그녀는 새로운 모습으로 탈바꿈을 거듭할수록 점점 더 그에게서 멀어져 갔다. 짙푸른 하늘을 자유롭게 비행하는 봉황을 보는 기분이었다. 달을 쫓는 구름과도 같은 그 자태는 시간과 공간의 경계 너머에 있는 아름다움이었다.

그래도 허전함보다는 기쁨이 더 큰 게 사실이었다. 원래 그는 부요가 파구소를 완성하고 나면 더 이상의 발전은 없으리라 생각하고 있었다. 그 와중에 장청 신전이 가진 힘은 십대 강자보다 월등히 우월해 보였다.

그 걱정 때문에 한밤중 눈밭에서 악몽에 놀라 눈을 뜬 게 몇 번인지 몰랐다. 부요를 향한 장청 전주의 날 선 적의를 생각하면, 설령 그녀가 사대 신역을 무사히 통과한다고 쳐도 그 뒤가 또 문제였다.

그런데 이렇게 부요를 다시 보니 생각이 달라졌다. 어쩌면 남은 길이 험난할 수도, 지금까지보다 훨씬 큰 고난이 기다리고 있을지도 모르지만, 지금 눈앞에 있는 여인이라면 절대로 지지 않을 거라는 확신이 들었다.

운흔의 눈을 바라보던 맹부요가 그새 많이 여윈 철성과 요신에게로 눈길을 옮기더니, 이내 눈시울을 붉혔다. 그녀는 아무 말도 못 하고 입술을 꾹 다물고만 있었다. 사실 그들 사이에는 긴말이 필요치 않았다.

그녀는 천천히 고개를 들고는 단 한 마디를 내뱉었다.

"우리 나왔어!"

우리 나왔어. 육신과 마음은 갇힐 수 있어도 정신만은 절대 꺾이지 않으니까.

사대 신역이 전부 깨지고 난 자리에는 눈에 익은 골짜기만이 남아 있었다. 다만 이번에는 암벽 곳곳에서 이전에는 보지 못했던 격렬한 전투의 흔적들이 발견됐다. 누가 남긴 것인지 모를 일이었다. 운흔에게 시간이 얼마나 흘렀는지를 물어보고 난 맹부요는 전북야와 눈빛을 교환하면서 각자 미간을 찌푸렸다.

뒤이어 맹부요는 조용히 손을 옮겨 드문드문 하얗게 센 귀밑머리를 만지작거렸다. 그래도 폭삭 늙어 버릴 만큼의 시간이 흐른 건 아니어서 다행이었다. 흰머리는 그사이에 마음고생이 너무 심했던 탓 같았다.

문득, 지난날 화주 지하 감옥에서 친아버지의 참혹한 죽음을 목격하고 순식간에 머리가 하얗게 셌던 장손무극이 떠올랐다. 맹부요의 입가에 설핏 미소가 스쳤다.

무극……, 무극……. 비록 지금 우리가 함께는 아니라 해도 난 당신이 앞서 걸었던 길을 그대로 뒤따라 걸을 거야.

소리 없이 몸을 날려 골짜기 주변을 빠르게 한 바퀴 둘러보고 일행의 은신처로 돌아온 맹부요가 말했다.

"저쪽에 비밀 통로가 있어."

그 소리에 다들 급하게 통로로 향하는 참인데, 맹부요가 돌연 운흔 쪽으로 고개를 돌렸다.

"부탁 하나만 할게."

운흔이 말없이 그녀를 바라봤다. 그러자 맹부요가 품에서 작은 도장 하나를 꺼냈다. 도장에는 '대완 부요'라는 글자가 새겨져 있었다. 도장을 운흔에게 건네며, 그녀가 말했다.

"우리가 실종된 사이에 밖에 분쟁이 생기지 않았을까 싶어. 철성하고 요신을 데리고 돌아가서 모두에게 우리가 무사하다는 걸 알려 줬으면 좋겠어. 그리고……."

순식간에 눈빛이 차갑게 식은 그녀가 살벌한 말투로 덧붙였다.

"6월이 금방이지? 그럼 이제 대규모 군대가 절역 해구를 통과할 수 있게 될 거야. 우리 대완 병사들의 군화가 궁창 땅을 밟게 되면 얼마나 위풍당당한 기세를 떨칠지 궁금해지는걸."

움찔하는가 싶던 운흔의 눈 안에서 전의가 불타올랐다.

"한평생 내가 쏟아부은 모든 노력은 내 마음과는 정반대되는 쪽을 향한 거였어."

고개를 들어 대륙 최북단 궁창의 유달리 공활한 하늘을 쏘아보며, 맹부요가 담담히 읊조렸다.

"하늘이 나를 가지고 논다 이거지? 그렇다면야 나도…… 하늘을 가지고 놀아 주는 수밖에!"

나도 널 가지고 놀아 주겠어! 네가 아무리 높은 곳에 있다 해도, 아무리 전지전능하다 해도!

만약 나를 가지고 놀려 든다면 내 창과 칼이 너를 겨누게 될 거야!

얼음장처럼 차디찬 바람이 울부짖음과도 같은 소리를 냈다. 바람 속에서 여인의 흑발이 춤을 추고, 옷자락이 펄럭였다. 분명 가냘프기 그지없는 자태이건만, 바람을 맞으며 서 있는 여인은 단단하고, 굳세고, 차갑고, 우뚝한 바위처럼 보였다.

시린 바람 속에서 눈을 감고 고개를 든 여인은 천역 안에서 느꼈던 지금 이것보다 열 배는 매서운 산꼭대기 맹풍을 떠올렸다. 그 사람이, 자신의 인생에 앞길을 예비해 준 사람이, 그곳

산꼭대기에서 뼈에 사무치는 통증과 추위에 시달리며 캄캄한 고통 속에 처박혀 있다는 사실을 떠올렸다. 그러자 그녀의 눈가에 얼음 구슬 같은 눈물이 맺혔다가, 이내 부서져 눈보라 속으로 흩어졌다.

그런 그녀를 지긋이 바라보던 전북야가 따라서 도장을 꺼내더니, 손끝에 피를 내 서신을 한 장 작성한 후 도장과 함께 운흔에게 내밀었다.

"운 공자, 부탁하겠소!"

운흔은 침묵했다. 당연히 맹부요의 곁을 끝까지 지키고 싶은 게 그의 마음이었다.

그런데 전북야가 미안함이 묻어나는 투로 덧붙였다.

"내 소식이 전해지면 스승님께서 분명 궁창으로 달려오실 것이오. 스승님과 함께 만든 무공이 있는데, 신전과의 싸움에서 도움이 될 수도……."

그 말에 운흔이 묵묵히 도장을 건네받는데, 이번에는 철성이 뻗대고 나섰다.

"난 여기 남을래!"

"네가 안 가면 운 공자 말에 누가 증인이 되어 줘?"

맹부요가 눈썹을 치켜세웠다.

"이번에 가서 해야 할 일은 여기 남는 우리 쪽 못지않게 중요한 임무야. 군대를 움직이는 게 어디 그리 간단한 일인 줄 알아? 문제없이 추진하려면 두 사람이 동시에 얼굴을 내밀어야만 한다고. 가라면 가!"

눈썹을 치켜세우는 동시에 그녀의 얼굴빛이 더 희어졌다. 그런가 하면 눈꼬리에는 은은하게 붉은빛이 돌아 눈부시면서도 요사스러운 아름다움이 흘렀다. 대차고 활달하던 예전과는 사뭇 달라진 분위기였다.

그녀를 쳐다보며 철성은 뜻밖에 가일층 더해진 위엄에 압도당하고 말았다. 새삼 드는 생각이, 아홉 달 만에 천역에서 나온 맹부요는 더 이상 예전의 그녀가 아닌 것 같았다. 정확히 어디가 달라졌는지 콕 집어 말할 수는 없었지만, 더 존귀해지고 아름다워지는 한편, 훨씬 살기 어리고 멀어진 느낌이었다.

철성은 조용히 허리를 숙였다. 예전 같았으면 계속 고집을 부렸겠지만, 지금은 복종하는 게 맞는 것 같았다.

이때 요신이 끼어들었다.

"주인님, 저는 쫓아 보낼 생각 마세요. 안 그래도 골짜기에 비밀 통로가 있겠지 싶어 쭉 지켜봤는데, 입구 열쇠를 훔쳐 낼 수 있을 것 같아요. 초장부터 신전을 건드려 놔서 꾸역꾸역 싸우며 올라가느니 힘을 조금이라도 아낄 수 있으면 좋잖아요."

맹부요가 생각하기에도 맞는 말이기는 했으나 아무래도 망설여졌다.

"안쪽은 더 위험할 거야. 널 데려가기에는……."

"방해 안 되게 할게요."

요신이 씩 웃었다.

"저는 열쇠만 훔쳐 주고 빠질 겁니다. 이래 봬도 경공술은 꽤 하거니와 산에서 내려가기만 하면 황제 폐하의 대한군이 있으니까 괜찮아요."

잠시 고민하다가 마침내 고개를 끄덕인 맹부요가 운흔 쪽을 쳐다봤다.

"조심해!"

검은 옷을 입은 소년의 그윽한 눈동자 안에서 불티가 반짝이고 있었다. 소년은 결국 뒤돌아설 때까지 아무런 말도 하지 않았다.

동료들의 뒷모습이 시야에서 완전히 사라진 후에야 뒷짐을 지고 돌아선 맹부요가 은룡이 춤추는 드넓은 대지에 냉엄한 눈빛을 던졌다.

"세상에는 넘지 못할 요새도, 평정하지 못할 국토도, 죽이지 못할 속인도, 끊어 내지 못할 은원도 없어."

그녀는 마지막 한마디만은 입 밖으로 내지 않고 가슴속에서 조용히 흘려보냈다.

있다면 그냥 지나치질 못할 사랑이 있을 뿐.

〈부요황후〉 13권에서 계속